DROEMER

Von Frank Kodiak sind bereits folgende Titel erschienen:
Nummer 25
Stirb zuerst
Das Fundstück

Über den Autor:
Frank Kodiak ist das Pseudonym für Andreas Winkelmann, geboren 1968, der bei Rowohlt (rororo) schon etliche Thriller veröffentlicht hat. Mit »Das Haus der Mädchen« stand er monatelang unter den Top 10 der *Spiegel*-Bestsellerliste, »Die Lieferung« erreichte Platz 1. Schon früh entwickelte er eine Leidenschaft für spannende, unheimliche Geschichten. Bevor er sein erstes Buch veröffentlichte, arbeitete er nach dem Studium der Sportwissenschaften zunächst jedoch als Soldat, Sportlehrer, Taxifahrer, Versicherungsfachmann und freier Redakteur. Mit seiner Familie lebt er in der Nähe von Bremen – in einem einsamen Haus am Waldrand.
Mehr über Andreas Winkelmann: andreaswinkelmann.com

FRANK KODIAK
AMISSA

THRILLER

DIE VERLORENEN

Besuchen Sie uns im Internet:
www.droemer.de

Aus Verantwortung für die Umwelt hat sich die Verlagsgruppe
Droemer Knaur zu einer nachhaltigen Buchproduktion verpflichtet. Der
bewusste Umgang mit unseren Ressourcen, der Schutz unseres Klimas und
der Natur gehören zu unseren obersten Unternehmenszielen.
Gemeinsam mit unseren Partnern und Lieferanten setzen wir uns für eine
klimaneutrale Buchproduktion ein, die den Erwerb von Klimazertifikaten
zur Kompensation des CO_2-Ausstoßes einschließt.
Weitere Informationen finden Sie unter: www.klimaneutralerverlag.de

Originalausgabe November 2020
Droemer Taschenbuch
© 2020 Andreas Winkelmann
© 2020 Droemer Verlag
Ein Imprint der Verlagsgruppe
Droemer Knaur GmbH & Co. KG, München
Dieses Werk wurde vermittelt durch die
Literarische Agentur Thomas Schlück GmbH, 30161 Hannover.
Alle Rechte vorbehalten. Das Werk darf – auch teilweise –
nur mit Genehmigung des Verlags wiedergegeben werden.
Redaktion: Regine Weisbrod
Covergestaltung: www.wunderhaus.com
Coverabbildung: Getty Images, Busà Photography
Satz: Adobe InDesign im Verlag
Druck und Bindung: CPI books GmbH, Leck
ISBN 978-3-426-30763-2

KAPITEL 1

1.

Das Messer sirrte durch die Luft, doch ihr Verfolger war zu weit entfernt, nur die Spitze der Klinge erreichte sie, durchtrennte den dünnen Stoff der gefütterten blauen Winterjacke und die darunterliegende Haut. Sie spürte den scharfen Schmerz und einen Lidschlag später warmes Blut den Oberarm hinablaufen.

Das Mädchen zuckte zusammen, schrie aber nicht. Sie wusste, wenn sie überleben wollte, musste sie rennen. So schnell wie nie zuvor in ihrem Leben, und das würde ihr nur gelingen, wenn sie Kraft und Atemluft allein dafür verwendete. Weder durfte sie um Hilfe schreien noch sich nach ihrem Verfolger umdrehen und damit wertvolle Sekunden verschenken.

Also rannte sie. Panische Angst und der Schmerz am Oberarm setzten genug Adrenalin frei, um ihre Beine nur so über den Boden fliegen zu lassen.

Instinktiv hielt das Mädchen auf die Lichter zu, die Rettung zu versprechen schienen. Auf diese großen, orange leuchtenden Kugeln, die in einiger Entfernung hoch über dem Boden schwebten. In schrägem Winkel zog der vom Wind gepeitschte Nieselregen durch die Streulichtkegel, ein diesiger Vorhang, der die Sicht auf wenige Meter beschränkte. Feine Tropfen trieben ihr ins Gesicht, und es dauerte nicht lang, bis ihr das lange, dunkle Haar an Kopf und Wangen klebte.

Lauf, lauf, lauf, du schaffst das!

Vielleicht. Vielleicht aber auch nicht. Das Atmen fiel ihr schwer, ihre Lunge brannte, und sie hatte das Gefühl, ihr Körper würde jeden Moment kollabieren.

In der tiefen, nassen Dunkelheit konnte sie kaum etwas erkennen, und so übersah sie den tief hängenden Ast einer ausladenden Sandkiefer. Ein spitzer Dorn trockenen Holzes traf sie seitlich am Hals, durchbohrte die Haut und riss sie von vorn bis in den Nacken auf. Der Schmerz übertraf den des Messerstichs, sodass sie jetzt doch laut aufschrie, ins Taumeln geriet und auf die Knie fiel. Das Mädchen presste sich die rechte Hand auf die Wunde, spürte wieder Blut aus dem Körper rinnen, aber nicht mit der Wucht, die zu erwarten gewesen wäre, wenn der Ast ihr die Halsarterie aufgerissen hätte.

Schwer atmend, ein Knie und eine Hand am Boden, warf sie nun doch einen Blick zurück. Dunkelheit. Regen. War da eine schwarze Gestalt dazwischen, die sich zielstrebig auf sie zu bewegte?

Geriete sie ihm erneut in die Finger, würde er sie töten, keine Frage. Das Mädchen wusste selbst nicht, wie sie zu der Chance gekommen war, dem Mann überhaupt zu entkommen, aber sie wusste, eine zweite würde es nicht geben.

Sie stieß sich vom Boden ab und rannte weiter.

Ihr Herz wummerte wie verrückt, und sie spürte, wie der drastisch erhöhte Puls das Blut aus den beiden Wunden an Oberarm und Hals presste. Irgendwann würde der Blutverlust sie schwächer werden lassen, aber noch nicht. Jetzt musste sie um ihr Leben rennen und sich abverlangen, wozu sie nie zuvor in der Lage gewesen wäre.

Der schmale, asphaltierte Weg, der aus dem kleinen Waldstück auf die Lichter zuführte, teilte sich vor ihr. Der rechte Abzweig führte auf die Lichter zu, und wenn sie es richtig interpretierte, gehörten sie zu dem Parkplatz einer Autobahnraststätte – sie konnte das Rauschen von Reifen auf der nassen Straße hören.

Das Mädchen warf einen schnellen Blick in den linken Abzweig und glaubte kaum, was sie dort sah: Nicht einmal fünfzig Meter entfernt befand sich ein flaches Gebäude mit einem Polizeischild daran.

Sie schrie auf vor Erleichterung.

Polizei.

Ihre Rettung!

2.

»Du warst zu hart zu ihr!«
Martin Eidinger schüttelte den Kopf und ballte die Hände zu Fäusten, versteckte sie aber unter dem Schreibtisch zwischen den Beinen, damit seine Frau es nicht sah.

Eine Stunde nach dem monströsen Streit war sein Ärger noch immer nicht verraucht, denn die Vorwürfe, die er sich hatte anhören müssen, wanderten wieder und wieder durch seinen Kopf und warfen Fragen auf. Fragen, deren Beantwortung er sich nicht stellen wollte. Es nicht konnte. Sie waren zu existenziell, gingen zu tief und kratzten den glänzenden Lack von seinem Selbstbildnis. Den Rost darunter hatte er lange schon gespürt, ihn zu sehen war zu viel der Realität.

»Sie ist doch unser einziges Kind«, fuhr Lydia fort.

Martin blickte noch immer auf den PC-Bildschirm und hatte ihr den Rücken zugedreht, hörte aber an ihrer Stimme, wie nah sie den Tränen war. Wenn sie weinte, würde er es auch, das war schon immer so gewesen, wie wütend er auch sein mochte.

Seit seine Tochter Leila vor einer Stunde die Haustür mit Wucht hinter sich zugeworfen hatte und in den Abend verschwunden war, hatte er versucht, ein wenig zu arbeiten, doch es war ihm nicht gelungen. Der Artikel über die Inklusion an der Gesamtschule von Taubenheim sollte in drei Tagen fertiggestellt sein, die Daten und Fakten lagen vor, er musste sie nur noch leserfreundlich verpacken – aber wie sollte er, nachdem dieser eine Satz seiner Tochter ihm den Boden unter den Füßen fortgezogen hatte.

»Wenn du deinen Job beherrschen würdest, würde es uns besser gehen, und ich hätte meine Freunde noch.«

Seine kleine Fee, wie Martin seine Tochter seit ihrer Geburt nannte, war in diesem Moment alles andere als eine Fee gewesen, eher eine selbstsüchtige Hexe, und es war einfach nur gemein von ihr, ihn für alles verantwortlich zu machen. Manchmal verlief das Leben anders, als man es sich vorgestellt hatte, und die seit Jahren andauernde Krise der Printmedien war ja nun mal nicht seine Schuld. Immerhin arbeitete er noch als Journalist, wenn auch nicht mehr bei einem der großen Nachrichtenmagazine Deutschlands, sondern stattdessen für eine Provinzzeitung. Mit wesentlich geringerem Gehalt, und den Wohnort hatten sie dafür auch wechseln müssen, was der Hauptgrund für den Streit gewesen war, aber er war nicht arbeitslos wie so viele seiner ehemaligen Kollegen und Freunde.

Martin Eidinger entspannte die Hände, schüttelte den Kopf und drehte sich zu seiner Frau um. »Es tut mir auch leid …«, sagte er. »Aber sie war so unfair. Manchmal erkenne ich sie nicht wieder. Wann ist sie so geworden?«

Lydia stieß sich vom Türrahmen ab, ging vor dem Schreibtischstuhl in die Hocke und nahm seine Hände. »Sie ist siebzehn und hat gerade ihr soziales Umfeld verloren … das kommt einem Weltuntergang gleich.«

Martin nickte. Er wusste das, denn er konnte sich noch gut an die Umzüge seiner Eltern erinnern. Vier während seiner Schulzeit, und die Neuanfänge waren nie einfach gewesen. Wenn man ein wenig nerdig und in sich gekehrt war, geriet man an jeder Schule zuallererst einmal an die coolen Typen, die noch cooler wurden, indem sie den Neuen so richtig aufmischten.

»Ich bin mir sicher, sie hat es nicht so gemeint«, fuhr Lydia fort. »Du bist gut in dem, was du tust, es liegt nicht an dir. Das weißt du, nicht wahr?«

Martin sah seiner Frau in die Augen. Sie waren von hellblauer Farbe mit winzigen silbernen Sprenkeln darin und so offen zugänglich, wie man es nur selten erlebte. Weder Mitleid noch übertriebene Fürsorge begleiteten ihre Worte, was sie sagte, dachte sie auch. Darauf konnte er sich verlassen, und es war von jeher sein Halt gewesen, dass sie nicht an seinem Talent zweifelte. Ein einziger Mensch nur, der immer an ihn geglaubt hatte, ohne daraus ein großes Ding zu machen. Das reichte ihm, um weitermachen zu können, auch in Krisenzeiten wie diesen.

»Ich weiß«, sagte er leise, ohne den Blick zu senken. Er hatte dunkle Augen und hoffte, sie würden die Wahrheit verbergen, die sich hinter dieser Lüge versteckte. Martin war sich seines Talents nicht mehr sicher. Aber für eine Provinzzeitung würde es wohl reichen.

Sie erhoben sich gleichzeitig und umarmten einander, standen minutenlang nur da. Martin zog Kraft und Zuversicht aus ihrer Wärme und ihrer Hand in seinem Nacken, wo ihre Finger sein Haar streichelten. In diesem Moment fühlte er sich behütet und beschützt, und er fragte sich, ob es Lydia ebenso erging. Und wenn nicht? Wurde er seiner Rolle als Mann in ihrer kleinen Familie dann überhaupt gerecht?

Mit harten Worten hatte er seine Tochter aus dem Haus getrieben und ließ sich dafür jetzt auch noch von seiner Frau trösten. Was für ein toller Kerl er doch war!

»Holst du sie zurück? Bitte!«, sagte Lydia an seinem Hals, schob ihn dann ein Stück von sich und sah ihn wieder an. »Ich bin sicher, sie wartet auf dich.«

»Meinst du?«

Lydia nickte und lächelte.

»Wo ist sie hin?«

»Ins Level24.«

»Äh ...« Martin kratzte sich hilflos am Kopf. Sie waren vor drei Wochen in diese Stadt gezogen, und er hatte noch keinerlei Überblick.

»Gegenüber der Aral-Tankstelle vorn am Kreisverkehr. Ist der Szenetreff für Jugendliche hier.«

»Sollte ich als Lokaljournalist wissen, oder?«

»Wissen ist eine Ansammlung von Erfahrungen, und das Level24 betreffend wirst du deine heute Abend machen.«

Lydia küsste ihn. Nicht leidenschaftlich oder auch nur liebevoll, sondern aufmunternd, wie man jemanden küsst, der eine schwierige Prüfung vor sich hat. »Geh«, sagte sie flüsternd und fuhr ihm mit der Hand durchs ohnehin schon zerzauste Haar. »Bring unser Kind zurück. Ich bereite derweil ein Abendessen zu, und dann reden wir zu dritt über alles.«

Martin schnappte sich Schlüssel, Geldbörse und Jacke und verließ das kleine Haus aus den Siebzigern mit der hässlich verblichenen Putzfassade, das sie angemietet hatten. Fieser Nieselregen, der vom Wind durch die Lichtkegel der Straßenlaternen getrieben wurde, zwang Martin einen gebückten Gang auf, den Kopf tief zwischen den Schultern, die Hände in den Jackentaschen. Ein Gang, der zu seinem Zustand passte.

Vorn an der Kreuzung lag die blau beleuchtete Tankstelle wie ein fremdartiges Raumschiff im feuchten Dunst. Alles, was nicht beleuchtet war, verschwand.

Martin ging daran vorbei und überquerte die Straße.

Das Level24 hatte nur eine schmale Leuchtreklame über der Eingangstür, dafür waren die beiden großen Fenster, die an einen ehemaligen Supermarkt erinnerten, hell erleuchtet, und er sah schon von Weitem Menschen dahinter. Hinter den

Scheiben schlängelten sich an riesigen Yuccapalmen blinkende Weihnachtslichterketten in unterschiedlichsten Farben. Eine Deko von zweifelhaftem Geschmack, aber die Jugendlichen störte es vermutlich nicht.

Kaum hatte er die Eingangstür aufgezogen, drangen die Schallwellen tiefer Bässe an seine Ohren. Da er immer auf dem Laufenden war, was neue Musik anging, erkannte er dahinter den Gangsterrap, der zurzeit angesagt war. Capital Bra und Konsorten. Geiler Sound, abartige Texte, wie Martin fand.

Nach einer weiteren Tür gelangte er in den Hauptraum mit Theke, einigen Tischen und Stühlen, Bänken und Sitzsäcken sowie einem Kicker und Billardtisch. Die große Tanzfläche dazwischen wurde nicht genutzt. Etwa ein Dutzend Teenager standen, saßen oder lagen herum und unterhielten sich.

Seine Tochter sah Martin nicht auf den ersten Blick, deshalb ging er tiefer in den Raum hinein. Der junge Mann hinter der Theke musterte ihn mit finsterem Blick. Er trug einen dunklen Vollbart, sein Scheitel war tief und wie mit dem Lineal gezogen.

Martin durchquerte den Raum und checkte die einzelnen Gruppen ab, konnte seine Tochter aber nirgends entdecken. Leider wusste er nicht, ob sie in der kurzen Zeit hier schon Freunde gefunden oder Bekanntschaften aufgebaut hatte. Eigentlich musste es so sein, warum sonst sollte sie nach ihrem Streit hierher geflüchtet sein.

Martin beobachtete ein paar Minuten die Tür zu den Toilettenräumen. Einige Mädchen kamen von dort zurück in den Clubraum, seine Tochter war nicht dabei.

»Kann ich Ihnen helfen?«

Martin erschrak, als er plötzlich von hinten angesprochen wurde. Es war der bärtige junge Mann mit dem scharfen Scheitel, den er beim Hereinkommen hinter dem Tresen gesehen hatte.

»Ich suche meine Tochter«, sagte Martin, nannte ihren Namen und beschrieb sie.

Der Bärtige ließ ihn nicht ausreden, schüttelte den Kopf und sagte: »Ich weiß schon ... Aber sie war heute noch nicht hier.«

3.

Das Mädchen warf sich gegen die Eingangstür des Gebäudes der Autobahnpolizei, hämmerte dagegen und rief um Hilfe.

Doch drinnen blieb es dunkel. Niemand kam.

Es dauerte, bis sie begriff, dass diese Dienststelle wohl nicht besetzt war, und dann bemerkte sie auch den verwahrlosten Zustand, die schmutzigen Scheiben, den vom Wind in den Eingangsbereich getriebenen Müll.

Enttäuschung zerriss ihre Hoffnung in Fetzen.

Panisch blickte sie nach rechts in die Dunkelheit, aus der sie gekommen war, und erstarrte. Dort stand breitbeinig ihr Verfolger. Er hielt eine Waffe in der Hand, hob sie an und zielte auf sie.

Der Überlebensinstinkt in ihr übernahm wieder die Führung. Erneut rannte sie, so schnell sie konnte. Sie geriet in einen dicht bepflanzten Grünstreifen, ein vielleicht fünf Meter breites Dickicht aus Büschen. Dornen stachen ihr durch die dünne Jeans in die Beine, sie streifte die Nässe von den verbliebenen, herbstlich verfärbten Blättern und war klatschnass, als sie sich durch das Dickicht hindurchgekämpft hatte.

Dahinter öffnete sich eine weite asphaltierte Fläche, Dutzende Lkw parkten dort dicht an dicht. Auf dem Lack der Führerhäuser und den Planen der Auflieger brach sich das orange Licht der Peitschenlampen in den unzähligen Wassertropfen und verlieh den Vierzigtonnern eine gespenstische Aura der Auflösung.

Menschen, da sind Menschen drin, dachte das Mädchen. Obwohl ihre Beine zitterten – wahrscheinlich eine Folge des

Blutverlusts –, hielt sie geradewegs auf den erstbesten Truck zu.

Mit ihrer blutigen Hand schlug sie gegen das Blech der Beifahrertür und rief laut um Hilfe. Dann packte sie den Griff, zog sich daran die beiden Stufen hinauf und hämmerte gegen die Glasscheibe. Doch in dem dunklen Führerhaus tat sich nichts. Sie konnte auch niemanden darin sehen. Aus ihrer erhöhten Position blickte sie sich um und entdeckte ihren Verfolger sofort. Er war links um den dicht bewachsenen Grünstreifen herumgegangen und hielt auf sie zu, ging zügig, rannte aber nicht. Seine ostentative Gelassenheit jagte ihr noch mehr Angst ein als die Waffe in der rechten Hand.

Sie konnte sich täuschen in diesem Drecklicht, aber das Mädchen meinte zu sehen, dass er sie langsam anhob, während er auf sie zukam.

Mit einem Satz sprang sie vom Führerhaus weg und rannte weiter. Am scheinbar endlos langen Auflieger eines weiteren Gespanns entlang, das nach Gummi und Öl roch. Dann bog sie nach links ab, schob sich durch den Spalt zwischen Führerhaus und Heck zweier Lastkraftwagen hindurch, schlich in den engen Gang weiterer Auflieger bis nach vorn, wo sie erneut in die Richtung abbog, in der sie die Tankstelle der Raststätte vermutete. Dort müsste man ihr doch helfen können!

Das Mädchen schlug einen Haken nach links – und stieß gegen eine Gestalt.

Sie spürte etwas heiß von ihrem Hals abwärts zwischen den Brüsten hinabfließen und wusste, es war ihr Blut.

Ihr Verfolger hatte sie ausgetrickst und mit einer schnellen Bewegung den Hals aufgeschnitten.

Doch warum konnte sie noch atmen?

Und schreien!

Sie nahm den Geruch von Kaffee wahr, und erst jetzt registrierte sie, dass der Mann vor ihr kein Messer in der Hand hielt, sondern einen Pappbecher. Erschrocken starrte er sie an, wich sogar vor ihr zurück.

»Helfen Sie mir, bitte, er bringt mich um!«, flehte sie den Mann an, den sie für einen Fernfahrer hielt.

Er trug eine helle Jogginghose, auf der sich ebenfalls Kaffeeflecken abzeichneten, dazu Gesundheitslatschen und ein weites Shirt, das sich über den mächtigen Bauch spannte. Der Becher entglitt seiner Hand, ebenso die Papiertüte mit dem Aufdruck von McDonald's. Beides fiel in eine Pfütze. Der Mann hob wie zum Schutz die Hände und wich noch weiter von ihr zurück.

»Helfen Sie mir doch!«, rief sie verzweifelt.

Doch der Mann dachte gar nicht daran. Er nahm seine kurzen Beine in die Hand, lief, so schnell er konnte, drehte sich noch einmal um und verschwand zwischen den geparkten Lastkraftwagen.

Das Mädchen war fassungslos, wollte ihm hinterherschreien, kam aber nicht dazu.

Links von sich sah sie einen hellen Blitz und hörte ein metallisches »Klonk«, mit dem sich wie aus dem Nichts ein Loch ins Blech des Lkw stanzte.

Er hatte wirklich auf sie geschossen!

Panisch flüchtete das Mädchen Richtung Autobahn.

4.

Der Regen hatte zugenommen, das Wasser lief ihm in Strömen übers Gesicht.

Martin Eidinger stand auf dem Bürgersteig vor dem Jugendtreff und drehte sich im Kreis, suchte nach seiner Tochter. Sie war nicht einmal dort gewesen, hatte der Bärtige gesagt und verlangt, er solle abhauen, wenn er nichts trinken wolle.

Martin nahm die Brille ab, durch die er wegen des Regens ohnehin nichts mehr sehen konnte, und steckte sie in die Jackentasche.

Musste er sich Sorgen machen?

Aber was sollte Leila passiert sein in dieser kleinen Provinzstadt Taubenheim, in der um zwanzig Uhr die Bürgersteige hochgeklappt wurden und die Menschen einander so gut kannten, dass es schon an Spionage grenzte, was manche hier betrieben. Hatte er nicht in den Wochen vor dem Umzug genau diesen Umstand immer wieder dazu genutzt, seiner Tochter den neuen Wohnort schmackhaft zu machen?

Dort ist es viel sicherer als in Frankfurt, es gibt kaum Kriminalität, man kann nachts rausgehen, ohne sich Sorgen machen zu müssen.

Leila hatte seine Argumente mit Langeweile assoziiert.

Wohin konnte sie gegangen sein?

Vielleicht zu einer Schulfreundin? Dass sie erst seit drei Wochen in der Stadt waren, musste ja nicht bedeuten, dass seine Tochter noch niemanden gefunden hatte, dem sie sich anvertrauen konnte. Möglicherweise einen Jungen, ganz egal, alles wäre Martin recht, wenn seine Tochter nur wohlbehalten nach Hause zurückkehren würde.

Martin war klatschnass, als er ihr kleines Miethaus erreichte. Durch das Küchenfenster, das nach vorn zur Straße ging, konnte er seine Frau in der hell erleuchteten Küche das Versöhnungsessen zubereiten sehen.

Lydia hatte ihn losgeschickt, ihre Tochter heimzuholen.

Jetzt kehrte er ohne sie zurück.

Trotz des Regens und der Kälte, die ihm tief in den Körper kroch, blieb Martin vor dem Haus stehen, starrte durchs Fenster und fragte sich, wie er seiner Frau erklären sollte, dass Leila nicht im Level24 gewesen war.

Er schüttelte den Regen ab, schloss die Haustür auf und trat ein. Sofort kam Lydia aus der Küche, und das Lächeln gefror in ihrem Gesicht, als sie ihren durchnässten und ratlos wirkenden Mann im Hausflur stehen sah.

»Wo ist …?«, begann sie, doch Martin unterbrach sie.

»Mach dir keine Sorgen. Sie war nicht im Level24, aber ich bin mir sicher, es ist alles in Ordnung.«

Lydia schlang sich die Arme um den Oberkörper und kam zwei Schritte auf ihn zu. »Sie war nicht da? Was heißt, sie war nicht da? Überhaupt nicht oder nur kurz, oder was?«

»Niemand hat sie dort gesehen.«

»Aber sie hat mir versprochen, nur dorthin zu gehen. Sonst wäre ich ihr doch sofort hinterher!«

»Vielleicht hat sie ja vor dem Level24 eine Freundin getroffen, und die beiden sind zu ihr nach Hause gegangen. Lass uns dort anrufen. Dir hat sie doch bestimmt von ihren neuen Freundinnen erzählt.«

Ganz langsam, so als bestünde ihr Nacken aus Beton, schüttelte Lydia den Kopf. »Martin … darum geht es doch … wir sind vor drei Wochen hergezogen. Sie hat hier noch keine

Freundin gefunden. Sie kann zu niemandem gegangen sein. Sie hat mir versprochen, nur ins Level24 zu gehen.«

Martin legte seiner Frau die kalten Hände an die Oberarme. »Mach dir keine Sorgen, es geht ihr sicher gut.«

»Ich mache mir aber Sorgen! Wo ist unsere Tochter?«

Ihre Stimme drohte zu kippen, und Martin war klar, er konnte sich nicht wieder ins Büro setzen und hoffen, dass Leila schon auftauchen würde, wenn sie sich beruhigt hatte.

Er zog sein Handy hervor und rief seine Tochter an. Während es klingelte, versuchte er sich mit einem Blick auf seine Frau an einem aufmunternden Lächeln.

Leila ging nicht ran. Die Mailbox meldete sich.

»Leila ... ich bin's, Papa ... Es tut mir leid, lass uns reden, ja? Komm bitte nach Hause!«

Er legte auf und steckte das Handy ein. Lydia musste nichts sagen, ihr Blick war Aufforderung genug.

»Okay ... okay, ich geh wieder raus und suche nach ihr. Frage vorn an der Tankstelle, vielleicht hat sie dort jemand gesehen.«

Martin flüchtete geradezu aus dem Haus, es war ihm gleichgültig, dass es mittlerweile noch stärker regnete und er sich wahrscheinlich eine Erkältung holen würde, so nass, wie er mittlerweile war. Denn in Lydias Blick, in ihren Gesten und Worten, hatte er ihn gesehen, den Vorwurf.

Deine Schuld, deine Schuld, deine Schuld ...

5.

Vergiftete Luft strömte aus dem Kofferraum nach vorn in den Wagen und entfaltete augenblicklich ihre verheerende Wirkung.

Rica Kantzius, die sich gerade in den neuen Fall hatte einlesen wollen, presste sich eine Hand vor Mund und Nase, doch das nützte nichts, denn längst hatte sie die unsichtbar kleinen, aber dennoch hocheffizienten Partikel eingeatmet. Niemand konnte sich gegen einen solchen Angriff zur Wehr setzen.

»Ragna!«, schrie Jan Kantzius und schlug mit der Hand aufs Lenkrad des Defender. »Nicht schon wieder … das darf doch nicht wahr sein!«

Ragna, ihr Wolfshund hinten im Kofferraum, hob den Kopf und warf ihnen einen Blick zu, der zu verstehen gab, dass er rein gar nichts mit diesem Gestank zu tun hatte, dann widmete er sich wieder seinen Träumen und seiner Flatulenz.

»Du bist schuld, nicht Ragna«, sagte Rica hinter vorgehaltener Hand und kurbelte mit der anderen das Fenster der Beifahrertür hinunter. »Ich hab's dir doch gesagt: Hunde vertragen keine Spaghetti aglio e olio.«

»Das bisschen«, verteidigte sich Jan. »Ich glaube, er ist krank. Magen-Darm-Infekt wahrscheinlich.«

Rica konnte sich ein Grinsen nicht verkneifen. Ihr Mann Jan war wie ein kleiner Junge, wenn es um den Hund ging, den er aus tiefstem Herzen liebte. Vielleicht nicht ganz so, wie er sie liebte, aber viel fehlte nicht – zumindest hoffte Rica, dass es so war. Wenn Ragna Jan beim Essen nur lange genug anstarrte, bekam er irgendwann seine Portion, ganz gleich, was Jan gerade zu sich nahm. Er argumentierte immer, Hunde seien Allesfresser, ließ dabei aber gern außer Acht, dass das nur für natürlich vorkommende Nahrung galt, nicht für Pommes, Ravioli oder Spaghetti mit Knoblauchdressing.

Sie kamen gerade aus Erfurt, von einer Veranstaltung bei Amissa, der Hilfsorganisation, für die Rica weltweit nach vermissten Menschen suchte. Seit zwei Stunden waren sie auf der Autobahn unterwegs, und alle dreißig Minuten furzte der Hund hinten im Kofferraum, was das Zeug hielt. Die Ausdünstungen waren so aromatisch, dass Rica schon einen Belag auf der Zunge spürte, der sie an ihre letzte Mahlzeit beim Italiener erinnerte. Jan behauptete hingegen, so schlimm sei es doch gar nicht.

Lange konnte sie das Fenster nicht geöffnet lassen, da es regnete und der Fahrtwind die Tropfen ins Wageninnere drückte. Also kurbelte Rica es wieder hoch, bis nur noch ein schmaler Spalt blieb, durch den mehr Geräusche als frische Luft hereindrangen – immer noch besser, als zu ersticken.

»Vielleicht verträgt er das Autofahren einfach nicht«, sagte Rica, um Jan zu veralbern, doch der blieb ernst.

»Glaub ich nicht. Und selbst wenn, er kann ja schlecht dauernd allein zu Hause bleiben.«

Jedes seiner Worte machte deutlich, wie undenkbar es für ihn war, Ragna länger als einen Tag und eine Nacht allein auf dem Hof zu lassen.

»Wie auch immer, für die nächste Fahrt besorge ich Atemschutzmasken.« Rica stellte sich vor, wie sie beide mit diesen Masken vor dem Gesicht im Wagen saßen, während hinten der Hund sich flatulierend wohlfühlte, und brach in Lachen aus. Jan fiel mit ein. Zusammen lachten sie, bis Rica Tränen aus den Augenwinkeln rannen.

Jäh und sehr nachdrücklich wurde ihr wieder einmal bewusst, wie sehr sie diesen Mann neben sich liebte und dass es kein für sie vorstellbares Szenario ohne ihn gab.

Sie wischte sich die Tränen aus den Augen, beugte sich hinüber und küsste ihn.

»Was hast du da?«, fragte Jan schließlich und deutete auf ihr Handy, in dem sie kurz vor dem Giftgasalarm gelesen hatte.

»Ein neuer Fall.«

»Echt? Schon wieder? Willst du nicht mal eine Pause einlegen?«

»Es sind zu viele für eine Pause.«

»Ja, aber die haben dich ohnehin schon angestarrt auf dem Empfang.«

»Ach, ich werde doch immer angestarrt, das merke ich schon gar nicht mehr.«

Was nicht stimmte. Rica verfügte über sehr feine Antennen, sie musste es nicht sehen, ob jemand sie anstarrte, sie spürte es. Wenn man in einem Land lebte, in dem neunundneunzig Prozent der Menschen so vollkommen anders aussahen als sie, war ein Übermaß an Aufmerksamkeit Alltag. Ablehnung ebenfalls. Und in letzter Zeit war auch offen zur Schau getragener Rassismus nicht mehr ungewöhnlich. Rica stammte aus der Karibik. Ihre Haut war dunkel, ihr Haar und ihre Augen ebenfalls, sie war exotisch, wie Jan gern sagte, und er meinte damit, dass sie einen gewissen Zauber ausstrahlte, zumindest auf ihn. Für viele andere galt das nicht. Sie sahen das Fremde, das ihnen Angst machte, weil sie es nicht in Schubladen ablegen konnten.

»Das meine ich nicht«, sagte Jan. »Sie waren neidisch auf deinen Erfolg. Du hattest in diesem Jahr die beste Quote. Sieben! Sagst du dir das eigentlich oft genug? Du hast sieben seit Langem vermisste Menschen gefunden. Und das auch deshalb, weil du ohne Pause arbeitest.«

»Drei aber nur tot«, konkretisierte Rica. Sie wusste, sie sollte sich über ihren Erfolg freuen, aber wenn sie nicht schlafen konnte und darüber nachdachte, fielen ihr nur die Toten ein. Tote konnte man nicht in die Arme schließen. Eine Leiche war für die Angehörigen kein wirklicher Trost.

Immer wieder war es die Zeit, die alles durchkreuzte.

Die Zeit heilte nicht, sie verwundete, sie beschleunigte und erstarrte zugleich, und viel zu oft reichte sie nicht aus. Viel zu oft kamen sie zu spät.

Jan legte ihr eine Hand auf den Oberschenkel. »Ob tot oder lebendig, am Ende schaffst du Gewissheit.«

Ricas Lächeln fiel gequält aus, das spürte sie selbst. Sie arbeitete gern für Amissa, und dank Jan hatte sie eine höhere Erfolgsquote als alle anderen. Sie waren das beste Team. Aber gestern, als Ansprachen, Ehrungen und Beifall ihrer Arbeit Respekt zollen sollten, war Rica wieder einmal bewusst geworden, dass es nie enden würde. Niemals.

Solange es mächtige, alte weiße Männer gab, würden machtlose junge Frauen verschwinden.

»Ich bin stolz auf dich«, sagte Jan. »Phönix aus der Asche ist lächerlich im Vergleich zu dir.« Diesmal wollte er sich zu ihr herüberbeugen, um sie zu küssen, doch dazu kam es nicht.

Jan stieß einen gepressten Laut aus, der sich wie »Shit« anhörte, und stieg hart auf die Bremse.

Rica wurde in den Gurt gepresst, Ragna gegen die Rückenlehne der hinteren Sitzbank. Natürlich war auch der Hund angeschnallt, sodass er nicht durch den Wagen fliegen konnte.

Vor ihnen auf der Autobahn leuchteten die Bremsleuchten aller Fahrzeuge auf, ein kreischendes Rot, in dem die Regentropfen wie Blut erschienen. Autos schlingerten auf der nassen Fahrbahn, eines touchierte die Mittelleitplanke und wurde zurückgeschleudert. Damit war das Chaos perfekt. Wagen krachten ineinander, stellten sich quer zur Fahrbahn, eines holperte rechts die Böschung hinunter und überschlug sich.

Rica schrie auf und stemmte die Hände gegen das Armaturenbrett.

Jan kurbelte am Lenkrad, spielte mit Bremse und Kupplung und versuchte, sie unbeschadet durch das wie aus dem Nichts entstandene Chaos zu lavieren. Rica spürte, wie das Heck des massiven Defender einen anderen Wagen touchierte, und fürchtete, Jan könnte die Kontrolle verlieren. Instinktiv wollte sie die Augen schließen, kämpfte jedoch dagegen an. Es hatte eine Zeit in ihrem Leben gegeben, da hatte sie die Augen zuerst vor der Gefahr und später aus Scham geschlossen, und sie hatte sich geschworen, das niemals wieder zu tun.

Es bestand ein Zusammenhang zwischen Wegschauen und der ungehemmten Entfaltung des Bösen auf der Welt.

Und weil sie hinsah, bemerkte Rica den Körper, der vielleicht zwanzig Meter vor ihnen durch die von rotem Licht und Wasser gesättigte Luft flog, auf der Motorhaube eines Fahrzeugs aufprallte, seitlich fortgeschleudert und von einem weiteren Wagen überrollt wurde.

Wieder schlug sie sich eine Hand vor den Mund, aber diesmal war blankes Entsetzen der Grund, und sie konnte das halb erstickte Geräusch nicht zurückhalten.

Jan brachte den schweren Wagen zum Stehen.

»Bleib sitzen!«, warnte er und behielt den Rückspiegel im Auge. Von hinten näherten sich immer noch Fahrzeuge in hoher Geschwindigkeit, und es bestand die Gefahr, dass sie in die Unfallstelle hineinrasten.

Ragna winselte und reckte die Schnauze über die Sitzbank.

»Alles gut, ist gleich vorbei«, beruhigte Jan ihn.

Rica spürte, wie sie am ganzen Körper zu zittern begann.

Jan ergriff ihre Hand. »Alles in Ordnung bei dir?«

Sie nickte und schluckte einen Kloß im Hals hinunter. »Hast du ... den Körper ...?«

Jan drückte ihre Hand fester. »Ja, ich hab's gesehen. Bleib hier bei Ragna, ja? Ich schaue, was ich tun kann.«

Rica nickte, und nach einem erneuten Blick in den Rückspiegel stieg Jan aus. Er ließ die Tür geöffnet, sah sich um und ging zu der Stelle hinüber, an der der Körper liegen musste.

Jan spürte seine Schritte langsamer werden. Jeder einzelne fiel ihm umso schwerer, je näher er dem Körper kam, der dort auf der Fahrbahn lag.

Um ihn herum herrschte Chaos. Es roch nach verbranntem Gummi, heißer Kühlflüssigkeit und Motoröl. Jens sah demolierte Autos, er schritt über Glassplitter von zerstörten Scheinwerfern und Windschutzscheiben. Inzwischen waren etliche Menschen ausgestiegen, die meisten standen herum, wirkten orientierungslos und verstört, andere halfen denen, die in ihren Autos eingeklemmt oder zu schwer verletzt waren, um aussteigen zu können – nur um diesen Körper wollte sich niemand kümmern.

Es war klar, dass die Person einen solchen Aufprall nicht überlebt haben konnte.

Wahrscheinlich ein Selbstmord, dachte Jan. Warum sonst sollte jemand auf eine stark befahrene Autobahn laufen?

Der Regen durchnässte Haar und Kleidung, und Jan begann zu frieren. Die Kälte hatte ihren Ursprung jedoch in seinem Inneren. Wieder einmal war er mit dem Tod konfrontiert, auch wenn diesmal ein Unfall dafür verantwortlich war und nicht er selbst – oder eines dieser Monster, die die Welt bevölkerten.

Auf der rechten Seite der Autobahn befand sich eine Raststätte. Jens sah die hell erleuchtete Tankstelle, das Restaurant und den Parkplatz, der mit Vierzigtonnern zugestellt war. Einige Leute kamen trotz des miesen Wetters aus dem Restaurant herübergelaufen. Handys blitzten auf.

Gaffer. Wie Jan die hasste! Sollte es einer von denen wagen, hierherzukommen, um ein Foto von der Leiche zu seinen Füßen zu machen, würde er sein blaues Wunder erleben.

Jan senkte den Blick.

Der Leichnam sah unsäglich klein, verloren und abstrus verbogen aus. Ein junges Mädchen, sicher noch keine zwanzig Jahre alt, in engen Bluejeans und einer blauen Steppjacke, die überall aufgerissen war und aus der weißes Füllmaterial quoll, hier und dort mit Blut getränkt. Sie trug keine Schuhe und am rechten Fuß auch keine Socke mehr. Da sie auf dem Rücken lag, konnte Jan sehen, was von ihrem Gesicht übrig geblieben war. Die komplette rechte Seite des Schädels lag frei. Blanker, hell schimmernder Knochen, von dem der Regen die letzten roten Schlieren wusch.

Hoffnung, ihr helfen zu können, hatte Jan nicht, dennoch ging er auf die Knie und legte zwei Finger an die Halsschlagader des Mädchens.

Kein Puls, natürlich nicht, was hatte er …

Plötzlich ging ein heftiges Zucken durch den zerstörten Körper, eine Spastik, unter der sich die Hüfte emporbog, und obwohl Jan erschrak und zurückwich, sah er, wie sich die Lippen der Totgeglaubten bewegten.

Sie sprach zu ihm.

Jan beugte sich vor und ergriff ihre Hand, die sie nach ihm ausstreckte.

»Die Grube …«

Mit diesen Worten auf den Lippen starb sie wirklich.

Dann öffnete sich ihre Hand und offenbarte ein Stück zusammengeknülltes weißes Papier.

6.

Martin Eidinger rannte die dreihundert Meter bis zur Kreuzung, an der die Tankstelle lag. In alle Richtungen sah er sich nach seinem Kind um, doch die Straßen waren verwaist, niemand mehr unterwegs bei diesem Dreckswetter.

Wenn Lydia nicht so nachdrücklich gewesen wäre, wenn sie nicht diese Schuldgefühle in ihm ausgelöst hätte, hätte er zu Hause auf seine Tochter gewartet. Sicher hockte sie in diesem Moment in einem warmen Zimmer auf dem Bett einer Freundin, wenn es sein musste, auch in den Armen eines Jungen, und klagte ihr oder ihm ihr Leid, schimpfte über ihren Vater. Lydia wollte das nicht glauben, aber welche Eltern wussten schon alles von ihren pubertierenden Kindern? Vielleicht täuschte Lydia sich, und ihre Tochter hatte in der Kürze der Zeit doch schon Freundschaften geschlossen.

Allerdings wusste Martin als Journalist, wie es in der Welt zuging. Er hatte Artikel über verschwundene Menschen geschrieben. Über die Strukturen, in denen Leben Ware bedeutete, die zu Geld gemacht werden konnte. Über Menschenfänger, die Ausschau hielten und zugriffen, wenn sich eine Gelegenheit bot.

Außer Atem erreichte Martin die Tankstelle.

Sie war verwaist, kein einziges Auto stand an den Tanksäulen. Unter dem Vordach schüttelte er den Regen ab, betrat den Verkaufsraum und entdeckte hinter der Kasse einen älteren Herrn im Rentenalter. Zwar hatte Martin hier schon einige Male getankt, diesen Mann aber nicht in Erinnerung. Vielleicht arbeitete er nur nachts.

Neugierige Blicke empfingen ihn.

»Mein Name ist Martin Eidinger ...«, begann er.

Der alte, weißhaarige Mann mit dem kugelrunden Bauch nickte. »Ich weiß. Der neue Redakteur. Aus Frankfurt, nicht wahr.«

Da klang ein wenig Misstrauen mit, so als sei man per se verdächtig, wenn man aus einer größeren Stadt hierherzog. Vielleicht lag es aber auch an Martins Aussehen. Nass, gehetzt und verängstigt. Nicht unbedingt wie jemand, der die Kasse ausrauben wollte, aber sicher auch nicht vertrauenswürdig.

»Ich suche meine Tochter.«

»Hier? In der Tankstelle?« Der alte Mann zog eine Augenbraue hoch.

»Nein, nicht hier ... sie wollte ins Level24, aber da ist sie nicht, und da habe ich gedacht, dass Sie sie vielleicht gesehen haben. Sie muss hier entlanggekommen sein.«

»Wann?«

»So vor einer Stunde. Vielleicht anderthalb.«

»Hm. Da war ich schon hier. Wie alt ist denn Ihre Tochter?«

»Siebzehn.«

»Ach, diese Teenager«, sagte der Mann und machte eine abwertende Handbewegung. »Kommen hier rein, bevor sie rüber ins Level24 gehen, wo es keinen Alkohol gibt. Nehmen einen Volljährigen mit und lassen ihn den Wodka bezahlen, den sie sich drüben in die Cola mischen. Waren bestimmt zehn von denen in den letzten zwei Stunden hier. Wie sieht sie denn aus, Ihre Tochter?«

Martin hatte ein Bild in seinem Portemonnaie, eine Porträtaufnahme von vor zwei Jahren. Da hatte sie noch ihr naturblondes Haar und sah wunderschön aus.

»Jetzt ist ihr Haar dunkel«, sagte er und zeigte das Foto.

Der Rentner betrachtete es eingehend. »Hm ... ich kann mich täuschen, aber ...«

»Haben Sie meine Tochter gesehen?«

Er schüttelte den Kopf. »Nicht hier drinnen. Aber da ist ein Mädchen die Straße entlanggerannt, ziemlich schnell, so als habe sie es eilig. Ich hab mich noch gewundert, bei dem Wetter und ohne Schirm. Aber die Kids sind heutzutage ja so leichtsinnig.«

»In welche Richtung ist sie gerannt?«, fragte Martin mit vor Aufregung zitternder Stimme.

Der alte Mann zeigte zur Kreuzung. »In die Innenstadt, würde ich sagen … Und mir ist noch etwas aufgefallen.«

»Was?«

»Dieses Wohnmobil.«

»Was für ein Wohnmobil?«

»So ein altes Ding. Das kam aus Richtung Autobahn und ist neben dem Mädchen hergefahren, vielleicht zehn, zwanzig Meter, dann hielt es.«

»Und?« Martins Herz zerriss beinahe. »Sie ist doch nicht eingestiegen, oder?«

Der Mann hinter der Kasse zuckte mit den Schultern. »Ich weiß nicht. Ich musste die Sechs abkassieren und einen Coffee to go rausgeben, und als ich wieder hinsah, war das Wohnmobil fort … und das Mädchen auch.«

7.

»Die Grube …«

Noch über dem toten Mädchen hockend, fragte sich Jan Kantzius, was sie damit gemeint hatte. Da war keine Angst in ihrem letzten Blick gewesen, eher Erleichterung, aber die beiden Worte hatte sie mit zitternder Stimme ausgesprochen. Für einen kleinen Moment hatte es nur sie und ihn gegeben, ein intimer Augenblick in einer abgeschotteten Welt, in dem er der Sterbenden ein letztes Geleit gewährt hatte.

Die Grube …

Bevor Jan Privatermittler geworden war, war er Polizist gewesen, und schon immer hatte er über einen ausgeprägten Jagdinstinkt verfügt. Der war nun geweckt.

Jan nahm das zusammengeknüllte Papier aus der Hand des toten Mädchens.

Es war warm und feucht, so als habe sie es länger in der Hand gehalten und ihre kleine Faust ganz fest geschlossen, damit sie es auf keinen Fall verlor. Selbst der heftige Aufprall, der Schock und die Schmerzen hatten die Hand nicht öffnen können.

Ihm jedoch hatte sie ihr Geheimnis offenbart.

Jan faltete die Papierkugel auseinander. Es befanden sich Blutflecken darauf. Das Stück Papier hatte die Größe einer DIN-A5-Seite und war wohl von einem Block abgerissen worden. Auf der Innenseite befand sich eine Bleistiftzeichnung mit einigen eilig hingekritzelten Worten.

Es war zu dunkel, um sie zu entziffern, außerdem wollte Jan den Zettel nicht dem Regen aussetzen, also faltete er ihn und steckte ihn ein. Als ehemaliger Polizist wusste er natürlich, dass er eigentlich nichts vom Unfallort mitnehmen dürfte, aber wenn er den Zettel daließe, würde der Regen die Zeichnungen und Worte unleserlich machen. Er nahm sich vor, ihn später der Polizei zu übergeben.

Er schloss dem toten Mädchen die Augen, und der intime Moment, der sie für immer miteinander verband, war vorbei. Der schützende Kokon löste sich auf, und das Chaos der Welt drang wieder zu ihm durch.

Jan richtete sich auf und sah sich um.

In einem weißen Kleinwagen ein Stück voraus rief eine Frau um Hilfe und winkte aus dem offenen Fenster der Fahrertür. Jan eilte zu ihr. Was auch immer hinter dem Tod des Mädchens steckte, die Aufklärung musste warten. Hier gab es Menschen, die jetzt Hilfe brauchten.

Die Frau war vielleicht vierzig Jahre alt, blutete aus einer Wunde an der Stirn, und ihr Wagen sah nicht so aus, als würde er je wieder irgendwohin fahren.

Jan fragte sie nach ihrem Namen. Sie hieß Anna. Die Frage nach weiteren Verletzungen oder Schmerzen verneinte sie.

»Bitte, holen Sie mich hier raus, ich will nicht verbrennen.«

»Keine Angst, Anna, es gibt hier kein Feuer.«

Jan probierte die Fahrertür, doch der Wagen war verzogen, die Tür klemmte, ebenso auf der Beifahrerseite. Da Anna immer panischer wurde und in Tränen ausbrach, stemmte Jan einen Fuß gegen die B-Säule des Wagens und riss mit aller Kraft an der Fahrertür. Nach dem dritten Versuch löste sie sich aus der Sperre, sprang auf, und Jan landete hart auf dem Hintern.

Anna löste den Sicherheitsgurt und krabbelte aus ihrem zerstörten Wagen.

Jan erhob sich und half ihr auf die Beine.

Kaum standen sie, sich gegenseitig festhaltend, erhellte Feuerschein den Himmel hinter der Autobahnraststätte, gefolgt von einer heftigen Druckwelle.

Anna zuckte zusammen, klammerte sich an ihn und begann zu wimmern.

»Feuer, ich hab es doch gewusst … es brennt.«

Die Menschen am Unfallort wandten ihre Blicke dorthin, Jan sah zwischen den Bäumen Flammen aufsteigen, hoch und wild flackernd, bevor sie wieder kleiner wurden. Zudem entdeckte er Einsatzlichter von Polizeifahrzeugen, die sich aber nicht näherten, sondern an Ort und Stelle blieben.

Was war hier los?

Ein terroristischer Anschlag?

Drohte etwa immer noch Gefahr?

»Anna, kann ich Sie allein lassen?«, fragte er. »Ich muss zu meiner Frau.«

»Nein, bitte nicht!«

Jan spürte, wie sich ihre Finger in seinen Oberarm krallten.

Eine Frau um die sechzig, die die Szene beobachtet hatte, kam auf sie zu. »Ich kümmere mich, gehen Sie nur«, bot sie an.

Jan überließ ihr dankbar die Frau und rannte zwischen den kreuz und quer stehenden Wagen zurück. Auf halber Strecke kam ihm Rica entgegen, Ragna an der kurzen Leine. Trotz des Stresses, den der Wolfshund sicher verspürte, ging er ruhig neben ihr her.

»Alles in Ordnung?«, fragte Jan.

»Ragna wollte nicht mehr im Wagen bleiben. Er hat gebellt wie verrückt, und dann explodierte dort hinten plötzlich dieser Feuerball. Was ist denn hier los?«

Jan zuckte mit den Schultern. »Ich weiß es nicht, aber es sieht so aus, als ob ein Vorfall auf der Raststätte etwas mit der Person zu tun hat, die auf die Fahrbahn gelaufen ist.«

»Ist sie tot?«

Jan nickte. Er zog Rica zu sich heran und erzählte ihr flüsternd von der jungen Frau, die vor seinen Augen verstorben war, von ihren letzten Worten und dem Zettel in ihrer Hand.

»Die Grube?«, wiederholte Rica und wurde im nächsten Moment von Sirenengeheul unterbrochen.

Rettungsfahrzeuge näherten sich der Unfallstelle von der Raststätte her, die wohl eine Verbindung zu einer Land- oder Bundesstraße hatte. In wenigen Minuten würden genug Notfallsanitäter und Rettungsärzte vor Ort sein, und wahrscheinlich würde es noch Stunden dauern, bevor sie weiterfahren konnten.

»Lass uns zur Raststätte gehen und nachschauen, was los ist«, schlug Jan vor.

Sie schoben sich zwischen den Autos hindurch, überwanden eine Leitplanke und erreichten das Gelände der Raststätte. Zahlreiche Menschen kamen ihnen mit gezückten Handys entgegen, einige drehten sich in die andere Richtung, weil sie sich für das Feuer interessierten.

Jan spürte nach wie vor Verachtung für diese Gaffer, fragte sich im nächsten Moment aber, ob er sich nicht genauso verhielt. Immerhin verließ er zusammen mit Rica gerade den Unfallort, weil er wissen wollte, was hier passiert war. Andererseits ließen ihn die letzten Worte des Mädchens nicht los.

War sie auf die Autobahn getrieben worden?

Hatte sie jemand verfolgt?

Rettungswagen fuhren mit Blaulicht und eingeschaltetem Signalhorn in verkehrter Richtung auf der Abfahrt an ihnen vorbei zur Unfallstelle. Feuerwehr, Ambulanz, Polizei.

Zwei Fahrzeuge fuhren jedoch zu dem Feuer hinüber.

Ihnen folgten Jan und Rica. Ragna wurde wegen der Geräusche zunehmend nervöser, hielt sich aber gut.

Zwischen den geparkten Lkw fiel Jan eine Gruppe Männer

auf. Trucker wahrscheinlich. Sie trugen gemütliche Kleidung, so als seien sie gerade eben aus den Kojen gekrochen, hatten aber reflektierende Regenjacken übergeworfen. Sie unterhielten sich lautstark gestikulierend, Wortfetzen wehten zu Jan und Rica herüber.

»... auf mich geschossen ...«, hörte Jan heraus und sah, wie einer der Männer, ein gedrungener, beleibter Typ, auf eine Stelle am Führerhaus eines Lkw zeigte.

Jan hielt auf die Gruppe zu. Rica blieb mit Ragna hinter ihm.

»... die wurde verfolgt .... ich wollte dem Mädchen helfen, aber die war total in Panik und ist in Richtung Autobahn abgehauen ... ich konnte echt nichts machen.«

Das Einschussloch am Lkw bewies, dass der Mann wohl die Wahrheit sagte.

Aus einem weißen Handwerkerwagen, auf dessen Flanke »Haus und Hof, Dienstleistungen« stand, stieg ein Mann in Handwerkerkleidung und kam auf die Gruppe zu. Er fuchtelte aufgeregt mit den Händen und sagte, er habe den Mann genau gesehen, der geschossen hatte. Das Mädchen sei in Richtung Autobahn geflohen und der Mann dorthin gelaufen, wo es jetzt brenne.

Jan sprach den Handwerker an. »Wie sah der Schütze aus?«

»Weiß nicht, keine Ahnung, es ist ja dunkel, dazu dieser Scheißregen ... das ging alles so schnell ... Scheiße, mir klopft immer noch das Herz ...«

»Sie haben ihn aber doch gesehen!«

»Ja ... sicher ... ich glaube ... groß war er, auf jeden Fall groß, so wie Sie, und er hatte einen Vollbart und dunkle Haare ...«

»Die Kleidung?«

»Kleidung ... Scheiße, ich weiß nicht ... 'ne Winterjacke halt ... Aber ich hab genau gesehen, wie er dahin gelaufen ist, wo es jetzt brennt ...«

»Bleiben Sie hier«, sagte Jan. »Ihre Aussage ist wichtig, die Polizei wird mit Ihnen reden wollen.«

Die aufgeregte Unterhaltung der Kraftfahrer würde noch eine ganze Weile nicht verstummen, und so, wie es immer lief, würde die Wahrheit Krebsgeschwüre bekommen und zu einer Geschichte heranwachsen, die nicht mehr viel zu tun hatte mit dem, was hier passiert war. Deshalb waren Zeugenaussagen stets mit Vorsicht zu genießen.

Jan ging zurück zu Rica und zog sie und den Hund zwischen die geparkten Lkw.

»Was geht hier vor? Hat das etwas mit dem Unfall zu tun?«, fragte Rica.

»Angeblich wurde auf das Mädchen geschossen«, sagte Jan und starrte Richtung Wäldchen, wo das Feuer langsam kleiner wurde. »Der Schütze soll dorthin gelaufen sein, ehe es zur Explosion kam. Eigentlich geht es uns ja nichts an …«

»Nein. Aber du willst nachschauen gehen, oder?«

Jan konnte seiner Frau nichts vormachen. Das lag nicht etwa daran, dass sie schon so lange verheiratet gewesen wären, denn das waren sie nicht, sondern an ihrer Fähigkeit, in ihm zu lesen wie in einem offenen Buch. Oft wusste sie, was er dachte und wie er sich entschied, bevor es ihm selbst klar war.

Weitere Worte waren nicht nötig.

Rica folgte ihm mit Ragna an der Seite.

Sie näherten sich einer Dienststelle der Autobahnpolizei, kamen jedoch nicht weit, da der Bereich großräumig abgesperrt war. Ein paar wenige Beamte sicherten die Absperrung.

Im Hintergrund, durch Bäume verdeckt, loderte noch immer das Feuer, war aber schon deutlich schwächer geworden. Es roch stark nach verbranntem Gummi.

Bei dem Fahrzeug, so viel konnten sie erkennen, handelte es sich um ein Wohnmobil.

8.

Martin Eidinger rannte die Straße Richtung Innenstadt hinunter. Dorthin war seine Tochter laut den Worten des Tankstellenmitarbeiters gegangen – und dorthin war ihr angeblich dieses schäbige alte Wohnmobil gefolgt, das schließlich neben ihr gehalten hatte.

An der Stelle, die der Mann ihm gezeigt hatte, blieb Martin stehen.

Er hatte immer Romanautor werden wollen, und auch wenn es letztlich nur für einen Job bei einer Provinzzeitung gereicht hatte, bei der er in den nächsten Jahren über Schützenfeste, Fußballturniere und Vorstandssitzungen des örtlichen Taubenzüchtervereins berichten würde, so hatte er doch genug Fantasie, sich die Szene vorzustellen, die der Mann an der Tankstelle beobachtet hatte.

Dunkelheit, Regen, ein wütendes siebzehnjähriges Mädchen rennt die Straße hinunter, verfolgt von einem schäbigen Wohnmobil, die Bremslichter leuchten rot auf, das große Gefährt verdeckt das Mädchen ... und dann?

Und dann?

Hatte der Fahrer nur nach dem Weg gefragt? War seine Tochter eingestiegen? Aber warum sollte sie das tun? Martin und Lydia hatten sie immer wieder auf die Gefahren hingewiesen, die einem jungen Mädchen drohten.

Sein Handy brummte in der hinteren Hosentasche, und Martin zog es hervor. Lydia.

»Ich kann Leila einfach nicht erreichen, sie geht nicht an ihr Handy. Ich habe so große Angst! Martin, wo bist du?«

»Ich suche nach ihr.«

»Geh zur Polizei, sofort! Da ist etwas passiert, ich spüre das.«

Martin wagte es nicht, ihr von den Beobachtungen des Kassierers zu erzählen. Lydia war aufgewühlt und allein und würde vielleicht eine Panikattacke bekommen.

»Okay, schon gut, ich bin sowieso Richtung Innenstadt unterwegs und gehe sofort zur Polizei. Aber beruhig dich, bitte, ich glaube nicht, dass etwas passiert ist. Es wird eine ganz harmlose Erklärung für all das geben.«

Martin legte auf und steckte das Handy ein.

Da er vor wenigen Tagen bereits einmal einen Polizisten wegen eines Verkehrsunfalls befragt hatte, wusste er, wo sich die Polizeidienststelle befand. Sollte er wirklich alle Pferde scheu machen auf die Gefahr hin, dass er sich blamierte, weil seine Tochter ihm wegen des Streits einfach nur einen Denkzettel verpassen wollte? Die Polizisten würden ihn wahrscheinlich nicht ernst nehmen, wenn er von dem Streit berichtete.

Unschlüssig drehte Martin sich im Kreis, und sein Blick fiel auf den Grünstreifen am Fahrbahnrand. Dort lag etwas, das er zu kennen glaubte.

Martin bückte sich und hob es auf.

Er hatte sich nicht getäuscht. Es war der Schal, den seine Mutter für ihr Enkelkind gestrickt hatte.

9.

Jan und Rica drangen bis zu der Dienststelle der Autobahnpolizei vor. Ein heruntergekommenes Flachdachgebäude ohne Beleuchtung, das wohl nicht mehr in Benutzung war. Sie gaben sich einem der uniformierten Polizisten als Zeugen zu erkennen. Er bat sie, zu warten. Also standen sie eine halbe Stunde in dem kalten Nieselregen, bis ein Beamter in Zivil auf sie zukam. Er trug einen knielangen schwarzen Mantel aus Schurwolle, an dem die Regentropfen einfach so abperlten. Sein grau meliertes Haar war an den Seiten kurz und oben füllig, hinter den Brillengläsern, die in einem feinen, silbernen Rahmen steckten, erkannte Jan die hellwachen, intelligenten Augen von Arthur König.

»King Arthur!«, stieß Jan aus. Er war nicht erfreut, ausgerechnet diesen Beamten hier zu treffen.

Ragna auch nicht. Ohne ersichtlichen Grund bellte er den Mann an, und als Rica ihn zur Ordnung rief, behielt der Hund ein leises Knurren bei, das tief in seiner Kehle entstand.

Mit den Händen in den Taschen blieb der Hauptkommissar hinter der Absperrung stehen. Sein Blick wechselte von Jan zu Rica und zurück.

»Jan Kantzius, ich bin überrascht – und das an einem Abend voller Überraschungen.«

Jan stellte ihm Rica vor, denn die beiden waren einander noch nicht persönlich begegnet. Jan hatte seiner Frau aber von seinem ehemaligen Kollegen erzählt, der wegen seines Namens oft als King Arthur angesprochen oder wahlweise verspottet wurde, je nachdem, wer das Wort führte. Arthur König hatte einen messerscharfen Verstand und wusste ihn einzusetzen, darüber hinaus war er belesen, rhetorisch geschickt und immer gut gekleidet. Manch einer warf ihm deshalb Arroganz vor.

Zu Recht, wie Jan fand, allerdings nicht aus diesen Gründen. König hielt sich für unfehlbar und glaubte darüber hinaus, dass seine Position es ihm gestattete, auf andere hinabzuschauen.

»Was macht ihr hier?«, fragte König.

»Wir sind auf der Autobahn in den Unfall geraten.«

»Und warum seid ihr dann nicht bei eurem Wagen geblieben?«

Jan erzählte ihm, was sie vor wenigen Minuten auf der nahe gelegenen Autobahn erlebt hatten.

»Es waren noch keine Polizisten da, deshalb sind wir hierhergekommen«, umschiffte Jan den wahren Grund: Neugier.

»Ein junges Mädchen?«, fasste König nach. »Und sie ist tot?«

Jan nickte. »Sie ist ganz sicher tot. Ich war nah an ihr dran, so nah, dass ich ihre letzten Worte hören konnte.«

»Was hat sie gesagt?«

»Die Grube …«

»Die Grube?«, wiederholte Arthur König, zog die Augenbrauen hoch und nahm seine Brille ab, auf der sich die Regentropfen gesammelt hatten. Er ließ sich Zeit damit, sie abzuwischen und in ein Lederetui zu stecken.

»Wir haben da vorn auf dem Parkplatz die Unterhaltung einiger Trucker mit angehört. Es klingt, als sei das Mädchen verfolgt worden. Jemand hat wohl auf sie geschossen«, sagte Jan und zeigte in die Richtung, in der immer noch die Männergruppe beisammenstand. »Da ist ein Handwerker dabei, der behauptet, den Schützen gesehen zu haben. Den solltet ihr auf jeden Fall vernehmen. Er hat den Mann dorthin laufen sehen, wo es brennt. Weißt du schon, was hier passiert ist?«

Sein ehemaliger Kollege, der einiges von dem wusste, was vor drei Jahren dazu geführt hatte, dass Jan aus dem Polizeidienst ausgeschieden war, sah ihn nachdenklich an, als müsse er sich entscheiden, wie viel er Jan mitteilen durfte. Hätte King Arthur alles von damals gewusst, hätte er nicht nachdenken müssen, dann hätte er Jan sofort abgewiesen.

»Also schön ... kommt mit«, sagte König. »Aber behaltet die Dreckstöle unter Kontrolle ... ich hasse Hunde!«

Er drehte sich um und ging auf die Dienststelle der Autobahnpolizei zu. Auf halber Strecke wies er einen uniformierten Beamten an, mit den Fernfahrern zu sprechen und sich für eine Vernehmung die Personendaten geben zu lassen. Dann führte er Jan und Rica zu einem Seiteneingang.

»Die Dienstelle ist nicht mehr in Betrieb«, sagte er. »An der nächsten Abfahrt haben sie ein neues, modernes Gebäude errichtet.«

Arthur König führte sie in einen kleinen Raum, in dem es lediglich einen Tisch und vier Stühle gab. Überall lag Staub, es roch muffig.

»Da vorn brennt ein Fahrzeug, ein Wohnmobil, wahrscheinlich mit einer Person darin. Näheres erfahren wir erst, wenn das Feuer gelöscht und die Karosserie ausgekühlt ist. Ich brauche unbedingt deine Aussage – und die deiner Frau natürlich.«

»Sicher, kein Problem. Um wen handelt es sich bei der Person im Fahrzeug?«

King Arthur lächelte spöttisch. »Du bist nicht mehr im Team, schon lange nicht mehr. Vergessen?«

»Wie könnte ich.«

»Ja, richtig, wie könntest du. Wie man hörte, war es am Ende dann doch zu viel für dich. Ist nicht jedermanns Sache, dieser Job, nicht wahr.«

Jan wollte etwas erwidern, doch in dem Moment betrat ein

uniformierter Beamter den Raum und bat König, wegen einer wichtigen Sache mitzukommen.

»Wartet hier«, sagte er und verschwand.

»Warum hast du ihm nichts von dem Zettel erzählt?«, fragte Rica flüsternd.

Jan musste nicht lange nach einer Antwort suchen. »Ich habe King Arthur nie vertraut.«

10.

Die offizielle Suche nach Leila war eingeleitet, doch Martin Eidinger durfte sich nicht beteiligen. Stattdessen brachten ihn die beiden uniformierten Beamten, bei denen er auf der kleinen Polizeidienststelle von Taubenheim die Vermisstenanzeige aufgegeben hatte, dorthin zurück, wohin er nicht wollte.

In das kleine Haus in der Gartenstraße.

Das noch kein Zuhause war.

Und wohl auch niemals eines werden würde.

Das Haus war hell erleuchtet, als der Streifenwagen gegen dreiundzwanzig Uhr vorfuhr. Hinter allen Fenstern brannte Licht, so als habe Lydia versucht, einen Leuchtturm in der Dunkelheit zu schaffen, damit ihre Tochter nach Hause fand.

Da Martin sich per Handy angekündigt hatte, stürzte Lydia aus dem Haus, noch bevor der Streifenwagen stand.

Martin erwartete Schuldzuweisungen, Tränen und Geschrei, doch seine Frau überraschte ihn. Sie fiel ihm um den Hals und drückte ihn so fest an sich, wie er es noch nie zuvor erlebt hatte.

»Wir finden sie«, flüsterte sie dicht an seinem Ohr.

»Können wir hineingehen?«, fragte einer der Beamten.

Martin und Lydia gingen voran, die Polizisten folgten.

Als Martin das Haus betrat, fiel ihm etwas auf, das er in den letzten Wochen erfolgreich ignoriert hatte.

Das Chaos darin.

Es begann schon im Flur, den man im Zickzackkurs durchqueren musste, weil noch nicht ausgepackte Umzugskartons herumstanden. Dieser Umzug hatte sie all ihre Kraft gekostet, es war nicht mehr genug übrig geblieben, um das Haus sofort einzurichten. Sie hatten zu wenig Geld, als dass sie eine Umzugsfirma damit hätten beauftragen können, also hatten sie sich den billigsten Transporter gemietet, den sie im Internet finden konnten, und es selbst gemacht.

Es war Martin peinlich, jetzt fremde Menschen in dieses Chaos zu führen.

Sie gingen in die Küche, den einzigen Raum, der fix und fertig hergerichtet war.

»Sie wohnen noch nicht lange hier?«, fragte der ältere Beamte.

»Wir sind vor drei Wochen aus Frankfurt hierhergezogen«, erklärte Martin. »Ich bin Journalist und arbeite jetzt für die hiesige Tageszeitung.«

»Wie lange haben Sie in Frankfurt gelebt?«, wollte die junge Polizistin mit dem kurzen Haar wissen.

»Zwanzig Jahre«, antwortete Martin.

»Dann wurde Ihre Tochter also dort geboren und hat ihre gesamte Schulzeit in Frankfurt verbracht«, hakte die Polizistin nach, obwohl das ja auf der Hand lag.

Nachdem Martin das bestätigt hatte, tauschten die Beamten einen bedeutsamen Blick. Einen Blick, der Martin nicht gefiel.

»Was ist?«, fragte er.

»Können wir uns bitte einen Moment setzen?«, bat der Beamte.

Um den kleinen Tisch herum standen vier Stühle. Lydia nahm den Stapel Tageszeitungen von dem einem, den sie sonst nicht benutzten. Seitdem Martins Artikel in der Zeitung erschienen, sammelte Lydia sie. Einerseits fand Martin das ein wenig befremdlich, weil es langweilige Berichte über langweilige Themen waren, andererseits war er seiner Frau dankbar für ihr Interesse.

»Frau Eidinger ... Herr Eidinger«, begann der Beamte in einem belehrenden Tonfall, der sofort sauer aufstieß. »Wie hat Leila sich eingelebt?«

»Was soll die Frage?«

»Hat sie Probleme in der Schule, wird sie als Neue vielleicht gemobbt?«

»Nicht, dass wir wüssten.«

»Und zu Hause? Wie ist das Klima hier?«

»Jetzt hören Sie mal ...«, begann Martin, wurde aber von Lydia unterbrochen, indem sie ihm eine Hand auf den Unterarm legte.

»Es gab einen Streit am heutigen Abend«, gab sie zu. »Wegen dem Umzug.«

»Erzählen Sie bitte«, forderte die Beamtin auf.

»Leila ist noch nicht hier angekommen ... das sind wir alle nicht, doch sie tut sich besonders schwer damit, aber das ist ja auch kein Wunder, musste sie ja ihre Freundinnen und Freunde in Frankfurt zurücklassen. Darüber haben wir gestritten ...«

»Und dann ist Ihre Tochter aus dem Haus gelaufen?«

»Ja ... nein, ich habe noch mit ihr gesprochen, vor der Tür«, erklärte Lydia. »Sie musste raus und hätte sich nach dem Streit mit meinem Mann nicht aufhalten lassen, dafür war sie zu verletzt, aber ich konnte sie überreden, hinüber ins Level24 zu gehen und dort auf meinen Mann oder mich zu warten.«

»Sie hat also nur mit Ihnen gestritten?«, hakte die Beamtin nach.

Martin nickte. »Ja ... und ich war unfair zu ihr.«

»Darf ich fragen, welche Worte gefallen sind?«

Martin musste sich überwinden, zu wiederholen, was er seiner Tochter an den Kopf geworfen hatte. Sich selbst gegenüber hatte er es noch mit Leilas Verhalten rechtfertigen können, aber er konnte den Polizisten ja schlecht erklären, dass seine siebzehnjährige Tochter so gemein zu ihm gewesen sei.

Martin schämte sich abgrundtief. Mit leiser Stimme und gesenktem Blick sagte er: »Ich habe gesagt, sie kann ja ausziehen, wenn es ihr hier nicht passt.«

Darauf herrschte einen Moment Stille in der Küche.

Wieder wechselten die Beamten einen vielsagenden Blick.

»Herr und Frau Eidinger«, begann der Polizist schließlich. »Ich weiß, Sie machen sich Sorgen, aber solche Fälle kommen häufiger vor, als Sie glauben. Sie werden sehen, spätestens Morgen steht Ihre Tochter reumütig vor der Tür.«

Lydia riss die Augen auf. »Das heißt, Sie werden nicht nach ihr suchen!?«

»Doch … natürlich«, sagte der Mann. »Es ist sowieso ein Streifenwagen im Stadtgebiet unterwegs, der wird nach Ihrer Tochter Ausschau halten.«

Martin wollte widersprechen, aber er wusste, wie intensiv nach einem vermissten Teenager gesucht wurde, hing von der Einschätzung der Gefährdung durch die Polizei ab.

Und hier sah alles nach einem vor Wut getürmten Teenager aus.

KAPITEL 2

1.

VORHER

»Ich habe gehört, du willst nicht mehr?«
Sie, die keinen Namen mehr hatte, ihn weder nennen noch denken konnte, fühlte sich so unendlich müde und kraftlos, dass es ihr nicht einmal etwas ausmachte, den Mann mit den entsetzlich rauen Händen im Türrahmen stehen zu sehen – zuvor hatte sein Anblick sie regelmäßig in Panik versetzt. Doch nun war ihr gleichgültig, was mit ihr geschah, und wenn dies der Tag war, um zu sterben, dann war es eben so.

Sie antwortete nicht. Fuhr stattdessen weiter damit fort, ihre langen, gepflegten Nägel an der rauen Betonwand neben ihrem Bett abzuschaben. Seit einer halben Stunde fuhr sie daran hoch und runter und hatte längst deutliche Spuren in den Beton gekratzt. Dadurch waren ihre Fingerkuppen aufgerissen und blutig und die Nägel zersplittert. Eigentlich müssten die Wunden deutlich mehr Schmerzen verursachen, als sie empfand, aber mit dem Schmerz war das so eine Sache. Er nutzte sich in dem Maße ab, wie er hervorgerufen wurde, und da Schmerz ihr ständiger Begleiter geworden war, körperlich wie seelisch, war er nur mehr ein stumpfes Schwert.

Hoch und runter an der Betonwand, immer wieder.

Sie wollte nicht länger perfekte Schöne-Mädchen-Nägel. Sie wollte ein Äußeres, das zu ihrem Inneren passte. Alles musste rau und derb werden, schrundig und hässlich, zerrissen und vernarbt.

»Hör auf damit«, sagte der Mann mit den rauen Händen, der

wohl Henk hieß, zumindest hatte er sich einmal am Telefon so gemeldet.

Wie immer klang seine Stimme ein wenig gelangweilt und tonlos. Nie schwangen Emotionen darin mit, er sprach wie eine Apparatur, nicht wie ein Mensch, und vielleicht war er ja auch keiner. Menschen hatten doch eine rote Linie in ihrem Unterbewusstsein, oder nicht? Grenzen, die nicht überschreitbar waren, eine Art evolutionärer Schutz vor der Auslöschung der eigenen Rasse.

Sie kratzte weiter an der Wand herum. Zum allerersten Mal hörte sie nicht auf ihn und spürte dieses Aufbegehren als warmes Gefühl ihren Körper fluten, und als er von der Tür her durch den Raum auf sie zukam, kratzte sie sogar noch heftiger, freute sich über den tauben Schmerz und die brechenden, reißenden Nägel, freute sich so sehr, dass sie ein hysterisches Lachen ausstieß. Es hallte zwischen den Wänden wider, und weil sie nicht glauben konnte, dass es ihr Lachen war, vermutete sie noch jemand anderen im Raum.

Henk packte ihre Handgelenke und zog sie zu sich heran. Wie jedes Mal hatte sie das Gefühl von Schleifpapier auf der Haut, so rau waren seine Hände. Sie stemmte sich dagegen, aber es war natürlich zwecklos.

»Jetzt schau dich an«, sagte er kopfschüttelnd und betrachtete ihre geschundenen Hände. »Wie soll ich das wieder in Ordnung bringen? Sag es mir! Wenn ich das nicht in Ordnung bringen kann, werfe ich dich weg.«

Woher sie die Kraft fand, ihm in die Augen zu schauen, wusste sie nicht. Sie war plötzlich da. Ein Gefühl, als könne die Welt ihr nichts anhaben – dieser Mann schon gleich gar nicht.

Diese schönen Augen! Braun und warm und freundlich. Was hatten diese schönen Augen in so einem Menschen zu suchen? Wie konnte die Natur einen solch fatalen Fehler begehen? Oder war es kein Fehler, sondern beabsichtigte Täuschung? Versteckte sich auf diese heimtückische Art das Böse hinter dem Schönen?

Sag ihm, wer du bist!

Der Gedanke schoss wie ein Stromstoß durch ihren mageren Körper und ließ ihr keine Zeit, darüber nachzudenken. Sie tat es einfach.

»Ich bin … ich bin … mein Name …«

»Psst, tu das nicht!«, warnte Henk sie, aber sie konnte nicht mehr zurück.

Ihr Name war in ihr, sie spürte ihn, es fehlte nur noch ein Quäntchen, dann würde sie ihn aussprechen, ihn ausspeien wie etwas, das in ihrer Kehle steckte und sie zu ersticken drohte. Sie musste dieses eine Wort finden, das alles enthielt, was sie je gedacht, gefühlt und erlebt hatte.

»Ich bin … mein Name ist …«

Warum ging es nicht? Warum brachte sie ihn nicht über die Lippen?

»Okay, bitte, wenn du es unbedingt willst …«

Er brauchte nur wenige Handgriffe, um ihr den Knebel anzulegen, band ihn so straff, dass der Stoff ihr tief in die Mundwinkel schnitt und ihr Gesicht zu einer Grimasse machte. Zusätzlich band er noch ihre Hände und Füße ans Bettgestell.

Dann verließ er den Raum und kehrte nach wenigen Minuten mit der tragbaren Apparatur zurück. Sie wusste, was sie erwartete.

Sie fühlte tief in sich hinein, suchte nach Furcht oder Entsetzen, doch die Lager waren leer gefegt, nichts mehr da. Stattdessen nur noch Gleichgültigkeit, ein großes schwarzes Nichts, in dem sie sich aufzulösen begann. Was konnte er ihr antun, was er ihr nicht schon Dutzende Male angetan hatte? Nichts, nichts, nichts …

Gegen das Gefühl, ins Nichts überzugehen, setzte sie die Suche nach dem Namen fort, den ihre Eltern ihr gegeben hatten, den ihre Mutter ihr als Erste ins Ohr geflüstert hatte, der, aus Zuckerguss gegossen, auf der übergroßen Torte zu ihrer Konfirmation gestanden hatte, den ihr Freund bei ihrem ersten Mal mit so tief empfundener Liebe gehaucht hatte. Ihr Name, ihr Ich. Zwar konnte sie die Zunge nicht bewegen mit dieser Sperre im Mund, aber sie konnte ihren Namen denken und sich vorstellen, wie sie ihn hinausrief, damit alle Welt ihn hörte.

Doch bevor sie dazu kam, befestigte Henk auch schon die beiden Metallplättchen mit Klebeband an ihren Schläfen, nachdem er zuvor die Haut dort mit einem kleinen, weichen Schwamm angefeuchtet hatte. Danach musste er nur noch den Joystick auf dem kleinen Schaltpult der Apparatur nach unten drücken, dann floss der Strom.

Dann brannte ihr Körper von oben bis unten, von innen nach außen und wieder zurück.

Und ihr Name verschwand erneut in tiefer Dunkelheit.

Wieder wurde sie zur Namenlosen.

2.

Barfuß trat Jan Kantzius in die Nacht hinaus und spürte unter den Füßen die feuchtkalten, hölzernen Terrassendielen. Der Regen hatte am frühen Abend nachgelassen, der Himmel war aufgerissen und jetzt, weit nach Mitternacht, sternenklar. Gegen Morgen würde es Frost geben, den ersten in diesem Jahr, für Mitte November nicht ungewöhnlich.

Jan liebte kaltes Wetter, mochte es, zu frieren. Er setzte sich gern dieser Empfindung aus, die ihn spüren ließ, dass er noch lebte.

Er trug lediglich Shorts und ein T-Shirt, die Kleidung, mit der er vor zwei Stunden zu Rica ins Bett gekrochen war. Sie schlief tief und fest, er selbst war nach einer halben Stunde hochgeschreckt und hatte danach nicht wieder in den Schlaf finden können.

Lange Zeit hatte er Rica im einfallenden Mondlicht betrachtet. Das tat er gern. Jedes Detail prägte er sich dabei ein. Die langen schwarzen Wimpern, den sanften Schwung ihrer Ober- und Unterlippe, die ovale Form ihrer Nasenlöcher, die kleine Delle in ihrer Nasenspitze, die beiden Narben unter dem Haaransatz.

War Rica wach, gruben sich rechts und links neben dem Mund zwei Falten in die Haut, doch wenn sie schlief, waren sie verschwunden. Allerdings nur, wenn sie entspannt schlief und nicht von Albträumen heimgesucht wurde. Auch dabei hatte Jan sie schon beobachtet und festgestellt, dass zuerst die Falten auftauchten, dann die Träume. Ricas Erlebnisse hatten sich nicht nur in ihre Seele, sondern auch in ihr Gesicht gegraben, und es grenzte an ein Wunder, dass es nur diese beiden kleinen Fältchen und Narben waren und nicht mehr. Denn was seine Frau erlebt hatte, bevor sie seine Frau geworden war, sprengte das Fassungsvermögen eines Lebens bei Weitem. Auch ihren Verstand und ihr Herz hätte es sprengen müssen, doch das war zum Glück nicht geschehen.

Jan wusste, er hatte Anteil daran.

Deshalb lebte er noch.

Er sog die kalte Nachtluft tief ein und beobachtete Ragna, den Wolfshund, wie er über das große, hügelige Grundstück auf den Waldrand zustromerte – ohne Hast und mit der gebotenen Erhabenheit, die ihm zu eigen war. Der Hund freute sich über den überraschenden nächtlichen Ausflug und hatte sicher nichts einzuwenden gegen die Grübelei, die Jan aus dem Bett getrieben hatte.

Er dachte über den Unfall nach. Spät in der Nacht hatten sie mit dem Defender, der – oh Wunder! – nicht mehr als eine Delle im hinteren Kotflügel davongetragen hatte, nach Hause fahren können. Nach der Ankunft auf ihrem alten Hof im Hammertal waren sie todmüde ins Bett gefallen, wo sie bis zum Mittag geschlafen hatten. Kein Wunder also, dass Jan jetzt nicht müde war, aber daran lag es nicht allein.

Die Grube.

Die letzten Worte des sterbenden Mädchens, der Zettel in ihrer Hand … das alles ließ Jan nicht los.

Wie hing das zusammen? Das Mädchen, das ausgebrannte Auto, der Schusswaffengebrauch auf der Raststätte?

Jan musste einen Weg finden, an Informationen zu gelangen, denn die Sache einfach zu vergessen entsprach nicht seinem Naturell. King Arthur würde ihn auf keinen Fall in laufende Ermittlungen einbinden. Jan war kein Polizist mehr, nur noch Privatermittler, die standen nicht gerade hoch im Kurs bei ehemaligen Kollegen, schon gar nicht angesichts der Geschichte, die Jan an den Hacken klebte. In bestimmten Kreisen würde sie nie in Vergessenheit geraten.

Jan schlang sich zitternd die Arme um den Oberkörper. Ragna war in der Dunkelheit am Waldrand nicht mehr zu sehen, hören konnte er ihn auch nicht, deshalb pfiff Jan nach ihm. Ragna war gut erzogen, hatte aber durchaus seinen eigenen Kopf. Wenn er der Meinung war, er habe zu tun, ignorierte er seine Leute geflissentlich. Seine Geschäfte standen über den ihren!

Diesmal kam er aber und wirkte ganz zufrieden.

Jan ließ ihn rein, schloss die Terrassentür und ging zu dem Schreibtisch, der in dem großen offenen Wohnbereich zwischen alten Fachwerkbalken stand. Eine kleine Lampe mit grünem Schirm tauchte ihn in eine Lichtinsel.

Unter der Schreibtischauflage lag der Zettel aus der Hand des toten Mädchens.

Jan holte ihn hervor.

Es handelte sich um eine blasse Bleistiftzeichnung. Sie wirkte auf Jan, als hätte jemand, der von der Arbeit eines Architekten oder Bauzeichners wenig Ahnung hatte, versucht, eine Bauzeichnung zu erstellen. Auf dem zerknitterten und mit kleinen Blutflecken gesprenkelten DIN-A5-Blatt befanden sich fünf miteinander verbundene Rechtecke. Es hätte ein sechstes geben können, wäre es nicht nach unten hin offen gewesen. So aber lagen diese fünf Rechtecke in U-Form um das Unvollständige wie eine Ansammlung von Gebäuden. Auf die Idee, dass es sich dabei um Gebäude handeln könnte, kam Jan, weil in jedes Rechteck die Quadratmeterzahl eingetragen war. In das größte Rechteck zweihundertvierzig Quadratmeter, in das längere, dünnere Rechteck hundertzwanzig, in die beiden anderen neunzig und sechzig. In das Rechteck mit der Zahl sechzig darin war ein weiteres, sehr kleines Rechteck ohne Zahl eingezeichnet.

Am unteren Rand des Zettels befand sich so etwas wie eine Einkaufsliste aus Mengenangaben im Verhältnis zu Maßen.

Vier mal achtzig auf dreißig.

Acht mal neunzig auf neunzig.

Vierzig mal sechs auf neun.

Jan hatte auf dem Hof handwerklich vieles selbst gemacht, und wenn er Bretter oder Kanthölzer benötigte, schrieb er das so ähnlich auf, bevor er in den Baumarkt fuhr.

Es war ziemlich eindeutig, dass diese Liste auf einem anderen Blatt Papier des Blockes, von dem sie gerissen worden war, ihre Fortsetzung fand.

Das alles verwirrte Jan.

Wie war das Mädchen an diesen Zettel gelangt, und warum war er ihr so wichtig gewesen, dass sie nicht einmal bei dem verheerenden Unfall auf der Autobahn die Faust geöffnet hatte, für Jan aber schon?

Wenn Jan nicht herausfand, was der Zettel zu bedeuten hatte, würde er zumindest dazu dienen können, bei Arthur König einen Fuß in die Tür zu bekommen – auch wenn es nur schwer zu erklären sein würde, warum er ihn nicht sofort am Abend des Unfalls abgegeben hatte. Jan würde sich darauf berufen, dass er unter Schock gestanden und es vergessen hätte. Natürlich würde König ihm kein Wort glauben, aber das war unwichtig.

Ein paar wenige Informationen zu dem mysteriösen Vorfall auf der Raststätte, mehr wollte Jan gar nicht. Ob er dann anfangen würde zu ermitteln, wusste er noch nicht. Niemand hatte ihn beauftragt, aber das war auch nicht zwingend notwendig. Geld interessierte ihn nicht, wenn sein Jagdinstinkt erst einmal geweckt war. Nicht zuletzt hing es auch davon ab, wie die Polizei vorgehen und ob sie die Hintergründe schnell aufdecken würde. Und da hatte er seine Zweifel, denn er kannte Arthur König. Wenn ein Fall Prestige versprach, Auftritte in Pressekonferenzen, ihn in die oberen Etagen der Gesellschaft führte, dann wuchs er über sich hinaus, war ein brillanter Ermittler. In der Gosse wühlte er jedoch nicht gern und verlor schnell das Interesse.

Jan konnte sich noch gut an diesen ätzenden Satz von König erinnern, damals, als Jans Polizeikarriere den Bach hinuntergegangen war.

»Polizeiarbeit ist Fleißarbeit, und wenn man nicht fleißig und sorgfältig ist, kommen eben Menschen ums Leben. So ist das.«

Dieses selbstgerechte Arschloch!

Aber König war nicht sein Beweggrund, diesen Vorfall an der Autobahn aufzuklären.

Das Geheimnis um den Tod des Mädchens durfte kein Geheimnis bleiben, denn dann wäre ihr Tod sinnlos. Und Jan war viel zu sehr Ermittler, um das hinnehmen zu können – ob er nun Polizist war oder nicht.

Jan begann, auf die Schreibtischunterlage zu kritzeln. Er kritzelte oft, das half ihm beim Nachdenken, dementsprechend sah seine Schreibunterlage aus. Rica hatte das Wirrwarr aus Strichen, Kreisen und anderen geometrischen Formen mal als die Kunst eines Verwirrten mit fragmentarischen Resten von Verstand bezeichnet, und wenn Jan es genau betrachtete, konnte er dem nicht widersprechen.

Plötzlich hörte Jan Geräusche hinter sich und fuhr herum. Rica stand am Fuß der Treppe, die ins Obergeschoss des alten Bauernhauses führte. Sie trug Shorts und ein weißes Top, ihr schwarzes Haar war zerzaust, die onyxschwarzen Augen müde und tief.

»Warum bist du nicht bei mir im Bett?«, wollte sie wissen, kam zu ihm und schlang ihm die Arme um den Hals. »Du bist ja ganz kalt!«, beschwerte sie sich.

»Ich war mit Ragna draußen.«

»Habt ihr beide ein Bein am Baum gehoben?«

»Noch schlimmer!«

»Keine Details, bitte! Wir haben eine Toilette!«

»Du weißt, ich bin ein Naturbursche.«

Er bekam einen zärtlichen Klaps an den Hinterkopf. »Und was machst du jetzt hier am Schreibtisch mitten in der Nacht, Naturbursche?«

»Nachdenken.«

Sie las, was er aufgeschrieben hatte. »Es lässt dir keine Ruhe, nicht wahr?«

»Ich werde ihr Bild nicht los ... Ich glaube, sie wusste, dass sie stirbt, und sie kämpfte nicht dagegen an, war vielleicht sogar erleichtert. Es hätte auf der Raststätte Dutzende Fluchtrouten gegeben, sie hätte nicht in den Verkehr laufen müssen.«

»Du glaubst, sie wollte sterben?«

»Nicht in dem Sinne eines Suizids, aber wer auch immer da hinter ihr her war, sie zog es vor zu sterben, statt ihm wieder in die Hände zu fallen.«

»Sie war in Panik.«

»Ja, wahrscheinlich. Aber was hat es mit dem Zettel auf sich? Ich werde nicht schlau daraus ... Hat sie den gezeichnet? Wollte sie Informationen weitergeben?«

»Du hast den Zettel nicht König gegeben«, sagte Rica. Es klang weder wie eine Frage noch wie ein Vorwurf.

»Vielleicht bekommt er ihn, wenn er uns Informationen zu dem Fall gibt.«

»Du glaubst, er lässt sich erpressen?«

»So würde ich es nicht nennen. Vielleicht eher ein Quidproquo.«

»Ich hätte auch ein Quidproquo für dich«, flüsterte Rica an seinem Hals. »Du kommst wieder zu mir ins Bett, und ich schaue, wie ich dich ganz schnell warm bekomme.«

Für den Rest der Nacht spielte Arthur König keine Rolle mehr.

3.

Martin Eidinger lebte nicht mehr in der realen Welt, seine Frau Lydia ebenfalls nicht. In der realen Welt stand man morgens auf, frühstückte, ging zur Arbeit, kaufte ein, trieb Sport, sah eine Serie über einen Streamingdienst, ging ins Bett. Routine in Endlosschleife, eine Offenbarung aus jetziger Sicht.

In der realen Welt erwachte man nicht mit einem Taubheitsgefühl in Kopf und Körper. Man stahl sich nicht aus dem Ehebett, weil man die Vorwürfe der eigenen Frau fürchtete. Man weinte auch nicht hemmungslos und bekam keine Zitteranfälle unter der Dusche.

Aber genau aus solchen und ähnlichen Begebenheiten bestand ihre Welt jetzt. Denn ihre Tochter war seit zwei Tagen verschwunden.

Der Beamte hatte sich getäuscht. Leila hatte nicht am nächsten Tag reumütig vor der Tür gestanden.

In jener verregneten Nacht hatte die Polizei sie nicht finden können, danach auch nicht, nicht einmal eine Spur – außer der einen! Leilas Schal an der Stelle, an der laut Aussage des Tankstellenmitarbeiters das Wohnmobil neben ihr gehalten hatte.

Keine Antworten bisher von der Polizei, aber der leitende Kommissar hatte sich für neun Uhr angekündigt, in einer Stunde also. Tausend Gedanken schossen Martin durch den Kopf, als er unter der Dusche stand und versuchte, irgendwie in den Tag zu finden und das taube Gefühl loszuwerden.

Es erwies sich als hartnäckig, war noch da, als er sich die Haare trocken rubbelte.

Vielleicht war es ja sogar wichtig. Um ihn zu schützen. Denn würde er den Schmerz und die Angst ungefiltert wahrnehmen, würde er zusammenbrechen, und das durfte auf keinen Fall passieren. Er musste seinen Mann stehen und dabei helfen, seine kleine Fee zu finden.

Als Martin aus dem Bad trat, kam ihm Lydia aus dem gegenüberliegenden Schlafzimmer entgegen. Und schon war er wieder da, dieser Moment der Unsicherheit, in dem sie beide nicht wussten, was sie sagen, wie sie sich begegnen sollten. Noch hatte Lydia nichts gesagt, aber Martin spürte die Vorwürfe unter der Oberfläche der maßlosen Angst. Irgendwann würden sie hindurchbrechen, Worte wie: »Warum warst du so gemein zu ihr, warum hast du sie aus dem Haus getrieben, warum mussten wir wegen dir hierherziehen.«

Martin hoffte, dass es nicht so weit kam, dass seine kleine Fee vorher wiederauftauchte und alles gut werden würde.

»Wie geht's dir?«, fragte er und wollte Lydia umarmen, doch sie drückte sich an ihm vorbei ins Bad.

»Ich muss dringend.«

Schon war sie verschwunden.

Martin starrte das Türblatt an, hob die Hand, um zu klopfen, ließ es aber und ging stattdessen mit um die Hüfte gebundenem Handtuch in die Küche und setzte Kaffee auf.

Bis es an der Haustür klingelte, liefen er und Lydia aneinander vorbei, sprachen kaum, und wenn, dann war es belanglos.

Martin öffnete dem Kommissar. Er hieß Ludovic. Ein großer, schlanker Mann mit kurz geschorenem Haar und stechenden Augen in jugendlicher Kleidung mit abgestoßenen Sneakers, deren weiße Sohle längst schwarz geworden war. Martin schätzte ihn auf Mitte dreißig.

Die Einladung zum Kaffee nahm Ludovic gern an. Mit den Bechern in der Hand belagerten sie einander zu dritt in der

Küche, dem einzigen fertig eingerichteten Raum des Hauses, weil sie die Einbauküche vom Vorgänger übernommen hatten.

»Vorweg«, begann Ludovic, »sagt Ihnen der Familienname Füllkrug etwas?«

Martin und Lydia sahen einander an, schüttelten den Kopf.

»Nein, warum?«

»Nicht so wichtig. Leider habe ich noch keine guten Nachrichten für Sie. Keine Spur von Leila bisher, mit Ausnahme des Schals.«

»Wird er auf genetisches Material untersucht?«, fragte Martin.

Ludovic seufzte. »Die Labore sind überlastet.«

Lydia riss die Augen weit auf. »Wollen Sie damit sagen, Sie warten, bis die Labore irgendwann so weit sind?«

»Nein, sicher nicht. Zwischenzeitlich suchen wir natürlich nach Ihrer Tochter.«

»Und wie muss ich mir das vorstellen?« Sie schoss ihre Frage ab wie einen giftigen Pfeil.

Doch er verfehlte sein Ziel. Der Kommissar ging nicht darauf ein. Er stieß sich von der Arbeitsplatte ab, an der er gelehnt hatte, ging in der Küche umher und deutete auf die Umzugskartons, die sich auf dem Flur stapelten.

»Ich habe herumtelefoniert«, begann er. »Mit der alten Schule Ihrer Tochter. Man sagte mir, Leila wäre lieber dortgeblieben, wegen ihrer Freunde ...« Mit hochgezogenen Augenbrauen sah er sie an und trank von seinem Kaffee.

Martin bemerkte, dass Lydia kurz davor war, zu explodieren. Deshalb trat er einen Schritt vor und übernahm es, zu antworten. »Natürlich wollte sie das, alles andere wäre ein Wunder. Meine Frau und ich wären auch lieber in Frankfurt geblieben, aber wir mussten wegen meines neuen Jobs umziehen. Es ging nicht anders.«

Martin senkte den Kopf und trat vor das Fenster, das in einen trostlosen kleinen Garten hinausging. Die Aussicht auf einen eigenen Garten, den sie in ihrer Etagenwohnung in Frankfurt natürlich nicht gehabt hatten, war eines seiner Argumente für diesen Umzug gewesen. Nur leider hatte sich das Grundstück des Hauses als Brachland entpuppt, in das er jede Menge Arbeit würde stecken müssen.

»Wollen Sie etwa immer noch andeuten, Leila sei abgehauen?«, mischte sich Lydia ein. »Sie wäre längst wieder hier, wenn es so wäre.«

»Na ja, Sie hatten einen heftigen Streit.«

Martin antwortete mit Blick nach draußen, in die Einöde, in der aus einem übervollen grünen Kunststofffass Regenwasser auf den Boden und von dort in Richtung Haus lief. Das tat es wohl schon länger, die feuchte Stelle im Fundament zeugte davon. »Ja, hatten wir, aber das hat nichts mit ihrem Verschwinden zu tun.«

»Ach nein?«, sagte Ludovic und zog die Augenbrauen hoch.

»Was wollen Sie damit andeuten?«

»Ich will damit sagen, es besteht sehr wohl die Möglichkeit, dass Ihre Tochter von Ihnen fortgelaufen ist, weil sie sich hier unwohl fühlt und sich nach ihren Freunden sehnt. So etwas kommt vor, und zwar häufiger, als Sie denken. Mehr als sechzigtausend Kinder und Jugendliche werden in Deutschland jedes Jahr vermisst gemeldet, tauchen aber in neunundneunzig Prozent aller Fälle wohlbehalten wieder auf. Sie laufen aus den unterschiedlichsten Gründen davon. Liebe, Ärger, Frust, Streit, Angst.«

»Leila ist nicht fortgelaufen!«, sagte Lydia mit fester Stimme. »Wenn das jemand beurteilen kann, dann ja wohl wir als Eltern.«

»Bei allem Respekt, die Eltern sind in solchen Fällen oft die Letzten, die so etwas beurteilen können.«

»Aber ihr Schal lag dort, wo das Wohnmobil gehalten hat«, führte Martin das aus seiner Sicht ultimative Argument ins Feld.

Ludovic zuckte mit den Schultern und stellte die Kaffeetasse auf der Arbeitsplatte ab. »Sie kann ihn auf der Straße verloren haben, als sie fortgerannt ist. Sie kann wegen des Regens den Fahrer des Wohnmobils gefragt haben, ob er sie mitnimmt, zum Bahnhof vielleicht, von wo aus sie mit dem Zug nach Frankfurt fahren wollte.«

»Wissen Sie überhaupt, wem das Wohnmobil gehört? Haben Sie das Kennzeichen?«

»Ja, es gibt einen Augenzeugen, der sich das Kennzeichen gemerkt hat, und wir wissen, wer der Halter des Fahrzeugs ist. Aber wir konnten ihn noch nicht kontaktieren.«

»Warum können Sie ihn nicht kontaktieren?«

»Er ist nicht zu Hause und geht auch nicht ans Telefon.«

»Und das finden Sie nicht merkwürdig?«

»Doch. Aber dafür kann es ebenfalls eine vernünftige Erklärung geben, einen Urlaub zum Beispiel. Das Wohnmobil kann gestohlen worden sein, so etwas bemerkt man nicht gleich, falls man es nicht regelmäßig benutzt, wenn man im Urlaub ist, erst recht nicht. Wir tun natürlich, was wir können, um den Mann zu erreichen, aber ziehen Sie auch in Betracht, dass Ihre Tochter fortgelaufen und nicht Opfer eines Verbrechens geworden ist.«

Martin trat einen Schritt auf den Beamten zu. »Dann ziehen Sie in Betracht, dass meine Tochter entführt wurde, und ermitteln dementsprechend.«

»Das tun wir, darauf können Sie sich verlassen.«

»Okay …. und wie können wir jetzt helfen?«

»Jeder Mensch hat Zuwendungsorte, die er in emotional angespannten Zeiten eventuell aufsucht. Unsere Erfahrung zeigt uns, dass das in Fällen wie dem Ihrer Tochter die Freunde, Freundinnen und Bekannten aus dem ehemaligen Lebensumfeld sind.«

»Ich habe ihre drei besten Freundinnen längst angerufen«, sagte Lydia matt. »Da ist sie nicht.«

Ludovic lächelte. »Sie würden sich wundern, wie findig Teenager sein können, wenn sie untertauchen. Ich brauche Namen, Adressen und Telefonnummer.«

»Die sollen Sie bekommen«, sagte Lydia.

»Noch etwas … Leilas Handy …«

»Sie hat es mitgenommen.«

»Ich weiß, das hatten wir ja schon geklärt, und es ist wohl ausgeschaltet, denn wir können es nicht orten. Meine Frage ist: War ihr Handyverhalten in den letzten Tagen auffällig?«

»Inwiefern?«

»Mehr als üblich. Länger. War sie gedanklich abwesend, wenn sie am Handy war? Hat sie etwas von einem neuen Freund oder einer neuen Freundin in den sozialen Netzwerken erzählt?«

Martin schüttelte den Kopf, ganz einfach weil er es nicht wusste. Seit dem Umzug war er nur mit sich selbst beschäftigt gewesen.

»Mehr und länger, ja, sicher«, antwortete Lydia. »Sie hielt Kontakt zu ihren Freundinnen aus Frankfurt. Von einem neuen Freund weiß ich aber nichts.«

»Wir würden gern die Accounts Ihrer Tochter bei den sozialen Netzwerken überprüfen, soweit es uns möglich ist. Unter ihrem Realnamen ist sie zum Beispiel bei Instagram nicht zu finden. Wissen Sie, ob sie einen Nickname benutzt?«

Martin und Lydia starrten einander an.

Sie wussten es nicht.

Das Handy des Kommissars klingelte. Er entschuldigte sich,

nahm das Gespräch entgegen und ging zum Telefonieren in den Flur hinaus.

»Ich hoffe so sehr, dass der Kommissar recht hat«, flüsterte Lydia Martin zu. »Wenn Leila weggelaufen ist, kommt alles wieder in Ordnung!«

Sie nahmen sich in die Arme, und Martin fühlte so etwas wie Hoffnung in sich aufkeimen.

Dann betrat Ludovic mit dem Handy in der Hand die Küche, und sein Gesichtsausdruck machte alles zunichte.

»Es tut mir sehr leid …«, begann er.

4.

Jan Kantzius hatte tatsächlich eine Audienz bei King Arthur bekommen, und das, obwohl der Hauptkommissar nach eigener Aussage bis über beide Ohren mit dem neuen Fall beschäftigt war. Aber Jan hatte am Telefon nicht lockergelassen und argumentiert, ihm wäre noch etwas eingefallen, was eventuell zur Klärung der Vorgänge beitragen könnte. Ganz bewusst hatte er den Zettel nicht erwähnt, trug ihn aber bei sich.

Königs Dienststelle befand sich in Siegen, nahe der Autobahn 45, auf der der Unfall passiert war. Das bedeutete eine Fahrt von anderthalb Stunden, aber die nahm Jan gern auf sich, um ein paar Informationen zu bekommen, die ihn hoffentlich besser würden schlafen lassen.

Zudem hatte er gerade nicht allzu viel zu tun. Genauer gesagt: gar nichts. Niemand beanspruchte dieser Tage seine Dienste als Privatermittler, und selbst Rica kam ohne ihn aus. Zwar hatte sie einen neuen Auftrag von Amissa bekommen, doch der Fall war bereits zehn Jahre alt, eilte nicht, und die Suche fand vorerst nur online statt, dabei konnte er ihr nicht helfen.

Als Jan die Dienststelle in Siegen erreichte, hatte sich der Himmel wieder zugezogen, und es begann leicht zu regnen. Dieser November machte seinem Namen alle Ehre, die Sonne hatte sich bisher kaum blicken lassen, es war nass und kalt, und das graue Einerlei drückte den Menschen aufs Gemüt.

Die Schultern hochgezogen, lief Jan die hundert Meter von dem einzigen freien Parkplatz, den er hatte finden können, zur

Dienststelle. Außer Atem und nass meldete er sich am Empfang.

Man bat ihn, einen Moment Platz zu nehmen.

Es war ein merkwürdiges Gefühl für Jan, sich in einem Polizeigebäude aufzuhalten, die Betriebsamkeit zu beobachten und sich an die Zeit zu erinnern, als er selbst Teil des Systems gewesen war. Wehmut schlich sich in seine Gedanken, das konnte er nicht verhindern, denn er war gern Polizist gewesen. Nur vertrug sich das nicht damit, Menschen zu töten.

Auch nicht, wenn sie es verdient hatten.

In der Dienststelle in Siegen war er noch nie gewesen, und Jan empfand es als unglaublichen Zufall, hier auf Arthur König zu treffen, der damals ja auch ein anderes Einsatzgebiet gehabt hatte. Das Gebäude glich mehr oder weniger all den anderen mit ihren zweckmäßigen Ausstattungen, langweiligen Korridoren und Büros mit Grünpflanzen, die stets ein Dasein nah am Tod fristeten. Sogar der übliche Getränke- und Snackautomat fehlte nicht – wenngleich beides mit einem rot-weißen Flatterband umwickelt war, an dem ein bedruckter Zettel klebte:

Vorsicht! Lebensgefahr!

Jan fragte King Arthur danach, als der auftauchte und sie die Begrüßung hinter sich gebracht hatten.

»Letzte Woche sind drei Kollegen an Magen-Darm erkrankt, nachdem sie Milchkaffee daraus getrunken haben, aber die Dienstelle will den Betreiber nicht wechseln – also wechseln wir ihn.«

König führte Jan durchs Treppenhaus in die zweite Etage und dort in ein kleines Büro, das er sich mit einem Kollegen teilte, der gerade nicht anwesend war, sodass Jan dessen Schreibtischstuhl nutzen konnte.

»Ich hab ein wenig recherchiert«, begann König das Gespräch. »Dein Name taucht in einem Ermittlungsbericht im Zusammenhang mit diesem Fernbus-Killer auf. Weihnachten 2019.«

»Stimmt«, bestätigte Jan.

In der darauffolgenden Pause sahen die beiden einander lächelnd an. Sowohl König als auch Jan wussten um die Macht einer Gesprächspause. Die meisten hielten solch ein Schweigen nicht aus und begannen zu plappern, gerade in Vernehmungen war das ein hilfreiches Mittel.

Bei zwei Profis funktionierte es natürlich nicht. Da aber Jan etwas von seinem ehemaligen Kollegen wollte, unterbrach er das Schweigen. »Meine Frau und ich arbeiten als Privatermittler. Ein eigener Fall hat uns damals auf die Spur des Fernbus-Killers gebracht.« Jan erinnerte sich noch sehr gut an den Fall. Ein Serientäter hatte auf seiner Reise durch Deutschland grausame Fundstücke in den Laderäumen von Reisebussen hinterlassen – und das ein paar Tage vor Weihnachten.

König nickte. »Schönen Gruß soll ich bestellen. Von Olav Thorn.«

Jan war überrascht, von Olav zu hören. Der Bremer Kommissar war damals der leitende Ermittler gewesen und schwer verletzt worden. Rica hatte ihm das Leben gerettet. Seitdem telefonierten sie hin und wieder miteinander, und Rica hatte in Thorn einen Freund fürs Leben gewonnen, der versprochen hatte, für sie da zu sein, wenn sie es wollte oder brauchte.

»Ich habe ihn angerufen«, erklärte König. »Erstens weil es mich interessiert, was du so treibst, zweitens um zu erfahren, ob ich dir vertrauen kann.«

»Und dabei verlässt du dich auf das Urteil eines anderen?«

»Tja, du warst es schon immer und bist auch heute noch undurchsichtig.«

»Frag doch einfach, wenn du etwas wissen willst.«

»Was ich wirklich wissen will, brauche ich nicht zu fragen, weil du darauf niemals antworten wirst.«

Jan nickte, denn König hatte recht. Was in jener Nacht an der tschechischen Grenze geschehen war, würde auf immer sein Geheimnis bleiben. Seines – und das von Rica.

»Und trotzdem hast du mich herkommen lassen.«

»Um zu verhindern, dass du in diesem Fall ermittelst.«

»Wie bitte?« Jan spürte Ärger aufsteigen. »Erstens: Wenn ich ermitteln will, kannst du das nicht verhindern. Zweitens: Was bildest du dir ein, es überhaupt zu versuchen?«

König überging die Frage. »Und? Willst du es?«

»Was?«

»Ermitteln. So wie früher. Bulle spielen. Dich toll fühlen, weil du denkst, du gehörst wieder dazu.«

»Du täuschst dich, wenn du glaubst, ich müsste Polizist sein, um mich toll zu fühlen. Eigentlich ist es genau andersherum.«

»Mach dir doch nichts vor. Einmal Bulle, immer Bulle.« König lächelte abschätzig. So richtig von oben herab, und Jan hatte Mühe, seinen Ärger im Zaum zu halten.

»Nein, das ist vorbei«, sagte er.

König nickte und beugte sich vor, als sei er jetzt bereit, Jan anzuhören. »Am Telefon sagtest du, du hättest vielleicht noch zusätzliche Informationen für mich.«

»Richtig. Mir ist eingefallen, dass das Feuer ungefähr fünf Minuten nach dem Unfall ausgebrochen ist.«

So wie König sich gerade aufgeführt hatte, würde Jan ihm auf keinen Fall von dem Zettel erzählen.

Der hob eine Augenbraue. »Erstens: Wir wissen ziemlich genau, wann das Feuer ausgebrochen ist. Zweitens: Das hättest du mir auch am Telefon sagen können.«

»Schon, aber ich freue mich doch immer, dich zu sehen.«

»Vor Ort hattest du ausgesagt, einen Mann getroffen zu haben, der den Schützen beschreiben kann?«

»Richtig. Warum? Habt ihr den nicht vernommen?«

»Die Kollegen haben ihn nicht finden können. Hat er dir gesagt, wie der Schütze aussah?«

Jan nickte. »Hat er, und ich teile mein Wissen gern mit dir. Wenn du es umgekehrt genauso hältst.«

King Arthur starrte Jan an, dann nickte er und schlug seufzend die vor ihm liegende Ermittlungsakte auf. »Wie es aussieht, handelt es sich um einen Entführungsfall. Wir haben die Identität des Mädchens noch nicht ermitteln können. Ausweispapiere hatte sie nicht bei sich. In dem ausgebrannten Wohnmobil in dem Waldstück nahe der Raststätte ist eine Person verbrannt. Männlich. Identität ebenfalls noch unbekannt. Bevor er verbrannte, hat er sich erschossen. Kugel in den Schädel.«

»Ups«, machte Jan.

»Die Kugel stammt aus derselben Waffe, mit der auf das flüchtende Mädchen geschossen wurde.«

»Und was denkst du?«

»Ich denke, die männliche Person, die in dem Wagen verbrannt ist, hat das Mädchen missbraucht oder es vorgehabt, deshalb parkte das Wohnmobil in dem kleinen Waldstück. Sie konnte entkommen, das Unheil nahm seinen Lauf, und schließlich hat er seinen Wagen angezündet und sich in den Kopf geschossen.«

»Da er aber auch hätte abhauen können, liegt es nahe, dass er das Mädchen kannte – und sie ihn!«, sagte Jan mehr zu sich selbst als zu König. »Er musste befürchten, verhaftet zu werden, also hat er die Waffe gegen sich selbst gerichtet.«

»Mag sein.«

»Ist schon ungewöhnlich, dass so jemand eine Waffe bei sich

hat«, dachte Jan weiter laut nach. Bei Misshandlungen und Vergewaltigungen waren nur selten Schusswaffen im Spiel.

»Es gab schon andere ungewöhnliche Fälle, in denen plötzlich eine Waffe auftauchte«, sagte König. Dabei klang er neutral, und auch seine Mimik ließ keine Rückschlüsse zu, worauf er anspielte, aber das musste sie auch nicht. Jan wusste es. Sein allergrößtes Versagen als Polizist und gleichzeitig die Keimzelle für sein heutiges Denken und Fühlen. Niemals wieder würde er unvorbereitet sein, niemals wieder zögern, wenn es um eine Entscheidung zwischen Leben und Tod ging.

»Du wärst damals natürlich darauf vorbereitet gewesen«, versetzte Jan.

König zuckte mit den Schultern und seufzte. »Ach, lassen wir doch die alten Geschichten. Dadurch wird niemand wieder lebendig.«

Jan starrte König nur an, während er versuchte, seinen Ärger zu kontrollieren.

»Du wolltest mir den Schützen beschreiben«, sagte König.

»Richtig. Der Zeuge, den ihr nicht vernommen habt, beschrieb ihn als groß, mit dunklem Haar und einem Vollbart.«

»Wie? Das war's?«

»Mehr hab ich nicht.«

»Na, herzlichen Dank.«

Jan zuckte mit den Schultern. »Verrätst du mir die Namen von Täter und Opfer, wenn du sie kennst?«

König schüttelte den Kopf. »Nein. Und ich denke, das hast du auch nicht erwartet. Du weißt ja, wie es läuft.«

»Auch nicht um alter Zeiten willen?«

»Deine alten Zeiten sind keine guten Zeiten. Lass es dabei bewenden, Jan. Geh nach Hause zu deiner Frau. So wie es aussieht, hast du dein Lebensglück doch gefunden.«

»Was Rica betrifft, ganz sicher.«

»Und der Job? Untreue Ehemänner fotografieren, oder was?«

»Meine Frau arbeitet für Amissa, und ich unterstütze sie dabei, wenn es nötig ist.«

»Amissa? Nie gehört.«

»Ist eine internationale Organisation, die es sich zur Aufgabe gemacht hat, weltweit vermisste Menschen zu finden, ähnlich wie das Rote Kreuz. Spendenfinanziert. Haben aber einige solvente Sponsoren, also ist genug Geld da, um auch wirklich was zu bewegen.«

Während Jan sprach, tippte König auf der Tastatur seines Dienstcomputers herum.

»Sieht professionell aus«, sagte er schließlich, als er die Homepage geöffnet hatte. »Beeindruckende Karte.«

Jan wusste, was er sah.

Amissas Startseite war eine interaktive Karte, in der kleine Ausrufezeichen Orte markierten, an denen Menschen verschwunden waren. Hier in Deutschland war es eine Karte der Bundesrepublik, die sich aber auch auf Europa und den gesamten Globus umschalten ließ. Doch allein die Vermisstenfälle in Deutschland machten schon betroffen genug – überall kleine Ausrufezeichen. Wenn eines gelöscht wurde, weil der Fall aufgeklärt war, tauchte irgendwo anders gleich ein neues auf.

»Suggeriert irgendwie auch, dass halb Deutschland vermisst wird und niemand etwas dagegen tut.« Da klang Verbitterung in Königs Stimme mit, was Jan verstehen konnte. Die Ermittlungsbehörden waren oft die Sündenböcke, wenn etwas schieflief, bekamen aber kaum öffentliches Lob, wenn sie ihren Job gut gemacht hatten. Solche privaten NGOs wie Amissa erweckten den Eindruck, die Polizei sei auf deren Hilfe angewiesen, weil sie es allein nicht schaffe oder inkompetent sei.

»Sie wollen nur helfen«, sagte Jan.

»Tja, wir auch.«

»Ich weiß.«

Sie starrten einander lange an, bis König schließlich den Stift auf den Schreibtisch warf, mit dem er herumgespielt hatte. »Ich will ehrlich sein, Jan ... Du bist gefährlich. Die vielen Gerüchte, die über dich kursieren, rücken die Polizei nicht gerade in ein besseres Licht, zudem hast du dich auch noch mit dieser Frau eingelassen ...«

»Was soll das bitte heißen?«

»Hör doch auf, den Ahnungslosen zu spielen. Wir wissen alle, woher sie kommt und dass sie eine Nutte war. Und was sie jetzt macht, ist nichts als ein Pseudo-Rachefeldzug, um ihr Image reinzuwaschen.«

Jan erhob sich ganz langsam von seinem Stuhl und ließ Arthur König dabei nicht aus den Augen.

»Dein Revier, dein Büro«, sagte er und hatte Mühe, seine Stimme unter Kontrolle zu halten. Er kochte vor Wut. »Nicht hier und heute, aber wir beide laufen uns noch einmal über den Weg, und dann wirst du dich für dieses Wort entschuldigen.«

»Drohst du mir?«

»Du wirst dich aus freien Stücken entschuldigen, glaub mir.«

Jan wandte sich ab und verließ das Büro. Erst draußen auf dem Gang gestattete er sich, die Hände zu Fäusten zu ballen, so fest, dass es in den Fingergelenken knackte.

Dabei presste er den Zettel zusammen, wie es das Mädchen vor ihrem Tod getan hatte.

Den würde König niemals bekommen.

Jan wusste, dass es Zeit war für einen Anruf, um einen Gefallen einzufordern.

5.

Die Stille war ein wandelbares Miststück. Sie konnte dem hektischen Leben Einhalt gebieten und die Zeit in ihre Grenzen weisen, konnte Gedanken ordnen und das Herz beruhigen. Wohltuende Medizin konnte sie sein, wenn sie es wollte.

Doch jetzt war sie für Martin Eidinger quälende Folter. Denn Zeit und Stille hatten sich zusammengetan, bildeten als Zucht- und Kerkermeisterinnen ein kongeniales Duett. Jede Sekunde Stille war wie ein endloser Peitschenhieb, den er auf und in seinem Körper spürte. Trotz dieser Schmerzen produzierte sein Kopf unablässig Gedanken, deren Art er nicht beeinflussen konnte. Sie gediehen prächtig auf dem stillen Acker der Zeit, während Martin dahockte, den schweren Kopf in den Händen hielt und die Tränen zurückdrängte.

Wieder einmal näherte sich jenes quietschende Geräusch. Im Eiltempo über gebohnerten Boden fliegende Gummischuhe, wie sie von beinahe allen Krankenschwestern hier im Zentralkrankenhaus getragen wurden. Martin sah auf, suchte nach einem Blick, der ihm Information versprach, doch die Schwester lief geschäftig an ihm vorbei. Nicht zuständig, nicht eingeweiht, nicht von seiner Welt.

Seine Welt ...

Reduziert auf seine Frau, die bewusstlos ins Krankenhaus eingeliefert worden war, nachdem Ludovic knallhart mit seinen neuesten Erkenntnissen herausgerückt war.

Reduziert auf seine kleine Fee, die bei einem Unfall auf der Autobahn, von dem niemand etwas Genaues wusste, ums Leben gekommen war.

Reduziert auf ihn selbst, denn in ihm kulminierten die Ereignisse und schoben alles beiseite, was zuvor eine Rolle gespielt haben mochte.

Niemand war bei ihm, keine Hand, keine Nähe, keine tröstenden Worte. Allein in einer fremden Stadt, die er für seine Familie ausgesucht hatte, um beruflich nicht unterzugehen. Freunde, Eltern, Verwandte, sie alle waren weit weg und er noch nicht in der Lage, irgendjemanden zu informieren.

Was sollte er auch sagen?

Du, hör mal, Schwiegerpapa, deine Enkelin ist leider tot. Mehrfach überfahren, in der Nacht, auf einer Autobahn hundert Kilometer entfernt von ihrem Zuhause. Wie sie dort hingekommen ist? Na ja, ich war gemein zu ihr und hab sie aus dem Haus getrieben, hinaus in die Dunkelheit, und da ist sie dann ihrem Entführer begegnet ...

Als Ludovic es ihnen gesagt hatte, war Lydia zusammengebrochen. In dem folgenden Chaos hatte Martin nur noch einzelne Worte von Ludovic gehört. Irgendwas von Identifizierung seiner Tochter, nicht heute, wahrscheinlich auch nicht morgen, man müsse sie erst überführen, und überhaupt, so ein Unfall, das war kein einfacher Anblick.

Wie lange lag das jetzt zurück? Fünf, sechs Stunden?

Seitdem wartete Martin darauf, zu seiner Frau gelassen zu werden.

Er brauchte sie jetzt. Ihre Hand. Die einzige, die je eine Rolle gespielt hatte für ihn. Die einzige, an der er sich aufrichten konnte.

Hoffentlich war sie ihm nicht längst für immer entzogen worden in dem Moment, da sie vom Tod ihrer Tochter erfahren hatten.

Es zerriss ihn.

»Herr Eidinger?«

Diesmal hatte er die Gummisohlen nicht gehört, die längst in seinem Gesichtsfeld standen, als jemand ihn ansprach.

Martin sah auf.

Ein blondes Mädchen, nicht älter als achtzehn. Pausbäckig. Weiße Schwesternkleidung. Besorgtes Gesicht. Martin kannte sie nicht, aber er beeilte sich aufzustehen, da sie ja sicher Informationen über seine Frau überbrachte.

»Ja«, sagte er. »Ich bin Martin Eidinger.«

Das Gesicht des Mädchens veränderte sich in ebenjener Reihenfolge, die stets einem Tränenausbruch voranging. Und dann liefen sie auch schon.

»Es tut mir so leid …«, begann Schwester Nadine. Dieser Name stand auf dem Schild an ihrer Brust.

Kann man an einem Schock sterben, fragte sich Martin. Lydia hat doch nur einen Schock erlitten, war bewusstlos geworden, zu Boden gestürzt, ja, sicher, aber ohne sich zu verletzen. Sie konnte nicht tot sein. Nicht auch noch tot sein!

»… und ich mache mir solche Vorwürfe, weil ich Leila nicht angesprochen habe im Level24«, fuhr Schwester Nadine unter Tränen und Schluchzen fort.

»Leila? Ich … wieso …«, stammelte Martin.

»Ich meine, ich kannte sie ja kaum, aber ich hab gesehen, wie aufgelöst sie war …«

»Wovon reden Sie?«, sagte Martin, der seine Sprache wiederfand, als er begriff, dass es nicht um Lydia ging.

»Im Level24, an dem Abend, als … als Leila verschwand … Es tut mir so leid, dass ich sie nicht angesprochen habe … Ich wollte zuerst ja, wirklich, aber dann hat Thore sich um sie gekümmert, und da dachte ich …«

»Wer ist Thore?«

»Sie kennen doch Thore! Er arbeitet an der Bar im Level24. Der mit dem Bart.«

»Moment ...«

Martin hob die Hand und schloss die Augen. Sein Kopf brummte, und seine Gedanken stoben durcheinander.

»Was wollen Sie mir sagen? Sie waren an dem Abend im Level24 und haben Leila gesehen?«

Schwester Nadine nickte heftig.

»Und Sie haben gesehen, wie sich der Barmann um meine Tochter kümmerte?«

»Ja, Thore ... genau, deshalb dachte ich mir, es wird wohl alles in Ordnung sein.«

6.

Die riesige Schildkröte trieb in großer Gelassenheit dicht unter der Oberfläche durch das glasklare Wasser. Sonnenstrahlen brachen sich darin und erschufen eine bezaubernde, mystische Welt voll tanzendem Licht und lockenden Tiefen. Ein Schwarm kleiner, bunter Fische zog an der Meeresschildkröte vorbei, doch sie schien keine Notiz von ihnen zu nehmen. Mit ihren stummeligen Flossen nahm sie eine Kurskorrektur vor und trieb sich mit kräftigen Stößen voran ins Blau.

Wie schön das war.

So schön ...

Alles war jetzt viel schöner.

Die Namenlose mochte diesen hellen, freundlichen Raum. An der einen Wand hing ein riesiger Fernseher, auf dem die Schildkröte immer tiefer hinabtauchte in das dunkler werdende Wasser des Ozeans. Aus den Lautsprechern in der Decke drangen leises Plätschern sowie weit entfernter Gesang von Walen.

Die Wände waren in weichen Pastellfarben gestrichen und mit wunderschönen Landschaftsaufnahmen dekoriert. In hüfthohen Glasvasen füllten Dekorationen aus Zweigen und Lichterketten die Ecken des Raumes, der Boden war mit flauschigem Teppich ausgelegt, und sie, die Namenlose, lag mittendrin auf dem großen, runden Bett, eingehüllt in weiche Decken, die ihre nackte Haut zu liebkosen schienen.

Hin und wieder musste sie jedoch mit der Hand unter die Decke greifen, um sich zwischen den Beinen zu kratzen, an den empfindlichen Stellen an der Innenseite der Oberschenkel, wo über die Metallpads Strom in ihren Körper geschossen war. Dort waren leichte Verbrennungen zurückgeblieben, die jetzt verheilten und dabei juckten.

Er suchte sich immer wieder neue Stellen an ihrem Körper, nahm nie zweimal hintereinander dieselben, sodass die Haut keinen langfristigen Schaden nahm. Schläfen, Handgelenke, Innenseiten der Oberarme, Fußsohlen, Brustwarzen. Das war alles unangenehm, aber an der Innenseite der Oberschenkel hatte es besonders wehgetan …

Die Schildkröte schwamm dahin mit ihrem gleichgültigen, allwissenden Gesichtsausdruck, so als ginge die Welt mit all ihrem Leid darin sie nichts an, und die Namenlose wünschte sich, auch so schwerelos durch den Ozean treiben zu können. Losgelöst von allem …

»Du bist wunderschön, eine Göttin, wir verehren dich und deinen atemberaubenden Körper …«

Die Stimme aus den Lautsprechern unter der Decke war Henks Stimme. Monoton wiederholte er die immer gleiche Litanei.

»… dein Haar ist weich wie Seide, deine Haut ein himmlisches Geschenk, und ein Blick in deine Augen verzaubert uns …«

Sobald seine Stimme schwieg, trat an ihre Stelle das Plätschern des Ozeans, nur um dann vom nächsten Lobgesang auf ihren Körper abgelöst zu werden.

Das würde jetzt stundenlang so gehen, bis sie alles glaubte, was sie hörte, bis sie sich selbst zu streicheln und auf dem Bett zu räkeln begann in der knappen Unterwäsche, die sie trug.

Es sei denn, sie weigerte sich.

Dann würde er mit Strom nachhelfen.

Sie schlug die Decke beiseite und rutschte zum Rand des Bettes, stellte die Füße auf den flauschigen Teppich, bewegte die Zehen und betrachtete sie. Nach den Strombehandlungen an den Fußsohlen hatte es Momente gegeben, in denen sie die Zehen nicht hatte bewegen können, deshalb war sie so glücklich über den Freudentanz der zehn kleinen Freunde dort unten.

Sie stemmte sich hoch, stand einen Moment unsicher, bekam ihren Schwindel unter Kontrolle und stakste zum Fernseher hinüber.

Die Schildkröte schwamm direkt auf sie zu.

Dunkle Augen sahen sie an, und es war der Blick in diese schwarzen, tiefen, allwissenden Augen, der etwas in ihr auslöste. Sie entdeckte ihr Ich darin. Ihr Bewusstsein, das unter den Stromstößen gestorben war und nun wiederbelebt wurde.

Irgendwo war auch ihr Name verborgen.

Sie sehnte sich nach ihm, wollte ihn hören, ihn aussprechen …

Sie hob die Hand und berührte mit der Fingerspitze des Zeigefingers ganz sacht den Bildschirm, die Nasenspitze der Meeresschildkröte, und als diese mit einem leichten Nicken darauf zu reagieren schien, schoss eine Erleuchtung durch ihren Körper.

Ihr Name …

Ihr Name war …

7.

Leila Eidinger.
Das Opfer von der Autobahn hieß Leila Eidinger, sie war siebzehn Jahre alt. Man hatte ihren Ausweis in der Nähe des ausgebrannten Wohnmobils gefunden. Ein Anruf von Rica bei dem mit ihr befreundeten Kommissar aus Bremen, Olav Thorn, hatte ihnen die Information eingebracht, die King Arthur Jan verweigert hatte.

Jan ging davon aus, dass König diese Information schon vor ihrem Gespräch gehabt hatte. Eines Tages würden sich ihre Wege wieder kreuzen. Eines Tages würden sie die Probleme klären, die sie miteinander hatten, und dann würde König sich für seine Beleidigung entschuldigen. Doch das musste warten, jetzt gab es Wichtigeres zu tun.

Nachdem sie den Namen des Mädchens von der Autobahn erfahren hatten, hatten Rica und Jan sich auf den Weg gemacht, um die Familie aufzusuchen. Sie wohnte in Taubenheim. Das herauszufinden war für Rica eine Sache von Sekunden gewesen.

Vor einer halben Stunde waren sie an der Wohnadresse angekommen und von einem Mann überrascht worden, der wutentbrannt aus dem Wohnhaus der Familie Eidinger gestürmt und zu Fuß Richtung Innenstadt gelaufen war. Sie hatten ihn dank des Fotos, das Rica im Internet gefunden hatte, als Martin Eidinger erkannt, ein Journalist, der für die hiesige Tageszeitung arbeitete.

Seitdem folgten sie ihm, als sich die Situation plötzlich änderte.

»Scheiße, halt an!«, rief Jan und packte schon nach dem Griff der Beifahrertür, während Rica noch nach einem Platz am Fahrbahnrand suchte.

Bevor der Wagen stand, hatte Jan die Tür aufgestoßen und sprang hinaus. Er umrundete das Heck, wartete eine Lücke im Verkehr ab und sprintete über die Straße auf die beiden Männer auf dem Gehsteig zu.

Martin Eidinger hatte den jüngeren Mann am Gurt der Tasche gepackt, die er um den Oberkörper trug, zerrte daran und schleuderte den bärtigen Mann gegen eine Plakatwand. Bevor der sich wehren konnte, hatte er sich schon einen Fausthieb seitlich gegen den Kopf eingefangen und rutschte benommen an dem Plakat für Damenunterwäsche zwischen den Beinen einer attraktiven Brünetten zu Boden.

Bevor Eidinger weiter auf den Wehrlosen einschlagen konnte, war Jan bei ihm, fiel ihm in den Arm und hielt ihn fest.

Zwar war der Mann außer sich und entwickelte Kräfte, über die er sonst wohl nicht verfügte, doch Jan war mehr als einen Kopf größer und deutlich trainierter.

»Herr Eidinger, machen Sie keinen Scheiß«, fuhr Jan ihn an. »Ich will mit Ihnen reden.«

»Er hat meine Tochter auf dem Gewissen! Ich bringe den Mistkerl um!«, schrie Martin Eidinger und versuchte weiterhin, auf den am Boden sitzenden Mann loszugehen.

Jan hielt ihn gepackt und entfernte ihn einige Meter.

Rica kam dazu und kümmerte sich um den Niedergeschlagenen.

»Mein Name ist Jan Kantzius. Ich möchte mit Ihnen über Ihre Tochter sprechen«, redete Jan beruhigend auf Eidinger ein.

»Ihr Polizisten habt nichts getan, gar nichts!«, schrie Eidinger. »Jetzt regle ich das selbst!«

»Ich bin nicht von der Polizei. Ich hielt die Hand Ihrer Tochter, als sie starb.«

Das waren harte Worte, Jan wusste das, aber er musste den aufgebrachten Mann irgendwie zur Vernunft bringen – und es klappte.

Eidinger kämpfte nicht mehr gegen Jans Griff an, sondern starrte ihn aus großen Augen an. »Sie waren bei ihr?«

»Ja. Meine Frau und ich gerieten zufällig in den Unfall … Deshalb müssen wir dringend miteinander reden. Beruhigen Sie sich bitte und lassen Sie uns irgendwo hingehen, wo wir ungestört sind.«

Der bärtige junge Mann hatte sich auf die Beine gekämpft. Er schwankte zwischen Wut und Fassungslosigkeit. Für einen Moment trafen sich die Blicke der beiden Kontrahenten, dann wandte sich der junge Mann ab und ging wortlos davon.

Rica warf Jan einen Blick zu, die Frage darin war eindeutig: Soll ich ihm folgen?

Jan schüttelte den Kopf. Nicht nötig. Eidinger würde ihnen sagen können, was es mit dem Mann auf sich hatte.

Die Kraft, die Leilas Vater aus seiner Wut geschöpft hatte, versiegte so schnell, wie sie hochgekocht war. Seine Schultern fielen nach vorn, seine Fäuste öffneten sich. Mit zitternden Lippen stand er da, sah von Rica zu Jan und schüttelte den Kopf.

»Er hat gelogen! Der Barmann. Er hat Leila doch gesehen an dem Abend …«

»Kommen Sie, lassen Sie uns in Ruhe darüber reden«, sagte Rica und strich ihm beruhigend über die Schulter. »Können wir zu Ihnen nach Hause gehen? Geht das?«

Eidinger nickte.

Also führten sie ihn zum Defender, halfen ihm hinein und fuhren in wenigen Minuten zurück zu der Adresse, an der sie vorhin gewartet hatten.

Eidinger blieb vor der Tür stehen, tastete seine Taschen ab und ließ in einer verzweifelten Geste schließlich die Schultern sinken. Rica konnte sehen, wie Kraft und Energie aus dem Körper des Mannes wichen und er um Fassung rang.

»Ich hab meinen Schlüssel vergessen«, sagte Eidinger mit matter Stimme.

Jan drückte auf die Klingel, und im Haus läutete es melodisch.

»Da ist niemand«, erklärte Eidinger.

»Wo ist Ihre Frau?«, fragte Rica.

»Im Krankenhaus ... es geht ihr nicht gut.«

»Gibt es irgendwo einen Ersatzschlüssel?«, wollte Jan wissen.

Martin Eidinger schüttelte den Kopf. »Ich schlage ein Fenster ein.«

»Nicht nötig. Wenn Sie nichts dagegen haben, öffne ich die Tür«, bot Jan an.

Eidinger hatte nichts dagegen. Jan holte sein Werkzeug aus dem Wagen, und ein paar Minuten später schwang die Tür zurück.

Sie betraten den Hausflur. Es war dunkel und kalt darin. Bedruckte Umzugskartons standen herum. Eidinger ging voran, schien nicht zu wissen, was er hier sollte, drehte sich um und starrte Jan und Rica an.

»Ich wollte ihn umbringen«, sagte er leise.

»Wen?«

»Den Barmann aus dem Level24, der mich angelogen hat ... ich hätte ihn umgebracht ...«

»Es ist nichts passiert«, sagte Jan. »Kommen Sie, lassen Sie uns reden.«

Wie kein anderer verstand Jan, was in Eidinger vorging. Selbst der friedfertigste Mensch konnte zum Mörder werden.

Wenn die Umstände einem keine Wahl ließen, fielen auch die letzten Barrieren. Moralische Bedenken wurden ausgehebelt, weil man davon überzeugt war, das Richtige zu tun.

Die Reue kam später – und mit ihr die nächtlichen Gedanken und Vorwürfe. Dann konnte man sich noch so oft sagen, dass dieses Monster den Tod verdient hatte, es blieb ein Zweifel. Und der nagte. Für den Rest des Lebens.

Wenige Minuten später saßen sie einander im Wohnzimmer gegenüber. Auf dem Tisch standen drei Kaffeetassen, aus denen Dampf aufstieg. Die Wohnung wirkte unfertig, überall standen Dinge herum, die ihren Bestimmungsort noch nicht gefunden hatten – und vielleicht niemals mehr finden würden.

Jan suchte in Gedanken nach einem Gesprächseinstieg.

Gestern Abend hatten Rica und er lange darüber gesprochen, wie schwierig es werden würde, die Eltern des Mädchens aus der Sicht von Augenzeugen mit dem Tod ihrer Tochter zu konfrontieren. Jan mochte solche Gespräche nicht, er fürchtete sich regelrecht davor und plagte sich mit Bauchschmerzen herum, seitdem sie aufgebrochen waren. Und nun saß ihm der Vater gegenüber und starrte ihn an, als könne er irgendetwas wiedergutmachen.

Wenn es sein musste, konnte Jan Menschen körperliche Schmerzen zufügen, um an Informationen zu gelangen, konnte töten, wenn man ihn dazu zwang, aber diesem traumatisierten Mann in die Augen zu sehen und ihm vom Tod seiner Tochter zu erzählen warf ihn aus der Bahn.

Was sagte das über ihn als Mensch aus?

»Sie starb schnell«, begann er schließlich und berichtete, was er auf der Autobahn erlebt hatte. Die reinen Fakten. Das war rasch erledigt. Doch dann kam die Stelle, als er neben Leila Eidinger auf die Knie gegangen war und sie ihn angeschaut hatte.

»Ich würde Ihnen gern etwas anderes erzählen, aber ich will Sie nicht anlügen. Ihre Tochter hatte Angst. Sie wurde verfolgt und ist deshalb auf die Autobahn gelaufen. Das Einzige, was ich für sie tun konnte, war, für einen kleinen Moment ihre Hand zu halten, während sie starb.«

Jan und Rica sahen es kommen, und es gab rein gar nichts, was sie dagegen tun konnten. Es war auch nicht nötig, denn Trauer musste sich Raum schaffen.

Martin Eidinger brach mit einem unmenschlichen Geräusch in sich zusammen, beugte den Oberkörper weit vornüber und legte den Kopf auf den Knien ab. Er wollte sich von der Welt abschotten, wollte nicht wahrhaben, was er gerade gehört hatte.

Rica nahm ihn in die Arme und versuchte, ihn zu trösten.

Es gelang ihr nicht wirklich, aber Martin Eidinger beruhigte sich so weit, dass er wieder in der Lage war, an dem Gespräch teilzunehmen.

»Leila ist davongelaufen …«, sagte Eidinger. »Vor wem?«

»Das wissen wir nicht, aber wahrscheinlich vor ihrem Entführer, dem sie entkommen konnte.«

»Ludovic meinte, Leila sei einfach nur fortgelaufen. Wissen Sie, wir hatten kurz zuvor einen Streit … Ich war gemein zu ihr, deshalb ist sie aus dem Haus … allein.«

»Wer ist Ludovic?«

»Der Kommissar, der in Leilas Sache ermittelt.«

Jan schüttelte den Kopf. »Ich weiß nicht, was dieser Kommissar für Informationen hat, Herr Eidinger, aber ich kann Ihnen versichern, Leila war nicht freiwillig dort, und sie ist vor einem Mann davongelaufen, der sich kurz darauf selbst das Leben genommen hat. Die Polizei geht davon aus, dass es sich bei dem Mann um Leilas Entführer handelt.«

Martin Eidinger schüttelte verständnislos den Kopf. »Ich

weiß nicht, was ich davon halten soll. Warum Leila? Warum in jener Nacht?«

»Herr Eidinger«, fragte Jan. »Warum haben Sie den Mann vorhin angegriffen?«

»Sie sind doch gar nicht von der Polizei ... warum interessieren Sie sich dafür?«

Rica übernahm die Antwort. »Mein Mann und ich arbeiten für eine internationale Organisation mit Sitz in Deutschland, die vermisste Menschen sucht. Wir sind so etwas wie Privatermittler. Und natürlich fragen wir uns, warum Ihre Tochter sterben musste. Und wenn Sie uns lassen, helfen wir gern dabei, es herauszufinden.«

»Wir haben kein Geld, um Sie zu beauftragen«, sagte Eidinger.

Jan schüttelte den Kopf. »Ich hielt die Hand Ihrer Tochter, als sie starb. Wir wollen Antworten, genau wie Sie.«

Eidinger schien darüber nachdenken zu müssen, ob er Jan und Rica vertrauen konnte, und für einen Moment herrschten Schweigen und absolute Stille, nur unterbrochen vom Surren eines Kühlschranks in der Küche.

»Der Mann hat mich angelogen«, sagte Martin Eidinger schließlich in die Stille hinein. »Er hat Leila an dem Abend doch gesehen ... und vielleicht ja auch das Wohnmobil.«

Jan zuckte zusammen. »Welches Wohnmobil?«

Martin Eidinger berichtete ihnen von den Beobachtungen des Tankstellenmitarbeiters.

»Hat Kommissar Ludovic Ihnen gegenüber erwähnt, wem das Wohnmobil gehört?«, fragte Jan. Olav Thorn hatte ihnen nichts zur Identität der bis zur Unkenntlichkeit verbrannten Leiche sagen können. Vielleicht wusste König es, vielleicht nicht, und vielleicht waren Halter und Fahrer auch nicht ein und dieselbe Person.

Eidinger schüttelte den Kopf, und Jan spürte schon die Enttäuschung.

Da ging ein Ruck durch Eidingers Körper, und Jan sah ihm an, dass ihm etwas eingefallen war.

»Vielleicht doch! Ludovic hat mich gefragt, ob mir der Familienname Füllkrug etwas sagt.«

»Füllkrug«, wiederholte Jan und sah Rica an.

An ihrem Blick erkannte er, dass auch sie mit dem Namen nichts anfangen konnte.

Jan zog den Zettel aus seiner Jackentasche. Er wollte es auf einen Versuch ankommen lassen.

»Sagt Ihnen das irgendwas?« Er hielt Martin Eidinger den Zettel hin, gab ihn aber nicht aus der Hand.

Eidinger kniff die Augen zusammen und sah aufmerksam hin. »Nein.« Er schüttelte den Kopf. »Was ist das?«

»Wissen wir noch nicht«, erwiderte Jan und steckte den Zettel wieder ein. Aus zwei Gründen wollte er Eidinger nicht erzählen, dass er ihn aus der Hand seiner sterbenden Tochter hatte. Zum einen bestand die Gefahr, dass Eidinger diesem Kommissar Ludovic davon berichtete, und dann würde eventuell auch King Arthur davon erfahren.

Schwerer aber noch wog der Grund, dass es vielleicht zu viel sein könnte für Eidinger, der ohnehin schon auf einem schmalen Grat wanderte.

8.

VORHER

Henk griff in den Tiegel mit Melkfett, nahm eine große Portion heraus und verrieb sie zwischen den Händen. Für einen Moment raschelte seine Haut wie altes Laub, dann wurde es besser, und in den Falten zwischen Daumen und Zeigefinger brannten die rissigen Wunden nicht mehr so stark.

Das tat gut, also nahm er noch ein wenig mehr von dem Fett und rieb diese Stellen besonders dick ein.

Er musste besser aufpassen, wenn er mit dem weißen Pulver hantierte, insbesondere im Zusammenspiel mit Wasser. Dabei hätte er es wissen müssen, immerhin konnte er die Auswirkungen auf menschliches Fleisch beinahe täglich beobachten.

Nicht schön, das alles, aber irgendjemand musste es ja tun. Besser, er schob es nicht zu lange hinaus, immerhin lag die Nächste schon seit gestern Abend tot herum. Besser wurde die dadurch nicht, und wenn er eines nicht leiden konnte, dann war es Verwesungsgeruch.

Vielleicht sollte er sich selbst eine kleine Pause genehmigen und vorher ein wenig frische Luft tanken.

Also trat Henk auf den Hof hinaus.

Noch hing das Laub an den großen Eichenbäumen rings um die Gebäude, aber jetzt im Spätherbst war die Farbe weg, und die Blätter begannen zu fallen. Die Natur zog sich in sich selbst zurück und warf ihre alte, tote Haut ab. Diese Vorstellung hatte er immer gemocht.

Henk zündete sich eine Zigarette an, nahm einen tiefen Zug und spazierte zur Toreinfahrt hinaus. Dort konnte er die Berge sehen, die den Hof nach Westen hin abschirmten. Nicht mehr lange, dann würde erster Schnee ihre kahlen Kuppen weiß färben.

Den Winter mochte Henk nicht. Diese Scheißkälte tat seinen Knochen nicht gut, und es wurde von Jahr zu Jahr schlimmer. Manchmal träumte er von einem Leben unter der wärmenden Sonne am Mittelmeer. Musste ja irgendwas dran sein, sonst würden die Leute nicht alle da hinfahren.

Eine Zigarettenlänge genoss er seine Gedanken und die Stille hier in den tiefen Wäldern, dann warf er den Zigarettenstummel zu Boden, trat ihn aus und wandte sich dem Hof zu.

Die Arbeit wartete.

Wegen der kühlen Nachttemperatur hatte er sie schon gestern Abend aus dem Haus geschafft und in die Plastikbox gelegt, in der früher einmal die toten Schweine für den Abtransport durch den Abdecker aufbewahrt worden waren. Natürlich befand sich die Box nicht mehr vorn an der Hofeinfahrt, sondern unter der Remise, wo niemand sie sehen konnte. Vielleicht ein bisschen zu viel der Vorsicht, da sowieso niemand hierherkam, der nicht eingeladen war, aber man konnte nie wissen.

Henk betrat die dunkle, nach vorne offene Remise aus schwarzem Eichenholz, das sich an der Wetterseite silbrig verfärbt hatte. Er konnte kaum etwas sehen, das war aber auch nicht nötig, er fand sich hier im Dunkeln zurecht. Hinter dem Stoß Feuerholz und der Palette mit Kohlebriketts befand sich die Box. Er bückte sich und warf den Deckel zurück, der klappernd an die Holzwand schlug.

Der bleiche Körper schien im Dunkel leicht zu schimmern.

Außerdem stank er schon ein bisschen.

Henk rieb sich mit den Fingern unter der Nase, denn das Melkfett hatte noch einen weiteren Vorteil: Es duftete intensiv und übertünchte so andere Gerüche.

Schließlich bückte er sich, packte beide Fußgelenke und zog den kleinen, schlanken Körper aus der Box. Die Totenstarre war jetzt, nach zwanzig Stunden, voll ausgeprägt, und so glitt der Körper nicht weich heraus, sondern polterte zu Boden. Henk hatte vorgehabt, ihn zu schultern, aber das war in diesem Zustand blöd, deshalb zog er ihn einfach hinter sich her.

Wog ja nichts, die Kleine.

Der Hof war in U-Form um einen Innenbereich angelegt, und Henk musste von einer Seite zur anderen. Auf dem unebenen Kopfsteinpflaster hüpfte der Schädel der Leiche auf und ab und polterte hohl. Das lange Haar zog Blätter und Schmutz mit sich und hinterließ eine Spur wie von einem Besen.

Plötzlich entglitten ihm die Beine und fielen zu Boden.

Es lag am Melkfett. Seine Hände waren zu schmierig. Vielleicht hätte er mit dem Eincremen warten sollen, aber Henk war der Meinung, das Fett müsse erst einmal einziehen und eine Schutzschicht bilden, bevor er wieder mit dem weißen Pulver hantierte.

Er packte die Beine erneut, griff diesmal fester zu und zog den Körper weiter hinter sich her. Durch die offene Holztür in den Vorraum und von dort in die kleine Scheune, wo er sie einstweilen ablegte.

Es nervte ihn, jedes Mal die Tarnung im Boden zerstören zu müssen, aber der Herr Doktor bestand darauf, also hielt er sich daran. Es war eine Mordsarbeit, nachher alles wieder so herzurichten, dass bei einem flüchtigen Blick niemand Verdacht schöpfte. Manchmal ärgerte Henk sich darüber, den Doktor auf diese Idee mit der Grube gebracht zu haben.

Nach ein paar Handgriffen lag die Grube offen vor ihm.

Henk warf die Leiche hinein.

Dann ging er das weiße Pulver holen, das noch so viel mehr zerstörte als nur die Haut an seinen Händen.

9.

»Was für ein beschissenes Kaff!«

Jördis Fischer krampfte die Hände noch fester um das Lenkrad des gemieteten Umzugstransporters und bemühte sich, ruhig zu bleiben. Sie antwortete lieber nicht, denn ganz egal, was sie sagte, nichts würde die Meinung ihrer Tochter ändern.

»In acht Monaten bin ich hier weg ... wenn ich es überhaupt so lange aushalte«, schob Maja nach und kaute laut schmatzend auf ihrem Kaugummi. Mit verschränkten Armen hockte sie auf dem Beifahrersitz, die weißen Stöpsel ihres iPhones im Ohr.

Jördis wusste, ihre Tochter konnte sie trotz der Musik hören, aber natürlich waren die Stöpsel ein klares Statement.

Lass mich in Ruhe, ich will nicht mit dir reden. Du kannst mich in dieses verschissene Kaff entführen, aber du kannst mich nicht zwingen, mit dir zu reden.

In acht Monaten würde ihre Tochter achtzehn werden, und seitdem feststand, wohin sie zogen, hatte Maja ihr ein ums andere Mal erklärt, was sie dann zu tun gedachte.

Abwarten, dachte Jördis. Ohne Geld keine eigene Wohnung, kein Auto, keine Freiheit.

»Die haben hier eine echt süße Altstadt direkt am Fluss. Da bekommst du alles, was du brauchst.«

Jördis betrachtete ihre Worte weniger als einen weiteren Versuch, ihre Tochter zu überzeugen, vielmehr wollte sie sich selbst damit ein wenig aufmuntern. Denn ihr gefiel es hier in Feldberg, dieser kleinen Zwanzigtausend-Seelen-Stadt, in der sie eine gut bezahlte Anstellung in einem Versicherungsbüro bekommen hatte. Sogar einen Wagen gab es zur freien Nutzung dazu, weil die so große Probleme hatten, qualifiziertes Personal zu finden. Zwar nur einen Smart, aber immerhin musste Jördis sich kein eigenes Auto zulegen. Ihrem geliebten Caddy hatte der TÜV vor einem Monat die Lebenserlaubnis erzogen, dabei hatte sie darauf gesetzt, mit ihm den gesamten Umzug stemmen zu können. Sechshundert Euro hatte sie für den geliehenen Transporter ausgegeben, ein zweiter Wagen würde morgen folgen und die restlichen Sachen bringen, und das war noch das günstigste Angebot gewesen, das sie im Internet finden konnte. Die fehlten nun bei der Einrichtung der neuen Wohnung.

»Meinst du nicht, dass wir beide hier glücklich werden können?«

Jördis versuchte es doch noch mal. Sie kannte Maja gut genug, um zu wissen, dass sie nicht wirklich so gemein war, wie sie sich jetzt gab. Maja hatte ein großes und gutes Herz, wahrscheinlich suchte sie selbst gerade nach einem Ausweg aus ihrer beleidigten Haltung, fand aber keinen, bei dem sie ihr Gesicht wahren konnte.

Da war ein wenig Hilfestellung gefragt.

Jetzt nahm Maja tatsächlich einen der Stöpsel aus dem linken Ohr.

»Und sie lebten glücklich bis an Ende ihrer Tage … Ist es das, woran du glaubst? Dann vergiss es gleich wieder. Denn daraus wird nichts.«

Zack, landete der Stöpsel wieder im Ohr, und die Bereitschaft für ein Gespräch sank deutlich unter null.

Jördis gab es auf. Zumindest für den Moment. Maja würde sich schon wieder beruhigen, es brauchte eben Zeit.

Sie lenkte den laut röhrenden Transporter, der schon mehr

als dreihunderttausend Kilometer auf dem Tacho hatte und in dessen Führerhaus es stank wie in einer Raucherkneipe, von der Durchgangsstraße in den Waldweg. So hieß die schmale Sackgasse, an deren Ende die kleine Doppelhaushälfte lag, die Jördis angemietet hatte.

Ihr Herz ging auf, als sie darauf zufuhr. Es war ein süßes, geschmackvolles Haus mit kleinem Garten dahinter, außerdem lag es am Rande des kleinen Waldes, den Maja lediglich zu Fuß durchqueren musste, um zu ihrer neuen Schule zu gelangen. Es war perfekt!

Darüber hinaus kannte sie in Feldberg niemanden. Sie konnte noch einmal ganz von vorn anfangen, ohne die bösen oder fragenden Blicke, ohne die Gerüchte und das Getuschel beim Bäcker oder an der Supermarktkasse.

Auch Maja war davon nicht verschont geblieben, deshalb fand Jördis es ja so wichtig, ihre Tochter aus dem alten Umfeld herauszuholen. Dieser Neuanfang war gut, für sie beide, auch wenn Maja das noch nicht begriff.

Die Bremsen des Transporters quietschten erbärmlich, als Jördis ihn vor dem Haus zum Stehen brachte.

»Angekommen!«, stieß sie mit der angehaltenen Atemluft aus und spürte Erleichterung in ihrem Herzen.

Sie hatte keinen Zweifel, dass jetzt endlich der Abschnitt ihres Lebens begann, in dem sie Ruhe, Zufriedenheit und Erfüllung fand.

»Was für eine beschissene Bruchbude«, nuschelte Maja und stieg aus.

10.

»Jan, komm schnell her! Das ist unglaublich!«

Weil Ricas Stimme so dringlich klang, ließ Jan die Kaffeemaschine nicht zu Ende röcheln. Er schaltete sie aus, goss die beiden großen Becher voll, stellte sie auf ein kleines Tablett und trug es hinauf in die erste Etage des alten Bauernhauses.

Dort oben hatte Rica ihr Arbeitszimmer. Ein zwanzig Quadratmeter großer Raum mit einem Gaubenfenster und freiem Blick über das Hammertal. Jetzt, am späten Abend, war das Tal nur eine schwarze Fläche mit vereinzelten Lichtsprenkeln darin, die von anderen einsam liegenden Gehöften stammten. Ein Universum mit nur wenigen Sternen, ihr Rückzugsort, den sie sich gemeinsam ausgesucht hatten.

Computer und Bildschirme beherrschten den Raum. Rica hatte schon immer ein Faible und großes Verständnis für die digitale Welt gehabt und ein Informatikstudium begonnen, bevor man sie aus ihrem alten Leben gerissen hatte. Sie begriff Zusammenhänge, die Jan auf ewig verschlossen bleiben würden, und die virtuose Art, mit der sie sich durchs Web bewegte, nötigte ihm immer wieder Respekt ab. Es gab nicht viel, was Rica nicht herausfand, und wenn sie doch an ihre Grenzen stieß, griff sie auf ein Netzwerk an Freunden zurück, die sie noch nie persönlich getroffen hatte, die sich wie sie hinter Fake-Profilen versteckten und die allesamt der Wunsch verband, die Welt durch ihre Kenntnisse und Fähigkeiten etwas besser zu machen – manchmal auch, indem man Websites hackte.

»Ich hab jetzt alles zusammen«, sagte Rica, als Jan die Kaffeebecher auf der Schreibtischplatte abstellte. Sie trug ihre Lesebrille mit dem dicken schwarzen Gestell, die viel zu groß war für ihr zierliches Gesicht. Jan fand sie atemberaubend sexy damit.

»Das musst du dir anhören! Ich hab es selbst kaum glauben können!« Rica war aufgeregt, ihr kleiner Körper stand unter Hochspannung.

Er setzte sich neben sie auf den Hocker. »Erzähl!«, forderte er sie auf.

Rica legte los. »Ansgar Füllkrug ist der dreißigjährige Bruder der vor einem Jahr verschollenen Bettina Füllkrug, damals siebzehn Jahre alt. Die Eltern haben keine weiteren Kinder. Füllkrug hat keine Vorstrafen, keinerlei Auffälligkeiten, nicht einmal Strafzettel. Er hat in Frankfurt BWL studiert und bei der Deutschen Bank in Dortmund als Broker gearbeitet, dort aber gekündigt, kurz nachdem seine Schwester verschwand. Seine Meldeadresse ist in Dortmund.

Die Ermittlungsbehörden kamen in dem Fall seiner verschwundenen Schwester nicht voran, und wenngleich er von offizieller Seite nicht abgeschlossen wurde, arbeitet wohl niemand mehr aktiv daran. Deshalb hat Ansgar Füllkrug ein Hilfeersuchen an Amissa gestellt, vor etwa einem halben Jahr.«

»Was? Bei Amissa?«

Rica nickte. »Ist nicht unbedingt, in diesem Zusammenhang aber schon ein bedeutsamer Zufall.«

»Das kann man wohl sagen! Ein halbes Jahr ist eine lange Zeit bei der Suche nach einem vermissten Teenager. Hat sich jemand darum gekümmert bei Amissa?«

»Weiß ich nicht. Dafür müsste ich mit der zuständigen Person in der Zentrale in Erfurt sprechen. Uns Freiberuflern wird ja immer nur ein Fall zugeteilt, den wir abarbeiten, auf die vielen anderen Fälle bekommen wir nicht automatisch Zugriff. Aber ein halbes Jahr ist nicht wirklich lang. Du kennst das doch. Zu viele Verschwundene, um die sich niemand kümmert.«

»Ja, ich weiß. Unter welchen Umständen ist Bettina Füllkrug verschwunden?«

»Jetzt kommt es, pass auf! Die Eltern sind drei Monate vor Bettinas Verschwinden umgezogen. Nach Aussage ihres Bruders war Bettina verliebt und wollte nicht mit, musste aber natürlich, da sie ja noch minderjährig war.«

Jan verschluckte sich beinahe an seinem Kaffee. »Nicht dein Ernst!«

»Doch.«

Sie sahen einander an. Ricas dunkle Augen hinter der Brille blitzten ihn an. Schwarze Onyxperlen, hinter denen sie nach Belieben versteckte, was sie fühlte und dachte. Sie ließ ihn nur hineinschauen, wenn sie es wollte.

»Moment ...« Jan stellte die Kaffeetasse ab. »Bettina Füllkrug, siebzehn Jahre alt, verschwindet drei Monate nach ihrem unfreiwilligen Umzug. Leila Eidinger, siebzehn Jahre alt, verschwindet drei Wochen nach ihrem ebenfalls unfreiwilligen Umzug, und in beiden Fällen spielt Ansgar Füllkrug eine Rolle?«

»Ich bin äußerst beeindruckt von deinem Kombinationsvermögen«, sagte Rica.

Jan sprang vom Hocker auf und ging auf und ab. »Zwei Mädchen, minderjährig, im selben Alter, verschwinden nach den Umzügen ihrer Eltern. Beide waren gegen diesen Umzug und deshalb sicher unglücklich.«

»Das kann ein Grund sein, warum die Polizei nicht von einem Verbrechen ausgegangen ist. Immer wieder laufen Teenager unter solchen und ähnlichen Umständen von zu Hause fort. Die meisten kommen schnell wieder zurück.«

»Aber nicht in diesem Fall. Und jetzt kommt Leila Eidinger

hinzu, was alles verändert. Fest steht: Ansgar Füllkrug ist Halter des Wohnmobils, das bei der Raststätte ausbrannte. Wir wissen nicht, ob er auch die verbrannte Person darin ist. Wenn es so ist, war er in Taubenheim und hat irgendwas mit Leila Eidingers Verschwinden zu tun. Aber wie passt denn das mit der Suche nach seiner Schwester zusammen?«

Rica drehte sich mit dem Schreibtischstuhl zu ihm um. »Wie wäre es, wenn wir es herausfinden? Ich hole mir den offiziellen Auftrag von Amissa, dann werden wir sogar dafür bezahlt.«

»Auf jeden Fall«, sagte Jan und wurde nachdenklich. »Ein merkwürdiger Zufall, dass uns ein Mädchen quasi vors Auto läuft und damit zwei Fälle zusammenbringt, die auf den ersten Blick nichts miteinander zu tun haben. Findest du nicht?«

»Nichts passiert ohne Grund.«

Jan wusste, wie seine Frau über solche Dinge dachte. Sie glaubte nicht an Zufälle, sondern an Schicksal, an Verbindungen, die Menschen nicht beeinflussen und schon gar nicht erklären konnten. So, wie es bei ihnen beiden gewesen war, damals, als sowohl Jan als auch Rica dem Tode näher als dem Leben gewesen waren.

»Wo lebten die Familien vor ihrem Umzug?«, fragte Jan.

»Die Eidingers in Frankfurt, Bettina Füllkrug in Bremen. Wir können also fast sicher davon ausgehen, dass sie einander nicht kannten.«

»Aber Ansgar Füllkrug kannte offenbar beide. Seine Schwester sowieso, Leila Eidinger aber auch, denn in der Nähe seines Wohnmobils fand man ihren Ausweis, außerdem hat ein Zeuge an der Tankstelle beobachtet, wie das Wohnmobil neben Leila herfuhr. Die Frage ist: Hat er sie entführt? Und das bringt uns zur nächsten Frage: Hat er auch seine eigene Schwester entführt und die Suche nach ihr nur vorgetäuscht?«

»Verwirrend, das alles«, gab Jan nach einer Pause zu.

»Wir brauchen mehr Informationen. Vielleicht sollten wir versuchen, mit dem Ermittler vor Ort in Taubenheim zu sprechen.«

»Wenn wir den Beweis hätten, dass Ansgar Füllkrug in dem Wagen an der Autobahn verbrannt ist, wäre uns schon geholfen«, sagte Jan.

»Ein Ex-BWL-Student und Ex-Broker, der nie auffällig geworden ist, entführt ein junges Mädchen … klingt das für dich plausibel?

Jan schüttelte den Kopf. »In dieser Geschichte klaffen Löcher, so groß wie ein Scheunentor.«

»Okay. Wo können wir ansetzen? Wir haben die Aussage von Eidinger, dass dieser Barmann aus dem Level24 ihn angelogen hat. Vielleicht lohnt es sich, mit dem Kerl zu reden. Wir sollten außerdem versuchen, Informationen aus diesem Kommissar Ludovic herauszubekommen. Und sowieso noch einmal ein ausführlicheres Gespräch mit Martin und Lydia Eidinger führen, sobald sie dazu in der Lage sind.«

»Und es kann sicher nicht schaden, mit den Eltern von Ansgar und Bettina Füllkrug zu sprechen«, fügte Jan an. Er beendete seinen Zimmermarathon und sah seine Frau an. »Gibt es ein Foto von Füllkrug?«

Rica wandte sich der Tastatur zu, tippte ein paar Befehle ein, und auf dem Bildschirm erschien ein Porträtfoto von Ansgar Füllkrug.

Er hatte dunkles, halblanges Haar und einen Vollbart. »So hat der Handwerker an der Autobahnraststätte den Mann beschrieben, der auf das Mädchen geschossen hat«, sagte Jan.

11.

Martin Eidinger war weit entfernt davon, sich als Schriftsteller zu bezeichnen, aber er wusste, in ihm schlug das Herz eines Schreibers, und in einem solchen Herz konnten Emotionen wüten, während der Kopf zu klarer und kühler Beobachtung fähig war. Das führte immer wieder zu absurden Situationen, so wie an diesem Morgen.

Innerlich aufgewühlt, sah er das Gebäude als das, was es war: ein zweckmäßiger Backsteinbau ohne Schnörkel, mit Fenstern, die den neuesten Energievorschriften entsprachen, und Parkplätzen in der Nähe, die Geld kosteten. Er hatte sich entscheiden müssen, wie lange es wohl dauern würde, seine Tochter zu identifizieren. Drei Euro für zwei Stunden erschienen ihm angemessen, der Höchstbetrag. Wenn er länger parken wollte, würde er nachlösen müssen. Das würde sich gut in einem Artikel über den wirtschaftlichen Faktor des Todes machen.

Während er diese Beobachtungen für sich beschrieb, tobte in seinem Inneren, dort, wo die Gefühle ihr chaotisches Königreich regierten, ein Höllensturm. Martin war nicht in der Lage, diese Gefühle zu meistern oder ihnen etwas abzugewinnen. Sie waren wild und unzähmbar, ihre Schmerzen grässlich, ihre Schreie infernalisch. In wenigen Minuten würde er dort drinnen seine Leila, seinen kleinen Engel sehen, dem die Flügel entrissen worden waren. Ein zerstörter Körper, kaum noch zu identifizieren und doch von seinem Blut. Die schwerste Aufgabe eines Lebens trugen sie ihm im schwersten aller Momente auf, und Martin Eidinger war sich fast sicher, sie nicht meistern zu können.

Drei Euro für zwei Stunden.

Was, wenn er zusammenbrach und eingeliefert werden müsste? Zu seiner Frau? Die Gerichtsmedizin war in einem Flügel des städtischen Krankenhauses untergebracht, weit müssten sie ihn nicht transportieren. Wer würde dann die Parkuhr nachlösen?

Vor der automatisch auseinanderfahrenden Tür blieb Martin Eidinger stehen und starrte durch die Glasscheibe. Kommissar Ludovic war schon da und tigerte mit dem Handy am Ohr durch die Lobby. Martin wollte den Mann weder sehen noch mit ihm sprechen, doch an beidem führte kein Weg vorbei.

Ludovic winkte ihn mit der Hand herein, während er telefonierte. Es schien wichtig zu sein, denn er redete schnell und ohne Pause.

Als Martin das Foyer betrat, hörte er die letzten Worte des Gesprächs.

»… ich will mit diesem Zeugen reden, finden Sie ihn, und zwar schnell.«

Dann steckte der Kommissar sein Telefon weg und wandte sich Martin zu. An dieser Stelle löste sich Martins Beobachtung erneut von seiner Angst und der aufkeimenden Panik, und er nahm sehr genau die Veränderung in Ludovics Mimik wahr. Weg von geschäftiger Anspannung hin zu offensichtlich zur Schau gestelltem Mitgefühl.

»Welcher Zeuge?«, fragte Martin ohne Begrüßung.

»Wie bitte?«

»Ihr Telefongespräch.«

»Äh … von der Autobahnraststätte. Nicht alle, die in der Nacht dabei waren, haben eine Aussage bei der Polizei gemacht.«

Martin nickte. Er wusste nicht, was er sonst noch fragen sollte. Sein Gehirn wehrte sich gegen die Belastung.

»Wie fühlen Sie sich?«, fragte der Kommissar.

»Wie ein Vater, der sein totes Kind identifizieren soll.«

Eine Antwort, auf die Ludovic nicht zu reagieren wusste. »Ihre Frau ist noch im Krankenhaus?«, wich er aus.

»Ja, und vielleicht lande ich auch dort, danach ... ich weiß es nicht ...«

»Ich würde es Ihnen gern ersparen ...«, begann Ludovic.

»Nein, ich will Leila sehen ... Bringen Sie mich zu ihr.«

Auf diese Worte hatte Ludovic gewartet. Er nickte, machte auf den Hacken kehrt und marschierte voran auf seinen ausgelatschten, schmutzigen Sneakers.

Plötzlich erschien es Martin überaus respektlos, dass der Mann zu diesem Termin in einem solchen Schuhwerk erschien, und Ärger kochte in ihm hoch. Er musste sich zusammenreißen, Ludovic nicht zurechtzuweisen, konnte zugleich aber seinen Blick nicht von dessen Schuhen nehmen.

Der Weg wechselte vom Foyer ins Treppenhaus, es ging hinunter, dann auf einen Gang, der mit Linoleum ausgelegt war, und dort quietschten die Sohlen von Ludovics Schuhen wie die der Schwestern auf der Station, auf der sich seine Frau befand. Erinnerungen kamen hoch, und Martin fragte sich, ob seine Entscheidung richtig gewesen war. Er hatte Ludovic bisher nichts erzählt von Schwester Nadines Aussage. Dieser Privatdetektiv Jan Kantzius und dessen Frau Rica hatten ihn darum gebeten zu warten, damit sie sich den Barmann aus dem Level24 zuerst vornehmen konnten. Martin fand die beiden sympathisch, zudem hatten sie ihn vor einem schlimmen Fehler bewahrt, er war es ihnen schuldig.

Richtig oder falsch?

Was spielte das noch für eine Rolle.

Leila war tot, und der Grund für diese Lüge würde sie nicht wieder lebendig machen.

Der Kommissar stieß eine Tür auf und führte Martin tiefer in den Keller hinein. Hartes Licht fiel aus Leuchtstoffröhren in der Decke, klinisch-antiseptischer Geruch füllte die Luft, es herrschte sarkophagische Stille.

Licht und Luft schienen Martin plötzlich knapp zu werden, zu knapp. Er atmete durch den weit geöffneten Mund ein, bekam dennoch nicht genug Sauerstoff in die Bronchien. Das Gefühl, zu ersticken, erfasste ihn mit brachialer Wucht.

Eine letzte Tür, dann drehte Ludovic sich zu ihm um. Setzte an, etwas zu sagen, hielt inne, begann neu: »Alles in Ordnung? Sie sehen blass aus.«

Martin Eidinger nickte, sagte aber nichts. Was sollte man auch antworten auf eine so dumme Frage. Zudem musste er gegen den Erstickungsanfall ankämpfen, den er sich gewiss nur einbildete.

Ein Mitarbeiter der Rechtsmedizin, der sich weder vorstellte noch Blickkontakt zu Martin aufnahm, ein Geist in weißem Kittel, führte sie in einen lang gestreckten Raum, der schlauchförmig erschien, aber das lag wohl nur an den rechts und links verbauten Kühlfächern, die mindestens eine Tiefe von zwei Metern haben mussten.

Matt gebürstete, im harten Licht aber trotzdem glänzende, gigantische Kühlschränke.

Zielsicher trat der Geist auf eine Tür in der untersten Etage der Kühlschränke zu, verglich die Nummer auf seinem Handy mit der in dem kleinen Display neben der Tür. Dort schimmerten rötlich vier Ziffern.

3392

Das war seine Tochter nun.

Martin wusste, diese Zahlen würde sein Gedächtnis niemals wieder löschen.

Ein Blickwechsel zwischen dem Geist und Ludovic, den

Martin sehr wohl mitbekam, blieb ohne Worte, und schließlich zog der Geist die Tür auf und die Rollbahre heraus. Ein grünes Tuch bedeckte den Körper.

So klein und schmal war seine Fee? Konnte das sein?

Martin wollte es weder dem Geist noch dem Kommissar überlassen, das Tuch vom Gesicht seiner Fee zu nehmen, und er ließ sich trotz einer Warnung auch nicht davon abhalten, denn es war seine Aufgabe.

Vorsichtig hob er das Tuch an – und prallte entsetzt zurück.

»Nein!«, stieß er aus und spürte sein Herz stolpern.

KAPITEL 3

1.

Eiskalt war es in der ungeheizten Wohnung und die Luft so feucht, dass sie auf dem Fensterglas kondensierte. Mit dem Zeigefinger malte der Mann, den alle seit seiner Jugend nur Zedník nannten, einen Kreis in den Beschlag und wischte das Innere frei, damit er hinausschauen konnte. Draußen war es dunkel, die Straßenbeleuchtung brannte. Der Sperrmüllberg vor dem Haus war im Laufe des Tages noch angewachsen, jemand hatte Matratzen und einen Flachbildfernseher draufgeworfen.

Zedník kontrollierte die Straße. Das tat er jede halbe Stunde. Es wäre ihm aufgefallen, wenn jemand in einem der Wagen wartete und die Heizung hin und wieder laufen ließ, um nicht zu frieren. Auf solche Kleinigkeiten musste er achtgeben, wenn er überleben wollte.

Nichts Verdächtiges auf der Straße.

Er wandte sich vom Fenster ab und ging zu der Apfelsinenkiste hinüber, auf der auf einem Stück Alupapier zwanzig Teelichter brannten – sein Licht und seine Heizung. Zedník wärmte die Hände darüber. Die Wärme tat gut, er genoss sie, gleichzeitig durchzog ihn aber wieder dieses miese Gefühl. Eine Mischung aus Verzweiflung und Wut. Gewiss, in seinem Leben hatte er viele schwierige Situationen meistern müssen, aber keine wie diese.

Alles war gründlich schiefgelaufen, und er hatte es nicht einmal kommen sehen.

Seit zwei Tagen versteckte er sich in diesem aufgegebenen Mietblock, dessen Eigentümer sich nicht für die Anlage zu interessieren schienen. Sie ließen sie verfallen, niemand kontrollierte, wer sich darin aufhielt. Zumindest bis jetzt. Es gab weder Wasser noch Strom, aber er hatte wenigstens ein Dach über dem Kopf an einem Ort, an dem ihn niemand vermutete – das war im Moment am wichtigsten. Wasser hatte er sich in Flaschen aus dem Supermarkt um die Ecke besorgt, ebenso Teelichte und Konserven, und solange es nicht kälter wurde, reichten Kerzen und Schlafsack.

Lange konnte er dennoch nicht hierbleiben.

Zedník hatte ein Ziel. Nur war es mit dem Ballast, den er mit sich herumschleppte, nicht leicht zu erreichen, zumal er nicht mehr über ein Fahrzeug verfügte. Für dieses Problem würde ihm schon eine Lösung einfallen, aber er musste vorsichtig sein, gerade in einer Gegend wie dieser, wo die Menschen kaum etwas besaßen und auf das Wenige höllisch aufpassten, sei es auch noch so wertlos.

Er nahm die Hände aus der Wärme der Kerzen und widmete sich dem kleinen Gaskocher, der auf dem Boden stand. Zeit fürs Abendessen. Die Dose Ravioli einer Billigmarke hatte er am Vormittag im Supermarkt besorgt und sich den ganzen Tag über darauf gefreut, sie öffnen, aufwärmen und essen zu können. Bisher hatte er nichts in den Magen bekommen, und obwohl der Hunger groß war, hatte er bis zum Abend gewartet, weil er es hasste, sich mit leerem Magen schlafen zu legen.

Zedník öffnete die Dose mit seinem Schweizer Armeemesser, stellte sie auf den Gasbrenner und entzündete ihn. Natürlich verbrannte das auf die Dose aufgeklebte Papier, und es stank dementsprechend, aber das störte ja niemanden. Mit dem alten Löffel, den er hier gefunden hatte, wahrscheinlich Hinterlassenschaft irgendwelcher Drogenjunkies, rührte er die Ravioli um, damit sie nicht anbrannten.

Unter dem aufsteigenden Duft verkrampfte sich Zedníks leerer Magen. Ein beinahe schon bellendes Knurren stieg aus seiner Leibesmitte auf. Er konnte nicht warten, bis die Fleischfüllung der Ravioli warm war, stopfte sie sich noch halb kalt in den Mund und hätte vor Verzückung beinahe aufgestöhnt.

Mit geschlossenen Augen kaute er, andächtig, beinahe schon verzückt schob er einen Löffel nach dem anderen in seinen Mund. Erst als die Dose zu zwei Dritteln geleert war und nur noch ein verbrannter Rest darin, hielt er inne.

Sein Gewissen meldete sich. Gerade jetzt, wo er sich zu gern vollkommen seinen Gelüsten und seinem Verlangen hingegeben hätte.

Scheiß Gewissen! Was hatte es ihm je eingebracht?

Nichts als Ärger, auch jetzt wieder.

Und dennoch schaffte er es nicht, sich noch einen weiteren Löffel Ravioli in den Mund zu schieben. Stattdessen stellte er den Gaskocher ab und rührte den Inhalt der Dose um, in dem nun schwarz verbrannte Reste trieben. Wirklich gut sah das nicht aus, und es roch auch merkwürdig – vielleicht war es ja sogar besser, wenn er den Brei nicht selbst aß.

Zedník wartete, bis die Dose sich so weit abgekühlt hatte, um sie anfassen zu können. Dann steckte er den Löffel hinein, sein Messer in die Hosentasche, und auf dem abgetrennten Dosendeckel trug er zwei brennende Teelichte mit in den Nebenraum.

Eine schmale Kammer ohne Fenster, die wahrscheinlich einmal als Speisekammer gedacht gewesen war. Da hinein hatte er die speckige Matratze geworfen, die er in dieser aufgegebenen Wohnung gefunden hatte, zusätzlich noch eine alte Armeedecke, ein fadenscheiniges Gespinst aus üblem Geruch und verwesenden Fasern.

Zimperlich war er noch nie gewesen.

Was sein musste, musste eben sein.

Da lag sie unter der Decke. Verkrümmt und so still, als sei sie längst tot – was in Anbetracht der Umstände sowieso das

Beste wäre. Falls aber nicht, könnte er seinen Nutzen aus ihr ziehen, das war auch der einzige Grund, warum er sie mitschleppte.

»Hunger?«, fragte Zedník.

Keine Reaktion.

»Ravioli. Du musst etwas essen.«

Sie ist gestorben, schoss es ihm durch den Kopf. Vielleicht erfroren, vielleicht am Schock. Wann hatte er zuletzt nach ihr gesehen? Vor zwei oder drei Stunden, bevor er selbst in tiefen Erschöpfungsschlaf gefallen war. Mehr als zehn Grad hatte es hier drinnen nicht, und wenn man sich nicht bewegte, kühlte man schnell aus.

Er stellte Teelichte und Dose ab und ging neben der Matratze auf die Knie. Vorsichtig zog er die klamme Decke ein Stück beiseite.

Ihr Gesicht kam zum Vorschein. Das mit Blut verklebte Haar, die junge, straffe Haut, dreckig und voller Wunden.

Die geschlossenen Lider bewegten sich nicht. Er legte einen Finger an die Halsschlagader und spürte deutlich einen Puls.

Doch nicht tot.

Er ließ sich mit dem Rücken gegen die Wand sacken, winkelte die Knie an und betrachtete sie. Ein junges, hübsches Mädchen, das den Aufwand rechtfertigte.

Aber essen würde sie heute wohl nichts.

Also nahm er die Dose und stopfte auch noch von dem verbrannten Rest in sich hinein. Der schmeckte zwar beschissen und stark nach Metall, aber wenn er beim Kauen das Gesicht des Mädchens betrachtete und sich vorstellte, wie sie zuvor ausgesehen hatte, gewaschen und unverletzt, und dass sie bald wieder so aussehen würde, dann konnte er den Geschmack ertragen.

Dann wusste Zedník, wofür er all das hier auf sich nahm.

2.

»Aber bitte friedlich bleiben!«, mahnte Rica.

»Ich bin vollkommen entspannt«, erwiderte Jan.

Sie waren unterwegs zu dem Barmann des Jugendtreffs in Taubenheim, der mit bürgerlichem Namen Thore Thies hieß.

»Deine Hände erzählen mir etwas anderes«, sagte Rica.

Rasch öffnete er seine zu Fäusten geballten Hände. Wieder einmal wurde ihm bewusst, wie gut Rica ihn kannte und wie aufmerksam sie ihn beobachtete. Nicht von ungefähr mahnte sie zur Gelassenheit, denn sie wusste, was passieren konnte, wenn man Jan zu sehr reizte. Und gerade in diesem Fall war seine Reizschwelle niedrig. Das lag an dem Mädchen von der Autobahn, Leila Eidinger, deren Hand er gehalten hatte, als sie starb.

Jan spürte eine Art Verbundenheit, die dadurch entstanden war. Zudem hallten ihre letzten Worte in seinem Kopf nach.

Die Grube … die Grube …

Jan ahnte, dass ein grausiges Geheimnis dahinter verborgen lag.

Sie erreichten die Eingangstür des Level24.

Da der Jugendtreff gerade erst geöffnet hatte, hofften Jan und Rica, dass außer Thies noch niemand da war. Als sie die Räumlichkeiten betraten, war allerdings auch von dem jungen Mann nichts zu sehen. Nachdem sie sich einen Moment umgeschaut hatten, hörten sie jemanden in den Räumen hinter der Bar rumoren. Flaschen klapperten in Kisten.

»Hallo!«, rief Jan.

Es dauerte einen Moment, bis Thore Thies nach vorn kam. Er erstarrte in der Bewegung, als er Jan und Rica wiedererkannte.

»Was wollen Sie?«, fragte er und behielt die Eingangstür im Auge. Wahrscheinlich befürchtete er, dass Martin Eidinger auftauchte.

»Nur mit Ihnen reden.« Rica lehnte sich gegen die Theke. »Wir brauchen Ihre Hilfe.«

Thies' Blick huschte zwischen Jan und Rica hin und her, blieb dann an Rica haften. »Ich wüsste nicht, wie ich helfen kann.«

»Erst einmal: Wir sollen Ihnen eine Entschuldigung von Leilas Vater bestellen. Er war außer sich und wusste nicht, was er tat. Ich hoffe, Sie können das verstehen«, sagte Rica. »Als er begriff, dass Sie ihn angelogen haben, musste er ja einfach die falschen Schlüsse ziehen. Warum haben Sie das getan?«

»Was heißt angelogen!«, verteidigte sich Thies. »Ich habe nur getan, worum Leila mich gebeten hat.«

»Leila hat Sie darum gebeten?«

»Ja.«

»Können wir uns einen Moment setzen?«, fragte Rica. »Bitte!«

Wenn Rica Bitte sagte, klang das eindringlich, fast schon flehentlich, und Jan hatte noch nie erlebt, dass jemand ihrer Bitte widerstand – schon gar kein Mann.

Zögerlich kam Thies hinter dem Tresen hervor. Sein linkes Auge war von dem Schlag, den Martin Eidinger ihm verpasst hatte, bläulich verfärbt. Kein ordentliches Veilchen, aber auch nicht schlecht für einen Familienvater. Jan beobachtete Thies genau, studierte dessen Verhalten, suchte nach Unsicherheiten und Lügen. Irgendwas störte ihn, aber es dauerte einen Moment, ehe er drauf kam. Thies sah nur Rica an, und das mit einem Blick, den Jan allzu gut kannte. Er war sexistisch und herablassend.

Sie setzten sich gegenüber der Bar an einen runden, abgestoßenen Tisch. Thies zog seinen Stuhl weit zurück, stellte die Beine breit auseinander und verschränkte die Arme vor der Brust. Sein Bart war buschig, aber gepflegt, so wie es heute üblich war bei jungen Männern, sein Haar kurz geschnitten. Ein attraktiver Junge, nicht viel älter als zwanzig, schätzte Jan.

»Worum hat Leila dich gebeten?«, fragte Rica. »Ich darf doch Du sagen?«

»Bei dir mache ich eine Ausnahme. Wie heißt du?«

»Rica Kantzius. Das ist mein Mann Jan.«

Thies' Blick blieb an Rica haften. Er lächelte sie an und ignorierte Jan. »Wo kommst du her, Rica?«

»Aus Nordrhein-Westfalen ... Worum hat Leila dich gebeten?«

»Na ja, sie bat mich, ihren Eltern nicht zu verraten, dass sie hier war.«

»Warum?«

Thies zuckte mit den kräftigen Schultern. »Keine Ahnung. Die hatten wohl Streit, und Leila wollte eine Weile untertauchen.«

»Worum ging es bei dem Streit?«

»Was weiß ich ... die Familie ist ja gerade erst hergezogen. Ich denke, darum ging es.«

»Leila wird doch gesagt haben, warum sie wegwollte.«

»Nee, hat sie nicht. Wir kannten uns ja kaum.«

»Aber ihr kanntet euch.«

»Eigentlich nur vom Sehen. Meine Freundin Jackie geht in ihre Klasse, und ich hole Jackie hin und wieder von der Schule ab ... da trifft man sich halt.«

»Waren Jacky und Leila befreundet?«

»Keine Ahnung. Nicht so richtig, dafür kannten sie sich nicht lange genug. Aber Jacky fand sie ganz cool.«

»Hätte Leila bei ihr schlafen können?«

»Das war der Grund, warum Leila zuerst hierhergekommen ist. Jackie wohnt ja noch bei ihren Eltern, schläft aber hin und wieder bei mir, ich hab eine eigene Wohnung. Leila hat gefragt, ob ich sie für eine Nacht aufnehme.«

»Und was hast du gesagt?«

»Dass sie das mit Jacky abklären soll. Ich hätte sofort Ja gesagt, aber Jacky kann ganz schön eifersüchtig sein.«

»Also wollte Leila von hier aus direkt zu Jacky und sie darum bitten?«

»Jacky war gerade in meiner Wohnung, deshalb wollte sie wohl dorthin. Das habe ich im Übrigen der Polizei auch so gesagt. Ist also kein Geheimnis. Vielleicht könnten Sie das dem Eidinger mal erklären! Nicht, dass der hier in der Stadt Lügengeschichten über mich erzählt oder wieder auf mich losgeht wie ein Irrer. Kann man Leila ja nicht verdenken, wenn sie vor so einem abhaut.«

»Du weißt doch, dass Leila tot ist, nicht wahr?«, fragte Rica.

»Ja, weiß ich.«

»Dann solltest du ein bisschen mehr Respekt zeigen.«

»Ist doch nicht meine Schuld ...«

»Nein, ist es nicht, aber darum geht es auch nicht. Versuch einfach, dich in die Lage der Eltern zu versetzen. Oder besser noch, stell dir vor, jemand würde deine Jacky töten.«

Thore Thies hielt Ricas Blick stand. Da Jan seitlich von ihm saß, konnte er die Augen des Barmanns nicht sehen, aber das musste er auch nicht, er wusste, wie unverhohlen interessiert er war. Interessiert an Rica, nicht an Leila Eidinger oder dem Leid ihrer Eltern.

Plötzlich stand Rica auf und fragte nach der Toilette. Thies wies ihr die Richtung, und sie verschwand.

Sofort übernahm Jan die Befragung. »Wie lange war Leila hier im Club?«

»Nicht lange, vielleicht fünf bis zehn Minuten. Ich habe versucht, sie zu beruhigen, aber sie war wirklich sehr aufgebracht.«

»Hat sie geweint?«

Thies schüttelte den Kopf. Er schaute immer noch Rica hinterher.

»Hat sie Alkohol getrunken?«

»Nein, jedenfalls nicht hier.«

»Leila ist ja nicht bei deiner Freundin angekommen. Haben die beiden telefoniert, nachdem Leila hier raus ist?«

»Jacky hat mit einer anderen Freundin telefoniert, deshalb ist Leila nicht durchgekommen ... das weiß die Polizei aber.«

»Hätte Jacky Leila bei euch schlafen lassen?«

»Wahrscheinlich.«

»Und ihr hättet euch keine Gedanken darüber gemacht, wie es den Eltern geht, wenn die nichts wissen über den Verbleib ihrer Tochter?«

Thies zuckte mit den Schultern. »Soweit ich weiß, hat ihr Dad sie ziemlich übel beschimpft.«

»Und was weißt du?«

Zum ersten Mal sah Thies Jan an. »Der typische Erwachsenenscheiß. Drohen und erpressen und immer übers Geld kommen. Weil es das Einzige ist, was ihr habt und wir nicht. Weil Geld Macht ist und sich daran nie etwas ändern wird, wenn Erwachsene das schon ihre Kinder spüren lassen.«

Darauf sagte Jan erst einmal nichts. Der Junge hatte recht. Genau dieses Verhalten hatten seine Eltern Jan immer wieder vorgelebt und ihn diese Macht spüren lassen.

»Ist dir ein Wohnmobil aufgefallen?«, fragte Jan schließlich.

Thies nickte. »Das hab ich auch der Polizei gesagt. Ich hab Leila nach draußen begleitet und ihr einen Moment nachgeschaut, und da fuhr das Teil durch den Kreisverkehr. Es ist mir aufgefallen, weil es geraucht hat wie eine Dampflokomotive.

Und weil es so auffällig langsam gefahren ist, hab ich mir das Kennzeichen gemerkt.«

»Moment. Als Leila hier zur Tür raus ist, fuhr das Wohnmobil durch den Kreisverkehr?«

»Ja.«

»Sie war also nicht schon auf der anderen Seite ein Stück die Straße runter? Da bist du dir ganz sicher?«

»Bin ich.«

»Und dann? Was hast du danach noch gesehen?«

»Nichts mehr. Ich bin wieder rein und an die Bar.«

»Ich brauche das Kennzeichen«, sagte Jan. Sein Blick ließ keinen Zweifel daran, dass er kein zweites Mal danach fragen würde. Thies nannte es ihm, und er notierte es in sein Handy.

»Hast du deine Jacky darüber informiert, dass Leila auf dem Weg ist zu ihr?«, fragte er danach.

»Nee, das wollte Leila selbst machen.«

Jan versuchte das, was er gerade gehört hatte, gedanklich einzuordnen, und Thies nutzte die Gesprächspause.

»Wo kommt deine Frau her?«, fragte er. »Afrika?«

»Wieso interessiert dich das?«

Thies zuckte mit den Schultern. »Nur so … ich finde ihren Style cool.«

Eigentlich hatte Jan es längst aufgegeben, sich darüber aufzuregen, dass bei Rica die Frage nach ihrer Herkunft oft im Vordergrund stand. Nicht, wer sie war, wohin sie wollte, wovon sie träumte, immer nur die Herkunft. Aber in Thies' Fall war Jan bereit, eine Ausnahme zu machen und sich doch aufzuregen.

»Deinen Style und deine Attitüde finde ich eher zum Kotzen«, sagte er. »Schon mal drüber nachgedacht, erwachsen zu werden?«

In diesem Moment kam Rica von der Toilette zurück.

Da sie von Thies nichts weiter erfahren würden, verabschiedeten sie sich. Kaum draußen auf der Straße angekommen, fragte Jan: »Du hast gelauscht, oder?«

»Klar. Ich wusste ja, dass ich irgendwann einschreiten muss. Ich fand es aber trotzdem eine gute Idee, euch einen Moment allein zu lassen. Für Thies bin ich nichts weiter als ein Sexobjekt.«

»Wie wahrscheinlich jede Frau. Hast du gehört, was er bezüglich des Wohnmobils gesagt hat?«

»Hab ich. Es fuhr bereits durch den Kreisel, als Leila noch vor der Bar stand.«

»Und das passt nicht zu der Aussage des Tankstellenmitarbeiters«, führte Jan weiter fort. »Es sei denn, das Wohnmobil hat irgendwo gedreht und ist zurückgekehrt, um Leila zu verfolgen.«

»Und warum sollte der Fahrer, also vermutlich Füllkrug, das tun, wenn er Leila noch gar nicht gesehen hatte und auf der Suche nach einem Zufallsopfer war?«

»Dann war er also zielgerichtet wegen Leila hier, wie wir ja schon vermutet haben.«

Rica blieb stehen und sah Jan ernst an. »Und was, wenn die Aussage von Thore Thies nicht stimmt?«

»Du zweifelst?«

»Hm ...«, machte Rica. »Ich finde ihn zumindest auffällig. Seine Reaktion, als ich sagte, er solle sich vorstellen, jemand töte seine Freundin, war mir zu cool. Er hat überhaupt kein Schuldgefühl gezeigt. Das sollte er aber, finde ich. Man kann schließlich auf die Idee kommen, dass Leila noch leben könnte, wenn er ihren Vater nicht angelogen hätte. Und was macht er? Markiert den coolen Macker und baggert mich mit Blicken an.«

»Thies hat ja deutlich zu verstehen gegeben, dass er das Verhalten von Leilas Vater verachtet, kein Wunder also, wenn er wenig Mitgefühl zeigt. Eidinger muss wohl richtig fies zu seiner Tochter gewesen sein an dem Abend.«

»Ich glaube nicht, dass sich jemand wie Thies ein Urteil darüber erlauben darf.«

»Jeder darf sich jederzeit ein Urteil bilden.«

»Weißt du, was die indigene Bevölkerung in Nordamerika dazu sagt?«

Die Schärfe in Ricas Stimme ließ Jan vorsichtig werden. »Nein, aber ich werde es jetzt erfahren.«

»Urteile nie über einen anderen, wenn du nicht einen Mond lang in seinen Mokassins gelaufen bist.«

Sprach's und stapfte Richtung Tankstelle davon.

3.

Maja Fischer sehnte das Ende des ersten Schultags an der neuen Schule in Feldberg herbei. Schon seit geraumer Zeit folgte sie dem Englischunterricht nicht mehr.

Die Bauchschmerzen, mit denen sie heute früh aufgewacht war und die auf dem kurzen Fußweg zur Schule noch schlimmer geworden waren, hatten sich zwar gelegt, aber sie fühlte sich noch immer elend und tief verunsichert.

Den Drang, ihr Handy aus der Tasche zu nehmen, konnte sie nur mühsam unterdrücken. Noch nie zuvor in ihrem Leben war sie so dankbar gewesen für WhatsApp, denn es war die einzige Möglichkeit, mit ihren Freundinnen in Kontakt zu bleiben und zu erfahren, wie es ihnen ging und was sie machten.

Zudem gab es Peer bei WhatsApp – und nur dort!

Ohne ihn wäre sie längst verzweifelt.

Als es endlich zum Schulschluss klingelte, sprang Maja auf und raffte ihre Sachen zusammen, so schnell es ging. Sie hatte das Gefühl, das Mädchen neben ihr, Vera oder so, wolle ein Gespräch mit ihr beginnen, aber Maja hatte kein Interesse daran. Sie wollte raus, nur raus, allein sein, mit Peer schreiben, der sie verstand wie niemand sonst.

Vom Hauptausgang der Schule musste sie den Vorplatz überqueren, dann über die Straße und den Parkplatz des Supermarkts bis ans Ende einer Wohnstraße. Dabei handelte es sich um eine Sackgasse mit Wendehammer, von dem ein unbefestigter Weg in das Waldstück führte, das diesen Stadtteil von jenem trennte, in dem ihre Mutter glaubte, eine neue Heimat gefunden zu haben.

In diesem Wald gab es einen Friedhof. Eingebettet zwischen hohen Bäumen und sanften Hügeln, lag er still und verwunschen da mit seinen alten Gräbern, bemoosten Grabsteinen aus Sandstein und der Kapelle aus rotem Ziegelstein, an deren Giebelseite Efeu emporwuchs.

Ein stiller Ort war das, scheinbar fernab jeglicher Realität, und als Maja den Friedhof entdeckt hatte, war ihr sofort klar gewesen, dass sie dort viel Zeit verbringen würde. Ein schmaler Forstweg führte an der Einfriedung entlang einmal um das ganze Areal herum, das zum Schutz gegen Rehe mit einem zwei Meter hohen Maschendrahtzaun umgeben war.

Auf der Rückseite gab es eine zweite Pforte. Maja ging hindurch, schloss sie hinter sich und ging hinüber zu der Bank zwischen den im Halbrund angelegten Mauern, in denen die Urnen der Feuerbestatteten untergebracht waren.

Niemand hielt sich zur Mittagszeit dort auf.

Erstaunlicherweise gab es an diesem einsamen Platz ein recht gutes 4G-Signal.

Peer wartete schon bei WhatsApp auf sie.

»Wie geht's dir?«, fragte er.

»Beschissen. Ich fühle mich zerrissen und deplatziert. Ich glaube, ich hau hier ab.«

»Wohin?«

»Na, zurück.«

»Aber wo willst du wohnen? Du hast gesagt, dein Vater ist Alkoholiker und aggressiv. Zu dem kannst du doch nicht, oder?«

Maja zögerte mit ihrer Antwort.

Ein wenig hatte sie gehofft, dass Peer ihr anbieten würde, zu ihm zu kommen. Peer war älter als sie, dreiundzwanzig, und obwohl sie einander noch nie gesehen hatten und sich lediglich von WhatsApp kannten, spürte Maja eine große Zuneigung und vertraute ihm. Peer vermochte so sensibel mit Worten umzugehen, dass sie keinen Zweifel daran hatte, es mit einem ehrlichen Menschen zu tun zu haben.

»Nein, zu dem kann ich nicht ... unter anderem sind wir ja vor dem geflohen ... Im Moment kann ich nirgends hin ... keine meiner besten Freundinnen kann mich verstecken, da würde ich sofort auffliegen ... Ach, ich weiß auch nicht. Wie ging es denn dir kurz nach deinem Umzug?«

Maja hatte Peer in einer dieser Whatsapp-Gruppen kennengelernt, von denen es zu jedem Thema Dutzende gab. Als klar war, dass ihre Mama auf jeden Fall mit ihr nach Feldberg ziehen würde, ganz egal, wie sehr Maja sich dagegen zur Wehr setzte, hatte sie in ihrer Verzweiflung nach einer Gruppe gesucht, die sich mit dem Thema Umzug beschäftigte. Bei den meisten ging es um eher praktische Dinge. Wo bekomme ich einen Möbelwagen her, was kostet das, wo melde ich mich an und ab, was gibt's beim Mietvertrag zu beachten.

In dieser einen Gruppe war ihr dann Peer aufgefallen, der darüber schrieb, wie einsam und fremd er sich nach seinem Umzug gefühlt habe und wie wichtig es sei, am neuen Wohnort Kontakte zu knüpfen. Er gab Tipps, wie das am besten funktionierte, gerade außerhalb der Schule. Dabei schrieb er zudem grammatikalisch korrekt, was echt selten geworden war, keinen Jugendlichen interessierte bei WhatsApp die Rechtschreibung. Maja selbst las aber sehr viel, deshalb war sie empfindlich, was schlechtes Deutsch oder Denglisch betraf. Zudem war Peer humorvoll und voller Gefühl.

»Beschissen, genau wie dir«, antwortete er. »Und leider muss ich dir sagen, dass es auch noch eine ganze Weile so bleiben wird.«

»Danke für die aufbauenden Worte ...«

»Hey, ich habe dir versprochen, immer ehrlich zu dir zu

sein. Aber vielleicht kann ich dich ja mit Träumereien ein wenig aufbauen. Mit deiner Zukunft, die bestimmt ganz anders aussehen und nicht in Feldberg stattfinden wird. Das Leben besteht aus Höhen und Tiefen, nichts und niemand kann daran etwas ändern, man muss nur die Kraft haben, die Tiefen durchzustehen, dann wird es irgendwann auch wieder besser. Richtigen Durchblick hast du nur aus großen Höhen.«

»Ich wünschte, du wärst hier bei mir.«

»Warum wünschst du dir das?«

»Weil ... weil ich glaube, wir sind irgendwie seelenverwandt ...«

Diesmal ließ Peer sich Zeit mit einer Antwort, und Maja befürchtete schon, ihn mit ihrer romantischen Art erschreckt zu haben.

»Das ist ein sehr, sehr großes Kompliment für mich, weißt du das? So etwas hat noch nie jemand zu mir gesagt. Das ist so schön! Vor allem, weil es mir mit dir ebenso geht.«

Ihre Finger flogen nur so über die Handytastatur.

»Wirklich?«

»Wirklich!!!«

»Du rettest mir gerade das Leben.«

»Und du machst mich gerade sehr glücklich ... Leider muss ich Schluss machen, mein Chef kommt gleich aus der Mittagspause zurück.«

»Okay, bis bald, ja!?«

»Bis bald ... Soulmate.«

Und dann war er fort.

Minutenlang hockte Maja auf der kalten Bank und starrte das eine Wort an.

Soulmate.

Mit ihrem Daumen streichelte sie über den glatten Rand des

Smartphones und stellte sich vor, es wäre Peer, den sie streichelte.

Es fühlte sich so an, als kennten sie sich bereits ewig. Diese tiefe Verbundenheit, das war doch nicht normal. Sie konnte sich schon jetzt nicht mehr vorstellen, wie es sein würde, nicht mit ihm zu schreiben. Lag das nur an ihrem emotionalen Ausnahmezustand aufgrund des Umzugs?

Nein, das war mehr.

Konnte man in einen Menschen verliebt sein, den man noch nie getroffen hatte?

Mit diesen Gedanken, die allen Raum in Kopf und Körper einnahmen, verließ Maja den Friedhof und machte sich auf den Weg zu dem Haus, das niemals ihr Zuhause werden würde.

Schon von Weitem sah sie einen weiteren Umzugstransporter. Ihre Mutter unterhielt sich mit einem Mann, der die Arbeitskleidung des Umzugsunternehmens trug. Ein weiterer trug Kartons ins Haus. Die beiden hatten ihnen schon beim Beladen der Wagen geholfen.

Flirtete ihre Mutter etwa mit dem einen?

Das durfte doch nicht wahr sein!

»Maja, da bist du ja! Endlich sind unsere restlichen Möbel angekommen. Vielleicht kannst du uns helfen, alles reinzutragen. Die netten Herren müssen nämlich in einer Stunde weiter und nehmen dann gleich beide Transporter mit.«

»Klar, muss nur schnell aufs Klo«, sagte Maja und verschwand im Haus.

Im Bad steckte sie sich die EarPods ins Ohr und drehte die Musik auf.

Der Umzug war schließlich nicht ihr Ding.

4.

An der Kasse der Tankstelle arbeitete eine junge Frau.
Jan und Rica mussten warten, da einige Kunden bezahlen wollten, währenddessen beobachtete Rica die Kassiererin. Sie war flink und freundlich und ihr violettes Haar eine willkommene Abwechslung im grauen Allerlei des Novembers. Sie schien Freude an ihrer Arbeit zu haben, und als kein Kunde mehr vor der Kasse stand, strahlte sie Rica freudig an.

»Sie sehen ja toll aus!«, sagte sie, und nichts daran war aufgesetzt oder gespielt.

»Oh ... danke.« Rica war überrascht, und der Ärger über den arroganten Schnösel drüben im Level24 verflog.

»Für Ihren Teint und Ihre Figur würde ich sterben!«

Nun hätte Rica der jungen, arglosen Frau berichten können, dass sie für ihren Teint und ihre Figur mehrfach missbraucht wurde und tatsächlich beinahe gestorben wäre, unterließ es aber. Sie wollte diesen besonderen Moment nicht zerstören.

»Tun Sie das nicht, bleiben Sie lieber, wie Sie sind, denn Sie sehen sehr einzigartig und ebenfalls toll aus.«

Die junge Frau errötete. »Tatjana Heitmann« stand auf ihrem Namensschild.

»Tatjana, ich habe eine Frage«, begann Rica. »Mein Mann und ich, wir sind Privatermittler ...«

Tatjanas Augen wurden groß. »Sie sind wegen Leila Eidinger hier?«

»Sie wissen davon?«

»Machen Sie Witze? Das ganze Kaff weiß davon. Geheimnisse gibt es hier nicht.«

»Und was wissen Sie?«

»Nur, dass das Mädchen von zu Hause abgehauen ist, wohl vor ihrem gewalttätigen Vater geflüchtet, sagt man, und dass sie bei jemandem mitgefahren ist, der ihr an die Wäsche wollte. Und dass sie auf der Flucht vor dem Typen auf der Autobahn überfahren wurde.«

Rica, bei der das Grauen jener Nacht noch dicht hinter den Schläfen lauerte, nickte.

»Leilas Vater ist nicht gewalttätig, es gab einen Streit, mehr nicht. Der Rest kommt so ungefähr hin, aber es sind noch viele Fragen ungeklärt. Deshalb sind wir hier. Wir haben gehört, dass ein Mitarbeiter der Tankstelle eine Beobachtung gemacht hat. Mit dem würden wir gern sprechen.«

»Das war Opa Horst. Soll ich ihn holen?«

»Er ist hier?«

»Ja, klar. Opa Horst ist fast immer hier, seitdem seine Frau gestorben ist. Er räumt hinten Ware ins Regal. Ich hol ihn schnell.«

Flugs verschwand Tatjana durch eine Tür hinter der Kasse, und sie hörten sie lautstark nach Opa Horst rufen.

Rica und Jan wechselten einen belustigten Blick.

Tatjana kehrte mit Opa Horst im Schlepptau zurück, musste sich aber Kunden widmen, die gerade den Kassenraum betraten.

Rica stellte sich und Jan vor.

Horst Jankowski war von kleiner, kräftiger Statur mit muskulösen Unterarmen und stämmigen Beinen. Sein graues Haar war dicht, auf der Nase trug er eine Brille. Er sah Rica und Jan vorsichtig und misstrauisch an.

»Privatermittler? Wieso das? Ich hab doch schon der Polizei alles gesagt.«

»Würde Sie dennoch mit uns sprechen? Wir sind für die Familie Eidinger tätig, und es würde uns wirklich helfen, die Hintergründe aufzuklären.«

Opa Horst zuckte mit den Schultern. »Von mir aus. Aber lassen Sie uns nach hinten gehen, da kann ich rauchen.«

Er führte sie durch den Hinterausgang auf die Rückseite der Tankstelle. Neben der Tür parkten zwei Rollcontainer, auf denen Ware für den Verkauf lagerte. Zigaretten, Süßigkeiten und Getränke. Opa Horst schob mit dem Fuß einen Keil unter die Tür, um sie zu blockieren, klaubte eine Zigarette hervor und zündete sie an. Seine kräftigen Hände zitterten ein wenig, und er vermied es, Rica oder Jan direkt anzusehen.

»Können Sie uns erzählen, was Sie an dem Abend beobachtet haben?«, fragte Rica.

»Sind Sie überhaupt befugt? Muss ich das?«

»Nein, Sie müssen nicht. Aber es würde der Familie helfen, Antworten zu finden.«

»Dafür ist doch die Polizei zuständig.«

»Ja, richtig, aber es spricht nichts dagegen und ist auch nicht rechtswidrig, wenn man zusätzlich Privatermittler beauftragt. Manchmal kommt man so schneller ans Ziel.«

»Ich hab mal gelesen, Menschen wie Sie bereichern sich am Leid anderer ...«

Opa Horst zog an seiner Zigarette und sah Jan durch den Qualm hindurch missmutig an.

Rica konnte seinen Argwohn verstehen. Jan war eins neunzig groß und kräftig, sein Gesicht nicht gerade eine Offenbarung der Freundlichkeit, zumindest nicht auf den ersten Blick. Die dunklen Augen standen vielleicht etwas zu nah beieinander, sein Blick war mitunter etwas grimmig, da halfen dann auch die Lachfalten in den Augenwinkeln nichts. Zudem trug er sein langes, dunkles Haar zu einem Zopf gebunden und war an diesem Morgen nicht rasiert, was seinem Gesicht einen zusätzlichen dunklen Schatten bescherte. Menschen, die Jan zum ersten Mal begegneten, reagierten oft argwöhnisch, mitunter sogar ängstlich. Jans Erscheinung war beeindruckend, und wenn es sein musste, nutzte er das, um Menschen einzuschüchtern.

Rica konnte sich noch gut an ihre eigene Reaktion erinnern, als Jan in ihr Leben getreten war. Sie hatte ihn für einen Zuhälter gehalten und ihm mit aller Kraft in die Eier getreten – der Beginn einer glücklichen Ehe!

Ein schneller Blick zu Jan hinüber zeigte ihr, dass er ungeduldig wurde. Wenn ihm etwas an die Nieren ging, war seine Lunte mitunter sehr kurz, und Opa Horst schien bereits Feuer daran gelegt zu haben. Deshalb trat Rica einen Schritt auf Opa Horst zu, legte ihm eine Hand an den Arm und klärte ihn darüber auf, dass sie zufällig dabei gewesen waren, als Leila Eidinger auf der Autobahn starb, und dass sie kein Geld von der Familie wollten.

»Die Eidingers brauchen Antworten«, endete Rica. »Vielleicht gelingt es ihnen dadurch, Abschied nehmen zu können von ihrer Tochter.«

»Antworten«, sagte Opa Horst. »Die sucht Herr Eidinger wohl am besten bei sich selbst.«

»Wie meinen Sie das?«

»Er hat seine Tochter doch aus dem Haus gejagt, oder? Da muss er jetzt auch mit den Konsequenzen leben und darf nicht rumjammern.«

Rica und Jan wechselten einen schnellen Blick. Jetzt hatte Opa Horst auch an ihre Lunte Feuer gelegt.

»Jeder macht Fehler«, sagte sie beschwichtigend, weil es sie ja nicht weiterbringen würde, den Mann zurechtzuweisen. »Und die meisten müssen dafür auch bezahlen. Trotzdem würde es uns helfen, wenn Sie uns Ihre Beobachtungen schildern könnten.«

Opa Horst zog an der Zigarette, ließ sich Zeit, schaute in der Gegend umher. »Das Mädchen war plötzlich da, keine Ahnung, aus welcher Richtung sie kam, ich hab ja anderes zu tun, als die Straße im Auge zu behalten. Sie ging, nein, sie lief Richtung Innenstadt. Ein altes Wohnmobil ist ihr gefolgt, und ich hab die Bremslichter aufleuchten sehen. Das war's. Ich hab Kunden bedient und nicht mehr hingeschaut.«

Man hörte, dass der Mann diese Aussage schon ein paarmal getätigt hatte. Sie klang aufgesagt.

»Kam das Mädchen vom Level24 herüber?«

Opa Horst zuckte mit den Schultern. »Kann sein, weiß ich aber nicht. Hab ich nicht gesehen.«

Jan trat einen Schritt auf ihn zu. Bedrohlich baute er sich vor ihm auf – er überragte den Rentner um zwei Köpfe. Innerlich seufzte Rica, denn sie wusste, was kam. Jan würde dem alten Mann nicht wehtun, das nicht, aber mit Freundlichkeit war jetzt Schluss.

»Hören Sie«, begann Jan in dieser tiefen Stimmlage, die nie etwas Gutes verhieß.

Er kam jedoch nicht weit.

Plötzlich erschien der violette Haarschopf von Tatjana in der Tür. Sie rief: »Opa Horst, erzähl Ihnen von den Rumänen!«, und verschwand wieder.

»Rumänen?«, hakte Jan nach.

Opa Horst zuckte mit den Schultern. »Tatjana hat in den Tagen vorher einige Male ein Fahrzeug mit fremdem Kennzeichen beobachtet. Tankte hier, fuhr durch den Kreisel, so was halt. Nach dem, was sie mir beschrieben hat, kann das aber auch ein ungarisches oder tschechisches Kennzeichen gewesen sein. Die ähneln sich ja, und auf den Ländercode hat Tatjana nicht geschaut.«

»Und?«

»Nichts und. Das war's schon. Aber Tatjana meint, es sei vielleicht wichtig. Sie ist manchmal ein bisschen ... überdreht.«

»Hab dich auch lieb«, kam es erneut von der Tür. Wieder schaute Tatjana daraus hervor. »Erzähl Ihnen auch vom Wohnmobil.«

Schon war sie verschwunden, um Kunden zu bedienen.

Diesmal sagte Jan nichts, schaute Opa Horst nur auffordernd an.

»Ist mir erst danach eingefallen«, gab der zu. »Tatjana hat in den Tagen vorher auch schon ein Wohnmobil beobachtet, das häufig durch den Kreisel gefahren ist. Kann sein, es war dasselbe, das ich an dem Abend gesehen habe. Tatjana fand es unheimlich, weil es so alt und dreckig war und der Fahrer finster dreingeschaut hat.«

»Weiß die Polizei davon?«

»Ja, ich hab's diesem Kommissar erzählt.«

Mehr bekamen sie aus dem verstockten Rentner nicht heraus, wahrscheinlich wusste er auch nicht mehr.

Sie ließen ihn hinter der Tankstelle zurück, wo er seine Zigarette zu Ende rauchte. Im Verkaufsraum war gerade kein Kunde, sodass Jan Tatjana noch eine Frage stellen konnte. »Dieses alte, dreckige Wohnmobil, das Sie beobachtet haben ... können Sie den Fahrer beschreiben?«

Tatjana nickte eifrig. »An dem einen Tag war ich gerade draußen bei den Zapfsäulen und hab Wasser in die Eimer und Kannen gefüllt, da fuhr es durch den Kreisel. Hat total doll gequalmt, deshalb hab ich überhaupt hingeschaut. Der Fahrer hat mich anvisiert. So ein großer, dunkler Typ wie Sie, mit Bart und dichtem Haar und so. Und der Blick ... da läuft es mir heute noch kalt den Rücken hinunter.«

»Aber er war nicht bei Ihnen in der Tankstelle.«

Tatjana schüttelte den Kopf. Ihr violettes Haar flog hin und her.

»Darf ich auch was fragen?«, sagte sie leise.

»Sicher.«

»Was ist denn dem armen Mädchen passiert?«

»Ganz genau wissen wir das nicht, aber es sieht danach aus, als hätte sie ihrem Entführer entkommen können, wäre dann aber leider in Panik auf die Autobahn gelaufen.«

Tatjanas Augen glänzten plötzlich feucht. »Das ist so furchtbar.«

Jan fiel noch eine Frage ein. »Gehen Sie manchmal rüber ins Level24?«

»Ja, hin und wieder. Gibt ja nicht so viel anderes in diesem Kaff.«

»Der Barmann, Thore Thies, wie finden Sie den so?«

»Tja, wenn ich in sein Beuteschema passen würde, hätte der mich auch schon flachgelegt ... wie die meisten anderen Tussis in der Stadt. Außerdem vertickt er da drüben Gras ... aber sagen Sie ihm nicht, dass Sie das von mir haben!«

»Keine Angst, das bleibt unser Geheimnis. Vielen Dank.«

Rica und Jan verließen die Tankstelle und liefen zum Defender zurück.

»Leg los!«, sagte Jan und forderte Rica zu dem auf, was sie beide als »gegenseitiges Befeuern« bezeichneten. Diese Technik hatte sich bewährt, weil es bei komplexen Fällen immer wieder die Details und Fakten in den Vordergrund holte und so die eigenen Gedanken bereicherte und vor Schubladendenken schützte.

»Ein unsicherer Zeuge, der lügt, mit Drogen handelt und Frauen als Sexobjekte betrachtet«, begann Rica.

»Eine Personenbeschreibung hier und an der Raststätte, die auf Ansgar Füllkrug hinweist ... und viele andere Menschen.«

»Eine unbekannte verbrannte Leiche in einem Wohnmobil. Ein entführtes Mädchen, das seinem Entführer entkommen konnte und auf der Flucht starb.«

»Mit Bettina Füllkrug sogar zwei Mädchen, die nicht lange nach ihrem Umzug in eine fremde Stadt verschwanden.«

»Ein Bruder, der seine verschwundene Schwester sucht und irgendwie Kontakt zu einem entführten Mädchen hatte, das möglicherweise mit seiner Schwester in Verbindung stand.«

»Ein Zettel mit einer Art Bauzeichnung in der Hand des toten Mädchens. Ihre letzten Worte waren ›Die Grube‹.«

»Bist du dir eigentlich sicher, sie nicht falsch verstanden zu haben?«, fragte Rica.

Jan dachte nach. »Ich war unter Anspannung, und das sterbende Mädchen hat sehr leise gesprochen, möglich wäre es.«

»Irgendeine Idee, wie wir weitermachen?«

Sie erreichten den Defender, und Jan hielt seiner Frau die Beifahrertür auf. »Wir müssen unbedingt mit diesem Kommissar Ludovic reden«, sagte er.

5.

Seit einer halben Stunde warteten Jan und Rica im Polizeipräsidium von Taubenheim auf Kommissar Ludovic. Der sei unterwegs, hatte man ihnen gesagt, also blieb ihnen nichts anderes übrig, als sich in Geduld zu fassen – was nicht gerade zu Jans Königsdisziplinen gehörte.

Er hatte einmal auf eine Frau gewartet, und die war erschossen worden. Danach war sein Leben nicht mehr dasselbe gewesen, und er hatte sich gewünscht, an ihrer statt in den Kugelhagel gelaufen zu sein. Diese Wünsche hatte er lange hinter sich gelassen, heute lebte er gern, aber Jan wusste, die Saat für seine Ruhe- und Rastlosigkeit war damals gesät worden und gut gediehen auf einem mit Selbstmitleid und Vorwürfen gedüngten Acker.

Zehn Minuten hielt er es auf der harten Holzbank im Foyer des Präsidiums aus, dann schlug er vor, draußen auf dem Parkplatz zu warten.

Rica folgte ihm hinaus. »Kein guter Ort für dich, nicht wahr?«, sagte sie.

Jan atmete tief ein und aus. Sein erster Reflex war es, diese Bemerkung abzutun, aber er hielt kurz inne, dachte darüber nach und kam zu dem Ergebnis, dass seine Frau wie so oft recht hatte. Ja, es machte etwas mit ihm, in Polizeigebäuden darauf warten zu müssen, Fragen stellen zu dürfen.

»Kann schon sein«, sagte er.

Rica war klug und empathisch genug, nicht weiter in ihn zu dringen. Stattdessen rieb sie sich über die Oberarme und sagte: »Was muss ich tun, damit du rübergehst und mir einen heißen Kaffee aus der Bäckerei holst?«

»Mich küssen.«

Das tat sie. Also überquerte Jan die Straße und betrat die Bäckerei. Darin roch es ganz wunderbar nach Backwaren, und Jan spürte Hunger. Er kaufte zwei Coffee to go und zwei Schokoladendonuts, bezahlte und ging wieder zu Rica hinüber.

Im Stehen nahmen sie ihr zweites Frühstück ein.

Kaum hatte Jan den Donut aufgegessen, fuhren zwei Autos auf den Parkplatz. Aus dem ersten Wagen stieg ein circa dreißig Jahre alter Mann, groß und schlank, das Haar auf wenige Millimeter heruntergeschoren. Er trug eng sitzende Jeans, eine gefütterte Jacke und abgewetzte blaue Sneakers.

Aus dem zweiten Wagen stieg King Arthur. Wie immer im perfekt sitzenden Anzug, mit glänzenden Schuhen und einem Regenmantel über dem Arm.

Jan spürte, dass er innerlich verkrampfte. Er war nicht darauf vorbereitet, hier auf König zu treffen.

»Sieh an«, sagte Arthur König. »Schon so weit gekommen, die Privatermittler.«

Das letzte Wort sprach er mit einem sarkastischen Unterton aus. Jan nahm sich vor, ihn zu ignorieren, wusste aber, dass es ihm nicht gelingen würde.

»Kommissar Ludovic?«, fragte er und sah den Mann an.

Schon beim ersten Augenkontakt stellte Jan fest, dass der unter Stress stand.

Er wollte sich vorstellen, doch King Arthur kam ihm zuvor.

»Das sind die Privatschnüffler, von denen ich Ihnen erzählt habe.«

Jan stellte sich dennoch vor und erklärte, dass Rica und er für die Eidingers im Fall ihrer verstorbenen Tochter ermittelten.

»Sie ermitteln hier gar nichts, Kantzius«, sagte König.

Ludovic warf seinem Kollegen einen schwer zu deutenden Blick zu und fixierte dann wieder Jan.

»Kein Kommentar«, sagte Ludovic.

»Es würde den Eltern aber sehr helfen«, entgegnete Jan.

»Die Polizei kümmert sich um den Fall. Mehr Hilfe ist nicht notwendig.«

»Würden Sie mir dennoch ein paar Fragen beantworten?«

König trat einen Schritt vor. »Sagen Sie mal, Kantzius, hören Sie schwer? Wir wollen Ihre Hilfe nicht, die Familie Eidinger auch nicht. Fahren Sie nach Hause ... mit Ihrer Frau.«

Das letzte Wort sprach König so aus, als stünde es in Anführungszeichen.

Jan drängte seinen Ärger zurück. »Ich habe von Martin Eidinger den Auftrag ...«, begann er, wurde aber durch eine Handbewegung Ludovics gestoppt.

»Ich darf Ihnen von Herrn Eidinger ausrichten, dass er Ihre Hilfe nicht länger benötigt.«

»Das muss er mir schon selbst sagen.«

»Muss er nicht und wird er nicht. Lassen Sie den Mann in Ruhe!«, sagte Arthur König.

»Das könnte ich, wenn ich wüsste, dass Sie Ihren Job ganz sicher gut machen.«

Beide traten zugleich einen Schritt aufeinander zu, sodass sie unmittelbar voreinander standen. Jan konnte Königs teures Aftershave riechen und dessen Atem, der nach Pfefferminz roch. Wäre Jan nicht einen Kopf größer, ihre Nasenspitzen hätten sich berührt.

»Wenn Sie die Ermittlungen behindern, lasse ich Sie festnehmen«, zischte König.

»Wenn du so arbeitest wie früher, behinderst du dich selbst bei den Ermittlungen«, entgegnete Jan.

»Hey, hey, hey!« Ludovic ging dazwischen und schob sie auseinander. »Tragen Sie Ihre Differenzen woanders aus. Das hier ist mein Zuständigkeitsbereich, und ich entscheide, wie es läuft. Herr und Frau Kantzius, ich kann und werde Sie von nichts abhalten, muss Sie aber bitten, Familie Eidinger in Ruhe zu lassen. Man hat mir gegenüber deutlich gemacht, dass man Ihre Hilfe nicht länger will.«

Jan drehte König den Rücken zu. »Wenn das so ist, akzeptiere ich das natürlich. Können Sie und ich trotzdem miteinander sprechen ... unter vier Augen?«

Ludovic schüttelte den Kopf. »Dafür besteht keine Notwendigkeit. Bitte entschuldigen Sie mich, ich habe zu tun.«

Damit wandte er sich ab und ging die Stufen zum Präsidium hinauf.

König folgte ihm. Auf der letzten Stufe drehte er sich um und warf Jan ein spöttisches Lächeln zu.

»Was war denn das?«, fragte Rica, nachdem die beiden verschwunden waren. »Die Luft zwischen euch beiden hat ja geradezu geknistert. Ich dachte, ihr geht aufeinander los.«

Jan brauchte einen Moment, bis er sich wieder unter Kontrolle hatte. »Lass uns abhauen«, sagte er und steuerte auf ihren Defender zu. »Ich will mit Eidinger reden.«

Rica hatte Mühe, mit ihm Schritt zu halten. »Sagst du mir bitte, was los ist?«

»Bei unserem letzten Gespräch war König nicht gerade höflich.«

»Was heißt das?«

»Es betrifft dich, und ich wiederhole es ganz sicher nicht.«

»Aha.«

Sie erreichten den Defender und stiegen ein.

»Warum lässt du dich von so einem eitlen Wichtigtuer ärgern?«, sagte Rica. »Der kann über mich sagen, was er will, es berührt mich nicht im Geringsten.«

»Mich schon«, presste Jan zwischen den Zähnen hervor, startete den Motor und knüppelte den Gang hinein.

»Sollte es aber nicht. Was meinst du, denkt König, wenn er in den Spiegel blickt?«

»Na, was wohl. Toll sehe ich aus.«

»Ja, ganz genau. Weil er nur über das nachdenkt, was er tatsächlich sieht. Zu etwas anderem ist er nicht in der Lage. Ihn beschäftigt nur der Schein, nicht das Sein. Wenn du in den Spiegel schaust, denkst du über dich nach, was du glaubst und fühlst. Wie sieht es in mir aus, was geht hinter dem Äußeren vor? Du reflektierst dich. Und das macht dich zu einem Menschen, der tausendmal klüger ist als jemand wie König.« Rica legte ihm eine Hand auf den Arm. »Einer wie er kann mir nichts anhaben. Vergiss ihn einfach.«

Über diese Worte hätte Jan gern in Ruhe nachgedacht, aber dafür fehlte ihnen die Zeit, denn er bog bereits in die Straße ab, in der die Eidingers lebten. Jan spürte aber, wie die Worte seiner Frau sein brennendes Inneres bereits besänftigten.

Vor dem Haus der Eidingers parkte ein Streifenwagen mit zwei Beamten darin.

»Und einer wie er hält uns nicht davon ab, zu tun, was wir tun wollen«, sagte Jan grimmig mit Blick auf den Streifenwagen, während der an der Gartenstraße vorbeirollte.

»Du vorne, ich hinten?«, fragte er und parkte den Defender fünfzig Meter weiter.

»Alles klar!«

Sie schlugen die Handflächen gegeneinander, dass es ordentlich klatschte, und stiegen aus.

Rica marschierte zur Gartenstraße zurück und dort schnurstracks auf den Streifenwagen zu. Jan hingegen sprang über die Zäune der Nachbarn, um von hinten an das Haus der Eidingers heranzukommen.

Rica näherte sich dem Streifenwagen. Natürlich konnten die beiden Beamten sie im Rückspiegel sehen. Sie nahm ein wenig

Schwung, um auf die Kofferraumklappe zu kommen, und setzte sich drauf.

Augenblicklich sprangen die Türen auf, und die Polizisten stiegen aus.

»Hey, was soll der Mist? Runter vom Wagen!«, sagte der bullige Typ mit Händen wie Baggerschaufeln, der Rica zuerst erreichte.

»Wissen Sie, wie ich das sehe mit der Diskriminierung?«

»Wie bitte?«

»So, wie ich aussehe, kann ich nicht einmal die Straße hinuntergehen, ohne von der Polizei kontrolliert zu werden ...«

»Reden Sie keinen Scheiß, wir kontrollieren Sie doch gar nicht. Sie sollen von dem Auto runterkommen.«

»Genau das meine ich!«, sagte Rica. »Ich habe braune Haut, und Ihnen fällt nichts Besseres ein, als von Scheiße zu reden.«

»Häh?«

»Diese Assoziation zwischen Braun und Scheiße ... Machen Sie das absichtlich? Können Sie sich auch nur im Ansatz vorstellen, wie ich mich dabei fühle?«

»Wollen Sie mich verarschen!«

»Schon wieder! Meine Hautfarbe setzt bei Ihnen ein Fäkal- beziehungsweise Analvokabular frei, um mich zu demütigen, und Sie sind sich dessen wahrscheinlich nicht einmal bewusst, weil Sie von Kindesbeinen an von dieser Art zu denken indoktriniert wurden. Sie tun mir wirklich leid.«

Jetzt sagte der bullige Polizist nichts mehr, stattdessen suchte er mit verzweifeltem Blick Hilfe bei seinem wesentlich jüngeren Kollegen.

Der sah wirklich nett aus, fand Rica.

»Hören Sie«, sagte der. »Keine Ahnung, was das soll, aber kommen Sie bitte von dem Wagen runter, sonst nehmen wir Sie fest.«

»Sie wollen mich festnehmen? Soll ich das jetzt als sexuelle Anspielung verstehen? Hören Sie, nur weil ich braune Haut habe, muss ich nicht automatisch Interesse an Prostitution haben.«

»Jetzt reicht's!«, sagte der Ältere und wollte nach Rica greifen.

Sie ließ sich unter seinem Griff hinweg vom Kofferraum gleiten, huschte zwischen den beiden Beamten durch und ging rückwärts von ihnen weg, um ihr Augenmerk auf sich zu lenken – und fort vom Haus der Eidingers.

»Da drüben, in der Hecke, da versteckt sich mein Freund mit einer Videokamera. Wir laden das alles in Echtzeit bei YouTube hoch. Diesen ganzen rassistischen Mist.«

»Hören Sie, niemand ist hier rassistisch. Wir haben Sie nur angesprochen, weil Sie sich auf den Streifenwagen gesetzt haben.«

In diesem Moment trat im Rücken der Beamten Jan aus dem Garten der Eidingers.

»Meine Herren!«, rief er ihnen zu.

Die Beamten fuhren herum.

»Sie machen einen fantastischen Job, vielen Dank für Ihre Hilfe. Ich kümmere mich um meine Tochter.«

Jan ging an ihnen vorbei, nahm Rica bei der Hand und zog sie mit sich. Dabei wandte er sich noch einmal an die Beamten. »Meine Empfehlung an Kommissar Ludovic!«

Die konsternierten Blicke der Polizisten waren Gold wert, ein bisschen taten sie Rica auch leid. Es war so schwierig geworden, gut auszusehen, wenn jemand die Rassismuskarte zog. Man konnte unschuldig sein, irgendetwas blieb immer hängen.

»Deine Tochter?«, sagte Rica belustigt. »Endlich siehst du ein, wie alt du neben mir wirkst.«

»Damit habe ich kein Problem. Du wirst gleich ein paar Jahre in meine Richtung springen, wenn ich dir erzähle, was ich von Eidinger erfahren habe.«

»Er hat mit dir gesprochen?«

»Nur kurz, an der Terrassentür. Hereinlassen wollte er mich nicht. König hat ihn wohl ganz schön unter Druck gesetzt, nicht mit uns zu reden. Aber diese eine Sache konnte er nicht für sich behalten.«

»Was hat er gesagt?«

»Das Mädchen von der Autobahn ... die Leiche in der Rechtsmedizin, die Eidinger identifizieren sollte ... das ist nicht seine Tochter.«

»Was?«

»Du hörst schon richtig. Was auch immer mit Leila Eidinger passiert ist, sie wurde nicht auf der Autobahn überfahren.«

6.

»Willst du nicht sprechen oder kannst du nicht?«, fragte Zedník.

Stille.

Sie hatte bisher kein einziges Wort gesprochen, warum sollte sie da auf seine Frage reagieren? Vielleicht sollte er sich Papier und Stift besorgen und sie etwas aufschreiben lassen. Aber weder hatte Zedník eines von beidem dabei – auch in dem Wagen nicht, den er in der Wohnsiedlung geklaut hatte – noch die Zeit, dafür an einem Laden haltzumachen. Das Risiko war zu groß. Sollte sie immer noch nicht sprechen, wenn er sein Ziel erreicht hatte, würde er sich dort darum kümmern.

Zedník stellte sich die Frage, ob es nicht ohnehin besser wäre, nicht mit ihr zu reden. Aus Gesprächen entstanden Beziehungen, und das war nicht gut, denn früher oder später würde er sie opfern müssen. Damit hatte er grundsätzlich kein Problem, aber freundlich zu ihr zu sein und damit Hoffnungen zu wecken, die sich nicht erfüllen würden, das war fies.

Blöde Kuh!, dachte Zedník.

Nichts als Scherereien wegen der.

Er bog von der Bundes- auf eine Landstraße ab, die für alle Ortsunkundigen ins Niemandsland führte. Für ihn war es Heimat. Die Landschaft senkte sich hier zunächst ab, und die Straße verlief kurvenreich bis in ein Tal, bevor sie in dunklem Fichtenwald verschwand, um bald einen Berg zu erklimmen.

Nicht mehr weit, dachte er. Nicht mehr weit.

Die Gedanken lösten ein Gefühl von Erleichterung und Zufriedenheit aus. Zedník war nie gern unterwegs gewesen, hielt sich am liebsten nur dort auf, wo er sich auskannte und wohlfühlte. Seltsamerweise hatte sich sein Leben jedoch zu einem Leben auf Achse entwickelt. Bis auf relativ kurze Zeiträume verbrachte er es auf der Straße und kannte sich in Deutschland sowie in den östlich angrenzenden Nachbarländern mittlerweile gut aus.

Ein großer Vorteil, wenn man sich unentdeckt fortbewegen wollte.

Die Fahrt von dem verfallenen Mietblock hierher hätte er in der Hälfte der Zeit hinter sich bringen können, doch dafür hätte er die Autobahnen nutzen müssen. Das kam aber nicht infrage. All die Radarfallen, all die Maut- und Streckenkontrollen! Selbst wenn sie ihn nicht erwischten, hinterließ er doch eine Spur, die sich zurückverfolgen ließ. Während der Fahrt hatte er sicherheitshalber sein Handy ausgeschaltet und die SIM-Karte herausgenommen – ihres war gleich zu Beginn in einem Fluss gelandet.

Zedník hielt sich nicht für besonders gut gebildet, aber dumm war er auch nicht!

Von der Rückbank drangen Laute zu ihm.

Sie stöhnte.

»Was ist?«

Jetzt begann sie auch noch zu würgen.

»Wehe, du kotzt in den Wagen!«

Sie würgte stärker und warf den Oberkörper herum.

»Scheiße!« Laut fluchend schlug Zedník aufs Lenkrad. Es blieb ihm nichts anderes übrig, als anzuhalten. Wahrscheinlich waren ihr die angebrannten Ravioli doch nicht bekommen, mit denen er sie zwangsgefüttert hatte. Dabei waren es nur einige wenige gewesen, die er selbst nicht mehr hinunterbekommen hatte.

Er stoppte den Wagen am Straßenrand, sprang hinaus, riss

die Hintertür auf, packte sie bei den Schultern und zog sie aus dem Fond. Zum Glück kam sie sofort auf die Beine. Zedník hatte befürchtet, sie stützen zu müssen, während sie kotzte. Ein Gräuel! Er hasste den Geruch von Kotze.

Sie torkelte auf den Graben am Straßenrand zu, den Oberkörper vorgebeugt, die Arme in die Magengrube gepresst.

Er sah sich um. Die direkte Umgebung war ohne Bewuchs, nur winterlich kahle Äcker, keine Möglichkeit, sich zu verstecken. Wenn jetzt die Polizei vorbeifuhr, war er geliefert. Der ganze Aufwand umsonst! Das durfte nicht passieren!

Als er wieder zu dem Mädchen sah, war sie bereits zehn Meter auf den braunen Acker hinausgelaufen. Keine Spur mehr von Übelkeit und Erbrechen.

Sie lief wie eine Sportlerin.

Sie hatte ihn verarscht.

Zedník setzte über den Graben, doch sein Sprung geriet zu kurz, er kam an der Böschung auf, fiel nach hinten über und blieb wie ein Maikäfer auf dem Rücken liegen. Es dauerte einen Moment, bis er sich aus der peinlichen Lage befreien konnte, und als er endlich aus dem Graben herauskroch, war das Mädchen bereits fünfzig Meter entfernt.

Ihr langes, dunkles Haar flog hinter ihrem Kopf, ihre nackten Füße über den Acker. Doch der Boden war von dem Regen der letzten Tage aufgeweicht und tiefgründig. Es kostete Kraft, die Füße bei jedem Schritt aus dem Matsch zu ziehen, das bekam auch Zedník zu spüren, als er ihr hinterherlief.

Keuchend und fluchend arbeitete er sich voran und frohlockte innerlich, als er bemerkte, dass dem Mädchen die Kraft ausging.

Sie wurde langsamer und langsamer, dann geriet sie in eine besonders tiefe, mit Regenwasser gefüllte Furche, strauchelte und fiel vornüber mit dem Gesicht voran in die Matsche.

Als Zedník das Mädchen erreichte, kämpfte sie sich gerade in den Vierfüßlerstand und kroch keuchend von ihm fort. Ein armseliger, bemitleidenswerter Anblick, der doch tatsächlich wieder sein Gewissen anrührte. Ihre bloßen, schmutzigen Füße, die Hose, die ihr über den Hintern gerutscht war, der panische Blick zurück ...

»Hör auf, das hat doch keinen Sinn«, sagte er außer Atem, beugte sich vornüber und stützte sich auf den Oberschenkeln ab. Herrgott, viel länger hätte er selbst auch nicht laufen können.

Das Mädchen wollte nicht aufgeben, kroch weiter von ihm fort. Er packte ihr Haar und riss ihren Kopf zurück.

Sie schrie auf, hatte aber keine Kraft mehr, sich gegen ihn zu wehren.

»Hör auf«, zischte Zedník, »oder ich schwöre dir, ich erledige das gleich hier.«

Wimmernd gab sie nach. Er legte ihr einen Arm um den Brustkorb und zog sie auf die Beine. Es schmatzte laut, als der Matsch das Mädchen freigab.

7.

»Verfluchte Scheiße!«
Martin Eidinger knallte das Handteil des Festnetztelefons auf die Arbeitsplatte in der Küche.

Gerade eben war der Privatdetektiv Jan Kantzius hier gewesen, hatte an die Terrassentür geklopft und ihn furchtbar erschreckt. Zum Glück schlief Lydia oben tief und fest. Martin hatte sie erst vor zwei Stunden aus dem Krankenhaus abgeholt. Es ging ihr besser, nicht zuletzt dank der Nachricht, aber sie war noch immer schwach.

Kantzius hatte ihn gefragt, ob es wirklich sein Wille sei, dass er nicht mehr nach seiner Tochter suchen solle, und da hatte Martin ihm natürlich berichtet, was passiert war. Dass es nicht Leila gewesen war, die er identifizieren sollte, sondern ein anderes, fremdes Mädchen.

Kommissar Ludovic hatte es nicht glauben wollen, als Martin ihm versicherte, dass es sich bei der Leiche nicht um seine Tochter Leila handele. Zwar war das Gesicht des Mädchens durch den Unfall stark in Mitleidenschaft gezogen worden, aber Zweifel hatte Martin nicht gehabt. Schon die Frisur stimmte nicht, zudem hatte Leila ein dünnes Gesicht mit hohen Wangenknochen und einer schlanken Nase, so wie ihre Mutter. Das Mädchen aus dem Kühlfach hatte ein breites, eher rundes Gesicht mit einer flachen Nase, und auch das eine Ohr, das sich noch am Kopf befand, war nicht so zierlich wie Leilas.

Ludovic hatte auf Martin eingeredet, wieder und wieder hatte er hinschauen müssen, was ihm erstaunlich leichtgefallen war, nachdem feststand, dass nicht seine kleine Fee aus dem Kühlschrank gezogen worden war.

Schließlich hatte der geisterhafte Mitarbeiter der Gerichtsmedizin sogar das Tuch herunternehmen und den Körper enthüllen müssen. Ludovic hatte Martin auf die Narbe am unteren Bauch hingewiesen, die Folge einer Blinddarmoperation.

Leila war nicht am Blinddarm operiert worden.

Endlich hatte Ludovic es akzeptiert, schien aber alles andere als begeistert über den Umstand zu sein, dass er eine Unbekannte im Kühlfach aufbewahrte.

Jan Kantzius hatte sich bedankt und noch einmal seine Hilfe angeboten, dann war er verschwunden.

Martin war sich unsicher gewesen, ob er nicht einen Fehler gemacht hatte, dem Privatdetektiv davon zu berichten, deshalb hatte er gleich bei Kommissar Ludovic angerufen. Der war auch sofort drangegangen. Natürlich war er nicht begeistert über die Entwicklung. Martin hatte wissen wollen, was die Polizei tat, um Leila zu finden, aber da hatte der Kommissar ihn mit den üblichen nichtssagenden Phrasen abgewimmelt.

Wir bemühen uns nach Kräften, Ihre Tochter zu finden. Wir tun alles, was wir können. Nein, mehr kann ich Ihnen nicht sagen. Es tut mir leid, wir haben dazu keine neuen Erkenntnisse.

Martin hatte davon die Schnauze voll. Dieser Kommissar behandelte ihn, als habe er nicht das Recht, jede verdammte Einzelheit zu erfahren, die mit Leilas Verschwinden zu tun hatte.

Als er darauf gewartet hatte, Lydia aus dem Krankenhaus abholen zu dürfen, hatte Martin im Internet recherchiert und war dabei immer mehr verzweifelt. Es wimmelte nur so von verschwundenen Mädchen im Teenageralter. Die sozialen Netzwerke waren voll von Hilferufen. Es gab Dutzende von alten Zeitungsartikeln darüber, dass Mädchen spurlos verschwanden und niemals wiederauftauchten. Der Fall der jungen Rebecca aus Berlin war besonders erschreckend. Obwohl die Polizei Spuren und sogar einen Verdächtigen hatte, blieb das Mädchen verschwunden, man sprach von einem mysteriösen Fall.

Irgendwann war er dann bei Amissa gelandet. Dem privaten Unternehmen, das es sich zur Aufgabe gemacht hatte, nach vermissten Menschen zu suchen. Wie Martin herausgefunden hatte, handelte es sich dabei um eine Stiftung, die von dem Schweizer Milliardär und Internetunternehmer Hans Zügli gegründet worden war. Züglis zwölf Jahre alter Sohn war entführt worden, Lösegeld war geflossen, das Kind aber nicht wiederaufgetaucht. Bei Amissa arbeiteten hundertzwanzig Menschen haupt- und nebenberuflich, ehrenamtlich oder freiberuflich daran, vermisste Menschen auf der ganzen Welt aufzuspüren. Das Unternehmen hatte wohl eine ganz respektable Erfolgsquote.

Martin hatte sich von Ludovic und dessen Kollegen König, der nach der Identifizierung im Krankenhaus dazugestoßen war, einreden lassen, dass Jan und Rica Kantzius nichts tun könnten und am Ende doch nur auf Geld aus seien. Doch nach der Recherche, Kantzius' überraschendem Besuch hier und Ludovic' Verhalten war Martin sich nicht mehr so sicher. Vielleicht sollte er seine Entscheidung überdenken.

Vielleicht ...

Lydia kam die Treppe herunter.

Sie ging langsam, hielt sich am Treppengeländer fest, war immer noch blass um die Nase, aber ihre Augen wirkten wieder lebendig.

»Ich dachte, du schläfst«, sagte Martin und ging zur Treppe.

Lydia schüttelte den Kopf. »Anfangs, vielleicht eine halbe Stunde, aber dann haben meine Gedanken mich geweckt. Das war eben Jan Kantzius, oder?«

Martin nickte. »Ja, er wollte wissen, ob wir ihn wirklich nicht mehr benötigen.«

»Was hast du ihm gesagt?«

»Dass es nicht Leila war, deren Hand er auf der Autobahn gehalten hat. Er hat trotzdem seine Hilfe angeboten, ist dann aber sofort gegangen.«

»Und mit wem hast du telefoniert?«

»Mit Ludovic. Er hat mich abblitzen lassen.«

»Vielleicht sollten wir doch wieder mit Kantzius zusammenarbeiten«, sagte Lydia. »Ich bin da nämlich auf etwas gestoßen …«

»Was? Wann?«

»Hast du einen Kaffee für mich?«

»Ich kann welchen aufsetzen. Komm, lass uns in die Küche gehen.«

Lydia hakte sich für die paar Schritte über den Flur bei ihm ein, und das war ein gutes Gefühl. Was auch immer passierte, sie würden zusammenhalten.

»Ich habe zu Hause angerufen«, sagte Lydia, als Martin den Kaffee aufsetzte.

»Zu Hause?«

»Ich meine in Frankfurt …«

Martin hatte Verständnis für diesen Versprecher. Ihm selbst erging es ja nicht anders. Wenn er an zu Hause dachte, war das immer noch der Ort, an dem sie vorher gewohnt hatten.

»Wann?«

»Vorhin, als ich nicht schlafen konnte. Ich hab ja all die Nummern noch auf meinem Handy.«

»Und bei wem hast du angerufen?«

»Noch einmal bei Nina, Leilas bester Freundin.«

»Aber da hattest du doch schon angerufen und erfahren, dass Leila nicht bei ihr ist … und die Polizei auch.«

»Ja, aber diesmal hab ich eine andere Frage gestellt.«
»Welche?«
»Ob Leila einen Freund hat, von dem wir nichts wissen.«
Martin zog die Augenbrauen hoch. »Und?«
»Nina hat mir erzählt, dass Leila tatsächlich im Internet einen Freund kennengelernt hat.«
»Einen Freund? Was bedeutet das?«
»Na ja, sie mochten sich wohl sehr. Leila soll davon gesprochen haben, ihn zu treffen. Soweit Nina es verstanden hat, hat sie ihn in einer dieser Whatsapp-Gruppen kennengelernt.«

8.

Der Defender war ihre rollende Einsatzzentrale.
Jan hatte auf der Beifahrerseite vor den Sitz eine ausschwenkbare Arbeitsfläche eingebaut, auf der Ricas Laptop Platz fand und an einem Klettband sicher fixiert werden konnte. Sie musste sie nur zu sich herziehen, um während der Fahrt bequem daran arbeiten zu können. Aber der große, kastenförmige Geländewagen bot noch mehr.

Da es nicht immer legal war, was Rica online tat, waren sie häufig darauf angewiesen, fremde Internetverbindungen zu nutzen. Und das ging nicht, indem sie sich mit ihrem Handy oder Laptop bei McDonald's oder an einem anderen öffentlichen Zugangspunkt einwählte, denn jedes drahtlose Gerät hatte eine weltweit einzigartige Identifikationsmarke, den MAC, der eine kriminaltechnisch verwertbare Spur an jedem Zugangspunkt hinterlässt.

Deshalb hatte Rica den Wagen in einen rollenden WLAN-Sender verwandelt. Die Hochleistungsantenne war mit einem Magneten auf dem Autodach befestigt, den Strom lieferte während der Fahrt der Wagen selbst oder, wenn sie wie jetzt parkten, die zusätzliche Batterie unter der Rückbank.

So ausgerüstet, loggte Rica sich in die mittlerweile überall vorhandenen WLAN-Netzwerke von Privatpersonen oder Firmen ein, von denen eine erschreckend hohe Anzahl nicht oder nur schlecht gesichert war.

Das Netzwerk, das Rica gerade nutzen wollte, war jedoch gut gesichert.

»Kommst du trotzdem rein?«, fragte Jan, der auf dem Fahrersitz hockte und seiner Frau bei diesen Dingen leider kaum helfen konnte.

»Klar! Ich habe das Netzwerk kurzfristig lahmgelegt, damit seine Nutzer sich wieder mit ihm verbinden müssen. Dabei werden automatisch die Authentifizierungspakete gesendet. Die fange ich ab, entschlüssle die Passwörter und logge mich ein, als sei ich ein autorisierter Nutzer.«

Rica tippte auf der Tastatur herum, während sie es Jan erklärte.

»Das ist echt pfiffig.«

»Nein, ich bin pfiffig.«

»Ohne jede Frage. Aber wir wollen uns immerhin bei der Polizei einhacken. Bist du auch absolut sicher, dass sie uns nicht zurückverfolgen können?«

»Ich nutze zusätzlich noch ein vergessliches Betriebssystem auf Linux-Basis, damit kann ich den MAC des Laptops ganz einfach spoofen, außerdem ist es automatisch mit einem anonymen Tor-Server verbunden.«

»Linux, MAC, Spoofen, Tor-Server … Mir raucht der Schädel.«

»Entspann dich, alter Mann, ich mach das schon. Wenn Körperkraft gefragt ist, wecke ich dich.«

»Sehr witzig.«

Es war Jans Idee gewesen, sich bei den Ermittlungsbehörden von Taubenheim einzuhacken, um herauszufinden, wer die weibliche Leiche von der Autobahnraststätte wirklich war und ob die verbrannte Leiche in dem Wohnmobil bereits identifiziert war. Wenn König und Ludovic nicht kooperierten, mussten sie eben andere Wege finden, außerdem mussten sie die Wartezeit überbrücken, bis das Level24 um zweiundzwanzig Uhr schloss und Thore Thies nach Hause gehen würde.

Es war ein weiteres Gespräch mit dem jungen Mann notwendig!

Jan hatte den Defender in der Dunkelheit gut versteckt auf einem geschotterten Weg neben einer Kirche geparkt. Von dort aus hatten sie gute Sicht auf den Kreisel, die Tankstelle und den Jugendclub – und außerdem stand ihnen das WLAN der Tankstelle zur Verfügung.

Jan behielt den Jugendtreff im Blick, während Rica in der digitalen Welt arbeitete.

Irgendwann schüttelte sie den Kopf. »Ist schwieriger als gedacht. Nicht unmöglich, aber das dauert, bis ich da reinkomme.«

»Und wir haben leider keine Zeit mehr«, sagte Jan und zeigte durch die Windschutzscheibe. »Thies macht Feierabend.«

»Es ist erst neun.«

»Tja, vielleicht ist nichts mehr los, auf jeden Fall schließt er den Laden gerade ab.«

Wo die Zuwegung zum Jugendclub an die Straße stieß, blieb Thies stehen und sah sich um. Die Straßenlaterne machte ihn weithin sichtbar, doch das schien ihm nichts auszumachen. Sein Blick war aufmerksam, nicht wie der eines jungen Mannes, der Feierabend hatte und nur noch nach Hause wollte.

»Ich mag ihn nicht«, stellte Jan fest.

»Weil er mich angegafft an?«, fragte Rica und klappte den Laptop zu.

»Das auch. Und weil er lügt. Aber ich glaube, er wird uns noch heute Abend die Wahrheit sagen.«

»Ob er und seine Jacky die kleine Eidinger wirklich bei sich verstecken?« Rica klang unsicher. Sie hatten diese Möglichkeit in den vergangenen Stunden erörtert, hielten sie für plausibel, gleichzeitig aber auch nicht. Würden Jugendliche wirklich dem Druck der polizeilichen Ermittlung standhalten und schweigen können? Hätten sie die Sache nicht spätestens auffliegen lassen, als sich überall herumsprach, dass Leila tot war? Würde ein Mädchen in diesem Alter seinen Eltern einen solchen Schock zumuten – ganz gleich, wie furchtbar der Streit zwischen ihr und ihrem Vater auch gewesen sein mochte? Zumal sie mit ihrer Mutter ja offenbar ganz gut zurechtkam.

Rica hielt das für unwahrscheinlich.

Jan nicht.

Denn wenn Leila Eidinger nicht auf der Autobahn ums Leben gekommen war, dann war sie vielleicht nie aus der Stadt verschwunden. Das Wohnmobil gehörte Ansgar Füllkrug, und der suchte nach seiner Schwester, die vor einem Jahr drei Monate nach ihrem Umzug verschwunden war. Die Verbindung zu Leila Eidinger war über den Umzug der Familie immer noch gegeben, aber eben auch nur dadurch. Das war ziemlich dünn! Jeden Tag zogen Menschen in Deutschland um. Warum sollte sich Füllkrug ausgerechnet an die Fersen von Leila Eidinger geheftet haben? Dafür musste es noch einen anderen Grund geben, einen wesentlich stichhaltigeren.

Was war in jener Nacht passiert, als Füllkrug sich mutmaßlich an der Autobahn erschossen und angezündet hatte? Und wer war das überfahrene Mädchen?

Rica hatte die These aufgestellt, dass es sich bei der männlichen verbrannten Leiche vielleicht gar nicht um Füllkrug handelte. Möglich. Aber wie war dann der Ausweis von Leila Eidinger dorthin gekommen? Auch wenn es sich bei der weiblichen Toten von der Autobahn nicht um Leila handelte, musste sie etwas mit der Sache zu tun haben, anders war das nicht zu erklären.

Fragen über Fragen, die sich haushoch auftürmten, ohne Aussicht auf Antwort – noch! Jan und Rica wussten aus Erfahrung, dass die Antworten sich einstellen würden, sie durften nur nicht lockerlassen. Und sich schon gar nicht von den Ermittlungsbehörden kaltstellen lassen.

Ob Thore Thies irgendwie mit drin hing, würden sie noch heute Nacht erfahren. Denn Jan würde sich nicht wieder mit einer Lüge abspeisen lassen.

Sie ließen den jungen Mann vorauslaufen, stiegen aus und folgten ihm mit großem Abstand. Es hatte aufgehört zu regnen, die Wolken rissen auf, Sterne blitzten hindurch. Die Temperatur sank, und sofort begann Rica zu frösteln. Temperaturen unter zehn Grad waren ihr ein Graus, und selbst die dickste Daunenjacke konnte sie nicht wirklich warm halten. Sie setzte ihre Wollmütze auf, die mit dem lustigen bunten Bommel, und zog sie tief in Nacken und Stirn. Zwischen dem hohen Kragen ihrer Jacke und dem Mützenrand schauten nur noch ihre Augen heraus.

»Ich frage mich, ob Ragna friert«, sagte Jan mehr zu sich selbst als zu seiner Frau.

Sie knuffte ihn in die Seite. »Spinnst du? Ich friere! Der Hund hat ein dickes Fell und eine gedämmte Hütte. Er wird es überleben, denke ich.«

»Du nimmst mich nicht ernst.«

»Dooooch, natürlich. Gib mir sofort deinen Schal!«

Den Schal zu verteidigen wäre sinnlos gewesen, also gab Jan ihn her. Man sollte frierende Frauen niemals unterschätzen!

Den restlichen Weg verbrachten sie schweigend, da Rica sich mit dem Schal geknebelt hatte. Sie ließen sich von Thies zu der Stelle in der Innenstadt führen, an der er von Martin Eidinger angegriffen worden war. Von dort aus lief der junge Mann noch zwei Minuten in die Fußgängerzone hinein, steuerte schließlich auf eine Rossmann-Filiale zu und klaubte seinen Schlüsselbund aus der Hosentasche.

»Jetzt!«, zischte Jan und rannte los.

Rica folgte ihm leichtfüßig. Jan wusste, dass sie ihn auf längerer Strecke mühelos überholen würde. Ihre Kondition war erstaunlich.

Im letzten Moment fuhr Thore Thies herum.

Was dann passierte, damit hatte Jan nicht gerechnet, nachdem er gesehen hatte, wie der junge Mann sich von Martin Eidinger hatte schlagen lassen.

Thies wich aus und feuerte eine Serie von drei Schlägen ab, die Jan alle trafen. Brust, Kinn, Ohr. Sie waren nicht so hart, wie sie hätten sein können, wenn Thies nicht so überrascht gewesen wäre, aber hart genug, um Jan zurückzutreiben. Augenblicklich ging Thies in eine Angriffsposition, die Jan erkennen ließ, dass der Junge irgendeine Form von Kampfsport betrieb.

Schon ging Thies wieder auf ihn los.

Jan wandte an, was er seit Jahren beim DNA trainierte, und Sekunden später lag Thies mit blutender Nase am Boden, beide Hände im Gesicht.

»Reicht's?«, fragte Jan. »Können wir jetzt reden?«

Rica hielt sich hinter ihm, wie sie es für solche Situationen besprochen hatten. Auch sie trainierte DNA, aber weil sie so klein und leicht war – sie wog kaum mehr als achtundvierzig Kilo –, waren ihre Chancen gegen einen wesentlich größeren und schwereren Gegner minimal.

»Sind Sie bescheuert?«, beschwerte sich Thies mit nasaler Stimme.

Rica warf ihm ein Taschentuch zu, und er presste es sich unter die Nase.

»Das auch«, antwortete Jan. »Vor allem aber neugierig. Und deshalb gehen wir jetzt hinauf in deine Wohnung und unterhalten uns.«

»Du kannst mich!« Thies kam auf die Beine, und Jan packte seine Hand. Die Sache mit dem kleinen Finger tat echt weh, sodass Thies aufschrie und genau die Bewegung machte, die Jan von ihm wollte. Er drückte ihn gegen die Wand neben der Tür, die Finger der linken Hand noch immer schmerzhaft gebogen, und flüsterte ihm ins Ohr: »Überleg dir das gut, Junge. Bisher war ich freundlich.«

»Okay, okay!«, stieß Thies aus, und die Spannung wich aus seinem Körper.

Jan blieb dicht bei ihm und behielt ihn im Auge, während er die Tür aufschloss. Dann folgten sie Thore durch ein schmales Treppenhaus ins erste Obergeschoss bis vor eine weitere Tür. »Thies« stand auf dem Schild daneben.

»Ist jemand drinnen?«, fragte Jan.

»Jacky.«

»Nur sie?«

»Wer denn sonst noch?«

»Mach auf.«

Thies kam dem Befehl nach. Kaum schob er die Tür auf, huschte ein junges Mädchen in Shorts, dicken Socken und Wollpulli in den Flur.

»Haben die Bullen …«

Sie verstummte, ihre Augen weiteten sich. Rica versetzte sich augenblicklich in ihre Lage. Sie sah ihren blutenden Freund und zwei Fremde, der Mann groß und Furcht einflößend, wenn er wie jetzt grimmig schaute, die Frau klein und schmal, mit dunklen Augen und dunkler Haut. Rica wusste, was gegen den ersten Schock half. Sie hatte den Schal längst heruntergezogen und ließ mit einem Lächeln ihre weißen Zähne sehen.

»Keine Panik«, sagte Thore. »Das sind Privatschnüffler, keine Bullen.«

Auf ein Zeichen von Jan drückte Rica sich an dem Jungen vorbei und begann, die kleine Wohnung zu inspizieren.

»Hey, was soll das!«, beschwerte sich Jacky.

Ein Bad, eine Küche, ein Wohnzimmer, ein Schlafzimmer, alles klein und übersichtlich. Niemand versteckte sich darin, und es lagen auch keine Sachen herum, die darauf schließen ließen, dass Leila Eidinger hier gewesen war.

Rica kehrte in den Flur zurück und schüttelte den Kopf.

»Ich frage ein letztes Mal«, sagte Jan. »Wo ist Leila Eidinger?«

»Was soll die Frage«, blaffte Thore. »Sie ist tot, das weiß doch jeder.«

Die Antwort blieb einen Moment im Flur stehen, und Rica konnte an Jackys Augen erkennen, dass sie es checkte.

»Ist sie nicht, oder?«, fragte sie vorsichtig.

»Wissen wir nicht, aber es kann sein, dass sie noch lebt«, antwortete Jan. »Und deshalb will ich jetzt eine vernünftige Antwort von euch, was an dem Abend passierte, als sie verschwand.«

Thies und seine Freundin schauten einander an, suchten jeweils bei dem anderen nach einer Absolution, um das Versprechen brechen zu können, das sie vielleicht gegeben hatten.

»Ihr helft ihr damit«, sagte Rica. »Und glaubt mir, wenn Leila etwas zustößt, weil ihr nicht die Wahrheit gesagt habt – damit zu leben ist das Schwerste, was euch passieren kann.«

Jacky senkte den Blick. »Sie wollte zu einem Freund«, sagte sie leise. »Wir haben ihr versprochen, nichts zu sagen.«

»Dann war sie an dem Abend also hier bei dir?«

Jacky schüttelte den Kopf. »Wir haben kurz telefoniert, mehr nicht.«

»Zu welchem Freund wollte sie?«

»Keine Ahnung, hat sie nicht gesagt. Nur dass sie ihn im Internet kennengelernt hat und sie bei ihm wohnen könnte.«

»Wo im Internet hat sie ihn kennengelernt?«

»Weiß ich nicht.«

9.

Maja Fischer lag auf dem Bett in dem kleinen Dachgeschoszimmer des Hauses, das sie nicht mochte und nie mögen würde und in dem sie sich nicht zu Hause fühlte. Es war ihr so fremd, wie es nur sein konnte, sie spürte geradezu die anderen Menschen, die darin gelebt hatten, denn vieles von ihnen war noch hier. Tapeten, Bodenbeläge, Lampen, sogar einige Möbel. Doch die wirklich deutlichen Spuren und Hinterlassenschaften waren andere. Dunkle Flecken neben den Lichtschaltern, wo Finger häufig die Tapete berührt hatten. Eine abgewetzte Spur in dem blauen Teppich, die von der Tür auf das Bett zuführte, auf dem Maja lag. Die Spritzer an der Tapete, die vielleicht von Kakao stammten, vielleicht aber auch nicht. Der muffige Geruch nach zu lange getragenen Schuhen in der kleinen Kammer unter der Treppe. Es gab noch mehr von diesen Spuren, Maja hatte sie alle entdeckt, und jede einzelne ließ sie sich wie einen Eindringling vorkommen. Sie verstand nicht, wie ihre Mutter so heiter und froh gelaunt sein konnte, während sie selbst mit jedem Tag tiefer in Depressionen versank.

Nur mehr Peer vermochte sie daraus hervorzuholen.

Peer, der nur auf ihrem Handy existierte und doch viel präsenter war in ihrem Leben als alle anderen Menschen. Der sie allein durch ihre Worte verstand und dessen eigene Worte in ihrem Herzen und ihrer Seele alle Türen und Tore öffneten, sodass Maja, die eigentlich immer verschlossen gewesen war, sich über sich selbst wunderte. Für all das konnte es nur eine Erklärung geben.

Dieses Soulmate-Ding!

Sie und Peer waren Seelenverwandte, vielleicht sogar eine Seele, die durch ein furchtbares Missgeschick, durch irgendeinen Verwaltungsbeamten in der Seelenbehörde getrennt worden war. Anders war das starke Gefühl der Zusammengehörigkeit nicht zu erklären.

»Ich denke, du musst deiner Mutter diese Chance zugestehen«, schrieb er gerade. »Jeder Mensch ist schließlich für sein Glück selbst verantwortlich.«

»Ich will ja auch, dass sie glücklich ist«, schrieb Maja zurück. »Aber dabei zerstört sie mein Glück, und das kann doch nicht richtig sein. Was ist mit meiner eigenen Verantwortung für mein Glück?«

»Neulich habe ich gelesen, Geduld ist die Brücke zum Glück«, schrieb Peer. »Erst habe ich gedacht, okay, das kann sein, denn nur wer ausdauernd an einer Sache arbeitet, wird dafür auch belohnt, aber eigentlich halte ich den Spruch für Schwachsinn, denn damit würde sich jede noch so lange Wartezeit erklären und verherrlichen lassen. Aber unser Leben ist zu kurz, um auf das Glück zu warten!«

»Genauso sehe ich das auch …«

Maja setzte die Punkte mit Bedacht, denn sie wollte etwas schreiben, von dem sie nicht wusste, wie es bei Peer ankommen würde. Schon lange trug sie sich mit dem Gedanken, ihn darum zu bitten, aber vielleicht war es dieser eine Schritt zu weit, den sie besser nicht ging.

Erstaunlich war schon wieder, dass Peer ihre Pünktchen und die Pause nicht dazu nutzte, selbst etwas zu schreiben, sondern abwartete. In einem Gespräch würde man sagen, er sei ein guter Zuhörer, und das war er ganz sicher. Es konnte gar nicht anders sein.

Maja hatte noch nie einen Jungen kennengelernt, der auch

nur annähernd ein solches Gespür für sie hatte – überhaupt noch keinen Menschen.

Ihre Finger huschten über die Tastatur und schrieben diesen einen, besonderen Satz. Dann schwebte ihr Zeigefinger über der »Senden«-Taste. Maja zögerte. Plötzlich klopfte ihr Herz wie wild, und sie spürte Aufregung ganz tief in ihrem Bauch. Ihr Blick huschte durchs Zimmer, in dem sie sich fühlte, als sei sie im Leben anderer eingesperrt. Sie würde hier zugrunde gehen, während ihre Mutter aufblühte und sich einen neuen Mann suchte. Peer hatte recht: Das Leben war zu kurz, um auf das Glück zu warten. Sie durfte nicht bis zu ihrem achtzehnten Geburtstag hier ausharren.

Maja sendete die Nachricht.

»Ich wünschte, ich könnte bei dir sein.«

Peer antwortete nicht sofort. Er dachte nach.

Das gefiel Maja. Denn was dann kam, war immer ehrlich und hatte Hand und Fuß.

»Ich wünschte, das wäre möglich.«

Hitze stieg ihr ins Gesicht, und ihr Puls raste.

»Wenn das unser beider Wunsch ist, müssen wir es doch möglich machen können«, schrieb sie.

Sie wusste, er hatte eine Wohnung, wollte ihn aber nicht direkt darauf ansprechen, ob er sie bei sich aufnehmen könnte. Wenn er Ja sagte, würde Maja sich noch heute in einen Zug setzen und zu ihm fahren. Bei einem Nein würde hingegen ihr Herz brechen.

»Ich hab Angst«, schrieb Peer.

»Wovor?«

»Dass du mich nicht magst, wenn wir uns sehen.«

»Das wird nicht passieren, du musst keine Angst haben. Den Menschen, der hinter diesen Worten steckt, werde ich auf jeden Fall mögen ...«

Wenn nicht sogar lieben, dafür standen diese Pünktchen, und Maja war sich sicher, Peer zu lieben, aber noch durfte sie ihm das nicht schreiben. Sie hatte gelesen, dass Jungs mit Liebeserklärungen schnell überfordert waren.

»Ich bin nicht so hübsch, wie du dir mich vielleicht vorstellst«, wandte der ein.

»Ich hätte dich doch längst nach Fotos gefragt, wenn es mich interessieren würde, wie du aussiehst. Bei jedem Wort, das du mir schreibst, sehe ich deinen Charakter vor mir, und das reicht mir völlig. Wir sind seelenverwandt, schon vergessen?«

»Das werde ich nie vergessen! Wie sollte ich? Meine Seele brennt, wenn ich an dich denke und dir schreibe.«

»Mir geht es genauso. Wir müssen uns sehen!!!«

»Das wird deine Mutter nicht erlauben …«

Maja atmete tief ein und nahm abermals all ihren Mut zusammen.

»Ich werde sie nicht fragen, denn ich werde mir von ihr nicht mein Glück zerstören lassen.«

»Bist Du sicher?«

»Absolut.«

10.

Die Hütte lag in vollkommener Dunkelheit.
Trotzdem blieb Zedník noch eine Zeit lang im Wagen sitzen und beobachtete die Umgebung. Der Motor war abgestellt, die Scheinwerfer aus.

Auf dem Rücksitz schlief das Mädchen. Er hatte sie gefesselt, weil er nicht noch einmal ihre Flucht riskieren wollte. Nach dem Vorfall auf dem Matschacker hatte sie eine Weile gegen die Fesseln angekämpft, aber da er sich mit Knoten auskannte, waren ihre Versuche zum Scheitern verurteilt gewesen.

Zedník spürte Erleichterung, endlich angekommen zu sein. Sechs Stunden Fahrt unter höchster Anspannung gingen nicht spurlos an ihm vorbei. Fix und fertig war er und wünschte sich nur noch, ins Bett fallen zu dürfen.

Trotz dieses Wunsches durfte er nicht unvorsichtig werden. Gefolgt war ihm niemand, das hätte er mitbekommen, aber auch eine so einsam gelegene Hütte wie diese könnte durch Zufall entdeckt worden sein. Wanderer gab es heutzutage überall.

Also wartete er und lauschte dem Klacken des sich langsam abkühlenden Motors und den leisen Atemgeräuschen von der Rückbank. Erst als er sicher war, keine Gefahr fürchten zu müssen, stieg er aus, verriegelte den Wagen und ging zunächst einmal allein zur Hütte vor.

Zedníks Großvater, der Zimmerer gewesen war, so wie alle in seiner Familie Handwerker waren, hatte sie mit eigenen Händen gebaut, aus Holz, das er hier im Wald geschlagen und zugesägt hatte. Die Hütte war klein, sechs mal sechs Meter, mit einem Dach, unter dessen Giebel sich ein Schlaflager befand, sowie einem kleinen Geräteraum und einem Teilkeller, in dem Lebensmittel aufbewahrt werden konnten. Dort unten war es kühl, und das war auch nötig, denn es gab keinen Kühlschrank, weil es hier draußen keinen Strom gab.

Der ideale Ort für das, was er vorhatte.

Zedník rüttelte an der Türklinke und fand sie wie erwartet verschlossen vor. Also umrundete er die Hütte, bis er vor dem hinten angebauten Geräteraum angelangte. Auch diese Tür war verschlossen, lagerten doch Axt, Sägen und allerlei anderes Werkzeug darin. Unter einer der Dachschindeln, die hier weit herunterreichten, hatte er den Schlüssel für die Hütte versteckt. Zedník stellte sich auf den Hackklotz, zählte vier von rechts und zwei von unten, bog die Holzschindel hoch und fummelte den Schlüssel darunter hervor. Dann kehrte er nach vorn zurück und schloss die Tür auf.

Im Inneren roch es muffig und klamm. Es war höchste Zeit, mal wieder ein Feuer im gusseisernen Ofen zu entzünden und die Hütte durchzuwärmen.

Das Feuerzeug fand er im Dunkeln. Er entzündete drei rote Kerzen und wartete, bis deren Schein die Hütte ausreichend erhellte. Kurz überlegte er, ob er das Mädchen holen gehen sollte, doch er entschied sich dafür, erst einmal ein Feuer zu machen. Kleinholz und Scheite lagen neben dem Ofen. Er stapelte beides hinein, rollte ein Stück Zeitungspapier auf und entzündete es.

Mit ein wenig Pusten und Geduld prasselte nach fünf Minuten das Feuer in der Brennkammer. In nicht einmal einer Stunde würde es in der Hütte angenehm warm sein.

Zedník trat auf den Schrank über der Spüle zu und nahm die noch halb volle Flasche Wodka sowie ein Glas heraus. Als er die glasklare Flüssigkeit hineingeben wollte, überlegte er es sich anders und trank direkt aus der Flasche.

Es war, als würde er ein Feuer in seinem Inneren entzünden. An die Küche gelehnt stand er da, trank Schluck für Schluck, sah dem Feuer zu, wie es die Holzscheite verschlang, spürte die Auswirkung des Alkohols auf Verstand und Körper und fragte sich, ob er das Mädchen sofort töten sollte.

Noch heute Nacht.

Mit der Axt zerteilen auf dem Hackklotz hinter der Hütte und die einzelnen Stücke im Ofen verbrennen.

Mit abnehmendem Pegelstand in der Flasche sanken die Hemmungen, und der Gedanke erschien ihm richtig.

Notwendig.

Einerseits.

Andererseits konnte er sie noch gut gebrauchen.

Irgendwann stieß er sich von der Küchenwand ab und wankte zur Tür hinüber. Er verschob die Entscheidung auf den Moment, wenn er sie aus dem Auto geholt und hierhergebracht haben würde.

Vielleicht fiel ihm ja noch etwas Besseres ein.

KAPITEL 4

1.

Feuchte, würzige Luft.
Weiches Moos unter einer dicken Schicht Nadeln, die jeden Schritt abfederten.

Irgendwo unten im Tal das ferne Rufen eines Auerhahns.

Dazu ihr eigener Atem in gleichmäßigem Rhythmus.

Der Weg verlief mit einer ordentlichen Steigung bergan, aber weil Rica über etwas verfügte, was Jan eine Pferdelunge nannte, machte selbst diese Steigung ihr nicht viel aus, und sie musste ihr Lauftempo nur geringfügig reduzieren. Darüber hinaus genoss sie das Brennen in Oberschenkeln und Waden geradezu. Ihr morgendlicher Lauf war so etwas wie ein Lebenselixier, eine Reinigung von Körper, Geist und Seele, mit der sie die Nacht, die so häufig von Albträumen durchzogen war, abwaschen konnte.

Dazu die Natur, die hier in den Hügeln so üppig, grün und undurchdringlich war, in ihrer Art zwar vollkommen anders, dennoch ihrer karibischen Heimat mit all dem Überfluss nicht unähnlich.

Rica lief immer allein. Ohne Jan.

Es fiel ihr schwer, sich auf ihren Atem und damit auf sich selbst zu konzentrieren, wenn er dabei war. Außerdem war es eine Art Therapie gegen Jans mitunter übermächtiges Bedürfnis, sie zu beschützen.

Aber er bestand darauf, dass sie Ragna mitnahm, und dagegen hatte Rica nichts. Ganz im Gegenteil. Ragna war immer mindestens fünfzig Meter voraus und regelte seine eigenen Angelegenheiten, außerdem hatte er keinen Jagdtrieb, sodass sie nicht ständig auf ihn aufpassen musste.

Sosehr Rica ihren allmorgendlichen Lauf auch genoss, war sie heute in Gedanken woanders. Bei Leila Eidinger, ihrer Familie und dem unbekannten Mädchen, das auf der Autobahn gestorben war.

Der Fall ging ihr näher als andere.

Sie wusste, warum.

Da schwelte etwas im Hintergrund, eine dumpfe Ahnung, die zu ihrer eigenen Lebensgeschichte und zu Erinnerungen führte, die Grund für ihre nächtlichen Albträume waren. Zu einem Geflecht aus Macht und Geld und weißen alten Männern, die Frauen missbrauchten und daraus auch noch ein Geschäft machten.

Zwei verschwundene Mädchen, ein unbekanntes totes Mädchen, alle drei standen in Beziehung zueinander über Ansgar Füllkrug, der sich bei der Suche nach seiner Schwester an Amissa gewandt hatte.

So wie Ragna an diesem feuchten, kalten Morgen sicher die Witterung von Wild in der Nase hatte, witterte Rica in diesem Fall eine Tragweite, die weitaus größer war, als sich alle Beteiligten zu diesem Zeitpunkt vorstellen konnten.

Sie hoffte, sich zu irren.

Ein Einzeltäter, ein psychopathischer Mörder, der seinem Trieb nachgab und seine Grenzen austestete, war schlimm, keine Frage. In der Geschichte wimmelte es nur so von entsetzlichen Fällen solcher Art. Aber Rica wusste, wie schlimm es werden konnte, wenn sich mehrere solche Männer zusammenschlossen.

Beweise in diese Richtung gab es im Fall Leila Eidinger nicht. Nur ihr Bauchgefühl, und das war nicht immer objektiv, weil es allzu oft von ihren Erinnerungen beeinflusst wurde. Sie war einst in die Hände eines solchen Geflechts von mächtigen Männern geraten, die Menschenhandel als Geschäftsfeld betrachteten und sich brutaler Handlanger bedienten, die Spaß daran hatten, die Drecksarbeit zu erledigen. Und es war überhaupt nicht notwendig, im zwielichtigen Milieu zu arbeiten, um Opfer solcher Machenschaften zu werden. Ein netter Abend in einem wunderschönen Club am Strand, ein aufmerksamer, gebildeter Mann, der Interesse an ihrem Informatikstudium zeigte und behauptete, für seine Firma Mitarbeiter zu suchen, die es draufhatten, ein paar Drinks … das hatte damals gereicht, um Ricas Leben zu zerstören.

Die Steigung endete an der Kuppe des Hügels, wo der schmale Trampelpfad auf einen Forstweg traf.

Mitten auf dem Forstweg stand Ragna.

Steif und starr, den Blick in die Ferne gerichtet. Rica stoppte und schaute ebenfalls in die Richtung, konnte aber nichts sehen. Der Weg war leer. Kein Reh, kein Fahrzeug, keine Waldarbeiter, die sich zu dieser Jahreszeit häufig hier aufhielten.

Rica ging neben dem Wolfshund in die Knie und legte ihm eine Hand auf den Rücken.

Ragnas Muskeln waren aufs Äußerste angespannt.

»Hey, was ist denn los?«

Tief im Brustkorb begann der Hund leise und verhalten zu knurren. Rica lief ein kalter Schauer den Rücken hinab.

Der Forstweg verlief hier oben mit einigen Kurven entlang des Hangs, sodass er kaum einsehbar war. Rechts und links standen hohe Fichten, so entstand ein dunkler Tunnel, an dessen Rändern man sich verbergen konnte, ohne gesehen zu werden. Rica kniff die Augen zusammen, sah genauer hin und glaubte, fünfzig Meter voraus, nur ein kleines Stück vor der Kurve, etwas im Unterholz zu sehen, was dort nicht hinpasste. Eine dunkle Form, die sich nicht in den Wald einfügen wollte.

Ragna grollte immer noch vor sich hin, das Fell auf dem Rücken stand aufrecht, er machte aber keine Anstalten, loszulaufen. Hatte er Angst, oder wollte er bei Rica bleiben, um sie zu beschützen?

»Komm, lass uns gehen«, flüsterte Rica ihrem Hund zu, drückte sich hoch. Rückwärts den Waldrand im Auge behaltend, ging sie zu dem schmalen Trampelpfad zurück, von dem sie gekommen war, und zog dabei Ragna am Halsband mit sich. Er sträubte sich ein wenig und wollte seinen Blick nicht von dem abwenden, was er zu sehen oder zu wittern glaubte.

»Komm schon!«, rief Rica, als sie den Trampelpfad erreicht hatten.

Mit einer Angst im Nacken, wie sie sie lange nicht mehr gespürt hatte, rannte Rica den Hang hinab, sprang über Wurzeln und Äste hinweg, Ragna dabei dicht hinter ihr.

Sie vermied es, sich umzuschauen, weil sie sonst gestürzt wäre, aber der Drang, es zu tun, war beinahe übermächtig. Rica glaubte, Blicke im Nacken zu spüren.

2.

»Vielleicht ein verspäteter Pilzsammler?«, sagte Jan nachdenklich, während er Kaffee in die Becher goss. Dabei blickte er aus dem Küchenfenster zum Wald hinauf, obwohl er die Stelle, an der Ragna so merkwürdig reagiert hatte, gar nicht sehen konnte.

»Ich weiß es nicht, jedenfalls war es unheimlich.«

Rica war vor einer halben Stunde zurückgekehrt. Sie hatte geduscht, trug ein großes Handtuch um den Körper und ein kleines als Turban um den Kopf.

Sie setzten sich an den Küchentisch, löffelten ihr Müsli, tranken ihren Kaffee und besprachen ihre weitere Vorgehensweise. Noch immer hingen Wolken über dem Hammertal, sodass ihre Blicke an einer grauen, feuchten Masse abprallten.

»Mir geht dieser geheimnisvolle Internetfreund nicht aus dem Kopf, den Leila angeblich kennengelernt hat«, sagte Jan.

»Falls es den gibt, finden wir ihn nur, wenn ich an Leilas Handy komme«, sagte Rica. »Sonst kann ich da nichts machen. In die Datenbanken der Provider komme ich nicht rein.«

Rica kaute auf ihrem Müsli herum, spürte dem Geschmack der Cranberrys nach und ließ ihren Gedanken freien Lauf.

»Andere Idee«, sagte sie schließlich.

»Ich bin gespannt.«

»An der Tankstelle haben wir erfahren, dass Füllkrug mit seinem Wohnmobil schon Tage vor Leilas Verschwinden in Taubenheim gesehen wurde. Füllkrug lebt aber beinahe dreihundert Kilometer entfernt. Ist er jedes Mal wieder zurückgefahren, oder hat er irgendwo in der Nähe auf einem Stellplatz campiert?«

»Klingt wahrscheinlich.«

»Finde ich auch. Und diese Campingplätze verfügen bestimmt über ein Meldesystem, ähnlich wie Hotels, ist doch alles online heutzutage.«

»Klasse Idee!«, sagte Jan.

Rica rutschte von ihrem Stuhl, eilte davon und kam mit ihrem Laptop zurück. Während sie weiter frühstückte, tippte sie darauf herum. Jan ließ sie machen, aß schweigend und sah immer wieder zum Wald hinauf.

Es beschäftigte ihn, was Rica dort erlebt hatte. Klar, Ragna könnte Wild, vielleicht sogar einen Wolf gewittert haben, die zeigten sich seit ein paar Jahren überall. Aber Jan hatte sich angewöhnt, immer auch den Worst Case ins Auge zu fassen.

Trieb sich jemand dort oben herum, der sie beobachtete?

Jan nahm sich vor, noch wachsamer zu sein. Er hatte sich Feinde gemacht, die nicht vergaßen und nicht verziehen.

»Es gibt um Taubenheim drei Campingplätze, die alle ungefähr gleich weit von der Stadt entfernt sind«, sagte Rica und riss ihn aus seinen Gedanken. »In Taubenheim selbst gibt es nur einen Stellplatz für Wohnmobile mit den üblichen Anschlüssen. Den bucht man über ein Portal der Stadt, die drei anderen haben ebenfalls Online-Buchungssysteme.«

»Kommst du da rein?«

Rica sah spitzbübisch lächelnd zu ihm auf. »Gib mir einen Moment.«

3.

Jördis Fischer hatte zwar ein schlechtes Gefühl im Bauch, als sie die neue Schule ihrer Tochter betrat, tröstete sich über das Gefühl, Maja zu hintergehen, aber mit dem Gedanken hinweg, dass sie ja nur das Beste für ihre Tochter wolle.

Sie hatte um ein Gespräch mit der Klassenlehrerin Frau Lessing gebeten. Zu diesem Zeitpunkt gab es dafür zwar noch keinen Anlass, zumindest nicht aus schulischer Sicht, aber Jördis sorgte sich trotzdem. Sie hatte gehofft, ihre Tochter würde sich nach dem Umzug wieder beruhigen, doch danach sah es im Moment nicht aus. Maja war zwar nicht mehr so offensiv wütend wie in den ersten Tagen, aber sie zog sich in sich zurück, sprach nur das Nötigste, und ihre Heiterkeit war vollkommen verschwunden.

Jördis wollte so früh wie möglich entgegenwirken. Sie wusste natürlich, dass es ihre Schuld war, denn sie hatte diesen Umzug unbedingt gewollt. Sie musste einfach ihrem alten Umfeld entkommen, in dem alle mit dem Finger auf sie zeigten, weil sie es gewagt hatte, ihren Mann anzuzeigen.

Frau Lessing hatte eine Freistunde und wartete im Lehrerzimmer auf Jördis.

Sie war eine kleine, drahtige Frau mit strahlenden Augen und energischem Auftreten. Ihr Händedruck war auffällig kräftig, sie bewegte sich zackig und effizient. Ein ganz anderer Typ Frau als Jördis selbst, und sie fragte sich schon, ob die Bitte um ein Gespräch wirklich eine gute Idee gewesen war.

Frau Lessing bot ihr einen Platz an und kam sofort zur Sache. »Worum geht es denn, Frau Fischer?«

»Na ja, um Maja. Ich mache mir ein bisschen Sorgen ... wegen des Umzugs, wissen Sie. Sie hat damit zu kämpfen.«

»Wie jeder Teenager in diesem Alter, das ist vollkommen normal. Immerhin ist der Freundeskreis in diesem Alter extrem wichtig, und aus dem wird man herausgerissen. Aber das wird schon wieder. Glauben Sie mir, ich kenne das. Die Kids finden schnell neue Freunde, und dann sieht die Welt gleich ganz anders aus.«

»Ich weiß nicht ... Maja kapselt sich schon sehr von mir ab, und ich wollte wissen, ob das hier in der Schule genauso ist.«

»Maja ist ruhig, ja. Aber ich würde nicht sagen, dass sie sich abkapselt. Straft Ihre Tochter Sie mit Nichtbeachtung?«

Jördis nickte.

Frau Lessing machte eine wegwerfende Handbewegung. »Kenn ich. Ist eine übliche Methode. Das vergeht. Machen Sie aber bitte nicht den Fehler und kommen ihr bei allem entgegen. Dadurch wird es nicht besser, denn sie sieht darin ein Zeichen von Schwäche und Schuldgefühl und nutzt das aus. Zeigen Sie ruhig ein bisschen Stärke, das kann nicht schaden.«

»Meinen Sie wirklich?«

Frau Lessing nickte. »Ich bin seit dreißig Jahren im Schuldienst, ich weiß, wie der Hase läuft.«

Jördis fragte sich, ob sie der Lehrerin von ihrem alten Leben erzählen sollte. Von ihrem prügelnden Mann, der erst Interesse an seiner Tochter gezeigt hatte, als sie in die Pubertät gekommen war und weibliche Formen bekommen hatte. Jördis hatte in seinen Augen gesehen, was passieren würde, und darauf hatte sie nicht warten wollen. Sie hatte ihn provoziert, mehr und mehr, bis er eine Grenze überschritten und sie wirklich übel zugerichtet hatte. Dann, mit den Spuren im Gesicht und am Körper, hatte sie ihn angezeigt, und er war ins Gefängnis gekommen und zu einer Bewährungsstrafe verurteilt worden – ein Todesstoß für seine politischen Ambitionen als Kreisdirektor. Er hatte zurücktreten müssen. Aber Harald wäre nicht Harald, wenn er das auf sich hätte sitzen lassen. Sein Gegenschlag war furchtbar gewesen. Überall in der Stadt hatte er verbreiten lassen, dass seine Frau mit jedem herumgevögelt hatte, der sich anbot. Das war gelogen, sie war nur ein einziges Mal fremdgegangen, aber natürlich blieb von dieser Schmutzkampagne etwas hängen.

Und die Leute vergaßen nie.

»Ist noch etwas anderes?«, fragte Frau Lessing, die wohl spürte, wie Jördis mit sich rang.

Jördis entschied sich dafür, zu schweigen. Sie war ja gerade deshalb hierhergekommen, damit sie ein neues Leben ohne den alten Ballast starten konnten. »Nein, sonst ist nichts ... ich mache mir wahrscheinlich wieder viel zu viele Sorgen.«

Frau Lessing erhob sich schwungvoll von ihrem Stuhl. »Das macht gar nichts. Ich mag engagierte Eltern. Ich verspreche Ihnen, sollte ich bei Ihrer Tochter Veränderungen feststellen, die Grund zur Sorge liefern, setze ich mich mit Ihnen in Verbindung.«

Sie verabschiedeten sich voneinander.

Jördis verließ das Lehrerzimmer mit einem besseren Gefühl. Wenn es in der Schule ganz gut lief und die Lehrerin keinen Grund zur Sorge sah, dann war Majas Verhalten zu Hause sicher nur eine Art von Bestrafung für den Umzug. Das war nicht schön, aber Jördis würde damit zurechtkommen, solange es eben dauerte.

Es klingelte zur Pause, die Türen zu den Klassenzimmern flogen auf, Hunderte Schüler und Schülerinnen strömten in die Gänge, und Jördis musste mit ihnen zum Ausgang fließen.

Sie fragte sich, ob sie nach ihrer Tochter Ausschau halten

sollte, entschied sich aber dagegen, weil es Maja peinlich sein könnte. Noch einen Grund mehr, ihre Mutter zu hassen, wollte sie ihr nicht liefern.

Jördis machte sich zu Fuß auf den Rückweg. Er führte durch ein Wohngebiet, vielleicht ergab sich ja die Chance, den einen oder anderen Nachbarn kennenzulernen.

Sie bog gerade auf die Straße ab, da entdeckte Jördis ihre Tochter. Maja verließ das Schulgelände und lief in Richtung Wohngebiet. Jördis runzelte die Stirn. Hatte Maja nicht erst in einer Stunde Schulschluss? Und warum nahm sie nicht den üblichen Weg am Friedhof vorbei?

Jördis folgte ihr.

Das würde peinlich werden, wenn Maja sie erwischte, aber Jördis war viel zu neugierig, um sich von solchen Gedanken abhalten zu lassen.

Maja ging zügig. Ihre Beine waren schon jetzt länger als die von Jördis, und sie hatte Mühe, ihrer Tochter zu folgen. Wie immer trug sie ihre Schultasche auf dem Rücken und EarPods in den Ohren. Den Kopf gesenkt, die Hände in die Taschen in ihrer Jacke gesteckt, schien sie sich von ihrer Umwelt abgekapselt zu haben.

Es tat Jördis weh, ihre Kleine so zu sehen.

Ein Anblick voller Einsamkeit und Verlorenheit.

Da drehte Maja sich plötzlich um, weil sie die Straße überqueren und nach dem Verkehr Ausschau halten wollte, und das Bild änderte sich.

Sie zeigte ein strahlendes Lächeln, und im ersten Moment dachte Jördis, es gelte ihr, bis sie begriff, dass Maja keine Musik hörte, sondern telefonierte. Ihre Lippen bewegten sich, hören konnte Jördis auf die Entfernung aber nicht, was ihre Tochter sprach.

Sie schien so vertieft zu sein in dieses Gespräch, dass sie ihre

Mutter nicht bemerkte. Schon schaute sie in die andere Richtung und lief über die Straße.

Jördis folgte ihr in einigem Abstand.

Doch plötzlich kam ihr das, was sie hier tat, so furchtbar falsch und mies vor, dass sie abrupt stehen blieb. Ihre Kleine war beinahe erwachsen, sie lebte ihr eigenes Leben, und Jördis hatte kein Recht, ihr hinterherzuschnüffeln. Auf diese Art würde sie nicht nur kein Vertrauen von Maja bekommen, sie würde sich auch selbst daran hindern, welches aufzubauen.

Jördis sah ihrer Tochter nach.

Und nur weil sie so genau hinsah, bemerkte sie den Transporter, der auf der Straßenseite parkte, auf der Maja ging. Als sie daran vorbei war, stieg der Fahrer aus. Sofort setzte er die Kapuze seiner dunklen Jacke auf, rammte die Hände in die Taschen und ging hinter Maja her.

Für einen Moment hatte Jördis den Eindruck, der Mann folge ihrer Tochter. Aber das war sicher nur die übersteigerte Sorge einer Mutter.

4.

Rica und Jan waren unterwegs zu dem Campingplatz in der Nähe von Taubenheim, auf dem Ansgar Füllkrug sich online eingebucht hatte. Nicht einmal zwei Minuten hatte Rica benötigt, um das herauszufinden. Aber warum sollte das Buchungssystem eines Campingplatzes auch gut gesichert sein?

Sie erhofften sich, Informationen über Ansgar Füllkrug zu bekommen. Wenn man sich mehrere Tage dort aufhielt, sprach man sicher mit den Betreibern.

Online zu recherchieren war die eine Sache, sehr hilfreich und vor allem bequem. Hinauszugehen und mit den Leuten zu reden eine ganz andere. Menschen waren von Natur aus neugierig, hörten und sahen genau hin, das wusste Jan noch aus seiner Zeit als Polizist. Man konnte nicht jedem vertrauen und nicht alles glauben, dennoch fand man immer etwas, wenn man hartnäckig blieb.

Der Campingplatz lag zehn Kilometer außerhalb von Taubenheim an einem kleinen, lang gestreckten See. Von sanften Hügeln und weitläufigem Fichtenwald umgeben, war es ein idyllischer Ort, an dem laut Beschreibung viele Plätze an Dauercamper vergeben waren. Einige hatten sogar ihren festen Wohnsitz dort.

Von der Landstraße aus bogen sie in einen geschotterten Weg, der nach fünfzig Metern vor einer Schranke endete. Dort gab es einige Parkbuchten, in denen man halten und sich laut Hinweisschild an der Rezeption melden sollte.

Rica und Jan stiegen aus und gingen auf das flache Holzhaus auf der rechten Seite zu.

Ein kleiner Hund kam ihnen schwanzwedelnd entgegen und begrüßte sie aufgeregt.

»Ich hoffe, Ragna geht's gut«, sagte Jan.

Sie hatten ihn wegen der Sache heute früh zu Hause gelassen, damit er Haus und Hof bewachte.

»Er ist groß und stark und kommt zurecht«, sagte Rica und streichelte über Jans Rücken, als wolle sie ihn beruhigen.

»Verarschst du mich?«

»Auf gar keinen Fall. Aber du bist so süß mit deinem Hund.«

»Es ist auch deiner.«

»Das weiß ich, und ich bin sehr froh, ihn zu haben. Aber du hattest ihn als Wachhund angeschafft, nicht wahr?«

»Richtig …«

»Aber soll er über uns wachen oder du über ihn? Das verstehe ich nicht so richtig.«

Jan streckte seiner Frau die Zunge raus.

Sie erreichten die Rezeption.

Mit einigen Anbauten nahm es eine überraschend große Fläche ein. Unter einem Terrassendach standen zwei Tischtennisplatten, es gab Freiduschen, einen großen Wassertrog, in den aus einer Holzrinne Wasser floss, und sogar zwei Wohnfässer, die man mieten konnte. Alles wirkte sauber und gepflegt. Bevor sie hineingingen, beugte Jan sich über den Trog, schöpfte sich Wasser ins Gesicht und trank davon. Es war angenehm kühl und erfrischend.

»Der Naturbursche«, bemerkte Rica lächelnd.

»Solltest du auch versuchen«, sagte er. »Macht die Haut um zehn Jahre jünger.«

»Lieber nicht, dann siehst du neben mir noch älter aus.«

Jan spritzte Wasser zu ihr hinüber, traf sie aber nicht.

Die fünfzehn Jahre Altersunterschied waren zwischen ihnen beiden kein Thema, für Außenstehende aber schon. Jan bekam es oft genug mit, wenn sie einander in der Öffentlichkeit umarmten oder küssten. Die Blicke waren dann taxierend, bewertend, abschätzig.

Diese Leute wussten nichts über ihre Geschichte und erlaubten sich trotzdem ein Urteil. Damit mussten sie leben, das würde sich nie ändern.

Mit noch feuchtem Gesicht betrat Jan hinter Rica das Verwaltungsgebäude des Campingplatzes, auf dem laut Online-Buchungssystem Ansgar Füllkrug einige Nächte verbracht hatte. Erstaunlicherweise war er zum ersten Mal hier aufgetaucht, zwei Tage nachdem die Eidingers nach Taubenheim gezogen waren. Dann noch einmal eine Woche später. Es sah alles danach aus, als habe er die Familie und das Mädchen observiert.

Warum, war die große Frage.

Hinter der Theke saß eine Frau an einem Schreibtisch, der Kopf an Kopf an einem anderen stand. Bis eben hatte sie auf den Bildschirm gestarrt, jetzt wandte sie sich ihnen lächelnd zu und fragte, womit sie helfen könne. Sie hatte kurzes graues Haar, ein rundes Gesicht mit kleinen hellblauen Augen unter einer randlosen Brille. Ihre Ausstrahlung war freundlich und offen.

Jan erzählte die Geschichte, die sie sich auf dem Weg hierher ausgedacht hatten. Von seinem Bruder, der vermisst wurde und von dem er eine letzte Nachricht von diesem Campingplatz aus bekommen habe. Von ihrer großen Verbundenheit und dass er nach Ansgar suche, weil zu Hause eine Frau und ein sechsjähriges Mädchen auf ihn warteten.

Die Frau kam zu ihnen an den Tresen. Jan schätzte sie auf sechzig Jahre. Ihr Blick war mitfühlend, aber nicht frei von Misstrauen.

»Wäre dann nicht längst die Polizei bei mir gewesen?«, fragte sie.

Jan schüttelte den Kopf. Auf diese Frage war er vorbereitet. »Wir haben die Polizei noch nicht informiert. Wissen Sie ... es ist nicht einfach mit Ansgar ... immer dieser Alkohol ... manchmal ist er nicht er selbst und tut Dinge, die er später bereut.«

»Ach je«, sagte die Frau und schüttelte den Kopf. Ihr Blick wechselte zwischen Jan und Rica hin und her, und man sah ihr an, dass sie sich fragte, ob und wie sie beide zusammengehörten.

»Leider kenne ich das aus meiner Familie. Das ist ein schweres Los, und ich kann Ihre Sorge verstehen. Aber wie kann ich Ihnen denn helfen?«

»Wir wissen, dass Ansgar ein paar Tage hier war. Vielleicht hat er ja mit jemandem darüber gesprochen, wohin er von hier aus wollte. Das würde uns sehr helfen.«

»Warten Sie kurz«, sagte die Frau und nahm wieder an ihrem Schreibtisch Platz. »Haben Sie das Kennzeichen?«

Jan nannte ihr das Kennzeichen, das er von Olav Thorn bekommen hatte.

»Ansgar Füllkrug, ja ... Moment. Ach ... Der ist das!« Die Frau klang alarmiert.

»Was ist denn?«, fragte Jan.

»Na, der Herr Füllkrug hat nicht ausgecheckt. Ist einfach weg, ohne die Gebühren für den Standplatz zu bezahlen.«

»Wann war das?«

Die Frau nannte das Datum. Es stimmte überein mit dem Tag, an dem Leila Eidinger verschwunden war.

»Wissen Sie, um welche Tageszeit er aufgebrochen ist?«

»Muss am Abend gewesen sein, sonst hätte ich ihn hier an der Schranke durchfahren sehen.«

»Die offene Rechnung begleiche ich natürlich«, sagte Jan sofort, um seine erfundene Geschichte glaubwürdig zu halten.

»Das ist mir ein wenig unangenehm ...«, druckste die Frau herum.

»Nein, nein, kein Problem.« Jan holte sein Portemonnaie hervor. »Haben Sie während seines Aufenthalts mit meinem Bruder gesprochen?«

»Ich denke schon, aber nur das Übliche. Anmeldeformalitäten, das Wetter ... Sie wissen schon.«

»Sonst nichts?«

»Ihr Bruder stand zuletzt auf Platz siebzehn«, sagte die Frau, kam wieder an den Tresen und zeigte ihnen auf einer Übersichtskarte, wo sich der Platz auf dem Gelände befand. »Das ist gleich neben Werner. Mit dem sollten sie reden. Werner ist einer unserer Dauergäste, wenn jemand etwas weiß, dann er.«

»Das machen wir. Danke schön. Wie viel ist mein Bruder Ihnen denn schuldig geblieben?«

Sie nannte den Betrag, und Jan bezahlte, legte als Entschuldigung noch ein Trinkgeld drauf. Die Frau bedankte sich überschwänglich und wies ihnen den Weg zu Platz Nummer siebzehn, ließ sie aber allein dorthin gehen.

Das war Rica und Jan nur recht, so konnten sie sich in Ruhe unterhalten.

»Entweder ist er Hals über Kopf aufgebrochen, oder er hatte vor, wieder hierherzukommen«, sagte Rica, während sie zwischen den Parzellen mit winterfesten Wohnwagen und Vorzelten hindurchgingen.

»Aber wie soll das passen?«, wandte Jan ein. »Wenn er vorhatte, Leila zu entführen, hätte er nicht wieder mit ihr zusammen herkommen können. Und um nicht aufzufallen, hätte er seinen Stellplatz doch sicher bezahlt – so wie die anderen Male zuvor auch.«

»Also wusste er nicht, was an dem Abend passieren würde.«

»Er hat die Familie Eidinger beschattet. Über mehrere Wochen hinweg immer wieder. Dazu nistete er sich auf diesem Platz ein. Dann bricht er eines Abends auf, bezahlt aber die Rechnung nicht, meldet sich nicht ab, geht folglich davon aus, er würde zurückkehren. Das tat er aber nicht. Stattdessen wird er später erschossen und verbrannt an einer Autobahnraststätte gefunden. Eventuell hat er zuvor ein Mädchen entführt und auf sie geschossen. Das passt doch alles nicht zusammen, schon gar nicht, wenn man bedenkt, dass er auf der Suche nach seiner Schwester ist.«

»Zwei Mädchen!«, sagte Rica.

»Was meinst du?«

»Wenn es Füllkrug war, dann hat er eventuell zwei Mädchen in seine Gewalt gebracht. Die unbekannte Tote von der Autobahn und Leila. Wir wissen schließlich nicht, ob sie zu diesem ominösen Internetfreund gegangen ist. Ihr Ausweis in der Nähe des ausgebrannten Wagens spricht jedenfalls dafür, dass sie dort war.«

»Was, wenn dieser Internetfreund mit drinhängt?«, sprach Jan seine Gedanken aus. »Oder wenn es sogar Füllkrug war, mit dem sie da gechattet hat?«

Rica nickte. »Ist auch möglich. Da muss ich mich unbedingt drum kümmern.«

Werner war ein circa siebzigjähriger beleibter Mann mit riesigen Ohren. Er trug eine blaue Wollmütze auf dem Kopf und eine Pfeife im Mundwinkel. Sie trafen ihn dabei an, wie er Reparaturarbeiten an dem Vorzelt seines großen Wohnanhängers erledigte. Der süßliche Geruch seines Pfeifentabaks war angenehm und erinnerte Jan an seinen Großvater, der in seiner Erinnerung nur mit Pfeife existierte.

Rica stellte sie vor. Werner sah Jan nur kurz an und widmete sich danach ausschließlich Rica. Sie schien ihn zu belustigen.

Die tiefen Lachfalten in den Augenwinkeln machten ihn sympathisch.

»Ich suche nach meinem Bruder.« Jan wiederholte die Geschichte, die sie der Frau in der Rezeption erzählt hatten.

Werner hörte aufmerksam zu und rauchte seine Pfeife. Immer wieder huschte sein Blick zu Rica. Schließlich nickte der alte Mann.

»Ich kann mich erinnern. Platz siebzehn. Ist ja noch nicht lang her. Ähnlichkeit haben Sie und Ihr Bruder aber nicht!«

»Nein, ganz und gar nicht.«

»Ich hoffe, ich trete Ihnen nicht zu nahe, aber Ihr Bruder ist nicht gerade sympathisch.«

»Ich weiß.«

»Man redet hier miteinander, wissen Sie. Das ist nicht wie in der Stadt. Hier sind wir alle eine große Familie, und wir empfangen jeden mit offenen Armen. Aber Ihr Bruder …« Werner schüttelte den Kopf. »Der wollte nicht reden. Hat nicht mal versucht, freundlich zu sein. Merkwürdig fand ich, dass er hierherkam, zwischendurch wieder fort war, dann wiederkam … ich meine, so verhält sich kein Urlauber. War schnell klar, dass er etwas anderes im Sinn hatte.«

»Hat er Ihnen vielleicht gesagt, wohin er wollte?«

Werner schüttelte den Kopf. »Nee, hat er nicht. Aber als er hier ankam, saß er draußen vor seinem Camper und hat Karten studiert. Ich bin dann hin, ihn begrüßen, kleinen Schnack halten, wie man das halt so macht. Da brütete er über einer Karte von Tschechien. Ich weiß das so genau, weil ich früher oft mit meiner Else dort Urlaub gemacht habe. Ich hab Ihren Bruder gefragt, ob er Tipps braucht, schließlich kenne ich mich gut dort aus, aber er wollte nicht.«

»Tschechien? Ganz sicher?«, hakte Jan nach.

»So sicher wie das Amen in der Kirche.«

»Ist Ihnen sonst noch etwas aufgefallen?«

»Hm ... ich weiß nicht. Ihr Bruder wirkte ... gehetzt, würde ich sagen ... Und er war wirklich unfreundlich, hat alles versucht, mich sofort wieder loszuwerden.«

»War mal jemand bei ihm?«

Werner schüttelte den Kopf. »Zumindest habe ich es nicht mitbekommen.«

Jan zog den Zettel hervor, den er seit dem Abend auf der Autobahn bei sich trug. »Schauen Sie mal drauf«, bat er Werner. »Sagt Ihnen das etwas? Hat der Zettel vielleicht sogar bei den Karten meines Bruders gelegen?«

Werner nestelte umständlich seine Lesebrille hervor und kniff dann trotzdem noch die Augen zusammen, um etwas erkennen zu können.

»Sieht wie eine Bauzeichnung aus oder so«, sagte er. »Aber nein, hab ich vorher noch nie gesehen.«

Da Werner keine weiteren Infos für sie hatte, bedankten Rica und Jan sich bei ihm und machten sich auf den Rückweg.

Sie hatten den Defender noch nicht erreicht, da klingelte Jans Handy.

Martin Eidinger. »Wir müssen reden«, sagte er.

5.

VORHER

Henk sah dem Wagen hinterher, der langsam vom Hof rollte und dann hinter der Kurve zwischen den dicht stehenden Bäumen verschwand.

Dann betrachtete er das Bargeld in seiner Hand.

Tausend Euro. In Fünfzigern.

Der Herr Doktor hatte es ihm in die Hand gedrückt, bevor er weggefahren war, und gesagt, so ein zusätzliches Handgeld würde es demnächst häufiger geben, weil die Arbeit mehr werden würde.

Henk freute sich darüber, Geld war ihm schon immer sehr wichtig gewesen, aber er wusste auch, dass es mit Problemen verbunden war – oder sein würde.

Problemen, an denen der bescheuerte Zedník schuld war. Er und seine Mutter, die beide zu dumm waren, die Klappe zu halten.

Noch wusste Henk nicht, was der Herr Doktor plante, aber er würde es früh genug erfahren.

Sollte er sich Sorgen machen?

Henk steckte das Geld in seine vordere Hosentasche, nahm eine Zigarette aus der Packung, zündete sie an und stand eine Weile rauchend auf dem Hof. Er liebte es, allein hier zu sein, die Ruhe war gut für seinen Blutdruck, der meistens viel zu hoch war.

Er beschloss, sich keine Sorgen zu machen.

Bisher hatte der Herr Doktor immer alles im Griff gehabt, und das würde auch in Zukunft so sein. Der Zedník war so gut wie erledigt, das steckte hinter der Andeutung, die Arbeit würde mehr werden.

Rauchend legte Henk sich eine Liste der Dinge zurecht, die heute noch zu erledigen waren. Dinge, auf die der Herr Doktor großen Wert legte. Bis er mit einem neuen Kunden zurückkehrte, musste der Keller aufgeräumt und blitzblank sauber sein. Diesen Scheiß da unten hasste Henk am allermeisten. Das viele Blut, manchmal Haut- oder Fleischstücke, der Gestank. Da lobte er sich das weiße Pulver, das zwar die Hände angriff, aber so schön nach Sauberkeit roch.

Außerdem war es eine echte Quälerei, die toten Körper aus dem Keller nach oben zu schaffen. Da hatten sie hier bei der Planung echt nicht gut nachgedacht. War bestimmt Zedníks Fehler. Die Treppe war steil und schmal, man musste sich bücken, und einmal hatte Henk sich ordentlich den Rücken verhoben. Zum Glück waren die Mädchen immer klein und leicht, sonst wäre das gar nicht möglich.

Ach ja, und um die Widerspenstige musste er sich kümmern.

So langsam verlor der Herr Doktor die Geduld mit ihr – und Henk auch. Immer wieder verletzte sie sich selbst und war dann tagelang nicht zu gebrauchen. Für die Videos schon, das ging immer, aber nicht für die Live-Acts.

Henk rauchte die Zigarette zu Ende, überquerte den Hof und betrat die ehemaligen Stallungen durch den Nebeneingang.

Er hatte jetzt keine Lust, sich um die Kleine zu kümmern, und warf im Vorübergehen einen schnellen Blick auf den Monitor, auf dem das Videobild ihrer Kammer zu sehen war.

Henk stockte, ging zurück, sah genauer hin.

»Du verdammte Schlampe!«, schrie er und rannte los.

6.

Es dämmerte bereits, als Rica und Jan die Gartenstraße erreichten, in der die Familie Eidinger lebte. Jan parkte in einiger Entfernung, aus der sie das Haus eine Weile beobachteten.

»Sieht gut aus«, sagte Jan. »Ich sehe keinen auffälligen Wagen.«

»Wenn die Eidingers mit uns reden wollen, kann König das doch nicht verbieten, oder?«

»Aber er könnte es noch einmal mit Einschüchterung versuchen, nachdem wir ihn gestern derart verarscht haben. Ich traue ihm wirklich alles zu.«

»Was sagen wir den Eidingers, wenn sie nach unseren Ermittlungen fragen?«, wollte Rica wissen.

»Nur die Fakten, keine Vermutungen wie zum Beispiel, dass Leila nach Osteuropa verschleppt wurde.«

»Es weist aber vieles darauf hin. Das Mädchen von der Tankstelle hat von rumänischen Kennzeichen gesprochen. Opa Horst von ungarischen oder tschechischen, Werner vom Campingplatz von einer tschechischen Karte. Das sind keine Zufälle, oder?«

»Ich denke, wir sollten die Möglichkeit zumindest nicht ausschließen.«

»Vielleicht hilft es, wenn wir uns intensiver mit dem Verschwinden von Bettina Füllkrug beschäftigen«, schlug Rica vor.

»Unbedingt.«

»Dann lass uns morgen zu Amissa fahren und mit dem zuständigen Sachbearbeiter sprechen. Vielleicht hat der aus seinem Gespräch mit Füllkrug mehr erfahren, als ich im Internet herausfinden konnte. Du weißt ja, die Texte auf der Amissa-Website, die jeder einsehen kann, beinhalten nicht alle relevanten Informationen.«

»Okay. Aber erst mal reden wir mit den Eidingers. Ich bin sicher, hier sind keine Bullen mehr.«

Sie stiegen aus. Mit Einbruch der Dunkelheit war es kalt geworden. Der Himmel hatte aufgeklart, Sterne glitzerten. Über Nacht würde es Frost geben, sagte der Wetterdienst voraus, vielleicht stand ein erster Wintereinbruch bevor.

Rica zog den Reißverschluss ihrer Daunenjacke so weit hoch, dass nur noch Nasenspitze und Augen herausschauten. Auf dem Kopf trug sie eine Wollmütze.

»Wenn du so vermummt bist, würde ich dir nicht die Haustür öffnen«, sagte Jan und küsste seine Frau auf die Nase.

»Ich dir nicht einmal, wenn du nicht vermummt bist.«

An der Vorderfront waren alle Jalousien heruntergelassen. Eidingers hatten sich abgeschottet.

Rica klingelte. Der helle Glockenton war durch die Tür zu hören.

Lydia Eidinger öffnete, ihr Mann stand direkt hinter ihr.

»Wir müssen uns entschuldigen«, begann Martin. »Nach der Identifizierung ... Ludovic und dieser andere Kommissar ...«

»König«, half Jan mit bitterer Stimme aus.

»Genau ... die haben mich richtig in die Zange genommen, und besonders dieser König bestand darauf, dass ich den Kontakt zu Ihnen abbrechen soll. Er sagte, Sie bringen nur Unheil und ... na ja ...«

»Was und? Was hat er Ihnen erzählt?«

»Dass Sie wegen fahrlässiger Tötung vor Gericht standen.«

»Und das ist nicht gelogen«, sagte Jan. »Wenn Sie es hören

wollen, erzähle ich Ihnen die Geschichte, aber gleich vorweg, ich bin nicht dafür verurteilt worden, was man mir damals vorwarf.«

»Kommen Sie doch erst mal rein«, bat Lydia und führte sie ins Wohnzimmer.

Sie ließen sich in der Couchecke nieder. Lydia bot Kaffee an und brühte ihn frisch auf.

»Sie müssen es uns nicht erzählen«, sagte Lydia, als sie mit dampfenden Tassen dasaßen. »Schließlich bitten wir Sie um Hilfe und nicht umgekehrt.«

»Ist aber vielleicht besser, jetzt, wo es einmal zur Sprache gekommen ist«, sagte Jan.

Er sammelte sich einen Moment, bevor er erzählte. Nicht, weil er vielleicht etwas vergessen hatte, denn das würde er nie, aber die Situation war unerwartet entstanden, und es war auch nach all den Jahren nicht leicht für ihn, darüber zu sprechen.

»Das alles passierte 2015, ich war damals noch Polizist in Essen, und Rica und ich kannten uns noch nicht. Eine junge Frau, noch keine dreißig Jahre alt, hatte sich an die Polizei gewandt. Ihr Lebensgefährte hatte sie über einen längeren Zeitraum immer wieder geschlagen, sie war ausgezogen, die Trennung bereits vollzogen. Die Frau wandte sich an uns, als sie ihre Habseligkeiten aus der ehemals gemeinsamen Wohnung holen wollte, in der ihr Lebenspartner immer noch wohnte. Ich wurde damit betraut, die Frau zu begleiten. Ich bot ihr an, vorher mit dem Mann zu sprechen, doch sie wollte das selbst tun und bat mich, im Hausflur zu warten. Das tat ich. Ihr Lebensgefährte tötete sie in der Wohnung mit acht Schüssen aus einer Waffe, von der niemand wusste, dass er sie besaß.«

Einen Moment herrschte Stille im Wohnzimmer der Eidingers.

Rica legte Jan eine Hand auf den Unterarm und streichelte ihn sanft. Auch wenn er fest und ohne Zögern gesprochen hatte, als spreche er über etwas, das nicht er selbst erlebt hatte, wusste sie doch, wie nah ihm das noch immer ging – und das würde sich wohl nie ändern.

»Furchtbar, ganz furchtbar«, sagte schließlich Lydia Eidinger. »Vielen Dank, dass Sie es uns erzählt haben. Es hätte nicht sein müssen, aber Ihre Offenheit zeigt uns, dass wir Ihnen vertrauen können.«

»Das können Sie«, sagte Rica. »Und noch einmal: Wir werden kein Geld von Ihnen nehmen … und wir werden nicht aufhören, ehe wir nicht wissen, was Ihrer Tochter zugestoßen ist.«

»Vielleicht ist ihr ja gar nichts zugestoßen!«, stieß Lydia mit hoffnungsvoller Stimme aus.

»Wie meinen Sie das?«

Lydia berichtete ihnen von der Aussage einer Freundin, dass Leila kurz nach dem Umzug im Internet einen Freund kennengelernt hatte, den sie sehr mochte.

»Eine Whatsapp-Gruppe«, sagte Rica und schüttelte den Kopf. »Da hätte ich auch selbst draufkommen können.«

»Wie solltest du?«, fragte Jan.

»Na ja, wo findet das Leben der Jugendlichen heutzutage statt?«

»Online, in den sozialen Netzwerken.«

»Wo lösen Jugendliche ihre Probleme oder sprechen darüber?«

»Online, in den sozialen Netzwerken.«

»Genau. Und so ein Umzug ist ein großes Thema, es beschäftigt sie Tag und Nacht. Also suchen sie online Rat, Zuspruch und Austausch?«

»Echokammern«, sagte Jan.

»Was für Kammern?«, fragte Lydia Eidinger.

»Man ruft in eine Höhle, heraus kommt ein Echo der eigenen Stimme. Wenn man in den sozialen Netzwerken ständig über ein bestimmtes Thema schreibt, bekommt man ein Echo dieses Themas. Von anderen Usern, die Ähnliches erleben.«

»Aha«, machten die Eidinger gleichzeitig.

»Kennen Sie den Namen dieses Freundes?«

Lydia schüttelte den Kopf. »Den wusste Leilas Freundin nicht.«

»Wann genau hat Leila ihn kennengelernt?«

»Auch das wusste ihre Freundin nicht.«

Jan erzählte den Eltern, dass Thore Thies und seine Freundin Jacky etwas Ähnliches berichtet hatten.

Die beiden schauten einander bestürzt an.

»Leila hat doch sonst über alles mit uns gesprochen«, sagte Lydia. »Aber von diesem Freund wussten wir nichts.«

»Das geht vielen Eltern von Teenagern so. Und ein Umzug macht es nicht einfacher«, sagte Jan.

»Wie können wir diesen Freund finden?«, wollte Martin wissen. »Vielleicht ist Leila ja bei ihm!«

Jan konnte verstehen, dass Martin und Lydia sich diese Hoffnung machten – sie wussten ja nichts von Ansgar Füllkrug und dessen Schwester. Jan wollte ihnen ihre Hoffnung nicht kaputt machen, aber er durfte ihnen auch nicht vorenthalten, dass Leila möglicherweise im Internet auf jemanden hereingefallen war, der sie geködert hatte. Jemanden, der das vielleicht häufiger tat.

»Ich werde bei WhatsApp und Facebook nach Gruppen suchen, die sich mit diesem Themenfeld beschäftigen«, schaltete sich Rica ein. »Mit ganz viel Glück finden wir Einträge von Leila und mit noch mehr Glück den geheimnisvollen Internetfreund.«

Rica nahm ihre Tasche und zog den Laptop heraus. »Kann ich Ihr WLAN nutzen?«

»Sie wollen das sofort hier machen?« Lydia Eidinger klang erstaunt.

»Klar! Das ist einer der vielen Vorteile der Online-Ermittlung. Man kann es zu jeder Zeit von jedem Ort aus durchführen, vorausgesetzt, man hat ein stabiles Netz. Ich sehe schon, Ihr WLAN ist verschlüsselt. Geben Sie mir das Kennwort?«

Martin Eidinger stand auf und kam mit einem Notizzettel wieder, auf dem er das Kennwort notiert hatte.

Rica gab es ein und legte los. Sobald sie im World Wide Web recherchierte, versank sie voll und ganz in der digitalen Welt, schaffte es, über Stunden hinweg hoch konzentriert zu bleiben und alles andere auszublenden. Jan beneidete sie um diese Fähigkeit. Bei ihm war es ganz anders. Ihn machte Computerarbeit nervös. Maximal eine Stunde hielt er durch, dann musste er aufstehen und sich eine Weile möglichst körperlichen Aktivitäten widmen.

Jan lächelte den Eidingers zu, die Rica erstaunt beobachteten.

»Meine Frau ist so etwas wie ein Nerd ... oder Hacker ... jedenfalls kennt sie sich mit diesen Dingen verdammt gut aus«, erklärte er. »Kann ich vielleicht noch einen Kaffee bekommen?«

Er brauchte nicht unbedingt weiteres Koffein, wollte mit der Frage vor allem die Wartezeit überbrücken. Als Lydia aufstand und in die Küche ging, folgte Jan ihr und bat Martin mitzukommen.

»Eine Sache müssen Sie beide wissen«, begann er. »Der Halter des Wohnmobils, das hier in Taubenheim gesehen wurde und an der Autobahn ausbrannte, hieß Ansgar Füllkrug ...«

»Also doch«, fuhr Martin Eidinger dazwischen. »Der Name, nach dem Kommissar Ludovic mich gefragt hat.«

»Ja, richtig. Und dieser Ansgar Füllkrug war seit einem Jahr auf der Suche nach seiner Schwester Bettina. Sie ist um einiges jünger als ihr Bruder, siebzehn, und als sie verschwand, waren sie und ihre Eltern gerade umgezogen.«

Jan hatte geahnt, dass diese Information die Eidingers hart treffen würde. Beide sahen ihn verwirrt und geschockt an, bei Martin stand sogar der Mund offen.

»Aber ... aber das hieße ja ...«, begann er, brachte den Satz aber nicht zu Ende.

Lydia begann zu zittern.

»Im Moment wissen wir nicht, was das bedeutet«, sagte Jan. »Möglicherweise deutet es auf einen Wiederholungstäter hin, aber es kann sich auch um einen Zufall handeln. Wir brauchen noch viel mehr Informationen, und wer weiß, vielleicht kann uns dieser Freund aus dem Internet ja weiterhelfen.«

»Also ist diese Bettina Füllkrug nie wiederaufgetaucht«, zog Lydia den richtigen Schluss.

»Sie ist bis heute spurlos verschwunden.«

Stille in der Küche, nur unterbrochen vom Röcheln der Filtermaschine.

»Umzüge«, sagte Martin Eidinger tonlos. »Dann haben die Umzüge etwas damit zu tun.«

»Möglich. Verunsicherte Jugendliche, die vielleicht auch noch wütend auf ihre Eltern sind, sind leicht zu verführen.«

Lydia gab ein schluchzendes Geräusch von sich, drehte sich ruckartig zur Kaffeemaschine um und presste sich eine Hand vor den Mund.

Bevor Martin sie in den Arm nahm, warf er Jan einen Blick zu, der verzweifelter nicht hätte sein können.

In diesem Moment meldete sich Rica aus der digitalen Welt zurück, und Jan erschrak, als er ihre Stimme drüben im Wohnzimmer hörte.

»Ich hab was!«

Sie klang immer sehr euphorisch, wenn sie fündig geworden war.

Lydia goss den Kaffee ein, und sie gingen zurück ins Wohnzimmer.

»Familie Eidinger weiß jetzt von den Füllkrugs«, weihte Jan seine Frau ein.

»Okay. Das ist gut.« Rica wirkte sehr konzentriert. »Zunächst mal ... ich hab auf den Facebook-Seiten ›Deutschland findet euch‹, ›Amber alert‹ und ›Missingkids.eu‹ nachgesehen. Dort taucht Bettina Füllkrug nicht auf.«

»Dann hat Ansgar Füllkrug es bei einem Hilfeersuchen an Amissa belassen?«, fragte Jan.

»Scheint so.«

»Okay. Was noch?«

»Es gibt bei Facebook die Gruppe ›KeinZuhause‹. Die hat dreihundert Mitglieder, alles Jugendliche und Kids, die mit ihren Eltern umziehen mussten und sich über ihre Probleme austauschen. Diese Gruppe gibt es auch bei WhatsApp. Dort aber zusätzlich noch ›Wobinich‹ und ›Meinumzug‹. Bei ›Meinumzug‹ geht es eher um praktische Dinge und Tipps rund um einen Umzug, wohingegen ›Wobinich‹ eine richtige Therapiegruppe zu sein scheint. ›Wobinich‹ wurde oft auf ›Meinumzug‹ erwähnt, nur so bin ich darauf überhaupt gestoßen. Ist ein bunt gemischter Haufen, aber Jugendliche, die mit Problemen nach einem Umzug mit den Eltern und der neuen Schule kämpfen, sind in der Überzahl. Ich habe keine Beiträge von Bettina Füllkrug gefunden ...«

»Ich hab's geahnt«, sagte Jan entmutigt.

»… aber von Leila«, fügte Rica an und sah zu den Eidingers auf.

Die waren sofort wie elektrisiert und rückten näher zu Rica.

»Leila? Wirklich? Was hat sie geschrieben?«, fragte Lydia.

»Sie hat sich dort unter ihrem Realnamen angemeldet?«, fragte Jan.

»Ja, hat sie. Es sind allgemeine Anfragen zu Umzugsthemen, auf die viele Mitglieder geantwortet haben. Immer wieder wird darauf hingewiesen, privat weitersprechen zu wollen, also über abgeriegelte Chaträume, die wir nicht einsehen können.«

»Shit.«

»Ja, aber wenn man weiß, worauf man achten muss, ist es dennoch aufschlussreich.«

»Wie meinst du das?«

»Leila hat von sich aus einmal dazu aufgefordert, in den privaten Modus zu wechseln, außerdem ist sie von drei Teilnehmern dazu aufgefordert worden. Wir wissen nicht, mit wem es daraufhin einen privaten Chat gegeben hat oder was darin geschrieben wurde, aber immerhin haben wir die Namen von vier Personen, die infrage kommen.«

»Realnamen?«

»Nee, leider nicht. Wir haben einen LostinSpace, Ghostwhisperer, Einsameeer und Ziel18.«

»Na klasse. Nicht mal die Polizei könnte uns da weiterhelfen. Facebook gibt die Realnamen niemals raus.«

»Das nicht, aber ich könnte mich dort als Mitglied eintragen und Kontakt zu diesen vieren aufnehmen.«

»Klasse Idee. Mach das!«

»Schon geschehen. Ich hab gerade meinen ersten Post abgesetzt.«

»Was hast du geschrieben?«

»Ähm …« Rica warf den Eidingers einen entschuldigenden

Blick zu, dann las sie vor: »›Ich hasse meine Eltern, weil sie mir das antun. Nie zuvor war ich so einsam …‹ Tut mir leid, ich musste einen deutlichen Reiz setzen.«

Martin Eidinger schüttelte den Kopf. »Schon in Ordnung … wahrscheinlich hätte Leila an dem Abend etwas Ähnliches geschrieben … hat sie vielleicht sogar.«

»Ich habe eine Bitte«, sagte Rica. »Fahren Sie zu dieser Freundin von Leila. Sprechen Sie von Angesicht zu Angesicht mit ihr. Am Telefon ist es leicht, Informationen zurückzuhalten. Vielleicht weiß sie ja doch mehr über Leilas Freund, als sie zugeben mag.«

7.

VORHER

An ihren Kamm hatte er nicht gedacht.
Ihm war nicht eingefallen, wie leicht man daraus eine Waffe machen konnte.

Der Kamm war wichtig, denn ihr Haar sollte schön glatt und glänzend sein, darauf bestand er, täglich sollte die Namenlose es einmal waschen und mehrfach kämmen. Er stellte ihr sogar dieses ölhaltige Spray in der goldenen Flasche zur Verfügung, das Spliss bekämpfen und einen seidigen Schimmer verleihen sollte.

So wie sie ihre Nägel an der rauen Betonwand abgeschabt und dabei bleibende Narben und Schrunden an ihren Fingerkuppen geschaffen hatte, so schabte sie nun mit den langen Plastikzinken des Kamms an der Wand entlang. Die Namenlose wusste, sie war hier drinnen nicht unbeobachtet, dieses glänzende schwarze Teil über der Tür war eine Kamera, aber er hatte natürlich nicht den ganzen Tag Zeit, sie zu überwachen, und so gab es immer wieder Phasen, in denen ihm entging, was sie tat. Seit zehn Minuten schabte sie mit den Zinken an der Wand herum, und mittlerweile erschienen sie ihr scharf genug.

Scharf genug, um ihrer Schönheit ein Ende zu setzen.

Denn allein das war es, was er von ihr wollte: ihre Schönheit. Sie würde niemals von hier entkommen können, ihr Leben, wie sie es gekannt hatte, war vorbei – nach diesen vielen Stromstößen konnte sie sich kaum noch daran erinnern, wie es gewesen war. Sie konnte sich nicht gegen ihn wehren und nicht fliehen, aber sie konnte ihm ihre Schönheit nehmen.

Schon allein dass sie keine gepflegten Nägel mehr hatte, hatte ihn wütend gemacht.

Was würde passieren, wenn ihr Körper voller hässlicher Narben war?

Die Namenlose setzte den Kamm am rechten Oberschenkel an. Eine gute Stelle, um auszuprobieren, was ihr heute beim Frühstück eingefallen war, als er ihr wie immer danach die Gabel weggenommen hatte. Er vergaß das nie, nach keiner Mahlzeit, nie blieb Besteck bei ihr zurück, aber an den Kamm dachte er nicht.

Sie drückte die scharf geschliffenen Zinken in die Haut. Ihr Oberschenkel war straff und muskulös, da war nicht viel Fettgewebe, das nachgeben konnte, die Zinken wollten die Haut nicht durchstechen, so doll sie auch drückte. Noch ein wenig mehr Kraft, und das Plastik würde brechen, damit wäre ihr auch nicht geholfen …

Dann geschah es auch schon.

Zwei der acht Zinken brachen ab. Die beiden rechts außen. Eine sprang zu Boden, die andere blieb neben ihr auf dem Bett liegen.

Sie nahm sie auf, betrachtete sie einen Moment und rammte sie sich dann mit Schwung in den Oberschenkel. Diesmal drang die Spitze ein paar Millimeter tief in ihr Fleisch ein.

Sie verspürte kaum Schmerz. Der Strom hatte die Rezeptoren zerstört. Ein stumpfes Schwert, das ihr keine Angst mehr machte. Auch das hatte er wohl nicht bedacht.

Blut quoll aus der Wunde hervor, lief am Oberschenkel hinab und tropfte aufs Bett.

Sie betrachtete es fasziniert. So schön rot, so lebendig, so voller Wahrheit.

Das war sie! Das war ihr Ich, das auf die Matratze tropfte und darin versickerte. Alles, was sie ausmachte, enthielt diese rote

Flüssigkeit, jede noch so kleine Information, und daran konnte er rein gar nichts ändern, ganz gleich, wie oft er die Strompads ansetzte und ihr Gehirn grillte.

Die, die ihren Namen vergessen hatte, tauchte die zerschundene Fingerkuppe in ihr Blut, betrachtete sie einen Moment, steckte sie in den Mund und lutschte das Blut ab. Schloss dabei die Augen und spürte dem metallischen Geschmack nach, der ihre Kehle nicht erreichte, dafür aber den Mund ausfüllte, jede Geschmacksknospe ansprach und quasi zum Explodieren brachte.

Da war er wieder, ihr Name. Grell und bunt und laut – mitten in ihrem Kopf, ein neonhelles, kreischendes Licht, wie es die Welt noch nicht gesehen hatte, ein Statement für den Kampf des Lebens gegen die Auslöschung, ein atemloser Schrei, der in ihrer Kehle brannte, lange bevor sie ihn ausstieß.

»Was zum Teufel machst du da!«

Sie riss die Augen auf, hatte die Tür nicht gehört, seine Worte dafür umso deutlicher. Den Finger noch im Mund, riss sie den Zinken aus ihrem Fleisch und stach noch einmal zu. Und wieder und wieder und wieder.

Bis Henk plötzlich bei ihr war, ausholte und ihr so hart ins Gesicht schlug, dass sie mit dem Hinterkopf gegen die Wand prallte. Im Bruchteil einer Sekunde verschwand alles. Der Geschmack in ihrem Mund, das grelle Licht ihres Namens in ihrem Kopf, die entsetzliche Hoffnung auf Leben.

Alles ausgelöscht von wabenartiger Schwärze, durchsetzt von Blitzen, mühsam erhellt vom bläulichen Glimmen am durchscheinenden Boden der einzelnen Waben. Ihr Körper verwandelte sich in einen Sack voll Knochen, keine Spannung, keine Kraft, ein Leichtes für ihn, sie zu packen und vom Bett zu zerren. Und er war stark, stark genug, sie mitzuschleifen, indem er ihr einen Arm um den Brustkorb schlang. Ihre nackten Fersen rutschten über den Boden wie nutzlose Anhängsel, genauso fühlten sich ihre Arme an, die einfach nur herunterhingen und bei jedem Schritt hin und her baumelten.

»Du willst es also wissen, ja?«, brüllte Henk sie an, und trotz ihres Zustands an der Grenze zur Besinnungslosigkeit hörte sie ihn. Er war wütend, wirklich wütend.

»Willst unbedingt herausfinden, was passiert, wenn ich dich nicht brauchen kann? Gut, wie du willst, ganz wie du willst, dann zeige ich es dir ...«

Sie kam ein bisschen zu sich. Sah die Wände. Alt und uneben und vergilbt. An manchen Stellen war der Putz abgeblättert, und Strohmatten schauten hervor. Sie sah Stromkabel wie Rohre über die Wand verlaufen und Lichtschalter, wie sie sie zuvor nie gesehen hatte. Riesig und rund, mit einem flügelartigen Griff in der Mitte.

Und sie nahm einen merkwürdigen Geruch wahr, der von Henks Händen ausging. Die waren heute nicht so entsetzlich rau wie sonst, sondern irgendwie schmierig.

Er öffnete eine Tür, die in den Scharnieren knarrte. Dahinter steckten nackte Glühbirnen, wie es sie früher einmal gegeben hatte, in verrosteten Fassungen direkt unter der niedrigen Decke. Braune Balken durchzogen das Weiß. Spinnweben, groß wie Bettlaken, flatterten im Luftzug. Der Boden war uneben, rechts und links sah sie kleine Kammern, die mit Metallgittern abgetrennt waren. Dann wieder eine Tür, wieder einer dieser Schalter ...

Dahinter trotzte eine Glühbirne der Dunkelheit und Kälte. Einer gesichtserstarrenden, boshaften Kälte, die mühelos durch Haut und Fleisch in die Knochen biss. Und dies war ein Schmerz, den sie wieder spürte, weil er so unbekannt und grimmig war und nicht eine bestimmte Stelle betraf, sondern den gesamten Körper auf einmal.

Henk ließ sie einfach fallen.

Sie stöhnte auf.

Ihre Sinne erholten sich. Eiskalter Boden, uneben, schmutzig und sandig, kein Beton, aber trotzdem hart. Zu einer Seite hin abschüssig. Über sich sah sie eine Balkendecke, zu beiden Seiten hin mit groben Brettern vernagelt, in der Mitte jedoch offen. Darüber diese wabenartige Dunkelheit, nur dass diesmal die Ränder der Waben Licht emittierten. Feine Linien, kaum zu sehen im Einzelnen, ergäben in ihrer Gesamtheit ein Netz. Sie begriff, es handelte sich um Dachpfannen, so alt und schief, dass das Tageslicht die Ränder durchdrang.

Henk trat von ihr weg, bückte sich und suchte in einer großen, freien Fläche nach etwas. Fand es. Und dann sah es aus, als hätte er die Kraft, den Erdboden zu bewegen. Er zog ihn einfach hinfort, wie eine Decke. Staub wallte auf. Und als der Erdboden erst einmal beiseitegeschoben war, tauchte darunter der Eingang zur Hölle auf.

Dieser Eingang bestand aus Holz. Dick und alt und ölig.

Henk musste sich anstrengen, um die einzelnen Bohlen hochzunehmen und auf die Seite zu legen.

»Und jetzt sieh hin!«, sagte er. »Das passiert, wenn ich dich nicht gebrauchen kann.«

Erneut packte er sie. Sie wollte sich wehren, hatte aber keine Chance. An ihrem schönen, langen, glatten Haar zog er sie auf den Eingang der Hölle zu.

Kalter Atem schlug ihr entgegen.

Aus dem tiefen Rachen des Teufels mit dessen animalischen Ausdünstungen darin, die ihr sofort wieder die Sinne raubten.

Was übrig blieb, vernichtete der Anblick, dem sie sich ausgesetzt sah.

8.

Rica fuhr.
Jan schlief neben ihr auf dem Beifahrersitz, das Gesicht in ihre Richtung gewandt, die Rückenlehne zurückgestellt, die Hände entspannt im Schoß. Als ein Zucken durch seinen Körper ging und er die Hände bewegte, dachte sie, er wachte auf, immerhin schlief er schon seit einer Stunde, doch die Augen blieben geschlossen, und er beruhigte sich wieder.

Rica fragte sich, wovon er träumte. Sah er schlimme Bilder oder schöne?

Sie hatte häufig Albträume. Was sie damals erlebt hatte, war unauslöschlich in ihrer Erinnerung festgebrannt, und auch wenn sie einen Weg gefunden hatte, damit zu leben, mehr noch, ihre grauenhaften Erlebnisse in etwas Sinnvolles zu verwandeln, blieb sie von Flashbacks nicht verschont. Mitunter waren die so intensiv, dass Rica Stunden brauchte, um sich wieder zu beruhigen.

Die Arbeit half immer.

Die Arbeit bot Perspektiven und diente gleichzeitig als andauernde Therapie, von der Rica sich wünschte, sie möge nie enden. Ihre Arbeit für Amissa war essenziell wichtig, ein Lebenselixier mit bitterem Beigeschmack.

Sie waren auf dem Weg zum Amissa-Hauptquartier in Erfurt, um so viel wie möglich über den Fall Bettina Füllkrug herauszufinden, denn dort, da waren sich Jan und Rica einig, lag der Schlüssel zur Lösung vergraben.

Zwei gleichaltrige, auffallend hübsche Mädchen, die nach dem Umzug ihrer Eltern verschwunden waren.

Für die Polizei zwei Ausreißerinnen, wie es sie zu Hunderten gab. Viele dieser Schicksale blieben unaufgeklärt, das wusste Rica. Die Drogen- und Prostitutionsviertel der Metropolen des Landes waren voller junger Mädchen, die alles hinter sich gelassen hatten und oft einen frühen Tod fanden. Natürlich gab es die anderen Fälle auch. Weltenbummlerinnen, die sich nach drei Jahren bei der Familie meldeten. Aus Sri Lanka, Thailand oder Australien, braun gebrannt und glücklich, aber total abgerissen, sodass sie sich nun doch an die Familie erinnerten.

Doch das waren vergleichsweise wenige.

Rica musste an ihre Cousine Ella denken, die heute auf Sint Maarten lebte, aber wie sie selbst auch aus Haiti stammte. Als Rica von dort entführt und zur Prostitution nach Europa gebracht worden war, war ihre Cousine davon ausgegangen, sie sei mit einem der europäischen Männer, mit denen sie sich traf, nach Europa abgehauen. Urlauber waren das gewesen, und ja, Rica hatte bewusst mit ihnen geflirtet, denn ihr war schon früh klar gewesen, dass sie ihr Talent und ihre Ausbildung in ihrem Heimatland verschwendete. Europa war ihr damals wie der ultimative Lebenstraum erschienen – der sich dann in einen Albtraum verwandelt hatte. Rica hatte es Ella nicht übel genommen, dass sie nicht nach ihr gesucht hatte. Nach dem Tod ihrer Eltern hatte sie eine sehr schwierige und bewegte Zeit durchgemacht, die alles möglich erscheinen ließ. Niemand hatte damals nach ihr gesucht, die Polizei schon gleich gar nicht.

In Haiti, so dachte man in Europa, weit entfernt und bitterarm, da kann so etwas passieren.

Aber es passierte überall auf der Welt.

Auch in Europa.

Vor der Haustür. In der Nachbarschaft. Am Gartenzaun.

Die Zahlen waren nicht verhandelbar.

Drei bis fünf Millionen Jugendliche und Kinder werden weltweit zur Prostitution gezwungen.

Rica war eine von ihnen gewesen.

Dass sie noch lebte, verdankte sie dem Mann neben sich.

Rica sah ihn an, und als spürte er das, öffnete Jan in diesem Moment die Augen.

Der Blickkontakt dauerte nur eine Sekunde, da Rica auf die Straße achten musste, aber die Fülle all ihrer Gefühle und seiner Empfindungen passte in diese Sekunde. Wärme flutete ihren Körper.

Er lächelte. Rica fuhr ihm mit der Hand durch sein langes Haar.

»Habe ich lange geschlafen?«

»Na ja, wir sind gleich da«, sagte sie mit belegter Stimme.

Jan richtete sich auf. »Hast du mich die ganze Zeit angeschaut?«

»Du hast zwischendurch gesabbert und mit offenem Mund geschnarcht, kein sexy Anblick.«

Jan wuschelte sich das Haar zurecht. »Besser?«

»Unwiderstehlich.«

Rica nahm die Autobahnabfahrt Erfurt-West und lenkte den Defender in die Löbervorstadt. Etwas außerhalb der Stadt in der Nähe des Bismarckturms hatte Amissa seinen Sitz. Das zweistöckige Jugendstilgebäude war früher ein Offizierscasino gewesen. Ruhig, beinahe schon romantisch am Waldrand gelegen und über eine eigene, geschotterte Zufahrt zu erreichen, wies nichts darauf hin, um welche Schicksale die Mitarbeiter sich tagtäglich kümmerten.

Es gab kein Firmenschild, die postalische Adresse war ein Postfach in Leipzig. Diese Vorsichtsmaßnahmen waren notwendig. Es hatte bereits Racheakte gegen Amissa gegeben. Nie durften sie vergessen, dass sie in vielen Fällen gegen das böse Drittel der Menschheit kämpften.

Rica lenkte den Wagen auf den Parkstreifen am Waldrand.

Jan stieg aus, streckte und dehnte sich und richtete seine Kleidung. »Ich brauche einen Kaffee«, stöhnte er.

»Diana erwartet uns in zehn Minuten«, sagte Rica, nachdem sie ausgestiegen war. »Wir können ja mit ihr einen Kaffee trinken gehen.«

»Gerne. Ich mag sie.«

»Ich auch.«

Tatsächlich war Diana Kamke Ricas einzige Ansprechpartnerin bei Amissa. Von ihr bekam sie neue Aufträge und Informationen, und an sie schickte sie ihre Honorarabrechnungen. Diana war über die Jahre eine Freundin geworden, auch ohne dass sie sich über die gelegentlichen Treffs hier bei Amissa hinaus sahen.

Wenige Meter hinter dem Parkplatz gab es einen massiven Metallzaun. Die Durchfahrt war videoüberwacht, das Wärterhäuschen mit zwei Mitarbeitern eines privaten Sicherheitsdienstes besetzt. Heute ein Mann und eine Frau, beide in der bekannten blauen Kleidung ohne Aufschrift, die verraten könnte, für wen sie arbeiteten.

Rica und Jan zeigten ihre Ausweise vor und durften passieren. Ein geschotterter Weg führte auf das wuchtige Haupthaus zu. Eine zweigeschossige Jugendstilvilla mit gelbem Putz und weißen Fensterläden, ansonsten relativ schmucklos. Der Sockel war grau gestrichen, eine wenig pompöse Freitreppe führte zur Eingangstür hinauf.

Soweit Rica wusste, hatte der Schweizer Milliardär und Amissa-Gründer Hans Zügli der Stiftung dieses Haus zur Verfügung gestellt. Rica war dem Mann, der seit seinem Schicksalsschlag sehr zurückgezogen lebte, noch nie begegnet. Er war ihr sympathisch allein durch das, was er tat, auch wenn er es einzig und allein mit seinem Geld tat. Jeder musste die Ressourcen einsetzen, über die er verfügte.

Diana Kamke kam ihnen an der Eingangstür entgegen.

Wie immer mit einem strahlenden Lächeln im Gesicht nahm sie zuerst Rica in die Arme und danach Jan. Es sah lustig aus, wie die kleine Diana an dem großen Jan hing, aber das war in Ricas Fall mit ihren eins fünfzig genauso, sie sah es nur nicht.

»Mein alter Mann hat die ganze Fahrt über geschlafen und braucht unbedingt einen Kaffee«, sagte Rica.

»Dann müsste er erst einmal mit meinem Bürokaffee vorliebnehmen … ihr wisst ja, die Unterlagen verlassen das Haus nicht, und ich will nicht an einem öffentlichen Ort darüber sprechen.«

»Kein Problem«, sagte Jan. »Meine Frau übertreibt gern. Ich bin topfit.«

Diana betrachtete ihn eingehend. »Echt? Dann möchte ich dich nicht sehen, wenn du durchhängst.«

Jan steckte den Spruch und das Lachen der beiden Frauen ein und folgte ihnen ins Gebäude. Über die Sandsteintreppe ging es ins erste Stockwerk hinauf. Dianas Büro lag nach hinten raus. Ein zwanzig Quadratmeter großer Raum mit schönem Blick zum Waldrand. Aktenordner an den Wänden, zwei Schreibtische, zwei Bildschirme, eine Sitzgruppe mit rundem Glastisch und vier Stühlen – äußerlich unterschied sich dieses Büro nicht von dem eines x-beliebigen Bankers. Nur die Geschäfte, die hier betrieben wurden, waren andere.

»Was ist passiert?«, wollte Diana wissen.

Rica übernahm es, sie über den Fall aufzuklären.

Diana Kamke hörte aufmerksam zu. Das Lächeln war einem ernsten Gesicht gewichen.

»Was für eine schreckliche Tragödie«, sagte sie schließlich. Kopfschütteln, ein Moment der Stille, bevor sie weitersprach. Bei aller Empathie mit den Opfern und deren Angehörigen wusste Diana am besten, dass sie ihnen mit Schweigen und Trauer nicht half. Indem sie tat, wofür sie hier war, half sie ihnen und allen anderen weitaus mehr.

»Am Telefon sagtest du, es gibt eine Verbindung zu Amissa?«, fragte Diana.

Rica nickte. »Über den Fall der verschwundenen Bettina Füllkrug. Auf der Website sind aber wie üblich nur die wichtigsten Informationen zu finden. Wir brauchen dringend mehr.«

»Sicher. Kein Problem. Schauen wir mal, was wir haben.«

Während Jan und Rica in der Sitzgruppe Platz nahmen, setzte Diana sich an ihren Schreibtisch und tippte auf der PC-Tastatur herum.

Jan hätte zwar immer noch gern einen Kaffee getrunken, traute sich aber nicht, danach zu fragen. Die Atmosphäre war voller professioneller Anspannung, da passte sein Kaffeewunsch nicht hinein.

»So, da ist die Akte«, sagte Diana, versank dann für einen Moment in Schweigen und starrte auf den Bildschirm. »Hm ... mehr als ein halbes Jahr alt ...«

»Ist mir auch schon aufgefallen«, bestätigte Rica.

»Eigentlich soll hier kein Fall so lange unbearbeitet liegen, aber wir hatten in den letzten Monaten viele Krankheitsfälle, und die Arbeit ist nicht weniger geworden, eher mehr. Ihr glaubt nicht, wie viele unbegleitete minderjährige Flüchtlinge als vermisst gelten. Das sind noch einmal ganz andere Dimensionen.«

»Wie gehen diese Fälle aus?«, fragte Jan.

»Ganz unterschiedlich. Tatsächlich ist auch dort viel Kriminalität im Spiel. Menschenhändler haben sich darauf spezialisiert, auf den Flüchtlingsrouten die aus ihrer Sicht besten Exemplare herauszufischen ... Ach, ich sehe schon. Gunther Heussmann, der Mitarbeiter, der den Fall aufgenommen hat, ist schon lange krank. Ich hab gehört, er hat Krebs ... eine Tragödie, er ist einer von den richtig Engagierten.«

Und so konnte eine schlimme Erkrankung des einen den Tod eines anderen bedeuten, dachte Rica. Die Pfade, die Menschenleben und Schicksale miteinander verbanden, waren oft verschlungen und nicht zu erkennen.

»Bettina Füllkrug wurde von ihren Eltern im November bei der Polizei als vermisst gemeldet. Ein halbes Jahr später, im Juni, wandte sich der Bruder, Ansgar Füllkrug, an uns. Bis zu dem Zeitpunkt konnten die Ermittlungsbehörden nichts über den Verbleib von Bettina herausfinden. Man geht bei der Polizei nach wie vor davon aus, dass das Mädchen von zu Hause weggelaufen ist. Die Familie ist drei Monate vor dem Verschwinden des Mädchens von Bremen nach Kassel gezogen.«

Rica und Jan sahen einander an.

»Bremen?«

Sie dachten beide dasselbe. In der Hansestadt schob Kommissar Olav Thorn Dienst.

»Und Ansgar Füllkrug, Bettinas älterer Bruder, ist tot?«, fragte Diana nach.

»Davon gehen wir aus. Die Polizei hat nichts über die Identität der männlichen Leiche verlautbaren lassen. Entweder weil sie so stark verbrannt ist oder weil sie es aus ermittlungstaktischen Gründen für sich behalten müssen. Auf jeden Fall wurde Leila Eidingers Ausweis in der Nähe des verbrannten Wohnmobils von Füllkrug an der Autobahn gefunden. Irgendeinen Kontakt hat es zwischen den beiden gegeben.«

»Das ist ja sehr merkwürdig. So, wie sich das hier liest, war

Ansgar Füllkrug verzweifelt auf der Suche nach seiner kleinen Schwester. Warum sollte er dieses andere Mädchen entführen?«

»Vielleicht wollte er das ja gar nicht und war jemandem auf der Spur, der es auf Leila Eidinger abgesehen hat«, sagte Jan.

»Oder auf Mädchen, die gerade erst umgezogen und deswegen frustriert sind«, fügte Rica an.

»Mädchen, nach denen die Polizei nicht besonders eifrig sucht, weil es so aussieht, als seien sie aus Frust über den Umzug abgehauen«, machte Jan weiter.

»Zurück an den alten Wohnort vielleicht, zu Freundinnen oder einem Freund, von dem niemand in der Familie etwas weiß«, erwiderte Rica.

»Deshalb war Ansgar Füllkrug von der Polizei enttäuscht und wandte sich an Amissa. Als sich dort aber nichts rührte, begann er selbst zu ermitteln …«

»… und stieß auf eine Spur, die bislang alle übersehen haben«, schloss Rica.

Dianas Blick wechselte von einem zum anderen, während Rica und Jan sich wie automatisch gegenseitig befeuerten.

Diana grinste. »Ihr beiden seid der Knaller. Wie ein altes Ehepaar. Margaret Rutherford und James Stringer Davis.«

»Hä?«, machte Rica.

»Miss Marple! Agatha Christie! ›16:50 ab Paddington‹ und so!«

Rica schüttelte den Kopf. Das sagte ihr nichts.

Diana sah Jan aus großen Augen an.

»Sie ist nicht sehr an Filmen interessiert«, sagte Jan.

»Ungebildete Banausin«, sagte Diana Kamke und wandte sich wieder ihrem PC-Bildschirm zu.

»Hat Füllkrug in seinem Bericht an Amissa etwas von einem Freund gesagt, den seine Schwester eventuell um das Umzugsdatum herum kennengelernt hat?«, fragte Jan.

Diana schüttelte den Kopf. »Davon steht hier nichts. Vielleicht hätte er das aber auch gar nicht mitbekommen. Füllkrug ist ja wesentlich älter als seine Schwester und lebte schon lange nicht mehr bei seinen Eltern. Wenn jemand etwas von einem Freund weiß, dann die Eltern.«

»Du hast die Adresse?«

»Ich schicke euch alles Notwendige auf Ricas Handy.«

»Was gibt die Sache noch her? Irgendeinen Hinweis, dass Bettina tatsächlich abgehauen sein könnte?«

»Ja, sogar eine Zeugenaussage.«

»Erzähl!«

»Drei Tage nach Bettinas Verschwinden hat eine Zeugin das Mädchen in Bremen gesehen, dem vorherigen Wohnort der Familie. Darauf stützt die Polizei wohl die These, sie sei abgehauen.«

»Name und Adresse der Zeugin?«

»Haben wir nicht in den Unterlagen, wahrscheinlich hat die Polizei die Information zurückgehalten. Vielleicht wissen die Eltern etwas.«

»Dann sollten wir uns auf jeden Fall mit ihnen unterhalten«, sagte Jan. »Kassel liegt ja auf dem Rückweg.«

9.

Die Sonne war bereits untergegangen, als Rica und Jan den Wohnort der Familie Füllkrug in Kassel erreichten. Diesmal war Jan gefahren, und Rica hatte ein bisschen schlafen können. Diana Kamke hatte für sie bei den Eltern von Bettina Füllkrug angerufen und um ein Gespräch gebeten.

»Hast du Angst vor dem Gespräch?«, fragte Rica, als sie vor dem Haus parkten.

Jan nickte. »Ein bisschen.«

»Ich auch«, sagte Rica. »Ständig denke ich, die werden von dem Vorhaben ihres Sohnes gewusst haben, Amissa einzuschalten, und dort hat dann niemand etwas für sie getan. Es wundert mich, dass sie überhaupt noch für ein Gespräch zur Verfügung stehen. Diana sagte, es sei schwierig gewesen. Sie hat Frau Füllkrug überreden und ihr von der Krebserkrankung des Mitarbeiters erzählen müssen. Trotzdem war die Frau sehr zögerlich.«

»Das wird dann wohl kein leichtes Gespräch?«

»Nein, aber es ist notwendig.«

Rica küsste ihn, dann stiegen sie aus und gingen auf das kleine graue Haus in einer engen Wohnstraße am Rande Kassels zu. Über der Haustür brannte ein einziges Licht, matt und irgendwie leblos. Neben der Tür stand in einem Pflanzgefäß ein Buchsbaum, der schon vor einiger Zeit sein Leben ausgehaucht hatte. Die braunen Blätter deprimierten Jan zusätzlich.

Nachdem Rica geklingelt hatte, flammte im Flur Licht auf, jemand näherte sich der Tür und öffnete sie.

Der Mann war um die sechzig, hatte lichtes graues Haar und ein auffallend faltiges Gesicht. Er war nicht nur dünn, sondern geradezu schlaksig. Er stellte sich als Ewald Füllkrug vor und führte sie durch einen kurzen Flur ins Wohnzimmer. An einem runden Tisch aus Mahagoniholz saß eine Frau mit kurzem blondem Haar. Ihr Alter schätzte Jan auf Mitte bis Ende fünfzig. Mit dem Rücken zur Wand saß sie stocksteif da, als habe man sie dorthin positioniert und ihr gesagt, sie dürfe sich nicht bewegen. Ihr Gesicht war grau, die Augen glanzlos.

Der große Raum war angefüllt mit Büchern, einen Fernseher gab es nicht. Dafür ein beleuchtetes Aquarium, ein ungewöhnlich bunter, schöner Anblick in dem ansonsten schmucklosen Zimmer. Jan fragte sich, ob das Ehepaar schweigend am Tisch auf ihr Eintreffen gewartet hatte, die Augen aufs Aquarium gerichtet, den Blick jedoch nach innen gewandt.

Die Atmosphäre im Zimmer war merkwürdig und schwer zu beschreiben. Irgendwie leer und leblos und zugleich doch fiebrig angespannt.

Sie bekamen Platz und ein Glas Wasser angeboten.

Die Flasche und vier Gläser standen schon parat.

Rica erklärte den Füllkrugs die Zusammenhänge. Dass sie für Amissa arbeite und erst vor wenigen Tagen durch einen anderen Fall von Bettinas Verschwinden erfahren habe. Sie verriet den Eltern, dass dieser andere Fall ganz ähnlich gelagert sei und es sich auch dabei um ein Mädchen im Teenageralter handele, das nach dem Umzug der Eltern verschwunden sei.

Behutsam fügte sie an, dass Ansgar Füllkrug am Wohnort des Mädchens gesehen worden war.

Das stimmt so nicht, dachte Jan, hielt aber den Mund.

Niemand hatte bisher Ansgar Füllkrug in Taubenheim gesehen, sondern lediglich sein Wohnmobil. Auch stand ihrem Kenntnisstand nach die Identität der verbrannten männlichen

Leiche nicht fest. Es könnte sich um irgendjemanden handeln. Letztlich war nicht geklärt, ob Ansgar Füllkrug tot war oder nicht, und es bot sich an, die Eltern zu fragen, ob sie darüber Informationen hatten.

»Hat die Polizei mit Ihnen über Ansgar gesprochen?«, fragte Jan.

»Die Polizei war hier. Sie sucht nach Ansgar, mehr haben sie uns nicht gesagt«, bestätigte Ewald Füllkrug. »Und Sie beide suchen jetzt nach Bettina?«

»Ja. Wir suchen sowohl nach Ihrer Tochter als auch nach dem anderen vermissten Mädchen. Ihr Sohn verbindet die beiden Fälle miteinander, die sonst niemand in Verbindung gebracht hätte, und wir fragen uns natürlich, warum Ihr Sohn am Wohnort des anderen Mädchens aufgetaucht ist. Können Sie uns dazu etwas sagen?«

»Wir haben Ansgar zuletzt vor vier Monaten gesehen und gesprochen. Unser Verhältnis war nicht besonders gut.«

Ton- und emotionslos klangen die Worte von Ewald Füllkrug, und während er sprach, sah er zum Aquarium hinüber. Seine Frau hockte weiterhin stumm da, die Hände auf der Tischplatte gefaltet, den Rücken durchgedrückt, das schmale Kinn erhoben. Wohin ihr Blick ging, war schwer zu sagen. Das Muster der Tapete konnte es kaum sein, was sie an der gegenüberliegenden Wand so interessierte.

»Sie wussten demnach nichts von den Bemühungen Ihres Sohnes, Bettina zu finden?«, fragte Jan.

»Er hat uns gesagt, dass er nach ihr sucht.«

Stille.

Keine Regung, kein Räuspern, kein Nachsatz, nichts. Für die Füllkrugs schien damit alles gesagt zu sein.

Jan sah Rica an. Ihr Blick war ebenso fragend und verständnislos wie seiner.

»Hat er Sie darüber auf dem Laufenden gehalten?«, hakte Jan nach.

Ewald Füllkrug ließ sich mit einer Antwort Zeit. Schließlich nahm er seinen Blick vom Aquarium und sah Jan direkt an. »Unsere Tochter hat uns aus eigenem Antrieb verlassen. Es war ihre Entscheidung, zu gehen.«

Erneut zwei tonlose Sätze. Füllkrug hielt Jans Blick stand. Der Mann war überzeugt von dem, was er sagte.

»Sind Sie sich sicher? Es könnte auch anders gewesen sein! Ihr Sohn schien das zu glauben.«

»Was unser Sohn glaubt oder nicht glaubt, ist ganz allein seine Sache. Es gibt eine Zeugenaussage. Jemand hat Bettina in Bremen gesehen. Sie ist zurückgegangen. Wir haben alles für sie getan, aber sie ist zurückgegangen. Nun muss sie zusehen, wie sie zurechtkommt. Entscheidungen haben Konsequenzen. Für jeden.«

Am Ende klang Füllkrug fast schon wütend.

»Diese Zeugenaussage, wissen Sie, von wem die stammte? Wer hat Bettina in Bremen gesehen?«, stellte Rica die Frage, für die sie gekommen waren.

»Wissen wir nicht.« Füllkrug wandte seinen Blick wieder dem Aquarium zu.

»Sie hat sich in einem Altenheim beworben«, sagte plötzlich Frau Füllkrug, und Jan zuckte vor Schreck beinahe zusammen.

»Simone«, ermahnte Füllkrug seine Frau. »Lass es. Am Ende wollen die nur unser Geld.«

Jan hob beide Hände. »Moment! Wenn es das ist, was Sie glauben, kann ich Sie beruhigen. Wir wollen kein Geld von Ihnen. Heute nicht und auch nicht in Zukunft, selbst wenn wir Bettina finden sollten, nicht.«

»Sagen sie alle«, war Füllkrugs Antwort. »Und damit Sie es wissen: Meine Frau wollte dieses Gespräch, nicht ich.«

»Wer hat sich in einem Altenheim beworben?« Rica wandte sich an Simone Füllkrug und ignorierte den Mann. »Ihre Tochter Bettina?«

»Nein. Die Zeugin.«

Füllkrugs Blick ruhte noch einen Moment auf seiner Frau, bevor er wieder zum Aquarium sah. Simone Füllkrug traute sich nicht, aufzuschauen, sie betrachtete ihre auf dem Tisch liegenden Hände. Bisher hatten sie ruhig dagelegen, doch jetzt begann sie, sie zu kneten.

»Sie war in Bremen, um sich bei einem Altenheim als Pflegerin zu bewerben. Auf dem Weg dorthin hat sie Bettina ein Stück im Wagen mitgenommen.«

»Bettina fuhr per Anhalter, und diese Frau hat sie mitgenommen?«, hakte Rica nach.

Frau Füllkrug nickte. »Von außerhalb in die Stadt. Bis zu der Straße, in der wir bis zum Umzug gewohnt haben.«

»Entschuldigen Sie bitte, wenn ich nachfrage. Bettina ist also zu der Zeugin in den Wagen gestiegen und hat ihr die Straße genannt, zu der sie gefahren werden wollte?«

»Ja. Angeblich hat Bettina der Frau auch erzählt, dass sie abgehauen ist, und …«

Simone Füllkrug brach ab, ihre Stimme drohte in Tränen zu ersticken.

»Und was?«, versuchte Rica es.

»Und was?«, mischte sich plötzlich Herr Füllkrug mit lauter Stimme ein. »Ich kann Ihnen sagen, und was. Sie hat uns bei dieser wildfremden Frau beschimpft und diffamiert. Wenn Sie Bettina finden, dann richten Sie ihr aus, dass sie hier kein Zuhause mehr hat. Das war's. Bitte verlassen Sie jetzt mein Haus.«

»Können Sie mir den Namen der Zeugin nennen, Frau Füllkrug?«, fragte Rica ungeachtet des Rauswurfs.

»Ich weiß ihn nicht mehr ...«

»Schluss jetzt!«, sagte Füllkrug, schlug auf den Tisch und erhob sich.

Jan konnte sehen, wie seine Frau zusammenzuckte und die Schultern einzog, und ihm kam ein Verdacht, der seinen Puls sofort in die Höhe trieb. Er hatte Lust, Füllkrug zur Ordnung zu rufen, ihn auf seinen Stuhl zurückzudrücken, ihm zu drohen, doch Jan wusste, wenn er das tat, würde es der Frau übel ergehen, sobald sie das Haus verlassen hatten. Vielleicht täuschte er sich, aber der Eindruck, hier einen Mann vor sich zu haben, der seine Frau schlug, war frappierend.

»Lassen Sie Ihre Frau doch ausreden«, sagte Jan und stand ebenfalls auf.

»Sie sollen gehen«, forderte Füllkrug ein zweites Mal. »Oder muss ich mich bei diesem Verein, für den Sie arbeiten, über Sie beschweren?«

»Frau Füllkrug, benötigen Sie Hilfe?«, fragte Jan und wandte sich der Frau zu.

»Was fällt Ihnen ein!«, polterte Füllkrug.

Seine Frau saß da, starrte ihre Hände an, die wieder still lagen, und schüttelte langsam den Kopf.

Es hatte keinen Sinn, die Situation eskalieren zu lassen. Jan und Rica verließen das Haus der Füllkrugs. Draußen auf der Straße atmeten beide erst einmal tief durch.

»Ich bekam kaum Luft da drinnen«, sagte Rica. »Der Mistkerl schlägt sie, oder?«

»Möglich. Aber daran werden wir nichts ändern. Auch wenn ich es gern täte.«

Rica nahm seine Hand und sah ihn an. »Ich weiß ... Es ist, wie es ist. Deine Reaktion war gut.«

Jan schüttelte unwillig den Kopf. »Vielleicht sollte ich noch mal reingehen und mit ihm reden. Aus der Nähe!«

»Nein, lass uns fahren. Wir helfen der Familie mehr, wenn wir beweisen, dass Bettina nicht einfach abgehauen ist.«

»Die Aussage der Zeugin klingt aber, als sei das Mädchen wirklich abgehauen … und bei diesem Vater kann ich mir das gut vorstellen.«

»Jetzt klingst du wie Opa Horst an der Tankstelle.«

»Stimmt … entschuldige.«

»Vielleicht können wir mit dieser Zeugin reden«, schlug Rica vor.

»Dazu müssten wir sie erst mal finden.«

»Hallo …«

Die dünne Stimme kam vom Haus der Füllkrugs.

Dort tauchte Simone Füllkrug im Schein der kleinen Lampe auf, die Arme um den Körper geschlungen, gebeugt, verhärmt, vom Leben gezeichnet.

Sie kam vor bis zur Gartenpforte.

»Mein Mann … er ist nicht so, wie es den Anschein hat.«

»Das hoffe ich für Sie«, sagte Jan.

»Dieses Altenheim in Bremen … Residenz Waldesruh … dort wollte sich die Frau bewerben, bei der Bettina mitgefahren ist.«

»Okay, vielen Dank. Wir werden uns darum kümmern.«

»Wir brauchen Gewissheit, verstehen Sie? Nichts anderes kann uns retten.«

Der flehentliche Blick der Frau fuhr Jan tief in den Bauch.

»Die sollen Sie bekommen.«

10.

»Was wolltest du in der Schule?«

Maja Fischer spürte ihre Stimme zittern und wusste, das kam von der mühsam unterdrückten Wut.

Ihre Mutter stand am Herd und war damit beschäftigt, das Abendessen vorzubereiten. In dem kleinen Radio auf dem Kühlschrank war ihr Lieblingssender eingestellt und spielte einen alten Titel von Cher. Immer wenn er lief, tanzte Jördis Fischer, egal, was sie sonst gerade tat. Sie so fröhlich und aufgedreht zu sehen gab Maja den Rest, und entgegen ihrer vorherigen Entscheidung, die Sache nicht anzusprechen, tat sie es jetzt doch.

Ihre Mutter hielt nicht einmal inne, zu der Musik aus den Achtzigern mit dem Hintern zu wackeln.

»Ja, war ich«, rief sie gegen Musik und Dunstabzugshaube an. »Eine nette Lehrerin, die Frau Lessing. Hat sie dir erzählt, dass wir miteinander gesprochen haben?«

»Ja, hat sie«, sagte Maja mit gepresster Stimme und wunderte sich, warum ihre Mutter das heraufziehende Unheil nicht einmal bemerkte, wo sich ihr doch der Magen umdrehte vor Wut.

»Spionierst du mir jetzt auch noch nach?«, schob sie hinterher.

»Was?«

Ihre Mutter schien den Vorwurf in dem Sammelsurium aus Lärm nicht gehört zu haben.

Maja schaltete das Radio aus.

»Hey, lass das an, ich liebe …«

Sie drehte sich zu Maja um, den Kochlöffel noch in der Hand, mit dem sie in der argentinischen Tomatensuppe gerührt hatte, und endlich hörte sie zu tanzen auf. Ihr fröhlicher Gesichtsausdruck verwandelte sich in einen besorgten.

»Hey, was ist denn?«

Maja standen vor Wut und Verzweiflung die Tränen in den Augen. Das ärgerte sie noch mehr. Sie wollte vor ihrer Mutter nicht heulen, wollte stark und erwachsen sein und ihr zeigen, dass sie nicht länger auf sie angewiesen war.

»Ich habe gefragt, ob du mir jetzt auch noch hinterherspionierst!«

Jördis Fischer steckte den Löffel in den Topf und regelte die Hitze der Kochplatte herunter, dann wandte sie sich Maja zu und schüttelte den Kopf. »Das würde ich nie tun. Ich wollte einfach nur hören, ob es dir an der Schule gut geht.«

»Warum fragst du nicht einfach mich?«

»Weil du kaum noch mit mir sprichst.«

»Du sprichst ja auch nicht mit mir. Entscheidest alles über meinen Kopf hinweg wie bei einem kleinen Kind. Das bin ich aber nicht mehr, kapier das endlich!«

Maja war zu laut geworden, das merkte sie selbst, aber es lag nicht in ihrer Macht, leiser zu sprechen. Dafür war sie viel zu aufgewühlt. Sie sah die Traurigkeit im Blick ihrer Mutter, aber auch das konnte sie nicht beruhigen.

»Liebes, bitte, lass uns nicht wieder streiten ...«, begann Jördis.

»Ich will zurück!«, schrie Maja ihre Wut hinaus.

Ihre Mutter schüttelte den Kopf. »Das geht nicht, das musst du verstehen.«

»Einen Scheiß muss ich! Du schleppst mich in dieses elende Kaff, reißt mich von meinen Freunden weg, wirst jeden Tag glücklicher, während ich hier vor die Hunde gehe ... Wie wäre es, wenn du mal an mich denkst, statt hier herumzutanzen und die Männer anzumachen?«

Jördis schüttelte den Kopf, trat einen Schritt auf Maja zu und streckte beide Hände nach ihrer Tochter aus.

»Ich denke immer an dich, glaub mir. Komm her, lass uns in Ruhe darüber reden, so wie früher.«

Energisch schüttelte Maja den Kopf und wich einen Schritt zurück. Etwas zu hastig. Sie stieß gegen den Tisch, der ein wenig wacklig war, und ein Glas, das dort bereits für das Abendessen stand, fiel herunter und zerplatzte auf dem Fliesenboden.

Ihre Mutter erschrak, sie selbst aber auch, und für einen kurzen Moment wusste Maja weder, was sie hier tat, noch, wohin das führen sollte. Sie fühlte sich zerrissen und orientierungslos, und ihre Seele schrie nach Hilfe.

Dann sah sie ihre Mutter an und begegnete einem Blick, der alles zunichtemachte. Ihre Mutter hatte Angst! Vor ihr! Zerbrochenes Geschirr und Glas hatte es in der Vergangenheit immer wieder gegeben, wenn Mama und Papa sich stritten, meistens hatte Papa es ganz bewusst und absichtlich geworfen, oft genug auch zielgerichtet nach seiner Frau.

Und jetzt sah ihre eigene Mutter in ihr dasselbe wie in ihrem Vater, und es machte ihr Angst.

Maja schämte sich in Grund und Boden, und diese Scham war noch intensiver als ihre Wut. Sie machte auf dem Absatz kehrt und rannte aus der Küche. Hinauf in ihr Zimmer, wo sie sich Jacke und Tasche schnappte, und wieder hinunter zu Haustür.

In der geöffneten Tür verharrte Maja für einen Moment.

Ihre Mutter rührte sich nicht. Rief nicht nach ihr. Bat sie nicht, zu bleiben.

Maja trat in den Abend hinaus und zog die Tür hinter sich zu. Die ersten Schritte bis zur Straße ging sie in normalem

Tempo, doch dann befahl ihr Körper ihr, zu rennen. Also rannte sie. So schnell sie konnte. Die kalte Abendluft schlug ihr entgegen, Atemwolken stiegen vor ihrem Gesicht auf, ihre Füße flogen nur so über den Asphalt. Schon bald brannten ihre Lunge und ihre Oberschenkel, aber Maja konnte sich nicht stoppen, sie lief und lief, bis ihr Zwerchfell schmerzhafte Stiche in ihren Brustkorb sandte.

Nachdem sie zehn Minuten gerannt war, stoppte Maja aus vollem Lauf. Der Schmerz war so heftig, dass sie sich vornüberbeugen und die Luft anhalten musste, und plötzlich stülpte sich ihr Magen um, und das bisschen, was sich darin befand, schoss heiß ihre Speiseröhre empor.

Maja übergab sich neben einer Werbetafel für die Sixt-Autovermietung, und als ihr Magen nichts mehr hergab, flossen endlich die Tränen. Ihr salziger Geschmack vermischte sich auf ihren Lippen mit dem ihres Mageninhalts, und sie hatte nichts dabei, um sich den Mund abzuwischen.

Von einem Moment auf den anderen schwach und kraftlos, wankte sie von der Lache ihres Erbrochenen fort. Wie in Trance stolperte sie weiter und fand sich bald in der Nähe ihrer Schule wieder. Erst als sie die Bushaltestelle sah, die auch um diese Zeit noch beleuchtet war, obwohl die Schule längst verwaist war, wurde ihr bewusst, dass sie mindestens weitere zehn Minuten gegangen sein musste. Zehn Minuten, an die sie sich nicht erinnern konnte.

Müde ließ Maja sich auf eine Bank in dem verglasten Wartehäuschen sinken.

Mit zitternden Fingern holte sie ihr Handy hervor, öffnete WhatsApp und schrieb an Peer, ihren Seelenverwandten.

»Bist du da? Ich brauche deine Hilfe ...«

Er antwortete sofort.

11.

Jan tigerte auf dem Bürgersteig auf und ab. Während er telefonierte, gestikulierte er wild mit der freien Hand. Rica betrachtete ihn von der anderen Straßenseite aus, wo sie aus dem Parkautomaten ein Ticket zog, das bis morgen neun Uhr galt. Sie konnte sich ein Grinsen nicht verkneifen. Ein Fremder würde meinen, bei Jan ginge es gerade um Leben und Tod, dabei rief er nur ihren Nachbarn in Hammertal an, Norbert, um ihn darum zu bitten, einmal zum Hof hinaufzufahren und nach Ragna zu schauen.

Natürlich brauchte Norbert, selbst Hundehalter, dafür genaueste Instruktionen und sollte möglichst ein Handyfoto als Beweis schießen, dass es Ragna gut ging. Norbert hatte schon häufiger nach Ragna geschaut und ihn auch gefüttert, er wusste also über alles Bescheid, nahm Jans ausführliche Anweisungen aber wahrscheinlich wie immer stoisch entgegen.

Eigentlich hatten Rica und Jan geplant, am späten Abend wieder zu Hause zu sein, doch das klappte nicht. Es war zu spät, um noch nach Bremen zu fahren und im Altenheim mit jemandem über die Zeugin zu sprechen, das musste bis zum nächsten Morgen warten. Deshalb hatten sie sich für ein Hotelzimmer in Kassel entschieden. Nach dem Besuch im Altenheim wollten sie sich möglichst mit Olav Thorn treffen, der ja in Bremen lebte, ob das klappte, stand allerdings noch in den Sternen, denn sie hatten ihn nicht erreichen können.

Rica legte das Ticket in den Wagen und nahm die Taschen mit den Kleinigkeiten, die sie im Supermarkt gekauft hatten. Zahnbürsten, Zahnpasta, Duschgel, eine Flasche Rotwein, eine

Tüte Kartoffelchips, einen Apfel und einen Schokoladenweihnachtsmann – ihr Abendessen für heute.

Auf eine kindliche Art freute Rica sich auf die Nacht im fremden Bett fernab der Gewohnheiten, die sich zu Hause entwickelt hatten.

Jan kam zu ihr herüber.

»Alles in Ordnung?«, fragte sie ihn lächelnd. »Geht es Ragna gut?«

»Norbert fährt gleich rauf und sieht nach. Er ruft dann noch mal an.«

Rica schlang den Arm um Jans Taille. »Ich bin sicher, Ragna wird es überleben. Er war schon häufiger eine Nacht allein.«

»Machst du dich lustig über mich?«

»Aber nein, auf keinen Fall! Komm, lass uns einchecken, ich will duschen und mit dir ins Bett.«

»Bist du müde?«

»Das habe ich nicht gesagt!«

Sie checkten bei einem wortkargen Rezeptionisten ein und fuhren mit dem Fahrstuhl in die dritte Etage. Im Fahrstuhl drängte Rica Jan gegen die Wand, zog ihn zu sich herunter und küsste ihn. Nicht einfach so, sondern leidenschaftlich, er sollte spüren, was sie wollte.

Jan packte sie am Hintern und zog sie zu sich hinauf.

Leider kam der Fahrstuhl in diesem Moment in der dritten Etage an, und sie mussten aussteigen. Rica nahm seine Hand, führte ihn auf Zimmer 302 zu und schloss auf.

Das Zimmer war klein und geschmacklos eingerichtet, aber das Bett war groß genug, die Dusche auch.

»Wie wäre es mit einer gemeinsamen Dusche?«, fragte sie. »Zum Warmwerden. Dann fickst du mich auf diesem Bett, und danach trinken wir Wein aus der Flasche und krümeln das Bett mit Schokolade voll.«

Jans Blick war Antwort genug.

In null Komma nichts waren sie aus den Klamotten und seiften sich gegenseitig mit dem neuen, nach Limonen duftenden Duschgel ein. Das Aufwärmen nicht zum Hauptakt eskalieren zu lassen war beinahe unmöglich, und so landeten sie mit nassem Haar und feuchter Haut auf dem Bett, weil keine Zeit mehr blieb zum Abtrocknen. Rica setzte sich auf ihn und …

Jans Handy klingelte. Es lag auf dem kleinen Nachtschrank neben dem Bett.

Sie starrten einander an, Ricas Augen wurden zu schmalen Schlitzen. Sie nahm ihn in die Hand.

»Wehe, du gehst ran!«

»Das ist Norbert. Wegen Ragna«, bettelte Jan.

»Ich weiß … und du hast nur eine Chance: Wenn du ans Handy kommst, ohne dich wegzubewegen.«

Rica hielt ihn fest und ließ ihre Hand auf und ab gleiten, während Jan sich reckte und streckte, um an sein Handy zu gelangen. Er schaffte es gerade so und bedankte sich bei Norbert mit gepresster Stimme, durchsetzt von einem Schmerzenslaut, als Rica fester zudrückte.

Danach warf Jan das Handy zu Boden, und es gab kein Halten mehr.

Später lagen sie verschwitzt und außer Atem neben- und übereinander, und Rica genoss, wie ihr Herz raste und die überwältigenden Empfindungen für ihren Mann alle anderen Erfahrungen auslöschten, die sie mit einer ganz anderen Sorte Männern hatte machen müssen – zumindest für den Moment.

Jans Herz schlug dumpf und ruhiger werdend in seiner Brust. Er sprach nicht, wenn er gekommen war, das tat er nie, aber das war für Rica in Ordnung. Es brauchte keine Worte, um zu wissen, wie glücklich er in diesem Moment war.

»Durst?«, fragte Rica nach einer Weile.

»Wie ein Tier.«

Sie krabbelte aus dem Bett und zog die Weinflasche aus der Einkaufstüte. Da sie eine Flasche mit Drehverschluss gewählt hatten, war sie schnell geöffnet. Den ersten Schluck nahm Rica. Der Wein war warm und viel zu süß, aber nichts davon spielte eine Rolle.

Sie betrachtete Jans Kehlkopf, als er gierig aus der Flasche trank, und spürte den Wunsch, erneut über ihn herzufallen.

»Lass mir etwas übrig«, sagte Rica mit rauer Stimme.

Jan gab ihr die Flasche wieder, machte sich auf die Suche nach dem Weihnachtsmann und zerschlug ihn an der Kante des Nachtschranks.

Rica fror ein wenig, raffte die Decke um ihren Körper und schmiegte sich an ihren Mann. Er fütterte sie mit kleinen Stücken des getöteten Weihnachtsmanns, die größeren nahm er sich selbst.

»Sollten wir öfter machen«, sagte Rica mit vollem Mund.

»Schokolade und billigen süßen Wein im Bett?«

»Ja, aber immer nur nach dem Sex.«

»Von mir aus gern.«

»Jetzt will ich die Chips.«

Jan holte sie.

Wenige Minuten später war die Tüte leer, und sie ließen sich erschöpft und satt in die Kissen sinken. Rica spürte, wie der Wein ihr den Kopf schwer machte.

»Das war gruselig bei Bettinas Eltern«, sagte Jan irgendwann.

»Kein fröhlicher Ort.«

»Kann man sich vorstellen, dass Ansgar keinen Kontakt hatte.«

»Kann man? Auch bei so wichtigen Dingen wie der Suche nach der Tochter nicht?«

»Wir wissen nicht, wie tief der Graben war. Ansgar hat nicht daran geglaubt, dass seine Schwester fortgelaufen ist.«

»Was glauben denn wir?«

»Ist beides drin, denke ich.«

»Wenn die Zeugin glaubhaft ist, muss Bettina freiwillig gegangen sein.«

»Gut möglich, bei den Eltern. Aber in dem Fall muss ihr danach etwas zugestoßen sein. Sonst hätte Ansgar nicht nach ihr gesucht.«

»Du glaubst nicht, dass er selbst darin verstrickt ist?«

Jan schüttelte den Kopf. »Nicht als Täter, nein.«

»Warum war er dann bei den Eidingers?«

»Um sie zu warnen? Weil er wusste, was passieren würde? Ich verstehe es auch noch nicht. Es muss etwas mit dem Umzug zu tun haben.«

»Der Freund aus dem Internet?«

»Halte ich für plausibel. Schau doch mal nach, ob sich einer der Kandidaten gemeldet hat, denen du eine Nachricht geschrieben hast. Wie hießen die noch?«

»LostinSpace, Ghostwhisperer, Einsameeer und Ziel18.« Rica gähnte. »Würde ich ja gerne machen, aber mir fallen die Augen zu … der Wein …«

Jan küsste sie. »Nicht der Wein. Dein Mann.«

»Bild dir nichts ein, dafür bist du zu alt.«

»Ja, aber ich hab's immer noch drauf.«

»Echt?«

»Sag's mir, oder ich stelle es sofort noch einmal unter Beweis.«

Rica sagte es ihm nicht, ließ es ihn unter Beweis stellen.

So müde konnte sie gar nicht sein, darauf zu verzichten.

12.

Für die traditionellen Halušky hatte Zedník alles dagehabt: Kartoffeln, Mehl und Salz und als Beilage Sauerkraut aus der Dose. Er mochte die Nocken lieber mit Schafskäse, aber den gab es eben nicht in der Hütte im Wald.

Jetzt war er pappsatt, denn er hatte mehr gegessen, als gut für ihn war, trotzdem war noch etwas übrig. Das Mädchen hatte gegessen wie ein Spatz, und er hatte sie füttern müssen, Löffel für Löffel. Sie war apathisch, sprach nicht, saß einfach nur da, starrte vor sich hin.

Eine Viertelstunde nach dem Essen was sie wieder eingeschlafen.

Zedník nahm das grobe Seil, um das Mädchen zu fesseln. Doch da wachte sie auf und entwickelte eine unbändige Energie. Sie wehrte sich, schlug um sich, trat mit den Beinen aus und schrie. Er hatte alle Hände voll damit zu tun, nicht von ihren Tritten und Schlägen getroffen zu werden, schließlich musste er sogar von ihr ablassen. Ihrer schrillen Schreie wegen machte er sich keine Sorgen, die würde hier draußen niemand hören, aber er konnte sie nicht einfach so hier liegen lassen, wenn er sich auf den Weg machte.

Als er wieder versuchte, sie zu packen, ging der Tanz von vorn los, und er verlor die Nerven. Schlug ihr mit der Faust ins Gesicht. Einmal und dann noch einmal etwas fester, damit es Wirkung zeigte. Blut schoss ihr aus der Nase, sie kippte nach hinten gegen die Wand und verlor das Bewusstsein.

Endlich konnte er sie in Ruhe fesseln, und wo er schon einmal dabei war, knebelte er sie auch noch.

Schließlich trat Zedník von dem gut verschnürten Paket zurück, betrachtete es und fragte sich abermals, ob es nicht einfacher wäre, sie zu töten. Niemand würde es je erfahren, wenn er sie in den Wäldern vergrub.

Er verschob die Entscheidung, ging zu der Waschschüssel hinüber und wusch sich ihr Blut von den Händen. Dann kippte er das schmutzige Wasser nach draußen vor die Tür. Wenige Minuten später hatte er sich angezogen, verließ die Hütte, verriegelte die Tür und steckte den Schlüssel ein.

Bevor er sich auf den Weg machte, schaute er zum Himmel empor. Die Nacht war sternenklar. Es würde kalt werden, schon jetzt bildete sich vor seinem Gesicht eine Atemfahne. Gute Bedingungen für eine Wanderung durch den Wald, bei der er keine Taschenlampe benutzen würde.

Tausend Gedanken und Sorgen schossen Zedník durch den Kopf, während er dem Weg folgte, der nicht zu sehen, in seinem Kopf aber fest abgespeichert war. Gelegentlich musste er tief hängenden Ästen ausweichen oder über Wurzeln und Fuchslöcher hinwegsteigen. Dadurch wurde er immer wieder abgelenkt, und es gelang ihm nicht, sich auf die Wanderung und das Ziel zu konzentrieren.

Es barg ein Risiko, dorthin zu gehen.

Er musste äußerst vorsichtig sein.

Je länger Zedník wanderte, umso trauriger und melancholischer wurden seine Gedanken, und schließlich wünschte er sich in die Zeit zurück, als alles noch in Ordnung gewesen war. Damals, als die Tage gleichförmig und ohne Gewalt gewesen waren. Hätte er geahnt, welche Folgen es haben würde, nach mehr zu trachten, am Wandel und Wohlstand teilhaben zu wollen und sein Handwerk gering zu schätzen, er hätte es gelassen. Doch hatte man einmal einen Fuß auf diesen Weg gesetzt, gab es kein Zurück mehr.

Nach einer Stunde erreichte Zedník den Waldrand genau an der beabsichtigten Stelle. Nicht ein einziges Mal hatte er sich verlaufen oder nach dem Weg suchen müssen. Mit dieser Gegend war er verwachsen, und er fragte sich, ob er sich nicht einfach für den Rest seines Lebens hier verstecken sollte. Zusammen mit dem Mädchen vielleicht, damit er ein bisschen Freude hatte.

Aber nein, es war naiv zu glauben, dass sie ihn hier nicht finden würden. Bestimmt waren in diesem Moment Dutzende Menschen auf der Suche nach ihm, früher oder später würde einer von denen die richtige Fährte aufnehmen. Darauf musste er sich vorbereiten.

Vor ihm fiel das Gelände zum Ort hin ab. Die winterlich kurz gemähte Wiese bot keinerlei Schutz, und die Nacht war zu hell, man würde ihn von Weitem sehen können. Also folgte er dem Waldrand, solange es ging. Dann wechselte er über den Bach und schlich zwischen den Felsen hindurch bis zum Ackerrand. Dort blieb ihm nichts anderes übrig, als für fünfzig Meter auf jede Deckung zu verzichten. Davor fürchtete er sich. Minutenlang blieb er hinter dem letzten Felsen stehen und beobachtete die Umgebung. Von seiner Position aus konnte er bis zum Dorf hinunterblicken – und er sah auch das Haus, zu dem er unterwegs war.

Licht brannte darin.

Es zog ihn geradezu magisch an.

Doch er verlor den Mut, als er das Scheinwerferpaar entdeckte, das auf der schmalen Straße vom Dorf aus Richtung Haus fuhr. Der Wagen fuhr langsam, die Straße war schlecht und voller Schlaglöcher, er wusste das.

Angespannt behielt Zedník die Scheinwerfer im Auge.

Sie näherten sich dem Haus, bogen jedoch kurz davor nach rechts ab. Er wusste, dort gab es einen schmalen Forstweg, der

für den Verkehr gesperrt war. In diesem Forstweg blieb der Wagen stehen, die Innenbeleuchtung ging kurz an, jemand stieg aus, und Zedník glaubte, eine Person neben dem Wagen auf und ab gehen zu sehen, die vielleicht rauchte.
Henk!?
Zedník blieb im tiefen Schatten des Felsens stehen, bewegungslos und starr vor Angst.
Seine schlimmsten Befürchtungen erfüllten sich.
Sie waren längst hier!

KAPITEL 5

1.

Die Residenz Waldesruh in Bremen machte ihrem Namen keine Ehre. Der lang gestreckte, dreistöckige Neubau stand auf einem Grundstück, das sich am besten mit Brachland beschreiben ließ. Es wirkte so, als sei der Bau noch nicht allzu lange fertig und die Garten- und Landschaftsbauer erst fürs nächste Jahr bestellt. Der Wald war nur für die in Sichtweite, die gute Augen hatten.

Rica und Jan erreichten gegen elf Uhr den Parkplatz des Altenheims.

Sie waren früh aufgestanden und hatten für die Fahrt von Kassel nach Bremen bei guter Verkehrslage nur drei Stunden gebraucht. Einen Termin hatten sie nicht, denn sie wussten ja nicht einmal, wen sie in dieser Angelegenheit ansprechen sollten.

Das Atrium war großzügig und modern eingerichtet, ein riesiges Aquarium in der Mitte war der absolute Blickfang. Jan erinnerte es an den gestrigen Besuch bei den Füllkrugs. Er fragte sich, wie es der Frau jetzt ging. Und darüber hinaus, wie sie ihr Leben an der Seite ihres Mannes aushielt. Was ließ Frauen nur bei Männern bleiben, die sie schlugen, sie manipulierten, ihnen ihre Persönlichkeit nahmen? Jan hatte das nie verstanden. War es die Angst vor dem Alleinsein oder die Angst vor Vergeltung? Die allerdings konnte Jan nachvollziehen, hatte er doch am eigenen Leib erfahren, wozu gedemütigte Männer fähig waren. Solche Männer liebten nicht, sie besaßen, und ihr deformiertes Ego ließ es nicht zu, dass ihnen ihr Besitz genommen wurde. Für Jan gehörten sie in dieselbe Kategorie wie die Kaste der alten weißen Männer, die immer noch die Erde beherrschten.

An der Information angelangt, fragte Rica nach jemandem, mit dem sie in Personalangelegenheiten sprechen könnten. Die Dame mit Goldrandbrille und grellrot lackierten Nägeln sagte sofort und mit Blick auf Rica, dass sie zurzeit niemanden einstellten. Ihr Blick unter halb geschlossenen Lidern heraus ließ klar erkennen, wie sie Rica einstufte.

»Es geht um eine Beschwerde über Ihr Haus, und ich möchte jetzt sofort mit der zuständigen Person sprechen!«

Rica konnte nachdrücklich sein, wenn sie es wollte, und diese herablassende Haltung zwang sie geradezu dazu.

Die Dame verzog den Mund zu einer pikierten Schnute, telefonierte und erklärte ihnen dann den Weg zum Büro der zuständigen Mitarbeiterin.

Frau Klingworth empfing sie sofort.

Sie war ein ganz anderer Schlag Mensch als die Dame vorn am Empfang. Nicht halb so gestylt, aber doppelt so offen und herzlich.

»Ich hörte, es geht um eine Beschwerde? Wie kann ich Ihnen denn helfen? Bitte nehmen Sie doch Platz!«

In dem kleinen Büro gab es eine Sitzgruppe mit vier unbequemen Stühlen, dort ließen sie sich nieder. Rica übernahm es, Frau Klingworth über die wahren Gründe ihres Besuchs aufzuklären.

»Es tut uns leid, dass wir hier einfach unangemeldet auftauchen und uns mit dieser kleinen Notlüge Einlass verschaffen, aber es geht in diesem Fall um Leben und Tod von Bettina Füllkrug. Wenn wir sie noch finden wollen, dürfen wir keine Zeit verlieren.«

Jan beobachtete seine Frau, während sie sprach. Ihre onyxschwarzen Augen waren offen und ehrlich, so wie gestern

Nacht beim Sex. Sie ließ immer die Augen offen dabei, und Jan hatte sie einmal gefragt, ob das daran lag, dass sie immer noch nicht genug vertrauen konnte. Rica hatte den Kopf geschüttelt und ihn aufgeklärt. Es liegt daran, hatte sie mit rauer Stimme gesagt, dass ich immer die Augen geschlossen hatte, als ich zum Sex gezwungen wurde. Nie wieder will ich die Augen schließen und wegschauen, nie wieder. Ich will dich ansehen dabei, weil ich einen Mann sehe, der mich wieder vertrauen lässt.

Jan musste nur daran denken, und sein Magen zog sich schmerzhaft zusammen. Vor Liebe, Dankbarkeit und Angst. Angst davor, dass er lange nicht so vertrauenswürdig war, wie Rica glaubte. In ihm gab es Untiefen, die er selbst noch nicht ausgelotet hatte.

»Schon gut, ich verstehe Ihre Situation«, sagte Frau Klingworth und riss Jan aus seinen Gedanken. »Und natürlich erinnere ich mich an die Sache damals. Die Polizei hat mich ja dazu befragt, zum ersten Mal in meinem Leben … so etwas vergisst man nicht.«

»Wissen Sie noch, wer Sie befragt hat?«, fragte Jan.

»Nicht namentlich. Es war eine sehr junge Beamtin. Sie wollte wissen, ob die Zeugin hier gewesen sei. Datum und Zeit und so weiter.«

»Wie hieß die Bewerberin?«, hakte Jan nach.

Frau Klingworth schüttelte den Kopf. »Bedaure, das unterliegt dem Datenschutz.«

»Wurde die Frau von Ihnen eingestellt?«, fragte Rica.

»Nein. Zu dem Zeitpunkt hatten wir gerade wegen der Fertigstellung und Inbetriebnahme der Einrichtung eine Personaloffensive hinter uns. Printmedien, Flyer, Plakate, was man heute so macht, um Personal zu bekommen. Wir hatten Glück, es haben sich genug Bewerber gemeldet. Außerdem … na ja, sie passte nicht ins Profil.«

»Warum nicht?«

»Zum einen wegen ihres Alters ...«

»Wie alt ist sie denn?«

»Neunundfünfzig. Die Zeit bis zum Renteneintritt ist einfach zu kurz.«

»Aber das hätten Sie doch schon den Bewerbungsunterlagen entnehmen können.«

Frau Klingworth schüttelte den Kopf. »Nein, nein, es handelte sich um eine Initiativbewerbung. Die Frau war ohne Voranmeldung und aus eigenem Antrieb hier vorstellig geworden. Sie war wohl durch die Werbekampagne auf uns aufmerksam geworden ... Und es war ja auch nicht nur das Alter ...«

»Sondern?«

»Die fehlende Qualifikation. Sie hatte nur einen dieser Schnellkurse in Altenpflege besucht, wie sie in Tschechien angeboten werden ... ein bisschen wenig für unsere Ansprüche.«

»In Tschechien?«, fragte Jan nach.

»Ja, richtig. Sie kommt aus Tschechien.«

»Sie lebt nicht in Deutschland?«

»Soweit ich weiß, nicht. Ich meine, sie sprach einigermaßen gutes Deutsch, aber sie sagte, sie sei extra für die Bewerbung angereist.«

»Haben Sie die Adresse?«

»Wir bewahren keine Unterlagen von Personen auf, die wir nicht eingestellt haben. Aber selbst wenn ich sie hätte, dürfte ich sie Ihnen nicht aushändigen. So etwas unterliegt ebenfalls dem Datenschutz ... und Sie sind ja nicht von der Polizei.«

»Aber wir versuchen, der Familie Füllkrug zu helfen, ihre Tochter zurückzubekommen«, wandte Jan ein.

»Tut mir leid, da bin ich an die Vorschriften gebunden. Und wie gesagt, wir haben die Adresse sowieso nicht.«

Rica und Jan bedankten sich bei Frau Klingworth und wollten aufbrechen, als die Leiterin der Personalabteilung selbst eine Frage stellte: »Sie beiden sind ein ungewöhnliches Paar ... Darf ich fragen, wie Sie sich kennengelernt haben?«

»Was meinen Sie mit ungewöhnlich?«, fragte Rica.

»Verstehen Sie mich nicht falsch, es geht mir nicht um Ihr Äußeres. Aber sie haben sich als Ehepaar vorgestellt, zugleich aber auch als Privatermittler ... Tut mir leid, ich bin zu neugierig.«

»Nein, nein, schon gut«, sagte Rica und berührte die wesentlich ältere Frau am Unterarm. »Jan war Polizist, als wir uns kennenlernten. Er hat mich vor einer Menschenhändler-Organisation gerettet, die Frauen wie mich weltweit verkauft und zur Prostitution zwingt.«

Bei dieser ehrlichen Auskunft musste nicht nur Frau Klingworth schlucken. Jan wunderte sich über Ricas brutale Offenheit einer Fremden gegenüber. Dieser Fall schien etwas mit Rica zu machen. Er musste aufpassen, wusste er doch selbst am besten, was passieren konnte, wenn man einen gewissen Abstand nicht mehr wahrte.

»Er hat mir das Leben gerettet«, fuhr Rica fort. »Und das nutze ich zusammen mit Jan dazu, gegen diese Art von Sklaverei zu kämpfen.«

Damit wandte Rica sich ab und wollte das Büro verlassen.

»Moment«, rief Frau Klingworth. »Toma. Die Bewerberin heißt Romina Toma. Ich kann mich so gut an den Namen erinnern, weil er so schön klingt, finden Sie nicht?«

»Das tut er«, antwortete Rica. »Aber Klingworth klingt noch viel schöner. Vielen Dank für Ihre Hilfe.«

»Die Adresse habe ich wirklich nicht, aber vielleicht hilft es ja, das arme Mädchen zu finden. Viel Glück.«

Sie verließen das Altenheim.

»Tschechien«, sagte Jan, kaum dass sie bei ihrem Wagen angelangt waren. »Auffällige Fahrzeuge an der Tankstelle in Taubenheim, wobei man sich dort mit dem Kennzeichen getäuscht haben könnte. Der Rentner auf dem Campingplatz hat Ansgar Füllkrug tschechische Karten studieren sehen. Eine Zeugin, die für eine Bewerbung aus Tschechien angereist ist und eine entscheidende Aussage im Fall Bettina Füllkrug macht.«

»Überall Hinweise, die nach Osteuropa führen«, fasste Rica zusammen.

»Ja, und Füllkrug hat das auch entdeckt und dort irgendetwas oder irgendjemanden gesucht. Vielleicht den Aufenthaltsort seiner Schwester.«

»Fühlt sich nach einer heißen Spur an.«

»Wir brauchen unbedingt die Adresse dieser Zeugin. Die Polizei muss sie ja haben.«

Jan sah auf seine Armbanduhr. »In einer Stunde treffen wir uns mit Olav. Wir sollten ihn noch einmal anrufen, vielleicht kann er bis dahin die Adresse herausfinden.«

Sie stiegen ein. Rica zog ihr Handy hervor.

Olav nahm sofort ab.

»Ich hab dich auf Lautsprecher gestellt«, sagte Rica nach der Begrüßung. »Jan sitzt neben mir.«

»Ihr könnt es wohl nicht abwarten. Oder ist euch etwas dazwischengekommen?«

»Nein, nein, es bleibt bei dem Essen, wir freuen uns schon darauf. Ich rufe aus folgendem Grund an.«

Rica erklärte Olav, was sie gerade erfahren hatten.

»Wir brauchen unbedingt die Wohnadresse dieser Zeugin. Kannst du uns weiterhelfen?«

»Rica, Liebe meines Lebens«, witzelte Olav. »Du weißt, ich tue alles für dich, auch wenn ich dafür das Gesetz übertreten muss. Ich schau sofort nach.«

»Du bist ein Schatz!«

»Und noch immer Single. Nur für den Fall, dass Jan dir zu langweilig wird.«

»Hey!«, mischte sich Jan ein. »Darf ich dich daran erinnern, dass ich an der Rettung deines knochigen Arsches nicht ganz unbeteiligt war?«

»Ach herrje, er ist empfindlich. Ich mach lieber Schluss.«

Sie verabschiedeten sich voneinander.

Einen Moment saßen Jan und Rica schweigend nebeneinander.

»Ich glaube, ich weiß, was du denkst«, sagte Jan schließlich.

»Ja, wahrscheinlich.«

»Macht es dir Angst?«

»Wegen der Mädchen, ja. Nicht wegen mir. Wenn es hier um Menschenhandel geht, sehe ich keine guten Chancen, dass wir Leila oder Bettina finden.«

»Du würdest es mir aber sagen, wenn du in dieser Sache lieber nicht an der Front mitmischen willst, oder?« Jan sah seine Frau an, suchte nach Emotionen in ihren Augen, doch diesmal ließ sie ihn an der schwarzen Lackschicht darauf abprallen.

»Es sind doch genau diese Fälle, für die ich arbeite.« Sie klang fast ein bisschen wütend.

»Ich meine ja nur ... ich könnte es verstehen.«

»Keine Chance. Ich bin dabei.«

Ein kurzer Blickkontakt genügte, um ihr zu zeigen, wie stolz Jan auf seine Frau war. Worte brauchte es dafür nicht.

»Und jetzt sehe ich nach, was unsere einsamen Jungs machen«, sagte Rica und ging mit ihrem Handy online.

»Ach, schau an, drei haben geantwortet.«

Rica zeigte ihm das Display. Die Antworten von LostinSpace, Ghostwhisperer und Einsameeer ähnelten sich. Sie zeigten Interesse und Mitleid, boten Tipps und Hilfe an, wobei LostinSpace und Ghostwhisperer ganz offensiv nach dem Alter und Wohnort von Rica fragten. Einsameeer tat das nicht. Seine Antwort war zurückhaltender und auch von der Art her anders. Satzbau und Grammatik stimmten, Groß- und Kleinschreibung auch.

Rica schrieb ihnen zurück. Gab sich naiv und offenherzig, hielt aber mit ihrem Wohnort hinter dem Berg, versuchte stattdessen, herauszufinden, woher ihre Gesprächspartner kamen.

»Sobald ich Zeit habe, finde ich ihre IP-Adressen heraus. Vielleicht kann Olav uns dann noch einmal helfen mit den Wohnorten und Handynummern«, sagte sie schließlich.

»Es könnte sich lohnen. Immerhin hatten sie Kontakt zu Leila Eidinger«, meinte Jan. »Aber was ist mit Ziel18? Warum antwortet er dir nicht?«

»Keine Ahnung. Ich habe noch eine andere Idee. Bei Wobinich laufen eine Menge Unterhaltungen zum Thema Umzug, ich hab hier zehn weitere Namen, die ständig mit unseren vier Kandidaten kommuniziert haben. Klingt alles nach Jugendlichen, die Probleme mit ihrem Umzug haben. Vielleicht lohnt es sich, diese im Auge zu behalten. Hier, bei Wobinich und auf den gängigen Suchseiten bei Facebook wie zum Beispiel Amber alert.«

»Du meinst, falls noch jemand aus diesem Personenkreis verschwindet?«

Rica nickte. »Schaden kann es nicht.«

2.

Jördis Fischer hatte die furchtbarste Nacht ihres Lebens hinter sich.

Nachdem Maja in ihrer entsetzlichen und ungerechten Wut das Haus verlassen hatte, war die Zeit für Jördis stehen geblieben. Minutenlang stand sie einfach nur da, am ganzen Körper zitternd, den Blick auf die Scherben am Boden gerichtet, unfähig, irgendetwas zu tun. Erst nach einer Viertelstunde hatte sie sich aus dieser Schockstarre befreien können. Sie war vors Haus gelaufen, um nach ihrer Tochter Ausschau zu halten, hatte sie aber nicht finden können. Mehrere Anrufe auf Majas Handy waren unbeantwortet geblieben. Schließlich hatte Jördis sich angezogen und auf die Suche gemacht.

Vergeblich.

Maja war nirgends zu finden gewesen.

In diesen schlimmen Stunden hatte Jördis erst so richtig begriffen, was es bedeutete, an einem fremden Ort zu leben. Da waren keine Menschen, die sie um Hilfe bitten konnte. Keine Freunde, keine Verwandten, keine Eltern. Dieses Sicherheitsnetz aus Menschen hatte sie hinter sich gelassen, ohne darüber nachzudenken, wie wichtig es war.

Gegen zwei Uhr nachts war Jördis erschöpft ins Haus zurückgekehrt. In ein stilles, kaltes, lebloses Haus, das ihr wie ein Grab vorgekommen war. Sie war in ihrer Kleidung auf der Couch eingeschlafen und erst gegen acht erwacht. Nach einer Dusche und Dutzenden vergeblichen Versuchen, ihre Tochter zu erreichen, machte Jördis Fischer sich auf den Weg zur Schule.

Sie war sich sicher gewesen, ihre Tochter dort anzutreffen. Doch Maja war nicht da. Niemand hatte sie gesehen.

Die Angst, die Jördis in diesem Moment gepackt hatte, war unbeschreiblich, und weil sie sich nicht mehr anders zu helfen wusste, entschied sie, zur Polizei zu gehen. Der Fußweg von der Schule zu der kleinen Polizeiwache in einem Anbau neben der freiwilligen Feuerwehr dauerte zwanzig Minuten.

Verschwitzt, verängstigt und voller Schuldgefühle trat sie vor den diensthabenden Beamten. Ein beleibter, gemütlich wirkender Mann, dessen Ausstrahlung allein schon die Seele beruhigen konnte, aber bei Jördis funktionierte es an diesem Morgen nicht.

»Meine Tochter … sie ist verschwunden.«

»Was ist denn passiert?«, fragte der Beamte.

»Sie hat gestern Abend das Haus verlassen und ist nicht zurückgekommen … Ich war gerade schon in der Schule, aber dort ist sie auch nicht. Können Sie nach ihr suchen? Bitte!«

»Sagen Sie mir doch erst einmal Ihren Namen«, bat der Beamte und nahm einen Kugelschreiber zur Hand.

»Jördis Fischer. Meine Tochter heißt Maja.«

»Ach, Sie sind das. Sie sind doch erst vor Kurzem nach Feldberg gezogen, nicht wahr?«

Es sollte Jördis nicht wundern, dass in einem solchen Kaff jeder alles wusste, tat es aber trotzdem.

»Ja, sind wir.«

»Und Ihre Tochter, Maja, hat sie ein Handy?«

»Natürlich, und ich habe oft genug versucht, sie zu erreichen, aber sie ist nicht rangegangen.«

»Wann hat Maja gestern Abend das Haus verlassen?«

»So gegen zwanzig Uhr.«

»Wohin wollte Maja?«

»Das … das weiß ich nicht. Wir hatten einen kleinen Streit.«

Der freundliche Beamte sah Jördis an, der Kugelschreiber kam zur Ruhe. »Einen Streit?«

Jördis nickte und presste die Lippen zusammen, um nicht in Tränen auszubrechen.

»Erzählen Sie mir davon«, forderte der Polizist sie auf, und weil Jördis unbedingt mit jemandem reden musste, ganz egal mit wem, und weil der Mann sie so einfühlsam ansah, platzte es aus ihr heraus, und sie erzählte ihm von ihren Problemen, die mit dem Umzug nach Feldberg nicht besser, sondern dramatischer geworden waren. Die Vorgeschichte mit ihrem prügelnden Ex-Mann umriss sie dabei nur kurz.

»Haben Sie Majas Vater angerufen?«, fragte der Beamte schließlich.

»Nein, aber da ist Maja nicht. Bitte, können Sie nicht nach ihr suchen? Ich bin mir sicher, ihr ist etwas passiert, sonst wäre sie doch wieder nach Hause gekommen.«

Der Beamte versuchte sich an einem zuversichtlichen Lächeln.

»Machen Sie sich keine Sorgen. Ihrer Tochter geht es bestimmt gut. Sie ist wütend und verwirrt, das kann man verstehen, wahrscheinlich braucht sie nur ein wenig Abstand und ist irgendwo untergekrochen. Bei Freunden vielleicht. Ich denke, bevor wir es offiziell machen, sollten Sie erst einmal überall herumtelefonieren.«

3.

Polizeikommissar Olav Thorn hatte ein Lied auf den Lippen, als er das Lokal in der Bremer Innenstadt betrat, in dem sie sich verabredet hatten. Olav hatte eigentlich immer ein fröhliches Lied auf den Lippen oder ein von ihm selbst verfasstes Gedicht, wenigstens aber freundliche Worte. Sein sonniges Gemüt war legendär, sein scharfer Verstand aber auch.

»Kommt mir bekannt vor«, sagte Jan zur Begrüßung, nachdem sie sich umarmt hatten, und meinte damit die Melodie, die Olav beim Hereinkommen gepfiffen hatte.

»Sollte es. Alles andere würde deine mangelhafte Bildung offenbaren. *Auld Lang Syne*. Die Hymne überhaupt an die guten alten Zeiten.«

»Wie passend«, sagte Rica, schob Jan beiseite und fiel Olav um den Hals. Da auch der Kommissar nicht gerade klein war, hingen ihre eins fünfzig für einen Moment in der Luft.

»Immer wieder schön, euch zu treffen«, sagte Olav, nachdem Rica sich von ihm gelöst hatte.

»Wie geht's dir?«, fragte Rica und hängte sich auf dem Weg zu dem reservierten Tisch bei ihm ein.

»So weit, so gut. Dank dir darf ich mich über jeden neuen Tag freuen.«

»Und die Liebe?«, fragte Rica.

Olav atmete scharf durch die Zähne ein. »Heikles Thema. Und noch viel zu früh, um drüber zu sprechen.«

»Also gibt es jemanden?«

»Wer weiß. Aber warum fragst du so hartnäckig? Bist du den groben Typen an deiner Seite langsam leid?«

»Er liebt seinen Hund mehr als mich.«

Olav schüttelte übertrieben entsetzt den Kopf. »Ein Kerl wie ein Baum und doch kein Traum. Drum nimm lieber mich, denn 'nen Hund hab ich nich'«, reimte Olav holprig.

Jan legte ihm einen Arm um die Schulter. »Und gleich auch keine Ohren mehr«, sagte er und zog kräftig an Olavs Ohrläppchen.

Sie setzten sich, bestellten und unterhielten sich ungezwungen.

Jan lenkte das Gespräch schließlich auf den Fall. »Hast du über diese Zeugin Romina Toma etwas herausfinden können?«

»Nicht viel. Sie lebt in Tschechien in der Nähe von Markt Eisenstein. Ihre Zeugenaussage im Fall der verschwundenen Bettina Füllkrug ist dokumentiert, es gibt keinen Grund, sie in Zweifel zu ziehen.«

»Hast du die genaue Adresse?«, fragte Rica.

Olav nannte sie ihr.

Sofort klappte Rica ihr Laptop auf. Sie hatte es immer dabei.

Olav machte ein fragendes Gesicht. »Ich dachte, wir essen gemütlich.«

»Essen und Recherchieren lassen sich wunderbar kombinieren«, sagte Rica, ohne vom Laptop aufzusehen.

»Herrje, jetzt reimt sie auch noch! Ich bin fasziniert!«, rief Olav.

»Unterbrich sie lieber nicht«, mischte sich Jan ein. »Diese Nerds werden echt unangenehm, wenn man sie nicht in Ruhe hacken lässt. Die lieben ihren PC mehr als ihre Männer … oder Hunde, wenn wir schon dabei sind.«

Rica warf Jan einen gespielt bösen Blick zu.

»Ja, ich seh schon«, sagte Olav. »Ihr Gesicht hat die grimmigen Züge von Klaus Kinski in ›Fitzcarraldo‹.«

»Wer ist Klaus Kinski?«, fragte Rica, während sie sich auf ihre Recherche konzentrierte.

Jan und Olav sahen einander grinsend an.

»Andere Generation«, sagte Jan schulterzuckend. »Hat mit Kino nicht viel am Hut.«

»Ja, aber mit dem Internet«, sagte Rica und drehte den Laptop zu den Männern um. »Ich bin rasch die Campingplätze in der Nähe von Markt Eisenstein durchgegangen«, erklärte sie. »In Tschechien gibt es kein richtiges Meldesystem, und ich habe dort nichts gefunden. Dann habe ich meine Suche erweitert und habe Ansgar Füllkrug gefunden.«

»Ach, schau an«, machte Jan.

»Ich verstehe nicht?«, sagte Olav.

Rica setzte ihn über Ansgar Füllkrugs Aufenthalte auf dem Campingplatz in der Nähe von Taubenheim in Kenntnis.

»Und hier war er auch. In der Nähe von Zwiesel.«

»Zwiesel?«

»Ja. Das liegt in Deutschland, ist aber nur zwanzig Minuten mit dem Wagen von Markt Eisenstein entfernt.«

»Und dort hat Füllkrug sich eingecheckt?«

Rica nickte. »Füllkrug war dort insgesamt viermal gemeldet, jeweils unterschiedlich lange.«

»Wie in Taubenheim«, führte Jan aus. »Er hat dort also nach etwas gesucht.«

»Wenn er nur mit der Zeugin Romina Toma hätte reden wollen, wäre ein Besuch ausreichend gewesen«, fügte Rica an. »Warum also war er häufiger dort?«

Bevor Olav antworten konnte, übernahm Jan: »Dafür kann es nur eine Erklärung geben. Er hat die Frau observiert. Aber warum?«

Rica antwortete ihm: »Vielleicht, weil er ihr nicht geglaubt hat, dass sie seine Schwester in Bremen gesehen hat?«

»Möglich«, sagte Jan nachdenklich. »Oder aber er hat dort etwas beobachtet, was ihm verdächtig vorkam.«

»Vielleicht. Aber er ist, zwei Wochen bevor Leila Eidinger verschwand, von dem Campingplatz in Zwiesel abgereist«, führte Rica aus.

Olav sah die beiden aus großen Augen an. Dem Kommissar war während der Unterhaltung nur die Statistenrolle geblieben.

»Braucht ihr mich noch, oder soll ich lieber gehen?«, sagte er jetzt und grinste. »Euch beide muss man einfach mal live erlebt haben.«

»Wieso?«, fragten Jan und Rica unisono.

»Ach, nur so«, winkte Olav ab. »Ihr glaubt also, Ansgar Füllkrug ist einer Spur gefolgt, die ihn direkt zu der zweiten Verschwundenen, Leila Eidinger, führte?«

»Genau«, antwortete Jan.

»Und deshalb musste er an dieser Raststätte sterben«, sagte Rica.

»Wenn es sich bei der Leiche in dem Wohnmobil um Füllkrug handelt«, warf Jan ein. »Weißt du da Genaueres?«

Olav schüttelte den Kopf. »Noch steht kein Name in der online verfügbaren Akte, und wenn ich bei Arthur König anrufe, schöpft er Verdacht.«

»Nee, das lass mal lieber«, winkte Jan ab. »Hoffen wir, dass diese Romina Toma uns weiterhelfen kann, die Zusammenhänge zu verstehen.«

»Vielleicht kann ich vorher noch ein bisschen mehr Verwirrung stiften«, sagte Olav.

Rica und Jan sahen ihn an und begriffen, dass der Kommissar noch weitere Informationen in petto hatte.

»Erzähl schon!«, forderte Rica ihn auf.

»Nach unserem Telefonat habe ich ein bisschen recherchiert, und mir ist ein weiterer Fall in die Hände geraten. Er ist schon etwas älter, drei Jahre. Melissa Rimkus. Fünfzehn zum Zeitpunkt ihres Verschwindens. Mit ihren Eltern war sie nach Magdeburg gezogen. Dort verschwand sie vier Tage nach dem Umzug.«

»Nicht dein Ernst«, stieß Jan aus.

»Oh doch. Ich bin darauf gestoßen, als ich unaufgeklärte Vermisstenfälle von Jugendlichen durchforstete. Davon gibt es eine Menge, und ich bin aus Zeitgründen nicht weit gekommen, zumal es kein Raster und keinen Suchbegriff gibt, der die Fälle auf Jugendliche einschränkt, die gerade umgezogen sind.«

»Du meinst also, es könnte noch mehr Fälle geben?«

Olav zuckte mit den Schultern. »Gut möglich. Wie es aussieht, seid ihr da mehr oder weniger durch Zufall auf eine größere Sache gestoßen. Und wenn ich mal ins Blaue hinein fabulieren sollte, würde ich sagen, wenn ein und dieselbe Person all diese Jugendlichen entführt hat, dann weiß sie, was sie tut. Sie verschwanden in verschiedenen Bundesländern, das erschwert die Ermittlungen, hinzu kommen die Umstände des Verschwindens. Jugendliche, die mit dem Umzug der Eltern nicht einverstanden sind, in deren Familien es deswegen Streit gab, die vielleicht gedroht haben, abzuhauen – im Fall von Melissa Rimkus war es laut Aktenlage so. Da denkst du als Polizist nicht gleich an ein Verbrechen.«

»Hatte sie einen Freund?«, fragte Rica.

»Melissa? Ich weiß es nicht. Warum fragst du?«

Rica erzählte Olav von den Themengruppen bei Facebook und WhatsApp und der Verbindung zu Leila Eidinger.

Olav rieb sich nachdenklich das Kinn. »Hm ... könnte eine Möglichkeit sein, wie der Täter diese Jugendlichen überhaupt findet.«

»Es ist die Möglichkeit schlechthin, deshalb haben wir uns gefragt, ob du uns noch einmal helfen kannst«, sagte Rica.

Olav hob die rechte Augenbraue. »Ich ahne, was kommt.«

»Ich bekomme die IP-Adressen der Teilnehmer dieses Forums heraus, kein Problem«, sagte Rica. »Aber wie du ja weißt, dürfen nur die Rechtsorgane eines Landes eine Adresszuordnung vom Provider beantragen.«

»Und wie du ja weißt, braucht es dafür eine richterliche Anordnung, und dafür muss eine Straftat vorliegen – was hier nicht der Fall ist.«

Rica schenkte Olav ein breites Lächeln. »Ich weiß. Und nur weil ich dir das Leben gerettet habe, musst du dich zu nichts verpflichtet fühlen.«

»Ich habe noch nie jemanden so bezaubernd das eine sagen und das andere meinen hören … Ich schaue, was ich tun kann, aber versprechen kann ich euch nichts.«

»Das erwarten wir auch nicht«, sagte Jan.

»Was habt ihr als Nächstes vor?«, fragte Olav.

»Gleich morgen fahren wir nach Markt Eisenstein und suchen nach dieser Romina Toma. Wenn es für Ansgar Füllkrug einen Grund gab, sie aufzusuchen oder zu observieren, dann muss sie etwas wissen.«

Olav nickte, und seine Miene wurde düsterer. »Das klingt ziemlich bedrohlich. Seid bitte vorsichtig.«

»Sind wir.«

»Das hoffe ich. Vor allem solltest du auf deine bezaubernde Frau aufpassen.«

»Darauf kannst du deinen Arsch verwetten«, sagte Jan.

Dann kam das Essen, und fürs Erste schoben sie den Fall beiseite, scherzten und lachten, waren glücklich, so wie alle anderen Gäste des Lokals um sie herum auch.

4.

Martin und Lydia Eidinger parkten in Frankfurt-Höchst im Karl-König-Weg, neben einem der lang gestreckten, zweigeschossigen Miethäuser, die an eine Kasernenanlage erinnerten. Dort lebte Nina Lichtenfeld, Leilas beste Freundin.

Sie hatten nicht weit entfernt im Bachstelzenweg in einer Doppelhaushälfte gewohnt.

Leila und Nina waren quasi wie Schwestern zusammen aufgewachsen, waren immer in derselben Schulklasse gewesen und auch privat unzertrennlich.

»Wie konnten wir das nur tun?«, fragte Martin, als sie mit dem Wagen vor dem Haus der Lichtenfelds hielten.

Lydia drückte seine Hand. »Wir haben es uns doch wahrlich nicht leicht gemacht, aber wir hatten keine andere Chance.«

»Im Rückblick betrachtet kommt es mir wie eine Flucht vor ... Ich hab mich geschämt, weil ich meinen prestigeträchtigen Job verloren habe, und wollte nur noch weg, hab alles andere dafür in Kauf genommen ... und unsere Familie ins Unglück getrieben.«

»Alles wird gut«, sagte Lydia. »Und wenn Leila wieder bei uns ist, besprechen wir das noch einmal in aller Ruhe. Wir drei zusammen. So einen Umzug kann man auch rückgängig machen, weißt du.«

Lydia küsste ihren Mann, dann stiegen sie aus und klingelten bei den Lichtenfelds. Sie hatten sich angekündigt und am Telefon das Wichtigste berichtet. Als Martin und Lydia noch hier gewohnt hatten, hatten sie sporadischen Kontakt zu den Lichtenfelds gehabt. Hin und wieder ein Abendessen oder ein gemütliches Grillen bei ihnen im Garten. Martin hatte gern mit seinem Gasgrill angegeben … genauso wie mit seinem Job. Den er nicht mehr hatte.

Anne Lichtenfeld öffnete. Ihr Mann Peter war noch auf der Arbeit. Sie bat Martin und Lydia ins Wohnzimmer.

»Nina ist auf ihrem Zimmer. Sie weiß, dass ihr da seid, und ich habe das Gefühl, irgendetwas bedrückt sie. Wisst ihr denn etwas Neues über Leila?«

Martin schüttelte den Kopf. »Nein, bisher nicht. Sie ist seit dem Abend spurlos verschwunden. Es gibt Hinweise, und deshalb sind wir heute hier. Angeblich soll Leila einen Freund gehabt haben, von dem wir nichts wussten. Das hat Nina meiner Frau ja schon am Telefon bestätigt, aber sie wollte nicht sagen, wie dieser Freund heißt oder wo wir ihn finden können.«

»Vielleicht weiß sie es auch nicht«, ergänzte Lydia.

»Uns gegenüber hat Nina nie etwas von Leilas Freund erwähnt«, sagte Anna Lichtenfeld.

»Leila uns gegenüber ja auch nicht. Aber das ist nicht ungewöhnlich. Wenn ich darüber nachdenke, was ich meinen Eltern in dem Alter alles nicht gesagt habe …« Lydia schüttelte den Kopf.

»Wenn du nichts dagegen hast, würden wir uns gern mit Nina unterhalten«, sagte Martin.

»Weil ihr glaubt, sie lügt?«

»Weil es sein könnte, dass sie Leila gegenüber loyal ist und deshalb schweigt, und das können wir sogar verstehen. Aber vielleicht gelingt es uns, sie davon zu überzeugen, dass es jetzt wichtiger ist, die Wahrheit zu sagen.«

Anne nickte, ohne nachdenken zu müssen. »Ja, okay, das verstehe ich. Ich hole Nina.«

Sie verließ den Raum. Martin und Lydia nickten einander

aufmunternd zu. Bis zu diesem Moment war nicht klar gewesen, wie Ninas Eltern sich verhalten würden.

Schüchtern betrat Nina hinter ihrer Mutter das Wohnzimmer und setzte sich dicht neben sie. Sie wagte es kaum, Martin und Lydia anzusehen, und wenn Martin sich nicht täuschte, hatte sie geweint.

Nach einer kurzen Begrüßung begann Martin mit seinen Fragen. »Du weißt ja, was passiert ist, Nina, und leider wissen wir immer noch nicht, wo Leila ist. Du hast auch keinen Kontakt zu ihr, oder?«

Nina sah zu Boden und schüttelte den Kopf.

»Wann hast du zuletzt von ihr gehört?«

»An dem Tag ...«

»Als Leila verschwand?«

Nina nickte. »Ja, aber vorher, am Nachmittag.«

»Hat sie dir gegenüber angedeutet, dass sie ... na ja, weglaufen will?«

»Nein, aber sie war wirklich unglücklich ... außerdem hat sie dauernd von ihrem Freund gesprochen ... Das hat mich echt genervt. Es ging fast nur noch um ihn.«

Sieh an, dachte Martin. Da ist jemand eifersüchtig. Vielleicht war die Loyalität doch nicht so stark, wenn man dem Nebenbuhler eins auswischen konnte.

»Kannst du uns sagen, wo und wann Leila diesen Freund kennengelernt hat?«, fragte Lydia.

»Bei WhatsApp, hab ich doch schon am Telefon gesagt ...«

»Nina, sei ein bisschen höflicher!«, ermahnte ihre Mutter sie.

»Und wann?«, hakte Lydia nach.

»Nach eurem Umzug ... ein oder zwei Tage ... keine Ahnung.«

»Also danach, nicht vorher?«

Nina nickte.

Lydia rutschte auf dem Sessel ein Stück nach vorn und griff nach Ninas Hand. Das Mädchen erschrak zwar, ließ es aber zu.

»Nina … wir machen uns so große Sorgen um Leila. Es könnte nämlich sein, dass dieser Freund sie nur geködert und schließlich entführt hat …«

Nina schüttelte den Kopf. »Nein, das glaube ich nicht.«

»Es gibt leider Hinweise darauf. Leila ist nicht das erste Mädchen, das auf diese Art kurz nach einem Umzug verschwindet. Vielleicht ist da draußen jemand unterwegs, der eine solche Situation ausnutzt und Mädchen entführt und …« Lydia brachte den Satz nicht zu Ende. Tränen traten ihr in die Augen. »Wenn du uns irgendwas sagen kannst … bitte … hilf uns … und Leila. Vielleicht muss sie in diesem Moment irgendwo Schreckliches erleiden.«

Jetzt flossen auch bei Nina die Tränen. »Ich weiß nur, dass er Peer heißt … mehr hat Leila mir wirklich nicht gesagt.«

»Peer?«, wiederholte Martin. »Der Junge heißt Peer?«

Nina nickte.

»Und wo wohnt er?«

»Ich weiß es nicht …«

5.

Jan und Rica überquerten die Grenze zwischen Deutschland und Tschechien um die Mittagszeit. Seit damals, als Jan an einem anderen Grenzübergang einen Menschen erschossen hatte, war er nicht mehr im Nachbarland gewesen, nicht einmal in dessen Nähe gekommen, und obwohl auf dieser viel befahrenen Straße Richtung Markt Eisenstein nichts an den Grenzübergang von damals erinnerte, der weit entfernt in einem Wald lag, kamen die Erinnerungen hoch.

»Alles klar?«, fragte Jan und nahm die Hand seiner Frau.

Ihre Sprachlosigkeit und Mimik verrieten Jan, wie aufgewühlt sie sein musste. Der Mann, den Jan damals erschossen hatte, war ein Menschenhändler gewesen, der Rica in seiner Gewalt gehabt hatte. Ihre Erinnerung an jenen Tag war eine andere als seine, und obwohl sie oft darüber gesprochen hatten, konnte Jan sich kaum vorstellen, wie traumatisierend das alles für Rica gewesen sein musste. Andererseits hatte damals ihre gemeinsame Geschichte begonnen. Kaum anzunehmen, dass sie sich auf andere Art und Weise über den Weg gelaufen wären.

Und wenn man die Markierung in der Zeitschiene, von der an sie sich unaufhaltsam aufeinander zubewegt hatten, noch früher setzen wollte – vielleicht sogar musste –, dann hatte Jans größter Fehler in seiner Polizeikarriere den Grundstein gelegt für das, was sie beide jetzt waren und taten.

Rica drückte seine Hand. »Ich komme schon klar.«

Jan kannte seine Frau gut genug, um zu wissen, wie ungern sie Schwäche zeigte. Sie war stolz und stark und überdies von einer Zähigkeit, wie er sie selten erlebt hatte.

»Du sagst es mir aber, wenn es nicht so sein sollte«, baute Jan ihr eine Brücke.

Einst hatten sie einander geschworen, immer dann über diese Dinge zu sprechen, wenn ihnen danach war, und sie nicht für alle Zeiten in ihrer Seele zu begraben, aber mitunter hatte Jan das Gefühl, Rica tue genau das. Er konnte und wollte sie nicht zwingen, an damals zu denken, aber dieser Grenzübertritt heute war fraglos eine Belastung, und die sollte sie nicht allein mit sich ausfechten.

»Es ist wirklich alles klar«, sagte Rica und brachte ein Lächeln zustande. Es war meilenweit von dem entfernt, wozu sie fähig war, aber immerhin war es ein Lächeln.

»Ich muss nur die ganze Zeit daran denken, dass wir vielleicht wieder in diese Welt vorstoßen«, schob sie nach.

»Und das macht dir Angst.«

»Ja, aber nicht nur. Vielleicht habe ich auch auf diesen Moment gewartet. Vielleicht ist es wichtig, dass ich mich damit auseinandersetze. Nicht über einen Computerbildschirm, sondern direkt hier vor Ort, von Angesicht zu Angesicht mit Menschen, die damit zu tun haben.«

»Noch wissen wir nicht, ob es dazu kommt. Vielleicht haben wir es mit einem Einzeltäter zu tun.«

»Glaubst du das wirklich?«

»Ich gebe zu, diese Entführungen von jungen Mädchen nach demselben Muster, die Verbindungen nach Osteuropa, das sieht alles nach Menschenhandel und Prostitution aus, aber noch können wir das nicht mit Sicherheit sagen.«

»Ich habe so das Gefühl, dass wir es bald wissen werden. Was uns wohl bei Romina Toma erwartet?«

»Darauf bin ich sehr gespannt«, sagte Jan und bog von der Autobahn ab.

Die Adresse, die sie von Olav Thorn bekommen hatten, lag

nicht direkt in Markt Eisenstein, sondern in einem kleinen Ort fünf Kilometer außerhalb. Rica navigierte sie mithilfe ihres Laptops dorthin.

»Vom Campingplatz in Zwiesel bis hierher wären es nur fünfundzwanzig Minuten«, sagte sie. »Es gibt zwar ein paar Abkürzungen, aber dabei handelt es sich um Forstwege und Nebenstrecken, und ich glaube nicht, dass Ansgar Füllkrug die mit seinem Wohnmobil befahren hat.«

Die Ortschaft, in der Romina Toma lebte, erwies sich als eine Ansammlung von vielleicht fünfzig Häusern rechts und links der Landstraße. Kurz hinter dem letzten Haus auf der linken Seite mussten sie nach links auf einen zwar asphaltierten, aber schmalen Weg abbiegen. Der führte gewunden zwischen dem Fuß eines Hügels auf der einen und einem kleinen plätschernden Bach mit klarem Wasser auf der anderen Seite entlang.

»Hoffentlich kommt uns hier niemand entgegen«, sagte Jan und steuerte den etwas schwergängigen Defender konzentriert durch die Kurven.

In einem Feldweg parkte ein kleiner Ford Geländewagen, von oben bis unten mit Dreck bespritzt. Es saß niemand darin. Ein Jäger, vermutete Jan.

Hinter der letzten Kurve tauchte ein Haus auf. Es lag auf der Bachseite, eine kleine Brücke verband es mit der Straße. Aus dem Schornstein stieg weißer Qualm auf. Ein roter Toyota Corolla älteren Baujahrs mit Rostflecken und einem verbeulten Kotflügel parkte neben dem Haus vor einer schmalen, aber hohen Scheune, die das Haus um einen Meter überragte.

»Immerhin ist jemand zu Hause«, sagte Jan. In Ermangelung einer anderen Parkmöglichkeit lenkte er den Defender über die schmale Brücke und stellte ihn neben dem roten Toyota ab. Dabei sah er eine hastige Bewegung hinter der Gardine an dem Fenster, das zum Hof hinausging.

»Wir sind bemerkt worden«, sagte er.

Sie stiegen aus.

Die Luft war kühl und klar.

Hinter dem Haus stiegen die Felder leicht an, bevor ein felsiger Hügel sie abriegelte. Dahinter erstreckte sich dichter Wald. Die Ortschaft war von hier aus nicht zu sehen, und obwohl sie nicht weit entfernt war, war dies ein abgeschiedener, vielleicht sogar einsamer Ort.

Genau wie ihr Hof im Hammertal.

Gemeinsam gingen Jan und Rica auf das Haus zu. Es war nicht groß, zweigeschossig, auf dem Dach lagen bemooste Wellplatten, die Außenwände waren mit einem Material verkleidet, das Klinkersteine nachbildete, doch in dieser ständigen Feuchtigkeit durch die Nähe des Bachs war es an einigen Nahtstellen auseinandergequollen, sodass man darunter die Lattung und den alten Putz erkennen konnte. Die weißen Kunststofffenster waren alt und von einem Grauschleier überzogen. Haus und Grund waren einfach und schmucklos, hier schien niemand ein Interesse daran zu haben, dem Auge etwas Wohlgefälliges zu bieten.

»Deprimierend«, flüsterte Jan seiner Frau zu, bevor sie die vier Stufen zur Eingangstür hinaufstiegen.

Das Haus stand auf einem massiven Sockel aus Natursteinen, und wie die Fenster darin bewiesen, verfügte es über einen Keller.

Es gab eine altmodische Klingel mit einem Namensschild, das nicht beschriftet war. Es wellte sich hinter der Plastikabdeckung. Die Beleuchtung der Klingel war an, warf ihr mattes Licht aber nur auf eine Spinne, die im Inneren des Plastikgehäuses den Tod gefunden hatte.

Sie brauchten nicht zu klingeln. Die Tür wurde geöffnet, noch bevor sie die oberste Stufe erreichten.

Eine Frau trat heraus. Es war schwierig, ihr Alter zu bestimmen, denn das Gesicht war aufgedunsen und zugleich von tiefen Falten durchzogen. Graues Haar fiel ihr ungepflegt und ungewaschen bis auf die massigen Schultern. Die Frau mochte eins achtzig groß sein und wog sicher hundert Kilo. Sie trug eine ausgeleierte Jeans und einen Fleecepulli, dessen Ärmel sie auf die Ellenbogen hochgeschoben hatte. Jan konnte sich nicht erinnern, je zuvor bei einer Frau so kräftige Unterarme gesehen zu haben. Nicht dick, sondern wirklich kräftig im Sinne von muskulös und sehnig.

Ihr Blick war abweisend. Sie sagte nichts, starrte sie nur an.

»Entschuldigung«, begann Rica die Unterhaltung. »Wir suchen nach Romina Toma.«

Die Frau hatte graue Augen, jedenfalls konnte Jan aus der Entfernung von zwei Metern keine andere Farbe darin erkennen, zumal sie die Lider zusammenkniff, während ihr Blick von Rica zu ihm und wieder zurück wanderte.

»Aha«, sagte sie. Mehr nicht. Dabei behielt sie ihre abwehrende Haltung bei, die Jan an einen Boxer in Grundstellung erinnerte.

»Sind Sie das?«, fragte Jan, als klar war, dass die Frau von sich aus nichts weiter sagen würde.

»Was wollen Sie? Ist Privatgrund hier!«

Sie rollte das R und sprach mit deutlichem slawischem Akzent.

»Unsere Tochter ist verschwunden«, begann Rica die Geschichte zu erzählen, die sie sich während der Fahrt hierher ausgedacht hatten. »Unsere Ella«, schob sie den Namen ihrer Cousine auf Sint Maarten nach. »Unser einziges Kind.«

»Was hab ich damit zu tun?«

»Die Polizei sagte uns, dass Ella mit einem Mädchen namens Bettina Füllkrug befreundet war. Und wir haben erfahren, dass

Sie Bettina ein kurzes Stück in Ihrem Wagen mitgenommen haben, damals, als Sie sich in Bremen bei dem Altenheim beworben haben. Wir dachten, vielleicht hat Bettina ja etwas über Ella erzählt, das uns weiterhilft.«

Mit misstrauischem Blick betrachtete die Frau sie aus schmalen Augen. Jan ahnte, was ihr durch den Kopf ging: Sie hatte dieses überaus ungewöhnliche Pärchen vor sich, ein fast zwei Meter großer Kerl mit verwegenem Gesicht und Pferdeschwanz, der aussah wie der Türsteher eines zwielichtigen Erotikclubs, dazu eine beinahe nur halb so große zierliche Frau mit pechschwarzem Haar und exotischem Äußeren, und diese beiden tischten ihr die Geschichte der verschwundenen Tochter auf. Rica verfügte wenigstens über ein bisschen schauspielerisches Talent, Jan aber nicht, und die Frau nahm ihm den besorgten Vater wahrscheinlich nicht ab.

»Kenn ich nicht«, sagte Romina Toma. Es klang wie ein Grunzen. »Verschwindet. Ist Privatgrund.«

Jan bemerkte, dass ihr Blick kurz und schnell und voller Besorgnis in eine ganz bestimmte Richtung ging. Den Weg hinunter Richtung Dorf – oder aber zu dem Wagen, der dort im Feldweg parkte.

Rica traute sich auf die letzte Stufe hinauf und stand damit direkt vor der Frau, neben der sie verdammt klein und verletzlich wirkte. In Jan spannten sich sämtliche Muskeln an, weil er befürchtete, dieser Misery-Verschnitt könnte auf Rica losgehen.

»Bitte«, sagte Rica mit flehentlicher Stimme. »Sie sind unsere letzte Hoffnung ... wir wissen nicht mehr weiter.«

»Woher haben Sie Adresse?«, wollte Romina Toma wissen.

»Ein befreundeter Polizist war so freundlich, sie uns zu geben. Er wollte sie eigentlich anrufen und Ihnen sagen, dass wir kommen. Hat er das nicht getan?«

»Polizei? Hier keine Polizei! Habe alles gesagt. Mädchen mitgenommen, mehr nicht. Ich weiß nichts von anderem.«

Rica griff in ihre kleine Handtasche und holte das Foto von Leila Eidinger hervor, das sie von den Eltern bekommen hatten.

»Das ist unsere Ella. Haben Sie sie vielleicht gesehen?«

Jan beobachtete die Frau sehr genau. Das Foto diente nicht nur zur Untermalung ihrer Geschichte, sondern vor allem dazu, Romina Tomas Reaktion zu testen.

Sie warf einen schnellen Blick auf das Foto, blieb aber gleichgültig.

»Nie gesehen.«

»Als Sie damals Bettina Füllkrug in Ihrem Wagen mitgenommen haben, hat sie da etwas über ihre Ziele erzählt? Wohin sie will, was sie vorhat oder mit wem?«

»Alles der Polizei gesagt, mehr weiß ich nicht. Sie sollen jetzt gehen. Privatgrund hier.«

Als auch Jan die oberste Stufe enterte, änderte sich schlagartig die Situation.

Romina Toma machte einen Schritt rückwärts ins Haus, griff hinter die Tür und hielt plötzlich ein Jagdgewehr in der Hand. An der Art und Weise, wie sie es anfasste und sich unter die Achsel klemmte, erkannte Jan, dass die Frau es gewohnt war, mit dieser Waffe umzugehen.

»Verschwinden!«, stieß Romina Toma aus, ohne dass sich ihre Stimmlage änderte.

Jan schob sich sofort vor Rica und drückte sie rückwärts die Stufen hinunter.

»Kein Problem, wir sind schon weg«, sagte er und hob die Hände, um zu zeigen, dass von ihm keine Gefahr ausging.

»Nicht wiederkommen!«, rief die Toma ihnen hinterher, während sie in den Wagen stiegen. Dabei hielt sie das Jagdgewehr immer noch in lässiger Old-Shatterhand-Haltung unter der Achsel.

Alles in allem war das ein Anblick, dem eine gewisse Komik innewohnte, aber Jan wusste, diese Frau machte keinen Spaß. Es war klüger, sie nicht herauszufordern.

»Wir kommen später wieder«, sagte er im Wagen zu Rica und setzte ihn rückwärts auf die Straße zurück.

Als sie Richtung Dorf fuhren, war der Geländewagen verschwunden, der in dem Feldweg geparkt hatte

6.

Es war eng und kalt.
Unter ihr dröhnte der Motor, die Vibrationen übertrugen sich durch den Holzboden auf ihren Körper, jede Unebenheit in der Fahrbahn spürte sie als heftigen Stoß.

Maja war zwischen zwei Wänden eingepfercht. Rechts und links drückten die Holzplatten an ihre Schultern, die Enge ließ ihr kaum Platz zum Atmen. Sie saß mit angezogenen Knien da, die Fußgelenke waren gefesselt, die Hände mit dünnen Kunststoffseilen an zwei Ösen irgendwo über ihr festgebunden, sodass ihre Arme nach oben gestreckt waren. Längst funktionierte die Durchblutung nicht mehr richtig, die Arme waren taub, sie spürte sie kaum noch.

Im Mund steckte ein Knebel, ein Stück Stoff, das hinter dem Kopf zusammengebunden war. Es war feucht von ihrem Speichel, und immer wieder musste Maja gegen den Würgereflex ankämpfen, den der Knebel und das Gerüttel des Wagens auslösten. Sie hatte Angst, sich übergeben zu müssen und an ihrem eigenen Erbrochenen zu ersticken.

Aber vielleicht war das ja besser.

Besser als das, was sie am Ende dieser Fahrt erwartete.

Der Mann, der sie entführt hatte, hatte ihr bereits bewiesen, wie brutal und rücksichtslos er war.

Nachdem sie mit Peer geschrieben und sich auf den Weg zum Bahnhof gemacht hatte, war ihr der weiße Transporter aufgefallen, der aus entgegengesetzter Richtung an ihr vorbeigefahren war. Der Fahrer hatte zu ihr herübergeschaut, aber Maja hatte sich nichts dabei gedacht. Sie hatte sich EarPods in die Ohren gesteckt, um ihre Musik zu hören und ein bisschen runterzukommen. Im Gespräch mit Peer war noch alles klar gewesen. Sie würde abhauen, zu ihm, bei ihm unterkriechen, sich verstecken, bis sie achtzehn war und ihr niemand mehr befehlen konnte, wo sie zu leben hatte.

Doch auf dem Weg zum Bahnhof waren ihr Zweifel gekommen. Maja hatte sich gefragt, wie es ihrer Mutter ergehen würde, wenn sie monatelang nichts von ihrem einzigen Kind hörte und davon ausgehen musste, dass ihr etwas zugestoßen sei. Natürlich hätte Maja sich melden können, ohne ihr Versteck zu verraten, aber wäre das nicht auch grausam?

Hatte ihre Mutter das verdient?

Als sie aus dem Haus geflüchtet war, hätte sie die Frage mit einem eindeutigen Ja beantwortet, aber je näher sie dem Bahnhof gekommen war, desto unsicherer war sie geworden. Und als sie schon fast so weit gewesen war, den Rückweg nach Hause anzutreten, hatte da plötzlich der Transporter neben ihr angehalten.

Perplex und überrascht war Maja stehen geblieben.

Die Seitentür war aufgeschoben worden, und ein Mann war herausgesprungen. Er hatte sie gepackt und in den Wagen gezerrt. Das alles war in Sekundenschnelle passiert, ohne dass Maja sich hatte wehren können.

Der Mann hatte sie in diesen schmalen Raum gesperrt, der sich zwischen der Ladefläche und dem Führerhaus des Fahrzeugs befand. Nicht mehr als sechzig Zentimeter breit und mit einer Klappe versehen, schien der Raum extra für den Zweck, einen Menschen darin zu verstecken, in das Fahrzeug eingebaut worden zu sein.

Erst als der Mann versucht hatte, Maja durch die Klappe in die Kammer zu bugsieren, hatte sie sich gewehrt – und dafür fürchterliche Prügel eingesteckt. Er hatte ihr nicht ins Gesicht geschlagen, doch die Schläge in den Bauch hatten ihr die Luft aus dem Körper gepresst und sie beinahe besinnungslos werden lassen.

Es war ein Leichtes gewesen für den Mann, sie anschließend zu fesseln und zu knebeln.

Maja wusste nicht, wie lange das zurücklag.

Zwei, drei Stunden, vielleicht auch deutlich mehr. Ihr Zeitgefühl war ihr abhandengekommen. Seitdem sie hier drinnen eingesperrt war, fuhr der Wagen und hatte nur eine einzige Pause von ein paar Minuten gemacht. Maja hatte den Mann draußen neben dem Fahrzeug telefonieren hören, jedoch ohne seine Worte verstehen zu können.

Seit einiger Zeit rumpelte der Wagen nun über unbefestigte Wege. Immer wieder fuhr er viel zu schnell durch Schlaglöcher oder über Bodenwellen, dann zerrte die Schwerkraft an Majas Armen und Schultergelenken, und Schmerzen schossen ihr durch den Körper.

Sie ahnte, dass die Fahrt bald vorüber sein würde.

Und auch wenn die Situation hier drinnen noch so beängstigend war, wollte sie nicht, dass der Wagen anhielt und der Mann sie aus dem schmalen Raum holte.

Sie hatte noch viel größere Angst vor dem, was danach kommen würde.

Warum passierte ihr das?

War das die Strafe dafür, wie sie ihre Mutter behandelt hatte?

Maja wünschte sich, alles rückgängig machen zu können. Sie hatte immer an Gott geglaubt, auch nach ihrer Konfirmation noch, als viele ihrer Freunde und Freundinnen das Geld genommen und der Kirche und dem Glauben den Rücken gekehrt hatten, und jetzt erschien es ihr, als würde sie genau dafür bestraft. Als wolle Gott ihr sagen, sie könne nicht einerseits jeden Abend ein Gebet sprechen und andererseits ihre Mutter so respektlos behandeln. Aber da war so viel Wut in ihr gewesen, als Mama sie einfach aus ihrem Leben, das trotz ihres Vaters doch schön gewesen war, herausgerissen hatte. Sie hatte tolle Freundinnen gehabt, und die Jungs an der Schule waren sehr interessiert gewesen an ihr …

Der Wagen wurde langsamer.

Augenblicklich verstummten Majas Gedanken, und sie konzentrierte sich vollkommen auf ihr Gehör.

Ein paar Minuten fuhr der Wagen mit deutlich reduzierter Geschwindigkeit weiter, und es fühlte sich so an, als passiere er dabei einige enge Kurven. Dann rangierte er rückwärts, und der Motor wurde abgestellt.

Mit ihm blieb auch Majas Herz stehen.

Natürlich nur für einen kurzen Moment, bis es plötzlich wie verrückt zu schlagen begann, als der Mann in der Fahrerkabine gegen die Wand schlug und »Endstation« rief.

Seine Stimme klang dumpf und bedrohlich.

Majas Gedanken rasten. Sie zerrte an den Fesseln, die ihre Arme in der unnatürlichen Position über dem Kopf hielten. Es war sinnlos, ihre Muskeln waren taub und kraftlos. Sie konnte nichts tun, war ihm hilflos ausgeliefert, hörte ihn aussteigen und draußen auf Schotter um den Wagen herumgehen. Dann schob er die Seitentür auf. Licht fiel durch einen schmalen Spalt am Boden. Einen Moment später öffnete er einen Verschluss, es gab ein ratschendes Geräusch, irgendwas wurde beiseitegeschoben, dann nahm er die Klappe heraus.

Licht blendete Maja. Sie musste die Augen schließen.

Er schob seinen Oberkörper zu ihr in die schmale Kammer. Sie konnte ihn riechen, seine Körperwärme spüren, denn er kam ihr ganz nahe, als er die Fesseln an ihren Handgelenken löste.

Wie nutzlose Anhängsel fielen ihre Arme herunter. Maja

wollte sich wehren, konnte die Arme jedoch nicht bewegen. Ihre Augen gewöhnten sich an das Licht, und während er auch die Fesseln an den Fußgelenken löste, blickte Maja auf etwas, das in die Holzwand der schmalen Kammer geritzt worden war.

Es erinnerte sie an eine Höhlenzeichnung, die nur aus groben Umrissen bestand.

Ungelenk, aber dennoch zu erkennen.

Eine Schildkröte.

Die dunklen Flecken daneben, war das eingetrocknetes Blut?

Der Mann packte ihren Kopf, bog ihn nach vorn und befreite sie zu guter Letzt von dem Knebel.

»Hier kannst du schreien, wie du willst«, sagte er. »Aber lass dir noch ein bisschen Kraft übrig, wir haben heute noch einiges vor mit dir.«

Er packte ihren rechten Arm und zog sie aus der Kammer über den Ladeboden nach draußen. Kraftlos fiel Maja wie ein nasser Sack zu Boden. Der Kiesschotter stach ihr in Hände und Knie. Blut konnte wieder in ihre Arme fließen, in den Muskeln begann es zu kribbeln, aber sie gaben unter ihr nach, als Maja sich darauf abstützen wollte.

»Na los, auf die Beine mit dir.«

Er half nach, und dort, wo sich seine Finger unter ihrer Achsel ins Fleisch bohrten, brannte es fürchterlich. Ein Gefühl, das von dort aus seinen Siegeszug in die Arme fortsetzte, und Maja war sich sicher, noch nie solche Schmerzen gespürt zu haben wie jetzt, als ihre Arme wieder durchblutet wurden.

Der Mann stieß sie nach links.

»Geh schon!«, forderte er sie auf.

Maja stolperte voran. Ihr Blick war von Tränen verschleiert, sie konnte kaum etwas sehen, meinte aber, vor sich ein Gebäude erkennen zu können. Nicht besonders hoch, dafür aber lang, lag es wie ein zum Sprung ansetzendes Tier in der Dunkelheit. Mehrere Lampen an der Außenfassade leuchteten, die Lichtkegel verschwammen in Majas Blick zu explodierenden Sonnen.

Ein erneuter Stoß in den Rücken ließ sie einige Schritte nach vorn taumeln. Kopfsteinpflaster löste den Schotter ab. Unkraut und Moos wuchsen in den Ritzen und Spalten. Maja sah eine Tür aus grobem Holz. Außen herum grün, in der Mitte weiß angestrichen. Der Mann bugsierte sie in Richtung Tür, und Maja wusste, wenn sie hindurchging, würde sie das Gebäude nie wieder verlassen.

Sie war immer noch schwach, und ihre Arme brannten fürchterlich, aber sie musste es einfach versuchen. Ansatzlos brach sie nach links aus, wollte sprinten, so schnell sie nur konnte.

Der Mann hatte damit gerechnet.

Schon packte er sie im Nacken. Ein eisenharter Griff quetschte ihre Muskeln schmerzhaft zusammen.

»Na, na, na, wohin so eilig ...«

Statt sie zu sich herzuziehen, stieß er Maja kräftig von sich weg und schleuderte sie mit dem Bauch voran gegen die Motorhaube eines Autos. Bevor sie reagieren konnte, war er auch schon hinter ihr, presste sein Becken gegen ihres und drückte sie auf das kalte Blech. Seine Hand lag auf ihrem Kopf, seine Lippen waren ganz dicht an ihrem Ohr.

»Wir mögen es hier, wenn du ein bisschen wild bist«, sagte er, und sie roch seinen Atem, der nach Fett und Nikotin stank. »Aber spar dir das für drinnen. Dort warten sie schon ganz ungeduldig auf dich.«

An ihrem langen Haar riss er sie von der Motorhaube hoch. Maja schrie auf vor Schmerz und Schreck, doch er ließ sie nicht wieder los, bugsierte sie vor sich her, öffnete die grün-weiße Tür und stieß sie hindurch.

7.

In der schwarzen Finsternis der mondlosen Nacht sah alles anders aus als am Tage.

Weil sie die offizielle Zuwegung zu Romina Tomas Haus nicht nutzen wollten, waren Rica und Jan vier Kilometer querfeldein marschiert. Hatten dabei zwei schmale Bäche überwinden, mit Stacheldraht kämpfen und wiederholt ihre Stiefel aus tiefem Morast befreien müssen. Es war eine anstrengende Tour, die sie auf sich genommen hatten, um mehr über Romina Toma herauszufinden. Dass es mehr gab, daran hatten sie nach ihrem ersten Besuch hier keinen Zweifel. Wahrscheinlich würden sie nicht ins Haus einbrechen, solange die wehrhafte Frau darin war. Aber sie würden sich drum herum und in der Scheune umschauen – und an einer geeigneten Stelle eine winzige Videokamera anbringen sowie einen Peilsender an dem roten Toyota. Jan trug das Equipment bei sich in einem Rucksack. Die Kamera war nicht größer als eine Zigarettenschachtel und batteriebetrieben. Dank eines Bewegungssensors schaltete sie sich nur ein, wenn es notwendig wurde, so hielten die Akkus zwei Tage bis zu einer Woche. Überdies funkte sie Bilder in Echtzeit an Ricas Laptop.

Es ging gegen Mitternacht, als sie sich dem Haus näherten. Schwarz und bedrohlich stand das Gebäudeensemble in der Nacht. Eine abweisende Trutzburg in einem finsteren Tal, in dem die Straße vierhundert Meter hinter dem Haus endete. Nirgendwo brannte ein Licht.

Stacheldraht an Eichenpfählen umgab das Grundstück.

Dort knieten Rica und Jan sich hin.

»Hoffen wir, dass es tatsächlich keinen Hund gibt«, flüsterte Jan.

Sie gingen davon aus, da sie am Tage weder einen Hund noch Hinweise dafür gesehen hatten. Das war ungewöhnlich in einer solchen Lage, aber vielleicht mochte Romina Toma keine Hunde.

Minutenlang blieben sie an dem Stacheldrahtzaun sitzen, lauschten und beobachteten. Jan hatte nicht damit gerechnet, dass es so dunkel sein würde. Eine Außenbeleuchtung am Haus oder Licht, das durch ein Fenster herausfiel, wäre hilfreich gewesen, um die Kamera an der Außenwand der Scheune zu installieren, aber so, wie es aussah, würde er dafür zumindest das Displaylicht eines Handys einschalten müssen – verräterisch in einer Nacht wie dieser.

»Es ist so verdammt still«, flüsterte Rica.

Sie waren solche Stille von ihrem Hof in Hammertal gewohnt, aber hier haftete ihr etwas Bedrohliches an.

Für einen Moment glaubte Jan, weiter oben in der Landschaft, an dem Felsriegel, eine Bewegung wahrgenommen zu haben, aber als er genauer hinsah, war da nichts. Eine Täuschung, mehr nicht.

»Okay, packen wir's«, sagte er und hob den untersten Stacheldraht an.

Rica schob sich drunter durch und half dann ihm. Behutsam schlichen sie die letzten fünfzig Meter auf das Haus von Romina Toma zu. Schließlich erreichten sie die Rückseite der Scheune, pressten sich an die Holzwand und schoben sich vor bis an den Hof.

Als Jan den Bewegungsmelder bemerkte, war es zu spät.

Eigentlich, denn sie waren mit Sicherheit in seinen Erfassungsradius getreten. Der gekoppelte Halogenscheinwerfer sprang aber nicht an.

Glück gehabt, dachte Jan. Wahrscheinlich hatte ein defekter Glühstab ihnen den Arsch gerettet.

Er schlich zu dem roten Toyota hinüber, Rica folgte ihm.

Den winzigen Peilsender, der über die integrierte SIM-Karte ebenso Daten an Ricas Laptop übertrug wie die Kamera, konnte er im Dunkeln anbringen. Jan musste den magnetischen Fuß nur an eine geeignete Stelle am Fahrzeugboden anhaften. In Echtzeit zeigte er die Position des Fahrzeugs bis auf fünf Meter genau an. Er war wasserdicht und arbeitete mit der eingebauten Batterie maximal neunzig Tage.

Legal war es nicht, was Jan tat, aber darüber machte er sich am allerwenigsten Sorgen.

Er überlegte, wie er die Kamera anbringen sollte.

An der Vorderseite gab es zwei Rolltore und eine einfache Tür. Jan schlich hinüber und probierte die Klinke aus. Die Tür ließ sich öffnen. Vorsichtig zog er sie auf und leuchtete mit dem Handy in die Dunkelheit dahinter. Er entdeckte einen alten roten Traktor, einen Anhänger, einige landwirtschaftliche Geräte und allerlei Gerümpel.

Direkt über der Tür befand sich eine weitere Lampe mit Bewegungsmelder, auch die sprang nicht an.

Ein Zufall zu viel, dachte Jan.

Wie er im Licht des Handys sehen konnte, waren an einigen der tragenden Balken der Scheune Leuchtstoffröhren angebracht, den Lichtschalter entdeckte Jan neben der Tür. Er hatte einen Verdacht und wollte ihn überprüfen. Da er wusste, dass so alte Leuchtstoffröhren einen Moment brauchten, um anzuspringen, konnte er das Risiko eingehen und betätigte den Lichtschalter.

Es tat sich nichts.

»Schon merkwürdig«, flüsterte er. »Nirgends funktioniert die Beleuchtung.«

Nachdem sie einen Augenblick nachgedacht hatte, stieß Rica »Die Klingel!« aus und lief auch schon leichtfüßig und geräuschlos zur Haustür hinüber.

Jan folgte ihr langsam.

Rica schüttelte den Kopf und deutete auf die Klingel, die am Tag noch beleuchtet gewesen war.

»Kein Strom?«, fragte Jan leise und nachdenklich. »Hier stimmt doch etwas nicht.«

Bevor er selbst sich dazu entschloss, legte Rica die Hand auf die Türklinke und drückte sie hinunter – die Tür war nicht verschlossen!

Rica und Jan sahen einander an, kommunizierten wortlos und entschieden, das Haus zu betreten.

Im Flur roch es muffig.

Rica holte ihr Handy hervor und leuchtete mit dem schwachen Licht des Displays hinein. Jan schaute sich sofort nach dem Gewehr um, konnte es im Bereich der Tür aber nicht entdecken.

Sie mussten nur einen Schritt in den engen Flur hineingehen, um durch die nächste geöffnete Tür in die Küche schauen zu können. Die Einrichtung war altmodisch, und es mangelte an Ordnung. Ein Stuhl lag umgekippt vor dem Tisch, daneben ein zersplitterter Teller. Messer und Gabel lagen in einer Anordnung auf der Wachsdecke des Tisches, die vermuten ließ, dass der Teller sich zuvor dazwischen befunden hatte.

»Irgendwas stimmt hier ganz und gar nicht«, flüsterte Jan. Er machte sich auf dem Flur auf die Suche nach einem Sicherungskasten. Was er fand, war eine kleine Metallklappe in der Wand neben der Treppe, die in den ersten Stock hinaufführte.

Er zog die Klappe auf. Dahinter befanden sich tatsächlich die Sicherungen für die Hauselektrik. Alte Porzellansicherungen. Er drehte eine heraus.

»Die Sicherungen sind durch«, sagte er.

Einen Moment standen sie ratlos nebeneinander im Hausflur, dann entschied Jan sich für ein offensiveres Vorgehen.

»Frau Toma?«, rief er. Rica zuckte zusammen.

»Alles in Ordnung?«

Keine Reaktion.

»Okay, schauen wir uns um«, flüsterte Jan und ging voran.

Von dem schnurgerade verlaufenden Flur im Erdgeschoss gingen vier Türen ab. Gegenüber der Küche lag das Wohnzimmer, dort war niemand. Die nächste Tür führte in ein kleines WC. Und auch der letzte Raum, einst wohl als Esszimmer genutzt, jetzt aber mit allem Möglichen angefüllt, war verwaist. Ein schiefes Bügelbrett herrschte über ein Kleidungsvolk, das am Boden und über die Stühle und den Tisch verstreut hauste.

Der Geruch nach zu lange getragener Kleidung war durchdringend.

In eine Ecke war ein Schreibtisch aus Kiefernholz gepresst, wie Jan ihn als Jugendlicher gehabt hatte. Daneben stand ein Regal mit Aktenordnern und allerlei Katalogen – ein provisorisches Büro.

Eine weitere Tür war nicht mehr als ein Bretterverschlag unter der Treppe. Jan zog sie auf und leuchtete hinein. Eine Kellertreppe. Er stieg sie zur Hälfte hinab und fand einen kleinen, quadratischen Raum voller Holzregale, in denen Konserven lagerten.

»Jetzt oben«, flüsterte er, drückte die schwergängige Tür zu und stieg die knarrende Holztreppe hinauf.

Rica folgte ihm mit zwei Stufen Abstand.

Jan war aufs Äußerste angespannt. Er konnte sich keinen Reim darauf machen, was hier los war. War Romina Toma nach ihrem kurzen Gespräch getürmt? Hatten sie sie durch ihre Fragen aufgeschreckt? Aber der rote Toyota parkte noch auf dem Hof, und was hatte die unterbrochene Stromversorgung zu bedeuten?

Das Obergeschoss teilte genau wie unten ein gerader Gang, nur war er wegen der Dachschrägen kürzer.

Drei Türen. Zwei rechts, eine links.

Jan öffnete die, die der Treppe am nächsten lag, und leuchtete mit dem Handy hinein.

Der Anblick war entsetzlich.

8.

VORHER

Da war sie wieder, die gütige, weise, alte Schildkröte.
Sie trieb im klaren Wasser des Ozeans, angetrieben nur von gelegentlichen Schlägen ihrer Paddel, angestrahlt von dem zu Lanzen gebündelten Licht der Sonne.

Doch dann trübte sich das Wasser plötzlich ein, wurde dunkler und dunkler, und die Schildkröte verschwand darin, löste sich auf in der kalten Schwärze, die bald darauf alles ausfüllte. In dieser Schwärze trieben die Körper, Seite an Seite, dicht beieinander. Nackte Frauenkörper mit bleicher, aufgedunsener Haut, das nasse Haar wie Schlingpflanzen ums Gesicht gewoben. Als Bewegung in das schwarze Wasser kam, schwappten die Körper gegeneinander, und für einen Moment sah es so aus, als würden sie Kontakt suchen, sich an den Händen fassen wollen, um einander Trost zu spenden in dieser unterirdischen Hölle ...

Die Namenlose schreckte aus ihrem Traum hoch.

Aber das Bild verschwand nicht, es blieb, denn der Traum hatte es nicht erschaffen, es war ein Abbild der Wirklichkeit, der Ort, an dem auch sie enden würde.

Sie richtete sich auf, strich sich das verschwitzte Haar aus der Stirn und versuchte, zu sich zu finden. Sie wusste nicht, wie lange es zurücklag, dass der Mann ihr diesen grauenhaften Ort gezeigt hatte. Zeit spielte schon lange keine Rolle mehr für sie.

Ihr Kopf fühlte sich taub an, so als habe er sie wieder mit Stromstößen traktiert, doch sie konnte sich nicht erinnern, ob das wirklich passiert war.

*Ihre letzte Erinnerung war der Blick in die schwarze, nasse Hölle unter den Eichenbohlen, der Atem des Teufels, und dann ...
Nichts.
Vielleicht hatte sie das Bewusstsein verloren.
Bevor sie weiter in ihrer Erinnerung suchen konnte, hörte die Namenlose ein Geräusch an der Tür. Einen Moment später wurde sie geöffnet, und er betrat den Raum.
»Du bist wach, wie schön«, sagte Henk. »Ich habe ja schon nicht mehr daran geglaubt, aber jetzt habe ich doch eine Verwendung für dich gefunden.«
Er kam auf das Bett zu und legte etwas vor ihr ab.
Sorgsam gefaltete und aufgeschichtete Kleidung.
»Zieh dich an, wir machen einen Ausflug.«
Sie sah eine Bluejeans, einen Pullover, Socken, Unterwäsche, Sportschuhe und eine gefütterte blaue Jacke, begriff auch, was er von ihr verlangte, war aber außerstande, sich zu bewegen.
Henk schlug ihr mit der flachen Hand gegen den Hinterkopf.
»Nun mach schon, wir haben nicht den ganzen Tag Zeit.«
Langsam, als beschwere Blei ihre Glieder, bewegte sie sich, schälte sich aus der wärmenden Decke heraus, krabbelte vom Bett und stellte sich nackt, wie sie war, vor ihn hin. Das machte ihr längst nichts mehr aus. Sie bückte sich, zog Unterhose, Socken und Unterhemd an. Das klappte einigermaßen, doch an der eng geschnittenen Jeans scheiterte sie. Mit der Hose auf dem Fußknöchel kippte sie nach hinten auf das Bett.
Henk schüttelte den Kopf und seufzte.
»Du bist ja wirklich zu gar nichts zu gebrauchen. Was haben deine Eltern dir eigentlich beigebracht?«
Er bückte sich, packte ihren Fuß und half ihr dabei, die Jeans anzuziehen. Wieder waren seine Hände entsetzlich rau.
»Was meinst du? Wollen wir deinen Eltern einen Besuch abstatten?«, fragte er.*

Sie ließ sich von ihm anziehen und begriff nicht, was er sagte.

»*Ich hab gehört, sie wollen dich gern zurück, und da ich hier sowieso nichts anfangen kann mit dir ...*«

Er hatte ihre Beine in die Hose gesteckt, nahm ihre Hände und zog sie zu sich, bis sie aufrecht stand. Ganz dicht bei ihm, sodass ihre Nasenspitze seine Brust berührte. Er legte ihr die Finger unters Kinn und hob es an, damit er ihr in die Augen schauen konnte.

»*Dabei ist es wirklich jammerschade.*«

Dann bückte er sich abermals und zog ihr die Jeans über die Knie hinauf bis auf die Hüften, schloss Reißverschluss und Knopf.

»*Aber ich habe verstanden, dass es nicht geht, und deshalb bringe ich dich zurück. Hörst du! Ich bringe dich nach Hause.*«

Langsam drang zu ihr durch, was er sagte, aber sie wollte es nicht glauben, sagte mit tonloser Stimme »*Ja*«, *doch da war keine Freude in ihr, keine Erleichterung – keine Hoffnung.*

»*Na, dann los, zieh dich fertig an. Es ist saukalt da draußen, und wir wollen doch nicht, dass du dir den Tod holst, nicht wahr.*«

Auch bei der Jacke und den Sportschuhen musste er ihr helfen, aber schließlich, nach einigen Minuten, stand sie fertig angezogen vor ihm. Zum ersten Mal seit unendlich langer Zeit trug sie wieder Kleidung.

»*Sieht doch prima aus*«, *sagte Henk.* »*So kannst du unter die Leute gehen.*«

Er packte sie am Oberarm und führte sie aus dem Raum. »*Auf geht's, wir haben einen langen Weg vor uns.*«

Er nahm Rücksicht und ging so langsam, dass sie ihm problemlos folgen konnte. Aus dem Zimmer hinaus führte er sie auf einen weiß gestrichenen, engen Gang, von dem mehrere Türen abgingen. Unter der Decke waren Lampen in Metallkäfigen befestigt. Der Gang war so eng, dass er seine breiten Schultern schräg halten musste, um weiter neben ihr gehen zu können.

Vor einer metallenen Tür stoppte er, ließ sie los, zog ein Schlüsselbund aus seiner Tasche und schloss auf. Während er das tat, hörte die Namenlose Geräusche hinter sich und wendete den Kopf in die Richtung. Sie war sich nicht sicher, da sich ihr Kopf immer noch taub anfühlte, aber hatte sie nicht ein Klopfen und leises Rufen hinter einer der vielen Türen gehört, die von diesem Gang abgingen?

Unmittelbar danach wurde sie wieder gepackt und durch die Tür gestoßen, die er sorgsam hinter sich verschloss. Sie befanden sich in einer flachen, aber großen Halle, die von altem Eichenfachwerk getragen wurde. Die wenigen Fenster waren schmal und von außen durch Eisengitter geschützt. In der Halle roch es nach Staub und Stroh, und als sie nach oben blickte, entdeckte sie durch eine offene Stelle im Bretterboden ein Dachgeschoss, in dem Stroh lagerte.

In der Halle standen zwei Fahrzeuge. Weiße, kastenförmige Transporter, an den Radkästen und den Seiten mit braunem Dreck bespritzt. Er trat auf einen der Transporter zu und schob die seitliche Schiebetür auf.

Allein das Geräusch sorgte dafür, dass sich bei der Namenlosen die Nackenhaare aufstellten. Es fuhr ihr tief in Bauch und Kopf, sie wusste augenblicklich, dass sie dieses Geräusch kannte. Sie hatte es bereits einmal gehört, vor unendlich langer Zeit, als ihr altes Leben endete und dieses hier begann.

»Komm, steig ein.«

Sie schüttelte den Kopf und wich zurück.

Er kam auf sie zu. »Ich weiß, du fürchtest dich, aber ich verspreche dir, es wird dir nichts passieren. Ich fahre dich zurück zu deinen Eltern. Das willst du doch, oder?«

Sie zitterte wie Espenlaub, konnte nicht antworten.

Er legte ihr die Hand an den Oberarm, diesmal beinahe schon zärtlich. »Na komm schon, kleine Betty, lass uns fahren.«

9.

Ein altes Badezimmer mit hellgrünen Fliesen, ein großes Waschbecken, in dem die Kalkränder die Farbe von Rost angenommen hatten. Darüber ein Spiegelschrank mit schief hängenden Türen und Glas, das in den Ecken längst blind geworden war. Der Toilettendeckel war hochgeklappt, ein langer Riss teilte ihn beinahe in zwei Hälften. Ein schiefes Metallregal war gefüllt mit Putz- und Pflegeutensilien, an mehreren Wandhaken hingen Handtücher, Bademäntel und Kleidung.

Das alles war nicht schön anzusehen, aber nichts gegen den Anblick, den die Badewanne bot. Sie war mit den gleichen hellgrünen Fliesen umgeben, an einer umlaufenden Plastikstange an der Decke hing ein Duschvorhang mit verblichenem Blumenmuster, der jedoch bis an die Wand zurückgezogen war.

Die Wanne war bis zum Rand gefüllt.

In dem klaren, schaumlosen Wasser lag ein aufgeschwemmter, fetter, nackter Körper. Die Beine ragten über den vorderen Wannenrand, während der Oberkörper unter Wasser lag. Jan und Rica blickten auf schrundige Füße und krampfadrige Unterschenkel. Das graue Haar von Romina Toma trieb an der Wasseroberfläche, ihre Augen waren weit aufgerissen, ebenso der Mund.

Ein schwarzes Kabel führte von der Steckdose unter dem Spiegelschrank bis in die Wanne. Neben dem Bauch der Frau dümpelte ein schwarzer Föhn im Wasser.

»Scheiße«, stieß Jan aus.

Hier sahen sie die Erklärung für den Stromausfall. Wäre der Sicherungskasten mit einem neuen FI-Schalter ausgestattet,

Romina Toma hätte wahrscheinlich mit einem Schreck überlebt, aber die alten Porzellansicherungen hatten zu lange gebraucht, um durchzubrennen.

»Sieht das für dich wie ein Unfall oder Suizid aus?«, fragte Rica.

Nachdenklich schüttelte Jan den Kopf. »Es gibt keine Ablage in der Nähe der Wanne, von der der Föhn ins Wasser gefallen sein könnte. Also eher kein Unfall. Aber auch kein Selbstmord.«

»Warum nicht?«

»Wenn du vorhättest, dich auf diese Art zu töten, würdest du dich dann vorher nackt ausziehen? Würdest du wollen, dass man dich so findet?«

Rica schüttelte den Kopf. »Ich weiß ja nicht, ob diese Frau sich solche Gedanken gemacht hat, aber grundsätzlich hast du recht. Also Mord? Aber warum hat der Mörder sie sich ausziehen lassen?«

»Ich schätze, weil er dämlich ist und es wie einen Unfall aussehen lassen wollte. Und die Leute gehen nun mal nackt in die Wanne.«

»Aber wer soll das getan haben?«

Noch bevor Jan über die Antwort nachdenken konnte, hörten sie das Geräusch im Untergeschoss des Hauses.

Ein Poltern, als habe jemand etwas umgestoßen.

Blitzschnell war Jan an der Treppe und sah gerade noch, wie ein Schatten vom Treppenabsatz durch die offen stehende Haustür nach draußen verschwand.

Jan stürmte hinterher.

Zwei Stufen auf einmal nehmend, die Treppe hinunter auf die Haustür zu.

Aus der Dunkelheit auf dem Hof schoss jemand auf ihn. Das Projektil zerfetzte das Holz der Haustür dicht neben seinem Kopf. Ein Splitter riss ihm die Wange auf dem Jochbein auf.

Jan schrie auf. Er warf sich zurück, landete im Flur und trat mit dem Fuß die Haustür zu.

Rica schrie seinen Namen, kam die Treppe heruntergerannt und fiel neben ihm auf die Knie. »Jan, was ist? Was ist los, sag doch was!«

Der Moment, bis er ihr antworten konnte, dauerte vielleicht eine Sekunde, aber in dieser Sekunde sah Rica ihren Mann am Boden liegen, eine Hand ans Gesicht gepresst, Blut lief zwischen den Fingern hervor. Das war mehr als genug Zeit für einen Schock.

»Alles gut ... nur ein Splitter ... oder?«, sagte Jan schließlich und nahm die Hand von der Wange, damit Rica nachschauen konnte.

»Ja, ist nur ein kleiner Riss ... Oh Gott ... ich dachte schon ...«

Jan kam auf die Beine. »Nichts passiert, alles klar.«

Jan wusste, er hatte großes Glück gehabt. Wenn der Schütze etwas besser gezielt hätte, würde Jan mit einem Loch im Kopf daliegen. Stattdessen war er mit einem Riss in der Wange davongekommen.

»Ich muss das Dreckschwein fassen«, sagte er.

»Sei vorsichtig.«

»Bin ich. Bleib hier drinnen, bis ich dich rufe.«

Da es keinen Hinterausgang gab, musste Jan es notgedrungen an der Vordertür versuchen. Er öffnete sie, blieb aber im Schutz des Hauses und leuchtete zunächst mit seiner Taschenlampe den Hof aus.

Niemand zu sehen.

Wahrscheinlich hatte der Schütze längst den Rückzug angetreten. Um kein allzu gutes Ziel zu bieten, nahm Jan einen kurzen Anlauf und sprang die vier Stufen zum Hof hinunter. Dort rollte er sich ab und ging hinter dem roten Toyota in Deckung.

Es tat sich nichts. Kein weiterer Schuss, keine Bewegung irgendwo im Schatten.

Jan wollte nach Rica rufen, als er ein leises, metallisches Geräusch hörte. Er wusste sofort, worum es sich handelte: Stacheldraht, der gegeneinanderschlug.

Der Schütze flüchtete in Richtung der offenen Felder.

Jan kehrte zu Rica zurück und erklärte in knappen Worten seinen Verdacht. »Wahrscheinlich denkt er wegen deines Schreis, er hätte mich erledigt. Wir sollten ihn verfolgen und herausfinden, wohin er will.«

Rica nickte nur. Sie wirkte noch immer schockiert. Jan hätte ihr gern eine Pause gegönnt, aber er konnte sie nicht allein auf dem Hof zurücklassen oder ins Dorf schicken. Sie mussten zusammenbleiben, durften sich diese einmalige Chance aber auch nicht entgehen lassen.

Wer auch immer auf Jan geschossen und Romina Toma getötet hatte, wusste mehr, wenn nicht sogar alles über diesen Fall.

10.

Der Mann, dem sie nun bereits seit einer Viertelstunde folgten, war in dieser finsteren Nacht beinahe unsichtbar, aber er machte so viele Geräusche, dass es Jan und Rica nicht schwerfiel, an ihm dranzubleiben.

Trockene Zweige brachen unter seinen Füßen, von ihm losgetretene Steine kullerten bergab, mitunter stöhnte er auf oder gab dumpfe Schreie voller Wut von sich.

War er sich seiner Sache so sicher oder einfach nur untrainiert und dumm?

Sein Fluchtweg war alles andere als einfach. Es ging beständig bergan, mitunter sogar steil. Auf der Wiese war es durch das feuchte Gras rutschig gewesen, im Wald bargen tief hängende Äste sowie Löcher und aus dem Boden ragende Wurzeln Gefahren.

Wahrscheinlich, so nahm Jan an, war der Mann nach dem Schuss, der in seinen Augen tödliche Folgen gehabt hatte, kopflos davongelaufen, ohne darüber nachzudenken, wohin er wollte. Irgendwann würde er das aber tun, und bis dahin mussten sie an ihm dranbleiben.

Rica bewegte sich nahezu geräuschlos mal hinter, mal neben ihm und schien überhaupt nicht aus der Puste zu kommen. Jan spürte die Anstrengung deutlich und schwitzte. Sein Shirt klebte ihm bereits am Rücken. Die Wunde an der Wange blutete zum Glück nicht mehr.

Als sie die Kuppe des Berges erreichten, an dessen Flanke sie hinaufgestiegen waren, riss die Wolkendecke auf, und der Mond schien überraschend hell durch die Lücke.

Jan ließ sich sofort zu Boden fallen. Nur einen Lidschlag später landete Rica neben ihm.

Zum ersten Mal konnten sie den Schützen wirklich sehen.

Er stand hangabwärts, den Oberkörper halb zu ihnen gedreht. Offenbar war er von dem plötzlichen Licht ebenso überrascht wie sie. Seine Kleidung war dunkel, auf dem Kopf trug er eine schwarze Mütze.

In der rechten Hand hielt er ein Gewehr, das dem Jagdgewehr glich, mit dem Romina Toma ihnen gedroht hatte. Der Mann, klein, breit, geradezu bullig, starrte in ihre Richtung.

Jan und Rica pressten sich flach gegen den Boden.

Die Sekunden verrannen unerträglich langsam, doch schließlich hob der Mann das Gewehr an und drückte es in Schussposition gegen seine Schulter. Er zielte aber nicht genau in ihre Richtung, sondern rechts vorbei. Bestimmt eine Minute verharrte er in dieser Position. Dann nahm er das Gewehr herunter und setzte seinen Weg fort.

Jan und Rica verharrten, bis sie ihn nicht mehr sehen konnten. Erst dann erhoben sie sich aus dem feuchten Laub und verfolgten den Schützen. Sie sprachen nicht mehr, verständigten sich nur noch mit Blicken und blieben so weit zurück, dass sie den Mann nicht noch ein zweites Mal zu Gesicht bekamen.

Immer wieder brachen dessen Geräusche ab, sodass Jan und Rica still abwarteten. Jan stellte sich vor, wie der Mann abermals mit dem Gewehr an der Schulter dastand und in die Dunkelheit zielte.

So verging eine halbe Stunde, wie Jan auf seiner Armbanduhr mit Leuchtziffern mitverfolgte.

Jan war davon ausgegangen, dass der Schütze einen Weg zu einer Straße oder zum nächsten Dorf einschlagen würde. Doch sein Ziel war eine Hütte auf einer kleinen Lichtung mitten im Wald.

Ein Auto parkte etwas abseits in den Büschen.

In der Hütte war kein Licht zu sehen.

Der Mann verschwamm mit der schwarzen Außenwand aus Holz, und das wenige Mondlicht reichte gerade, um seine Umrisse erkennen zu können. Wieder verharrte er reglos, die Waffe am langen Arm. Nachdem er zwei Minuten so in die Dunkelheit gestarrt hatte, betrat er die Hütte. Kurz darauf flammte hinter einem der Fenster warmes gelbes Licht auf.

Jan und Rica gingen hinter einem Busch in Deckung.

»Er lebt hier?«, fragte Rica.

»Zumindest hat er hier seinen Unterschlupf. Echt merkwürdig, das alles.«

»Was machen wir jetzt?«

»Wir warten eine Weile, bis er sich in Sicherheit wiegt, dann schauen wir nach, was er da drinnen treibt.«

»Und wenn er sich schlafen legt?«

»Gute Frage. Keine Ahnung. Es ist zu kalt, wir können nicht den Rest der Nacht auf der Lauer liegen.«

Jan musste nicht weiter ausführen, was das bedeutete, Rica verstand es auch so.

Sie ließen dem Mann fünf Minuten – zum Glück.

Denn als sie gerade aufstehen und zur Hütte schleichen wollten, bemerkten sie eine dunkle Gestalt, die sich aus dem schwarzen Bereich unter dem hinteren Dachvorsprung löste und mit dem Gewehr in der Hand Richtung Tür ging.

Er hatte also nur das Licht angemacht und sich dann draußen verborgen für den Fall, dass er doch verfolgt wurde. Schlauer Fuchs! Wären Jan und Rica sofort zur Hütte gegangen, hätte er sie wie auf dem Schießstand erschießen können.

Jetzt betrat er die Hütte abermals, und sie konnten hören, wie er die Tür hinter sich schloss.

Ein wenig saß ihnen der Schock noch in den Gliedern, sodass sie abermals fünf Minuten warteten, bis sie es wagten, hinunterzuschleichen.

Laub raschelte unter ihren Schuhen. Zum Glück versteckte sich der Mond wieder hinter Wolken.

Jan erreichte die Hütte zuerst und drückte sich neben dem erleuchteten Fenster an die Wand. Rica positionierte sich hinter ihm.

Er gab ihr ein Zeichen, durch das Fenster in die Hütte zu schauen.

Rica ging in die Hocke, schob sich an ihm vorbei und näherte sich der unteren Kante des Fensters in Zeitlupe, bis sie gerade so drüberschauen konnte.

Zwei Sekunden, dann tauchte sie wieder ab und kam zu Jan, drückte sich ganz dicht an ihn und flüsterte in sein Ohr:

»Er hat ein Mädchen da drinnen. Sie liegt auf einer Pritsche, das Gesicht konnte ich nicht sehen.«

»Wo ist er?«

»Weiß nicht, hab ihn nicht gesehen.«

»Shit …«

Jan dachte fieberhaft nach. Sollten sie ihn mit irgendwelchen Geräuschen aus der Hütte locken oder besser das Überraschungsmoment nutzen und die Hütte stürmen? Wenn er das Gewehr abgestellt hatte, hatten sie eine gute Chance, ihn zu überrumpeln.

»Zur Tür«, sagte Jan und schlich voran bis zur Ecke der Hütte.

Er kam nicht weit.

Kaum um die Ecke herum, drückte sich ihm der Lauf des Jagdgewehrs gegen die Brust.

»Ich bring dich um, du Sau!«, tönte es aus dem Dunkeln, und das Gewehr wurde durchgeladen.

11.

Er hatte sie ein weiteres Mal verarscht.
Wahrscheinlich hatte er sie während der langen Verfolgung durch den Wald doch bemerkt und sich eine Strategie zurechtgelegt für den Zeitpunkt, wenn er an seiner Hütte ankam.

Jedenfalls war er nicht hineingegangen, wie Rica und Jan vermutet hatten, oder aber er war durch einen Hinterausgang wieder rausgekommen.

Und jetzt waren sie in seiner Gewalt.

»Warum meine Mutter?«, sagte der Mann und hielt weiterhin das Gewehr auf Jan gerichtet.

Jan und Rica standen dicht nebeneinander an der Hüttenwand, der Mann in circa fünf Metern Entfernung vor ihnen. Das war viel zu weit für einen Überraschungsangriff. Er würde Jan auf jeden Fall erwischen, wenn er es versuchte.

»Hören Sie bitte zu«, versuchte Jan, ihn zu beruhigen, und hob die Hände. »Es ist alles ganz anders …«

»Du hättest meiner Mutter nichts antun müssen!«, brüllte der Mann drauflos.

»Ihre Mutter?«, fragte Rica. »In dem Haus dort unten im Tal? Das waren wir nicht. Bitte, glauben Sie uns, wir haben nichts damit zu tun. Wir wollten nur mit Ihrer Mutter sprechen …«

»Ja, klar, mitten in der Nacht. Du lügst, du dreckige Schlampe. Wer hat euch geschickt? Gunther?«

»Bitte, hören Sie uns zu. Niemand hat uns geschickt, wir sind hier, weil wir …«

In diesem Moment wurde die Tür zur Hütte von innen heraus aufgestoßen.

Der Mann schwenkte das Gewehr dorthin und schoss augenblicklich.

Jan sprang vor.

In zwei mächtigen Sätzen erreichte er den Mann, bevor der auf ihn anlegen konnte. Er packte das Gewehr mit beiden Händen, um es ihm zu entreißen, aber der Mann wehrte sich, und er war stark – verdammt, war der stark.

Sie zerrten beide an dem Gewehr, dem Mann gelang es, Jan herumzuschleudern. Jan prallte gegen einen Baum, ließ aber nicht los. Er trat dem Mann gegen das rechte Knie, sodass er einknickte und sie beide zu Boden gingen. Jan lag auf ihm und presste das Gewehr Richtung Kehlkopf, doch der Mann war zu stark für ihn. Er schaffte es, Jan zur Seite zu drücken, und plötzlich war er oben. Dann tat er etwas, womit Jan nicht gerechnet hatte.

Er ließ das Gewehr los, drückte es mit einer Hand beiseite und schlug Jan mit der anderen Faust ins Gesicht. Zwei, drei wuchtige Schläge, und Jan stand kurz davor, das Bewusstsein zu verlieren.

Unvermittelt verschwand das Gewicht des Mannes von seiner Brust. Gleichzeitig entriss er Jan das Gewehr, und nur eine Sekunde später blickte Jan in den Lauf.

»Verdammter Mörder«, sagte der Mann.

Im nächsten Moment schrie er auf, fuhr in einer wilden, unkontrollierten Bewegung herum und schoss.

Rica, die hinter ihm stand und ihm ihr Messer, das sie immer und überall an ihrer Wade trug, von hinten in den Arsch gestoßen hatte, wurde getroffen, schrie auf und ging zu Boden.

Bevor der Mann das Gewehr wieder auf Jan richten konnte, verpasste er ihm einen heftigen Schlag gegen die Brust.

Der Mann kippte nach hinten, Jan schüttelte ihn ab, kam auf die Beine und trat dem Angreifer das Gewehr aus der Hand. Er konnte nicht sehen, wo das Gewehr landete, auch nicht, was mit Rica war, denn er hatte alle Hände voll damit zu tun, die Schläge des verletzten Mannes abzuwehren, der noch immer wie ein Berserker kämpfte.

Jan bekam das Messer zu fassen, das noch im Gesäßmuskel des Mannes steckte. Er zog es heraus, der Mann schrie schmerzgepeinigt auf und schlug um sich.

Ein Treffer erwischte Jan an der Schläfe. Er ging zu Boden, und als er aufsah, rannte der Mann humpelnd in den dunklen Wald davon.

Es dauerte ein paar Sekunden, ehe Jan wieder bei Sinnen war. Er kämpfte sich mühsam auf die Beine und torkelte zu Rica hinüber, die noch immer reglos am Boden lag.

Er fiel neben ihr auf die Knie, sah das Blut in ihrer linken Gesichtshälfte und wurde fast verrückt vor Angst.

KAPITEL 6

1.

Vollkommen entkräftet erreichten sie gegen zwei Uhr in der Nacht den kleinen Hof von Romina Toma in der Nähe von Markt Eisenstein.

Jan hatte das vollkommen verstörte und apathische Mädchen den größten Teil der Strecke getragen. Sie war unverletzt, die Kugel, die der Mann auf sie abgefeuert hatte, war in die Hüttenwand gegangen. Ihr Allgemeinzustand aber war schlecht. Sie sprach nicht, reagierte nicht auf Fragen, auch nicht auf die nach ihrem Namen. Das war auch nicht notwendig. Jan und Rica wussten, wen sie befreit hatten, denn Rica trug das Foto von Leila Eidinger nach wie vor bei sich.

Es gab keinen Zweifel.

Nachdem sie den Hof einige Minuten aus dem Schutz der Dunkelheit heraus beobachtet hatten, waren sie sicher, dass sich dort niemand aufhielt. Der Mann war nicht hierher zurück geflüchtet.

Jan ließ das Mädchen vor dem Haus zu Boden gleiten und sank selbst auf die Knie. Von der Prügelei oben an der Hütte und dem langen Weg zurück tat ihm der ganze Körper weh, er war außer Atem und zutiefst erschöpft.

Rica sank neben ihm zu Boden. Sie war blass, hielt sich aber gut.

Der Schuss hatte sie an der linken Schulter gestreift und ein Stück Fleisch herausgerissen. Das Blut in ihrem Gesicht, das Jan im ersten Moment einen Schock versetzt hatte, stammte von dieser Wunde. Die Blutung hatte Jan mit einem provisorischen Verband aus Kleidungsstücken stoppen können, die er in der Hütte gefunden hatte, aber Rica musste in ein Krankenhaus und ordentlich versorgt werden.

»Wir sollten den Toyota nehmen«, sagte Jan und deutete auf den roten Wagen von Romina Toma.

Rica schüttelte den Kopf. »Dann hinterlassen wir Spuren darin. Ich brauche nur eine kleine Pause, dann schaffe ich es bis zu unserem Wagen.«

Oben an der Hütte im Wald hatten Rica und Jan beratschlagt, wie sie weiter vorgehen sollten. Zwar hatten sie Leila Eidinger gefunden und befreit, aber es gab eine Leiche. Romina Toma.

Jan und Rica waren in Tomas Haus eingedrungen, und wenn es keine anderen Spuren gab, war es möglich, dass man sie des Mordes an der alten Frau beschuldigen würde. Sie würden den tschechischen Behörden die Umstände zwar erklären können, aber ob man ihnen Glauben schenkte, stand in den Sternen. Bei Jans Vorgeschichte war die Wahrscheinlichkeit gering.

Deshalb hatten sie sich entschieden, Leila Eidinger nach Deutschland zu bringen und den Fall den dortigen Behörden zu melden, am besten über ihren Freund Olav Thorn, der durch die Tatsache, dass Bettina Füllkrug einst in Bremen gewohnt hatte, ohnehin in den Fall involviert war.

Die Zeit drängte. Der Täter war entkommen und auf der Flucht. In der Hütte hatten sie keine Hinweise auf den Verbleib von Bettina Füllkrug gefunden, deshalb setzte Jan seine Hoffnung auf das Haus.

»Ich schau mich noch einmal drinnen um«, sagte er kurzatmig. »Du musst dich ohnehin ein paar Minuten ausruhen. Bleib du hier bei Leila, ich bin gleich zurück.«

Rica nickte. Sie legte den unverletzten Arm um das apathische Mädchen und zog es zu sich heran.

Jan kämpfte sich auf die Beine und stolperte zum Haus hinüber. Zahllose Fragen schossen ihm durch den Kopf.

Wenn es sich bei dem Mann oben in der Hütte wirklich um den Sohn von Romina Toma handelte, warum hatte er seine Mutter umgebracht? Und wenn er es getan hatte, warum hatte er ihnen dann vorgeworfen, es getan zu haben? Wer war Gunther? Wer war das Mädchen von der Autobahn? Warum hatte Toma sie bei sich gehabt, als er Leila Eidinger entführte? Wie hatte er, der hier in Tschechien lebte, seine Opfer ausfindig gemacht?

Nur eines war Jan ziemlich klar: Ansgar Füllkrug war Toma irgendwie auf die Schliche gekommen und hatte deswegen sterben müssen.

Weitere Antworten erhoffte Jan sich von einer gründlicheren Durchsuchung des Hauses. Zuerst nahm er sich den Raum im Erdgeschoss vor, in dem es das provisorische Büro mit dem Kinderschreibtisch aus Kiefernholz gab. Jan stellte sich vor, wie der kräftige Kerl, mit dem er an der Hütte im Wald gekämpft hatte, der Mädchen entführte, an diesem Schreibtisch saß – das Bild wollte nicht in seinen Kopf.

Auf der abgestoßenen Schreibtischplatte lagen unzählige Unterlagen wild durcheinander. Jan durchstöberte sie und fand Briefe und Rechnungen. Darunter Briefe an einen Herrn Eugen Toma mit der Adresse des Hauses, in dem Jan sich gerade befand.

Eugen Toma.

Romina Tomas Sohn.

Jan suchte weiter und entdeckte eine Vielzahl von Hinweisen darauf, dass Eugen Toma als selbstständiger Handwerker sein Geld verdient hatte. In den Aktenordnern fanden sich von ihm geschriebene Rechnungen, allesamt älteren Datums, die jüngste war drei Jahre alt. Bei den Rechnungen, die Toma bekommen hatte, handelte es sich um Einkäufe aus Baumärkten, sie stammten fast allesamt aus Deutschland.

Der Mann war ein Allrounder gewesen.

Bad, Heizung, Trockenbau, Innenausbau, Maurer- und Tischlerarbeiten.

Jan war kein Experte auf dem Gebiet, aber es sah so aus, als hätte Toma seine Dienste äußerst günstig angeboten. Und er schien fleißig gewesen zu sein.

Wie passte das zu einem Mann, der junge Mädchen entführte?

Hatte er Renovierungsarbeiten in den Häusern und Wohnungen durchgeführt, aus denen die Familien der Mädchen aus- oder in die sie eingezogen waren?

War das seine Methode gewesen, seine Opfer zu finden?

Jan hatte den Eindruck, dass sich mit diesen Rechnungen ein Kreis schloss. Leider hatte er keine Zeit, alle Ordner nach Rechnungen zu durchsuchen, die mit den Eidingers, den Füllkrugs und eventuell dem anderen Mädchen in Verbindung standen, das Olav Thorn ins Spiel gebracht hatte, Melissa Rimkus. Das würde die Polizei übernehmen müssen.

Eine Rechnung nahm Jan jedoch als Beweisstück mit.

Nur für den Fall. Man konnte nie wissen.

Als er die Rechnung faltete, um sie in die Innentasche seiner Jacke stecken zu können, fiel ihm die Anschrift im Briefkopf auf.

Dort stand nicht Eugen Toma als Adressat, sondern der Firmenname seines Handwerksbetriebs.

»Das kann doch nicht wahr sein!«, stieß Jan aus.

2.

Drei Stunden später stand Jan Kantzius vor dem Eingang des Krankenhauses von Bayerisch Eisenstein und starrte auf den erleuchteten Parkplatz hinaus.

In einem der Behandlungsräume der Notaufnahme kümmerte sich ein Arzt um Rica. Natürlich hatte der die Schusswunde als solche erkannt und auf seine Pflicht verwiesen, die Polizei zu informieren. Nicht lange, dann würden die Beamten eintreffen, und Jan musste ihnen schildern, was passiert war. Er hoffte, dass Olav Thorn es vorher schaffen und ihm Schützenhilfe bieten würde, aber der Weg von Bremen hierher war weit – auch wenn Olav einen Vorsprung von knapp drei Stunden hatte. Rica hatte ihn noch vom Auto aus angerufen, ins Bild gesetzt und zu dem der Grenze am nächsten liegenden Krankenhaus in Bayerisch Eisenstein gebeten.

Jan wartete in diesem Moment aber weder auf die Polizei noch auf Olav. Der allererste Anruf hatte nämlich ganz anderen Menschen gegolten.

Nach ein paar Minuten sah er sie auch schon über den Parkplatz auf das Krankenhaus zuhasten. Sie hielten sich an den Händen, gaben sich gegenseitig Kraft und Unterstützung. Ein gutes Zeichen, wie Jan fand.

Er ging ihnen entgegen.

Jan fühlte sich noch etwas wackelig auf den Beinen. Hätte er bei dem Kampf oben bei der Hütte eine klaffende Schnittwunde in der Hand davongetragen, die Schmerzen und das Pochen hätten nicht schlimmer sein können als das, was er in seinem Kopf spürte. Ein von Wut und Scham ausgelöstes Pochen, weil er sich wie ein Anfänger hatte verarschen lassen – zu allem Überfluss hätte er das die ganze Zeit über wissen und viel schneller den Weg zu Eugen Toma finden können.

»Wo ist sie? Wie geht es ihr?«, fragten die Eidingers, als sie auf Jan trafen.

»Leila liegt oben auf Station und ruht sich aus. Es geht ihr den Umständen entsprechend, sie hat keine ernsthaften Verletzungen und kann das Krankenhaus wahrscheinlich bald verlassen.«

Jan sparte sich den Zusatz, dass er nicht wisse, wie es in ihrem Inneren aussah. Erahnen konnte er es zumindest, denn das Mädchen war bis ins Krankenhaus apathisch geblieben. Vielleicht hatte sie ein schweres Trauma erlitten. Man musste ja davon ausgehen, dass Eugen Toma sie dort oben in der Hütte missbraucht hatte.

Lydia Eidinger fiel Jan um den Hals und drückte ihn ganz fest an sich.

»Das werden wir Ihnen nie vergessen«, sagte sie, mühsam ihre Tränen zurückhaltend.

Danach schüttelte Martin ihm die Hand und dankte ihm ebenfalls.

»Wo ist Ihre Frau?«, fragte er.

»Oben, in der Notaufnahme. Sie hat ein bisschen was abgekriegt … ist aber nicht weiter schlimm, nur ein Kratzer.«

»Was ist denn passiert? Wo war Leila?«

Die Eidingers brannten darauf, ihre Fragen beantwortet zu bekommen, aber Jan hielt das nicht für den richtigen Zeitpunkt. Er hatte selbst noch viel zu viele Fragen und wollte sich nicht in Vermutungen ergehen.

»Lassen Sie uns später darüber reden. Gehen Sie hinauf zu Ihrer Tochter, kümmern Sie sich um sie. Das ist jetzt viel wichtiger.«

Die Eidingers stiegen die Treppenstufen zum Eingang hinauf. Martin drehte sich noch einmal um und kam zurück.

»Das hätte ich beinahe vergessen. Dieser ominöse Freund meiner Tochter ... sein Name ist Peer.«

»Peer ... und weiter?«

Eidinger zuckte mit den Schultern. »Mehr wusste Leilas Freundin nicht. Leila hat ihn wohl erst ein paar Tage nach dem Umzug kennengelernt.«

»Okay, das ist doch schon mal was. Und jetzt gehen Sie rauf. Ihre Kleine braucht Sie.«

In Eidingers Blick lag mehr Dankbarkeit, als Worte jemals ausdrücken konnten.

Jan blieb noch einen Moment draußen und genoss die kühle Morgenluft. In wenigen Stunden würde es hell werden, ein neuer Tag. Kein leichter, so viel stand fest. Rica und er würden sich den Vernehmungen der Polizei stellen müssen – und das war noch das kleinere Übel.

Eugen Toma war auf der Flucht.

Das Schicksal von Bettina Füllkrug und Melissa Rimkus noch nicht geklärt.

Dazu gesellten sich Dutzende offene Fragen, die Jan und Rica keine Ruhe lassen würden. Auch wenn die Eidingers ihre Tochter wiederhatten, war der Fall für Jan und Rica noch lange nicht aufgeklärt.

Ein Wagen fuhr auf den Parkplatz. Dem Kennzeichen nach kam er aus Taubenheim. Kommissar Ludovic. Jan hatte die Eidingers darum gebeten, ihn zu informieren. Nur ihn, nicht König. Der würde noch früh genug hier eintreffen.

Jan ging hinüber und wartete, bis Ludovic eingeparkt hatte, dann trat er ihm gegenüber.

»König hatte mich vor Ihnen gewarnt«, sagte Ludovic statt einer Begrüßung. »Ich habe ihm nicht geglaubt. Ein Fehler?«

Jan zuckte mit den Schultern. »Fragen Sie die Eidingers.«

»Fragen werden hier noch eine Menge gestellt werden, und die allermeisten werden Sie beantworten müssen.«

»Ich wäre nicht hier, wenn es mir etwas ausmachen würde.«

»Wo ist Ihre Frau?«

»In der Notaufnahme. Sie hat etwas abgekriegt.«

»Ich hoffe, es ist nicht schlimm.«

»Eine Fleischwunde.«

Ludovic nickte. »Dann bin ich beruhigt. Und? Wollen Sie mir vielleicht schon etwas erzählen, bevor König hier eintrifft?«

Sie gingen nebeneinander auf das Krankenhaus zu.

»Dieser Mann, in dessen Gewalt sich Leila Eidinger befand, hat ein Handwerksunternehmen«, sagte Jan und zog die Rechnung aus seiner Jackentasche, die er aus Romina Tomas Haus mitgenommen hatte.

»Ein Einmannbetrieb, soweit ich das beurteilen kann.«

Er machte Ludovic auf die Anschrift aufmerksam.

»Ich verstehe nicht«, sagte der.

»Da oben, in der Adresszeile, steht der Name des Betriebs.«

»Haus und Hof, Handwerkerservice«, las Ludovic laut vor. »Sollte mir das etwas sagen?«

»An dem Abend, als wir in den Unfall auf der Autobahn gerieten, traf ich an der Raststätte auf eine Gruppe Männer. Vor allem Fernfahrer, von denen einige die Flucht des Mädchens beobachtet hatten. Einer davon sagte, er habe den Mann gesehen, der geschossen hat, konnte ihn sogar ganz gut beschreiben. Dieser Zeuge trug Handwerkerkleidung, und er stieg in einen weißen Transporter mit einer Aufschrift auf der Seite.«

Ludovic blieb stehen und sah Jan an. »Haus und Hof?«

»Ganz genau.«

»Ich wusste ja, dass es diesen Zeugen gab, doch König hat

gesagt, der Mann habe nicht auf seine Vernehmung gewartet und man habe ihn auch nicht ausfindig machen können. Jetzt wissen wir, warum.«

»Aber es war nicht dieser Mann, der drüben in Tschechien das Mädchen Leila Eidinger gefangen gehalten hat«, sagte Jan.

»Nicht?«

Jan schüttelte den Kopf. »Und die Beschreibung des Schützen passte auf Ansgar Füllkrug.«

»Auf Füllkrug? Der in seinem Wohnmobil verbrannt ist?«

»Steht das fest?«, fragte Jan.

»Definitiv. Das hat der Genabgleich ergeben. Und das bedeutet, Ihr Zeuge, der Füllkrug beschrieben hat, hat ihn entweder wirklich schießen sehen oder es nur behauptet, um die Schuld auf Füllkrug zu schieben.«

»Im Moment tippe ich auf Letzteres. Was dann aber bedeutet, es war ebendieser Zeuge, der das Mädchen verfolgt und wahrscheinlich Füllkrug erschossen und das Wohnmobil abgefackelt hat und es wie einen Selbstmord aussehen ließ.«

»Damit wir denken, Füllkrug hätte die kleine Eidinger entführt.«

»Und wer auch immer das ist, steht in Verbindung mit dem Mann, der Leila Eidinger in seiner Hütte in Tschechien gefangen hielt.«

Ludovic kratzte sich am Schädel. »Und wer ist das tote Mädchen von der Autobahn?«

3.

VORHER

In ihren Träumen schwamm sie für immer und alle Zeiten durch die endlosen Ozeane, die Meeresschildkröte mit dem weisen und gütigen Blick. Nichts konnte sie von ihrem Kurs abbringen, gleichmütig und voller Zuversicht zog sie ihre Bahn auf ein Ziel zu, das nur sie selbst kannte.

In ihren Träumen blickte die kleine Betty ihr tief in die Augen und entdeckte dort Welt und Universum, Leben und Tod, Glück und Trauer. Es war dieser Blick, der sie von all ihren Ängsten befreite und sie in die Lage versetzte, hinzunehmen, was immer auch kommen mochte.

Sie wünschte sich, im nächsten Leben, das ja nicht mehr so weit entfernt sein konnte, eine Meeresschildkröte sein zu dürfen. Die Vorstellung, durch die Ozeane zu gleiten, ließ ein angenehm warmes Gefühl in ihrem Bauch aufsteigen.

Dann holperte der Wagen durch ein Schlagloch, und die kleine Betty bekam einen Stoß in den Rücken. Ruckartig erwachte sie und riss die Augen auf. Natürlich war da nur Dunkelheit. Und Kälte. Und das ewige Brummen und Dröhnen des Motors, das Geräusch ihres Martyriums.

Keine Schildkröte, kein blaues, von der Sonne durchflutetes Wasser.

Abermals hockte sie eingepfercht zwischen den Holzwänden, aber diesmal war sie nicht gefesselt. Weder an den Händen noch an den Füßen, und sie hatte auch keinen Knebel im Mund.

Die kleine Betty fror. Deshalb richtete sie sich ein wenig auf und schob die eiskalten Hände tief in die Taschen der viel zu großen blauen Jacke. Wenigstens war sie gefüttert und schützte sie einigermaßen vor der Kälte.

In der rechten Tasche ertastete sie einen Gegenstand. Dünn und glatt, mit einer griffigen Verdickung an der Oberseite.

Sie holte ihn hervor, hielt ihn sich vor die Augen, konnte in der absoluten Dunkelheit aber nicht erkennen, worum es sich handelte. Also betastete sie den Gegenstand und kam zu dem Schluss, dass es ein kleiner Schraubenzieher war, wie ihn ihr Vater benutzte, wenn er an einer Steckdose überprüfte, ob Strom darin war.

Für einen kurzen Moment ließ der Gedanke an ihre Eltern sie traurig werden. Das wollte sie nicht. Sie wollte sich so warm und glücklich fühlen wie eben.

Wollte die Schildkröte wiedersehen.

Also nahm die kleine Betty den spitzen Schraubenzieher und begann, direkt neben ihrem Kopf in die Holzwand zu ritzen. Dabei hielt sie sich an die Bilder aus ihren Träumen und an das, was sie auf dem Fernseher gesehen hatte, in dem Raum, in dem sie gefangen gehalten worden war. Diese wunderschönen Aufnahmen der Meeresschildkröte, wie sie durch das glasklare Wasser des Ozeans glitt. Immer wieder, wenn der Wagen holperte, rutschte sie ab und stach sich ein ums andere Mal in die Fingerkuppe. Die Schmerzen ignorierte sie, und es machte ihr auch nichts, dass ein wenig Blut floss.

Es war nur noch sehr wenig Kraft in ihr, und diese nutzte sie, um sich hier in dieser dunklen, kalten Kammer ihr eigenes Bild einer Meeresschildkröte zu erschaffen. Das Holz war hart und widerstandsfähig, aber die kleine Betty war von dem Drang erfüllt, dieses Bild zu hinterlassen.

Sie ritzte und ritzte und fuhr immer wieder mit den Fingern darüber, um herauszufinden, ob es so wurde, wie sie es sich in ihren Gedanken vorstellte.

Eine wunderschöne, gnädige, von Weisheit erfüllte Meeresschildkröte.

Irgendwann war sie fertig, und ein Gefühl von Glück und Liebe übermannte sie.

Weinend betastete sie ihr Werk.

Plötzlich bremste der Wagen, wurde langsamer, bog ein paarmal ab und hielt schließlich an.

Der Motor wurde abgestellt.

Von einer Sekunde auf die andere war es mucksmäuschenstill.

Die kleine Betty lauschte angestrengt.

Es verging viel Zeit, bis sie endlich etwas hörte.

Stimmen!

4.

Rica saß bereits eine halbe Stunde allein in dem Vernehmungsraum im Polizeirevier von Bayerisch Eisenstein, als die Tür endlich aufging.

Arthur König war tadellos gekleidet, gab sich ausgesprochen höflich und erkundigte sich nach Ricas Befinden. Sie trug den Arm angewinkelt in einer Schlinge, um die Belastung von der Wunde an der Schulter zu nehmen. Der Arzt hatte gesagt, sie könne den Arm gelegentlich bewegen, aber bitte schön nicht belasten.

»Brauchen Sie irgendetwas, bevor wir anfangen?«, fragte Arthur König.

»Warum werde ich nicht zusammen mit meinem Mann vernommen?«, fragte Rica.

King Arthur schüttelte den Kopf. »Tut mir leid, die Umstände erfordern, dass Sie beide einzeln vernommen werden müssen.«

Mit dieser Begründung hatte man Jan und Rica getrennt aus dem Krankenhaus direkt ins Präsidium gefahren. Schon vorher, auf dem Krankenzimmer, hatten sie darüber gesprochen, dass das passieren würde, und sich entschieden, zunächst keinen Anwalt einzuschalten. Dabei hätte Rica sich nur mit der Rechtsabteilung von Amissa in Verbindung setzen müssen, stand ihr doch im Rahmen ihrer Tätigkeit rechtlicher Beistand zu, und da sie offiziell im Fall von Bettina Füllkrug ermittelten, wäre das kein Problem gewesen.

Um ihren Kooperationswillen zu demonstrieren, verzichteten sie zunächst aber darauf.

Arthur König legte den Schnellhefter auf dem Tisch ab, setzte sich und seufzte besorgt. »Die tschechischen Kollegen sind stinksauer«, begann er. »Sie haben eine Leiche in einer Badewanne, und es sieht alles nach Mord aus. Sie beide waren in dem Haus, sind wahrscheinlich eingebrochen, zumindest waren sie unbefugt dort, dazu noch Ihre Schussverletzung und die unverhofft aufgetauchte Leila Eidinger … Ich tue mich schwer damit, zu glauben, was hier drinsteht.« König tippte mit dem Finger auf den Schnellhefter.

Rica vermutete, dass es sich dabei um ihre und Jans Aussage handelte.

»Das tut mir leid für Sie«, sagte Rica. »Aber mehr haben wir nicht zu bieten.«

»Mehr haben Sie nicht zu bieten!« König lachte trocken auf. »Ich finde, das ist mehr als genug. Was Sie nicht zu bieten haben, ist eine schlüssige Erklärung. Das macht es so schwierig, Ihnen zu glauben.«

»Erklärung? Wofür?«

»Zum Beispiel dafür, wer Frau Toma in der Badewanne mit dem Föhn getötet hat? Nur Sie beide waren vor Ort.«

»Das stimmt nicht. Dieser Mann, Eugen Toma, war auch dort und hat auf uns geschossen.«

»Die Tote ist seine Mutter!«

»Ich weiß, aber es wäre ja nicht das erste Mal, dass ein Sohn seine Mutter tötet.«

Jan und Rica hatten sich abgesprochen, in ihren Aussagen auf den Hinweis zu verzichten, dass Toma sie für die Mörder seiner Mutter hielt. Denn das würde ihn als Täter ausschließen, und da sonst niemand bei dem Haus gewesen war, fiele der Verdacht umso deutlicher auf Jan und Rica.

»Warum sollte er das tun?«, fragte König.

»Das werden Sie ihn selbst fragen müssen. Ich vermute, es

hat etwas damit zu tun, dass er Mädchen entführt und in seiner Hütte in den Wäldern versteckt, meinen Sie nicht auch?«

»Was macht Sie so sicher, dass er das Mädchen entführt hat?«

Rica runzelte die Stirn. »Aber Sie haben die Aussagen schon gelesen, oder?«

»Natürlich.«

»Dann verstehe ich nicht, wie Sie solche Fragen stellen können.«

König fixierte sie und lächelte überheblich. »Wissen Sie, ich kann zwischen den Zeilen lesen.«

»Das glaube ich Ihnen gerne, aber leider steht diese Kunst in dem Ruf, immer wieder für Missverständnisse zu sorgen. Besser wäre es, Sie würden in einem Gespräch von Angesicht zu Angesicht Gestik, Mimik und Intonation richtig deuten können, finden Sie nicht?«

Das Lächeln verschwand aus Königs Gesicht. »Sie halten sich wohl für ganz schlau, was?«

»Nein. Ich hab nur einen normalen, gesunden Menschenverstand.«

»Jemand mit einem gesunden Menschenverstand steigt nicht nachts in die Häuser fremder Menschen.«

»Wir wollten lediglich mit Frau Toma über ihre Zeugenaussage im Fall Füllkrug sprechen und haben mitbekommen, wie es drinnen einen heftigen Kurzschluss gab. Da haben wir uns Sorgen gemacht.«

»Wie muss ich mir das vorstellen? Einen heftigen Kurzschluss. Sprühten die Funken aus dem Fenster oder so?«

»Nein, ganz und gar nicht. Aber sämtliche Lampen auf dem Grundstück gingen plötzlich aus, und es roch verbrannt.«

Diese Geschichte hatten Jan und Rica sich zurechtgelegt, um nicht wegen Einbruchs belangt zu werden, und sie würden unter allen Umständen dabei bleiben. Da half es, wenn man wusste, dass eben keine Funken sprühten, wenn ein Föhn ins Wasser fiel.

»Woher wussten Sie, dass Frau Toma damals die Zeugenaussage zu Bettina Füllkrug gemacht hat?«

»Von dem Altenheim in Bremen«, antwortete Rica, und das war nicht einmal gelogen. Dass sie die Adresse nicht von dort, sondern von ihrem Freund Olav hatten, musste König ja nicht wissen.

»Und woher wussten Sie, dass jemand zu Hause war?«, schoss er seine nächste Frage ab.

Rica hielt sich daran, nicht zu verraten, dass sie nachmittags schon einmal am Haus von Romina Toma gewesen waren. »Das wussten wir nicht, wir sind auf gut Glück dorthin gefahren. Als wir an dem Haus ankamen, brannte drinnen noch Licht, das fiel ja erst aus, als wir auf den Hof fuhren. Zudem stand ein Wagen vor dem Haus.«

»Tatsächlich? Was für ein Wagen?«

»Ein roter Toyota Corolla älteren Baujahrs.«

»Und der stand dort auch noch, als Sie von diesem abenteuerlichen Ausflug zu der Hütte im Wald zurückkehrten, bei dem Ihnen zufällig Leila Eidinger in die Hände fiel?«

»Ja, denn die Besitzerin des Wagens lag ja tot oben in der Badewanne.«

König beugte sich in einer ruckartigen Bewegung vor. »Jetzt hör mal zu, Schätzchen, es gibt keinen Wagen auf dem Hof, und ich weiß, dass du lügst. Du solltest mir aber lieber die Wahrheit sagen, sonst landest du dort, wo dich deine Vergangenheit ganz schnell wieder einholt.«

Rica war klar, dass der Kommissar gerade eine Grenze überschritt, indem er sie duzte. Er stellte sich über sie, wollte ihr zeigen, wer hier die Macht hatte. Zudem demonstrierte er, was er von ihr und ihrer Vergangenheit hielt. Dass er sie in dieser Vernehmung überhaupt zur Sprache brachte, zudem auf diese Art und Weise, zeigte Rica, dass König fest entschlossen war, diese gegen sie zu verwenden.

»Was hat meine Vergangenheit hiermit zu tun?«, fragte Rica, ohne sich äußerlich aus der Ruhe bringen zu lassen. In ihrem Inneren sah es jedoch anders aus. Sie hatte Angst, denn sie wusste, wozu Männer vom Schlage Königs fähig waren.

»Soweit ich weiß, bist du in Tschechien ganz schön rumgekommen. Noch alte Freunde dort, die dir was schulden? Oder du ihnen?«

Rica starrte den Kommissar an. Er hielt ihrem Blick stand. Für einen Moment schien die Luft zwischen ihnen zu vibrieren. Rica musste sich zusammenreißen, denn in ihr stieg heiße Wut auf. Sie war sich immer darüber im Klaren gewesen, dass ihre Vergangenheit sie wieder und wieder einholen würde, solange sie für Amissa arbeitete. Aber sie war nicht willens, sich für etwas, das sie nicht freiwillig getan hatte, sondern das man ihr angetan hatte – gegen das Gesetz und ohne dass die Behörden dieses oder ihres Heimatlands es verhindern konnten –, zu schämen oder zu entschuldigen. Schon gar nicht in Deutschland, das mittlerweile als das Hurenhaus Europas galt und wofür im Ausland mit billigen Sexreisen durch die ach so legalen Clubs geworben wurde, in denen immer noch bis zu neunzig Prozent Frauen arbeiteten, die das ebenfalls nicht freiwillig taten.

»Sind wir mit der Befragung fertig?«, sagte Rica tonlos.

»Wenn ich es sage.«

»Also bin ich verhaftet?«

»Lass es besser nicht drauf ankommen. Ich könnte dich an die tschechischen Behörden übergeben. Im Knast dort warten sie nur auf Frauen wie dich.«

»Frauen wie mich?«

»Die bereitwillig die Beine breit machen.«

»Sie verlangen sexuelle Gefälligkeiten von mir, damit ich nicht verhaftet werde?«

»Das habe ich nicht ...«

»Sie drohen mir, mich ins Gefängnis zu stecken, wenn ich Ihnen nicht sexuell zu Diensten bin?«

»Jetzt hör mal zu ...«

»Sie wagen es, mich während der Befragung unsittlich anzufassen?«

König sprang von seinem Stuhl auf und zeigte mit dem Finger auf sie. »Wenn du nicht sofort ...«

»Auf gar keinen Fall werde ich Ihnen sofort den Schwanz lutschen. Aber ich sage Ihnen, was ich tun werde. Bei Amissa haben wir jede Menge Anwälte, auch Menschenrechtsanwälte, die sich darauf freuen, einen hochdekorierten Polizisten der sexuellen Misshandlung, Bedrohung und Einschüchterung während einer Vernehmung anklagen zu können.«

Blut schoss König in den Kopf, und er wurde puterrot. Was auch immer er noch hatte sagen wollen, blieb ihm in seinem anschwellenden Hals stecken.

Er machte auf den Hacken kehrt und verließ fluchtartig den Vernehmungsraum.

Rica brauchte einen Moment, um Angst und Tränen herunterzuschlucken. Dann nahm sie sich den Schnellhefter vor.

Sie musste etwas überprüfen.

Denn an der Geschichte des Kommissars stimmte etwas nicht.

5.

Vor einer halben Stunde war die Tortur der quälenden Vernehmungen endlich zu Ende gewesen. Bis in die Abendstunden hatte Kommissar König Rica und Jan im Präsidium von Bayerisch Eisenstein festgehalten, sich aber nicht bei Jan blicken lassen. Dessen Vernehmung hatte Ludovic übernommen, später waren noch zwei Beamte der tschechischen Behörden hinzugekommen. Wieder und wieder hatte Jan seine Geschichte erzählt, aber erst als Rica schließlich doch Amissa informierte und der eilig herbeigeeilte Anwalt Protest einlegte, hatten sie gehen dürfen.

Zwischendurch war auch Olav Thorn eingetroffen, und Jan hatte die Gelegenheit gehabt, den Bremer Kommissar in seinen Plan einzuweihen. Trotz der Gefahren hatte Olav zugestimmt. Die viel größere Aufgabe aber lag noch vor Jan: Er musste Rica von seinem Plan überzeugen. Und davor hatte er ein bisschen Angst. Er wusste, ihm stand ein mittelschwerer Orkan bevor, sobald er damit herausrückte. Aber da musste er durch, es ging nicht anders.

Vom Präsidium hatte man sie zurück zum Krankenhaus gefahren, da der Defender noch dort auf dem Parkplatz stand. Rica war am Ende ihrer Kräfte, konnte kaum noch die Augen aufhalten. Dennoch wollte sie Jan auf dem Parkplatz des Krankenhauses unbedingt etwas zeigen.

Jan musste ihr beim Einsteigen helfen, da sie den Arm noch in einer Schlinge trug. Als er hinter dem Steuer Platz nahm, hatte sie bereits die schwenkbare Metallplatte vor sich, und der Laptop war eingeschaltet.

Trotz ihrer Müdigkeit war sie aufgeregt. »Bei der Vernehmung hat König etwas gesagt, was mich stutzig gemacht hat. Ich dachte, er will mich auf die Probe stellen, aber dann habe ich seinen Bericht gelesen, und es scheint zu stimmen.«

»Er hat dir seinen Bericht überlassen?«

»Na ja, so kann man es nicht nennen ... er hatte es etwas eilig und hat ihn liegen lassen.«

Jan grinste. »Und was stand drin?«

»Ich hatte nicht viel Zeit, weil König mich quasi hat rausschmeißen lassen. Irgendwie war er wohl sauer auf mich. Verstehe ich gar nicht ...«

»Ich schon, nach dem, was du berichtet hast. Ich bin nämlich auch stinksauer – aber auf ihn. So langsam häufen sich die Rechnungen, die er bei mir zu begleichen hat.«

»Das muss warten, es gibt Wichtigeres zu tun. In dem Bericht stand, da wäre kein roter Corolla auf dem Hof von Romina Toma gewesen.«

»Wieso das?«

»Vielleicht weil es stimmt«, antwortete Rica. Sie starrte angespannt auf den Bildschirm, und das blaue Licht ließ sie noch müder wirken.

Als Jan sah, dass Rica eine digitale Landkarte von Tschechien geöffnet hatte, fiel es ihm wieder ein. »Der Peilsender! Den hatte ich total vergessen!«

»Er hat sich bewegt«, sagte Rica.

»Also ist Eugen Toma nach uns zurück zum Haus seiner Mutter gegangen und mit dem roten Toyota geflüchtet«, sagte Jan. »Deshalb stand er nicht mehr auf dem Hof, als die Polizei dort eintraf. Aber wohin kann er gefahren sein? Ist er noch unterwegs?«

»Nein, der Wagen steht.«

»Wo?«

»Mitten im Nirgendwo an der Grenze zwischen Deutschland und Tschechien.«

»Was heißt, im Nirgendwo?«

»Er ist vom Haus seiner Mutter siebenundsechzig Kilometer nach Südosten gefahren. Es gibt dort auf tschechischem Gebiet einen Forstweg, wahrscheinlich ein ehemaliger Grenzkontrollweg, der verläuft beinahe parallel zur Grenze, aber er führt nirgendwohin. Es gibt dort nichts, nur Wald. Kein Dorf, keine Hütte, nichts, was in den Karten eingezeichnet ist.«

»Er versteckt sich.«

»Sieht ganz so aus.«

Rica sah Jan an. »Wir müssen ihm folgen. So schnell wie möglich. Das ist unsere Chance. Vielleicht hat er dort, wo er sich gerade aufhält, Bettina Füllkrug versteckt.«

In ihren müden Augen flackerte der Jagdinstinkt auf, und es fiel Jan äußerst schwer zu sagen, was er zu sagen hatte. »Du bist ziemlich fertig, und ich könnte auch eine Mütze Schlaf gebrauchen.«

»Okay, wir gehen in ein Hotel, ruhen uns aus, und dann folgen wir ihm.«

Jan schüttelte den Kopf. »Rica, hör mir zu. Olav wartet darauf, dich nach Hause zu fahren. Er wird so lange bei dir in Hammertal bleiben, bis ich nachkomme …«

»Was? Wieso nachkommen?«

»Weil ich möchte, dass du ohne mich nach Hause fährst.«

Sie starrte ihn an. »Du willst Toma allein verfolgen?«

Jan nickte. »Du bist verletzt, aber das ist nur ein Grund. Ich kann dich nicht beschützen, wenn ich es mit Typen wie Toma aufnehmen muss. Wir müssen davon ausgehen, dass er nicht allein gehandelt hat, deshalb muss ich vollkommen fokussiert sein, wenn ich ihm folge.«

»Und ich falle dir zur Last?«

»Nein, so meine ich das nicht. Aber du kannst mir besser helfen, wenn du mich von zu Hause aus unterstützt.«

»Das schwache Mädchen soll also brav zu Hause sitzen ...«

Jan konnte die Enttäuschung in ihrer Stimme hören, und es schnürte ihm die Kehle zu. »Bitte, Rica, du bist verletzt ... und du weißt, was passieren kann, wenn ich auf Toma und seinen Partner treffe.«

Sie schüttelte den Kopf. »Das ist nicht fair ...«

Jan wusste, wie wütend sie werden konnte, wenn sie sich ungerecht behandelt fühlte, und er sprach es ihrer Müdigkeit und der Verletzung zu, dass sie in diesem Moment nicht laut wurde.

Die Umstände waren auf seiner Seite, und er hasste sich dafür, dass er sie ausnutzte.

Jan nahm ihre Hand. »Ich kann nicht klar denken, wenn ich dich in Gefahr weiß ... da oben an der Hütte ... für einen Moment dachte ich, Toma hätte dich erschossen, und ich bin beinahe verrückt geworden vor Angst ... Das darf mir nicht passieren, wenn ich mich mit denen anlege.«

Rica klappte den Laptop zu, lehnte sich zurück und schloss die Augen. »Es ist egal, was ich will, oder? Du hast es schon beschlossen und mit Olav besprochen.«

»Nein, es ist nicht egal. Wenn du nicht anders kannst, wenn du unbedingt mitmusst, dann nehme ich dich mit. Aber ich möchte dich bitten, mir zu vertrauen und mich von zu Hause aus zu unterstützen.«

Rica saß da, mit geschlossenen Augen, und die Sekunden dehnten sich endlos. Jan hielt ihre Hand und wusste nicht, was er noch sagen sollte.

»Okay«, sagte Rica schließlich.

»Wirklich?«

»Nein, aber ich verstehe es. Und es geht mir nicht gut, keine

Ahnung, ob ich morgen wieder auf dem Damm bin, aber wir dürfen Toma keinen Vorsprung lassen … Doch du musst mir etwas versprechen. Komm zu mir zurück.«

»Versprochen«, sagte Jan. »Hatte ich sowieso vor.«

Wieder saßen sie einen Moment schweigend nebeneinander. Rica atmete immer tiefer und gleichmäßiger, es klang, als würde sie gleich einschlafen.

»Was hast du vor?«, fragte sie mit leiser Stimme.

»Toma verfolgen, was dank des Peilsenders einfach sein sollte. Vielleicht führt er mich dorthin, wo er Bettina Füllkrug versteckt oder vergraben hat.«

»Du glaubst also, es gibt noch andere Täter?«

»Erinnerst du dich, vor der Hütte? Er hat gefragt, ob Gunther uns geschickt hat.«

»Stimmt.«

»Und Toma war nicht der Mann an der Autobahnraststätte, mit dem ich gesprochen habe, obwohl er in einen Wagen mit der Aufschrift ›Haus und Hof‹ gestiegen ist.«

»Vielleicht ein Mitarbeiter?«

»Wenn, dann einer, mit dem Toma unter einer Decke steckt.«

»Ich vermute, sie haben ihren Handwerkerservice dazu genutzt, die Mädchen auszuspähen. Es müsste sich ja rausfinden lassen, ob sie in den neuen oder alten Wohnungen von Füllkrugs, Eidingers oder Rimkus gearbeitet haben. Darum kümmere ich mich gleich morgen.«

»Ja, das glaube ich auch. Und ich denke, Ansgar Füllkrug war ihnen auf die Schliche gekommen.«

»Wie hat sich das abgespielt an dem Abend, als Leila verschwand?«

»Gehen wir mal davon aus, dass Toma nach Taubenheim gekommen ist, um Leila zu entführen. Dabei hat Füllkrug ihn gestört, irgendwie sind die beiden aneinandergeraten, und Toma überwältigte Füllkrug.«

»In Taubenheim?«

»Wahrscheinlich.«

»Dann müssen sie dort schon zu zweit gewesen sein. Toma und sein Partner. Wäre es nur einer gewesen, hätte er den Wagen, mit dem er gekommen ist, in Taubenheim stehen lassen und mit dem Wohnmobil weiterfahren müssen.«

»Also waren sie zu zweit, haben Füllkrug überwältigt, sind zu der Raststätte gefahren ... aber was ist dann passiert? Woher kam das Mädchen, das auf die Autobahn gelaufen ist? Wer war sie? Warum hat Tomas Partner alles riskiert, sie dort zu erschießen?«

»Es passt noch nicht, oder?«, fragte Rica mit schleppender Stimme.

»Nein, es passt noch nicht. Ein paar Puzzleteile fehlen noch.«

»Wir werden sie finden ...«

Ihre letzten Worte geleiteten sie in den Schlaf, und so bekam sie nicht mehr mit, wie Jan sie küsste, ausstieg und Olav seinen Platz überließ.

6.

Der Grenzübergang, den Jan für seinen erneuten Besuch in Tschechien nutzte, lag nahe der kleinen bayerischen Ortschaft Rabenstein in hügeligem, bewaldetem Gebiet. Der Himmel war bewölkt, die Nacht pechschwarz, und als Jan die unbewachte Grenze überquerte, begann es leicht zu schneien. Die Scheinwerfer des Wagens schnitten einen Lichttunnel aus der Dunkelheit, in dem ihm die kleinen Schneeflocken wie Geschosse entgegenkamen.

Rechts und links der schmalen Straße standen schlanke, hohe Fichten wie eine Armee stummer Soldaten. Außerhalb des Scheinwerferlichts war der Wald dunkel und verschwiegen.

So wie damals, als er nicht weit von hier entfernt zum ersten Mal in seinem Leben getötet hatte. Nicht aus Notwehr heraus, sondern eiskalt und berechnend. Er hätte den Mann auch in Handschellen der Polizei übergeben können. Stattdessen hatte er ihm zuerst in die Brust und dann in den Kopf geschossen, mit dessen eigener Waffe, die er zuvor auf Jan gerichtet hatte.

Bis heute kannte Jan den Namen des Mannes nicht, und es interessierte ihn auch nicht, wie er geheißen hatte, ob er Familie zurückließ oder jemand verzweifelt nach ihm suchte. Der Mann war ein Zuhälter, ein Menschenhändler gewesen, brutal und skrupellos. In Jans Augen hatte er sein Recht auf einen fairen Prozess in dem Moment verwirkt, als er sich dazu entschieden hatte, Frauen zu missbrauchen und zu verkaufen.

Die Erinnerung daran wühlte Jan auf. Sie war ein Grund dafür, warum er Rica auf keinen Fall zu Tomas Verfolgung hatte mitnehmen wollen. Die Sache dort oben bei der Hütte war knapp gewesen, beinahe hätte er sie verloren, und das wäre seine Schuld gewesen. Er durfte Ricas Leben nicht aufs Spiel setzen, aus ganz egoistischen Gründen nicht, denn ohne sie würde er den Halt verlieren.

Eugen Toma war ein gefährlicher Mann, er hatte auf Rica geschossen und hätte sie beide, ohne zu zögern, getötet, wenn er die Möglichkeit dazu gehabt hätte. Wenn Jan ihn fand, würde er genauso wenig Gnade walten lassen wie damals mit dem Zuhälter. Dabei sollte Rica nicht zusehen. Nicht weil es sie traumatisieren würde, sondern weil Jan Angst davor hatte, dass sie ihn danach mit anderen Augen sehen würde. Das war der zweite Grund, warum er allein unterwegs war. Jan wusste, er war ein anderer, wenn er diese Dinge tat. In seinem Inneren übernahm dann ein Regisseur das Kommando, der auf Gewaltszenen spezialisiert war. Es war nicht so, dass Jan es genoss, aber er schreckte auch nicht davor zurück.

Liebe und Gewalt waren zu gleichen Teilen Bestandteil seiner Seele.

Jan musste damit leben, und es gelang ihm, weil er Rica an seiner Seite hatte. Jeden Tag bewies ihre Liebe zu ihm, dass er damals richtig gehandelt hatte. Hätte er den Zuhälter leben lassen, ihm dem Gesetz übergeben, wäre er irgendwann freigekommen und hätte sich auf die Suche nach Rica gemacht. Oder aber er hätte aus dem Knast heraus seine Beziehungen genutzt, um sie aus dem Weg zu räumen. Mal ganz davon abgesehen, dass Rica vor Gericht gegen ihn hätte aussagen müssen.

Nicht alle diese Überlegungen hatte er damals in den wenigen Sekunden angestellt, bevor er abgedrückt hatte, zumindest nicht in dieser Deutlichkeit, es war mehr ein Instinkt gewesen, der ihn so hatte handeln lassen.

Damit war er zum Mörder geworden.

Man konnte es drehen und wenden, wie man wollte, konnte die besten Argumente ins Feld führen, aber letztlich war er zum Mörder geworden.

Er hatte getötet und dadurch die Liebe seines Lebens gefunden. Das war ein großes Glück, denn vielleicht wäre er an dieser Tat zerbrochen, wenn es Rica nicht gegeben hätte.

Die große Frage war, ob er es wieder tun könnte, wenn es nötig werden würde.

Jan kannte die Antwort.

Auch deshalb war es wichtig, Rica bei der Jagd nach Toma nicht bei sich zu haben.

Nach etwas mehr als einer Stunde Fahrt erreichte Jan eine Kreuzung. Er wusste, er musste Richtung Südosten, also bog er nach rechts ab. Die Straße führte in leichten Kehren bergab, immer wieder öffnete sich auf der linken Seite der Wald und gab den Blick auf eine weite Landschaft frei, die im Dunkeln lag. Der Schneefall hielt an, und auf der Straße bildete sich eine hauchdünne Schicht, durch die die Reifen seines Wagens eine erste Spur zogen.

Niemand kam ihm entgegen, niemand fuhr hinter ihm.

Das Ersatzhandy klingelte. Es war eines aus dem Pool der Prepaidhandys, die Jan und Rica sich zugelegt hatten, damit man in einem Fall wie diesem die Kommunikations-Metadaten wie Aufenthaltsort und Bewegungsprofil nicht zu ihnen zurückverfolgen konnte. Das Handy kommunizierte zwar wie alle anderen auch mit den Funkmasten in der Nähe, aber es war auf keine Person registriert.

Rica war dran.

»Hey«, begrüßte er sie. »Ausgeschlafen?«

»Olav hört so komische Musik, da bekommt man Albträume.«

»Hey, das ist Beethoven. Die ›Ode an die Freude‹. Wie kann

man davon Albträume bekommen?«, beschwerte er sich im Hintergrund.

»Außerdem fährt er wie ein Rentner«, setzte Rica nach, und Jan freute sich, weil sie nicht sauer klang.

»Wie geht es dir?«, fragte er.

»Ganz gut. Die Schulter tut höllisch weh, aber ich komme zurecht und ...« Rica zögerte.

»Ja?«, fragte Jan vorsichtig.

»Es ist alles gut«, sagte sie leise. »Aber ich habe Angst um dich.«

»Musst du nicht, ich passe auf.«

»Ich weiß. Ich meinte es anders. Angst vor dem, was du tust und was es mit dir macht.«

»Vorsicht!«, warnte Jan. »Neben dir sitzt ein Polizist.«

»Der sich seinen Teil denkt«, sagte Rica.

»Ja, das tut er wohl ... Mach dir bitte keine Sorgen, ich tue nur, was getan werden muss. Ist unser Mann wieder unterwegs?«

»Nein, der Peilsender ist noch an Ort und Stelle. Es scheint so, als wolle er dort die Nacht verbringen.«

»Irgendwo im Nirgendwo.«

»Sieht ganz danach aus, als würde er sich verstecken.«

»Ja. Vor Gunther oder irgendjemand anderem. Vielleicht dem Mann, der seine Mutter getötet hat. Ich hoffe nur, ich finde Toma zuerst, damit er mir sagen kann, wo Bettina Füllkrug geblieben ist.«

»Das wird er nicht tun.«

»Er wird, glaub mir ...«

Vor Jan tauchte eine Abzweigung auf. Ein Schotterweg, den das Navi in Olavs Wagen nicht anzeigte.

»Kannst du mich leiten?«, fragte Jan, da er befürchtete, sich in dem Wirrwarr nicht angezeigter Forstwege zu verfahren.

»Geradeaus«, sagte Rica, und Jan stellte sich vor, wie sie in dem Defender auf dem Beifahrersitz saß, ihr Kontrollzentrum vor sich, zwei blinkende Punkte darauf. Der eine kennzeichnete Toma, der andere Jan.

»In drei Kilometern kommt wieder eine Abzweigung, da fährst du rechts ab.«

Kurz darauf bog Jan in einen weiteren unbefestigten, geschotterten Forstweg ein. Er musste die Geschwindigkeit drosseln, da der Weg voller Schlaglöcher war. Wasser stand darin und spritzte am Fahrzeug hoch.

Es folgten noch zwei weitere Abzweigungen, durch die Rica ihn navigierte.

»Von jetzt an nur noch geradeaus. In ungefähr vier Kilometern solltest du den Wagen sehen können.«

»Okay, dann lege ich jetzt auf, die Verbindung wird sowieso immer schlechter.«

»Sei vorsichtig«, sagte Rica. »Ich brauche dich.«

Jan verabschiedete sich. Er fuhr noch ein Stück weiter, bis er auf der rechten Seite eine Einbuchtung entdeckte, in der wohl Holz gelagert worden war – die Abdrücke der Stämme im Boden waren noch zu sehen, zudem lag haufenweise Rinde herum.

Jan öffnete den Kofferraum von Olavs Wagen und holte die Waffe und das Messer heraus. Beides hatte er vor Fahrtantritt in der Mulde für den Ersatzreifen versteckt. Die Taschenlampe, die Olav gehörte, nahm er ebenfalls mit, schaltete sie aber noch nicht ein.

Dem Forstweg konnte er im Dunkeln folgen, und Jan hoffte, dass er den roten Toyota, in dem Toma unterwegs war, rechtzeitig sehen würde.

Rica hatte anhand des Satellitenbilds herausgefunden, dass es an dieser Stelle im Wald kein Haus und keine Hütte gab, nichts, wohin Toma sich zurückziehen konnte, deshalb ging Jan davon aus, dass der Mann im Wagen schlief. Toma war ohne festes Ziel anscheinend Hals über Kopf geflüchtet, wollte wohl einfach nur Zeit und Raum zwischen sich und das Haus seiner Mutter bringen, und wenn er sich ausgeschlafen oder einen Plan geschmiedet hatte, würde er weiterfahren.

Aber er durfte auf keinen Fall entkommen.

Er kannte die Antworten auf Jans Fragen.

Und auf die Fragen der Familien der verschwundenen Mädchen.

Der Schneefall nahm zu. Jan marschierte zügig, und trotz der empfindlichen Kälte schwitzte er. Atemwolken stiegen vor seinem Gesicht auf.

Als er glaubte, die Distanz überwunden zu haben, blieb Jan stehen und wartete, bis Herzfrequenz und Puls sich beruhigt hatten. Dabei sah er sich um, konnte in der Dunkelheit jedoch keinen Wagen entdecken. Langsam ging er weiter und wich dabei auf den Rand des Weges aus, wo das braune Gras seine Schritte dämpfte und kein Schotter unter den Sohlen seiner Stiefel knirschte.

Bald erreichte er eine Lichtung. Sie war nicht sehr groß und wurde offenbar von den Lkw zum Wenden benutzt, die die geschlagenen Baumstämme aus dem Wald transportierten. Die tiefen Spuren in dem feuchten Untergrund zeugten davon.

Jan blieb im Schutze des Unterholzes vor der Lichtung stehen und sah sich um. Seine Augen hatten sich an die Dunkelheit gewöhnt, und so entdeckte er die helle Fläche schnell – ein Autodach, auf dem sich Schnee gesammelt hatte.

Am Waldrand entlang schlich Jan um die Lichtung herum, bis er auf zehn Meter an dem Wagen heran war. Es handelte sich tatsächlich um den mit einem Peilsender versehenen roten Toyota.

Jan ließ sich auf die Knie fallen, nahm die Waffe in die Hand und beobachtete den Wagen.

Da der Schnee auf dem Dach und der Motorhaube liegen blieb, musste es im Inneren kalt sein. Hatte Toma den Wagen hier stehen lassen und war zu Fuß weitergegangen? Aber wohin? Von hier aus waren alle Wege weit, und was machte es für einen Sinn, so tief in den Wald zu fahren, um die Flucht dann zu Fuß fortzusetzen?

Vielleicht schlief er auch einfach schon so lange, eingemummelt in einen Schlafsack, dass der Wagen ausgekühlt war. Ob die Scheiben von innen beschlagen waren, konnte Jan aus dieser Entfernung nicht erkennen.

Er wartete zehn Minuten, denn er wusste ja, zu welcher Heimtücke Toma fähig war. Erst dann stand er auf und schlich weiter auf den roten Toyota zu.

Dort angelangt, entdeckte er auf dem Boden eine Feuerstelle, darin stand eine leere Konservendose – Tomas Abendessen, wie Jan annahm.

Die Fenster des Wagens waren beschlagen.

Ein Zeichen dafür, dass Toma sich darin befand. Höchstwahrscheinlich hatte er das Gewehr dabei. Damit konnte er im engen Wageninneren nicht viel anfangen, aber es war natürlich möglich, dass Toma auch noch über eine Handfeuerwaffe verfügte.

Jan überlegte, wie er vorgehen sollte. Ob Toma den Wagen von innen versperrt hatte, konnte Jan in der Dunkelheit nicht erkennen, aber er musste davon ausgehen. Wenn er die Scheibe einschlug, hätte Toma Zeit, zu reagieren. Besser war es, ihn herauszulocken.

Noch während Jan darüber nachdachte, rührte sich Toma, und der Wagen bewegte sich in den Federn.

Rasch zog Jan sich zwischen die Büsche zurück.

Im Wagen ging Licht an, und einen Moment später startete der Motor.

Toma fror!

Durch die beschlagenen Scheiben hindurch sah Jan den Mann sich bewegen. Merkwürdige Verrenkungen waren das, und die lauten Flüche, die Toma dabei ausstieß, waren sogar draußen zu hören.

Dann ging die hintere rechte Tür auf, und Toma stieg aus.

Er kämpfte mit einer dicken Winterjacke, die er offenbar verkehrt herum angezogen hatte. Auf der Rückseite der Jacke war ein Werbeschriftzug aufgedruckt.

»Haus und Hof«.

Als Toma es endlich in die Jacke geschafft hatte, bückte er sich und holte das Gewehr aus dem Wageninneren. Für einen Moment stand er einfach nur da, den Lauf zu Boden gerichtet, und starrte in die Dunkelheit, allerdings in die entgegengesetzte Richtung, sodass für Jan keine Gefahr bestand.

Dann rotzte Toma einen dicken Schleimklumpen zu Boden, lehnte das Gewehr an den Wagen, umrundete ihn und kam mit unsicheren Schritten auf Jan zu. Er humpelte stark. Jan musste daran denken, dass Rica ihm ihr Messer in den Arsch gerammt hatte.

Seine kleine, zähe, mutige Frau.

Toma hatte die Stiefel nicht zugebunden, die Schnürsenkel flogen hin und her. Als er einen Busch erreicht hatte, nestelte er am Reißverschluss seiner Hose herum, holte seinen Schwanz heraus, blieb einen Meter neben Jan stehen und pinkelte gegen den Busch. Dabei seufzte er vor Erleichterung.

Jan wartete, bis Toma fertig war und eingepackt hatte, dann sprang er aus der Deckung.

Toma erschrak, taumelte zurück und fiel auf den Hintern.

Noch ehe er reagieren konnte, war Jan bei ihm und schlug

ihm den Lauf der Waffe ins Gesicht. Toma schrie auf und kippte nach hinten. Jan trat ihm wuchtig in die Seite und hörte Rippen brechen.

Er nahm die Taschenlampe, schaltete sie ein und leuchtete Toma ins Gesicht. Der hatte eine Platzwunde an der Stirn, das runde, feiste Gesicht war blutverschmiert. Toma starrte ihn an, konnte aber nichts erkennen, da er geblendet war. Er nahm die Hand hoch, um sich vor dem Licht zu schützen, und Jan schnitt ihm mit dem Messer die Handinnenfläche auf.

Toma brüllte auf und robbte auf dem Hintern von Jan weg, bis die Stoßstange des Toyota ihn stoppte.

Jan baute sich vor ihm auf, blendete ihn weiterhin.

»Hör auf!«, jammerte Toma. »Du musst das nicht tun ... Ich habe mit niemandem gesprochen und werde auch weiterhin schweigen.«

»Nein, das wirst du nicht«, sagte Jan und konnte die Überraschung in Tomas Gesicht sehen.

Der Mann hatte jemand anderen erwartet.

»Ich stelle dir Fragen, du wirst sie beantworten. Wenn nicht, schneide ich dich nach und nach auf. Ist also deine Entscheidung, wie das hier für dich ausgeht«, sagte Jan.

»Wer bist du?«, fragte Toma.

»Wie gesagt: Ich stelle die Fragen. Ich will wissen, wo Bettina Füllkrug ist. Lebt sie noch?«

Toma schüttelte den Kopf und sagte: »Weißt du eigentlich, mit wem du dich anlegst?«

Jan holte aus und trat dem Mann mit voller Wucht auf den hochstehenden Fuß. Das Gelenk brach, und Toma schrie auf.

Jan ließ ihn in Ruhe, bis die Schmerzen etwas erträglicher wurden. Dem grobschlächtigen Mann liefen Tränen aus den Augen, die im Licht der Taschenlampe auf den Wangen glitzerten.

»Beantworte die Frage«, sagte Jan.

Toma schüttelte den Kopf. »Ich weiß nicht, wovon du redest, Mann.«

Jan hob die Waffe so an, dass Toma sie sehen konnte. Wie erwartet hob Toma abwehrend die Hand.

»Nein, bitte, ich weiß es doch nicht ...«

Als Jan mit dem Messer ausholte, dachte er an Rica. An den Moment oben an der Hütte, als er geglaubt hatte, sie sei tot.

Die scharfe Klinge trennte Zeige- und Mittelfinger über dem ersten Glied ab. In hohem Bogen flogen sie davon.

Das Gebrüll des Mannes hallte im Wald wider.

Irgendwo flatterte ein großer Vogel davon.

Schnee fiel in friedlichen kleinen Flocken zu Boden. Nach und nach ebbte das Geschrei des Mannes zu einem kläglichen Jammern ab.

»Ich schwöre dir, ich mache weiter, bis deine Einzelteile hier im Wald herumliegen.«

Toma brauchte noch einen Moment, bevor er antworten konnte.

»Nein, bitte ... nicht mehr ... ich sag dir alles ...«

Mühsam stieß er die Worte hervor.

»Bettina Füllkrug?«, sagte Jan und hob das Messer erneut. Schneeflocken legten sich auf die Klinge und vermischten sich mit dem Blut.

»Auf die Autobahn, Mann ... sie ist auf die verdammte Autobahn gelaufen ...«

7.

VORHER

Die kleine Betty konzentrierte sich auf die Stimmen außerhalb des Wagens, konnte aber dennoch nicht verstehen, was gesprochen wurde. Im Laufe des Gesprächs schwollen die Stimmen an, und es klang so, als würden sich zwei Männer streiten.

Sie verharrte still in der engen Kammer zwischen den Holzbrettern und versteckte den kleinen Schraubenzieher in der Handfläche. Vielleicht konnte sie ihn ja noch gebrauchen.

Es kribbelte in ihren Fingerspitzen, sie wollte unbedingt wieder die Umrisse der Schildkröte berühren, die sie in die Holzwand geritzt hatte, aber sie wusste, wenn sie das tat, würden ihre Gedanken davonschwimmen, zusammen mit der Meeresschildkröte durch den Ozean treiben, und dies war nicht der richtige Zeitpunkt dafür. Irgendwas würde passieren, sobald die Männer draußen mit dem Streiten fertig waren, das spürte sie.

Etwas Bedeutungsvolles!

Plötzlich wurde es still.

Aber nur für einen kurzen Moment, bis jemand die Schiebetür des Wagens aufriss. Die kleine Betty machte sich bereit, fest umklammerte sie den Schraubenzieher.

Die Klappe zu ihrem Versteck wurde herausgenommen, und ein wenig Licht fiel herein. Es stammte von der Innenbeleuchtung des Wagens und reichte gerade aus, um die Umrisse des Mannes zu erkennen, der sie hergebracht hatte.

»Rück ein bisschen, du bekommst Besuch«, sagte er und machte keine Anstalten, sie aus dem Versteck herauszuholen.

Die kleine Betty verstand nicht, was das sollte, und bewegte sich lieber gar nicht.

Hinter dem Mann tauchte ein zweiter auf. Er bewegte sich schnell, hielt einen länglichen Gegenstand in der Hand, holte aus, als wollte er ihn dem Mann vor sich auf den Kopf schlagen.

Vor Schreck riss die kleine Betty die Augen weit auf, und der Mann ahnte, was hinter ihm passierte. Er drehte sich zur Seite weg, der Schlag ging daneben und hämmerte auf den Wagenboden. Die Erschütterung pflanzte sich bis in Bettys Körper fort.

Augenblicklich begannen die beiden Männer zu kämpfen. Es dauerte nicht lange, bis sie sich auf dem Boden wälzten. Die kleine Betty brauchte einen Moment, bis sie begriff, dass niemand mehr auf sie achtete. Vor dem Wagen stöhnten und keuchten die Männer, und Betty krabbelte aus der engen Kammer hervor.

Weil sie kraftlos und ihre Muskeln steif waren vom langen Sitzen, musste sie sich festhalten und herausziehen, dabei griff sie nach allem, was in Reichweite war, erwischte ein Klemmbrett auf einer Ablage und riss es zu Boden. Mehrere Zettel lösten sich und flogen durcheinander. Betty schnappte sich einen davon, knüllte ihn in der Hand zusammen und ließ sich aus dem Wagen gleiten.

Keine zwei Meter entfernt kämpften die Männer.

Einer von ihnen schien die Oberhand zu gewinnen.

Es war dunkel, die kleine Betty konnte nicht viel erkennen, offenbar befand sie sich in einem Wald. Aber nicht weit entfernt sah sie orange Lichter und hörte ein merkwürdiges Zischen und Rauschen, das ihr bekannt vorkam.

Mit dem Rücken am Wagen schob sie sich an den Männern vorbei. Als sie das Heck erreichte, sah sie ein zweites Fahrzeug. Ein großes Wohnmobil. Die Seitentür stand offen, drinnen brannte Licht, und als Betty an der Tür vorbeischlich, sah sie drinnen einen Mann liegen, der sich nicht rührte.

Außerdem hörte sie etwas.

Ein dumpfes Keuchen und Würgen, vielleicht sogar gedämpfte Schreie einer Frau.

Betty näherte sich der Tür, weil es so klang, als benötige dort in dem Wohnmobil jemand Hilfe.

Sie hatte einen Fuß schon auf der ausgefahrenen Stufe, als der am Boden liegende Mann plötzlich zuckte. Er wand sich, trat mit den Beinen aus, und erst jetzt sah Betty, dass er einen Knebel im Mund hatte und seine Hände auf dem Rücken gefesselt waren. Er sah sie an. Ein großer Mann mit Vollbart und Panik im Blick. Durch seinen Knebel hindurch wollte er ihr etwas sagen, doch sie verstand ihn nicht.

Sie verstand überhaupt nicht, was hier passierte.

Lauf weg, schrie eine Stimme in ihrem Inneren, und die kleine Betty wollte auf sie hören.

Sie fuhr herum – und entdeckte die dunkle Gestalt hinter sich.

Einer der beiden Männer, die miteinander gekämpft hatten.

Er hatte eine Waffe in der Hand, hob sie an, zielte kurz und schoss.

Die Kugel war nicht für Betty. Sie traf den Mann in dem Wohnmobil in den Kopf.

Betty war so geschockt, dass sie nicht einmal schreien konnte.

»Komm her!«, sagte der Mörder zornig und wollte sie packen. Da nahm die kleine Betty all ihre Kraft und ihren Mut zusammen, stach mit dem kleinen Schraubenzieher zu und erwischte die Hand des Mannes. Der Schraubenzieher wurde Betty aus den Fingern gerissen, der Mann taumelte einen Schritt zurück und schrie auf.

Betty rannte los.

Zunächst noch unsicher und langsam, denn ihre Beine waren wackelig und ihr Verstand träge.

Wohin?

Egal, ganz egal. Nur weg von diesem Mann, von all den anderen Männern, niemals wieder zurück, lieber würde sie sterben.

Betty entdeckte irgendwo zwischen den Bäumen die orangefarbenen Lichter wieder, die in der Dunkelheit zu schweben schienen.

Darauf hielt sie zu.

Auf die Lichter, die Rettung zu versprechen schienen.

8.

Ricas Handy meldete den Eingang einer Nachricht. Hastig rief sie sie auf.

Olav, der mit ruhiger Hand den Defender über die Autobahn lenkte, sah zu ihr herüber.

»Was ist?«

»Eine Nachricht von Jan ...«, wich Rica aus und las die wenigen Worte zunächst still, um entscheiden zu können, ob sie sie Olav vorlesen durfte. Immerhin war er Kommissar, und auch wenn er im Moment nicht im Dienst war, durften sie ihn nicht in etwas hineinziehen, was ihn seinen Job kosten konnte.

Jan hatte das wohl bedacht und vorsichtig formuliert.

Rica las laut vor. »Die erste Spur habe ich bis zum Ende verfolgt. Dort bekam ich entscheidende Hinweise und bin nun auf dem Weg in die Höhle des Löwen.«

»Also hat er Toma gefunden, und der hat ihm erzählt, wo Bettina Füllkrug und eventuell Melissa Rimkus zu finden sind?«, fragte Olav.

»Wahrscheinlich.«

»Und er fährt allein dorthin?«, fragte Olav mit besorgter Stimme.

Rica nickte. Ihr wurde die Kehle eng. Sie wusste, Jan konnte auf sich selbst aufpassen, aber er neigte auch zu Leichtfertigkeit und Selbstüberschätzung.

»Das gefällt mir nicht«, stieß Olav aus. »Er hat mir versprochen, nur diesen Eugen Toma zu verfolgen und ihn den Strafverfolgungsbehörden in Tschechien oder Deutschland zu übergeben.«

Rica schwieg. Sie wusste nicht, was sie dazu sagen sollte. Natürlich war Jan nicht vollkommen ehrlich zu Olav gewesen, wie könnte er auch. In seiner Nachricht hatte Jan mit keinem Wort erwähnt, was mit Eugen Toma passiert war. Rica konnte es sich denken, aber darüber würde sie jetzt nicht mit Olav sprechen.

»Sollen wir zurückfahren?«, fragte Olav.

Ja, ja, ja, wollte Rica rufen, schüttelte aber den Kopf. »Das bringt nichts. Wir würden sowieso zu spät kommen. Wir müssen darauf vertrauen, dass alles gut geht.«

»Das klingt nach einem doofen Plan. Aber gut, ich habe versprochen, dich nach Hause zu bringen, also halte ich mich daran, auch wenn es mir nicht gefällt … Übrigens hat Jan mir noch etwas mit auf den Weg gegeben, damit du dazu recherchieren kannst.«

»Und was?«

»Die Eidingers haben den Namen des Freundes ihrer Tochter herausgefunden. Er heißt Peer.«

»Kein Nachname?«

»Nein.«

Rica loggte sich bei der Whatsapp-Gruppe Wobinich ein, in der sie Mitglied war.

Es hatte sich einiges getan, seitdem sie zuletzt dort gewesen war, und Rica las die öffentlichen Chatverläufe aufmerksam durch.

In einem ging es darum, dass in der Gruppe immer weniger los war und man sich ja gleich ganz abmelden könne. Darin tauchte ein Satz auf, der Rica aufmerksam werden ließ.

… lange nichts mehr von LonelyMaja gehört, dabei war sie doch so verzweifelt …

Rica sah sich LonelyMaja genauer an und entdeckte, dass sie zu einem Teilnehmer häufiger Kontakt gehabt hatte als zu allen anderen.

Einsameeer.

Stand das vielleicht für einsamer Peer?

»Shit!«, stieß Rica aus.

»Was ist?«, wollte Olav wissen.

»Ich bin mir nicht sicher...«, wich Rica aus, öffnete ein neues Fenster, loggte sich bei Facebook ein und öffnete Amber alert.

»Heilige Scheiße!«, entfuhr es ihr.

9.

Die Temperatur sank, der Schneefall wurde stärker. Auffrischender Wind trieb die kleinen Flocken stoßweise durch das Scheinwerferlicht des Wagens, die Scheibenwischer arbeiteten auf Hochtouren.

Jan Kantzius kniff die Lider zusammen und konzentrierte sich. Es war nicht einfach, bei dem Wetter über unbefestigte Nebenstrecken zu fahren, aber immerhin kam ihm niemand entgegen. Langsamer zu fahren war keine Option, denn er ahnte, dass ihm die Zeit davonlief.

Die Leute, für die Eugen Toma gearbeitet hatte, waren aufgeschreckt. Sie wussten vermutlich nichts von Jan und Rica und ihren Ermittlungen, aber sie wussten, dass Toma unzuverlässig geworden war. Sie hatten ihn opfern wollen, ein klassisches Bauernopfer, um den König zu schützen.

Zumindest wenn Jan Eugen Tomas Worten Glauben schenken durfte. Er sah keinen Grund, es nicht zu tun. Toma war nicht der Typ Mann, der unter Folter log. Bis zuletzt hatte er gehofft, davonzukommen, wenn er Jan nur die Wahrheit sagte, und bis zuletzt hatte Jan ihn daran glauben lassen.

Auf diese Art hatte er erfahren, was in jener Nacht in der Nähe der Autobahnraststätte passiert war. Was Toma erzählt hatte, klang schlüssig und passte zu den Indizien, die sie bisher zusammengetragen hatten.

Was Jans letzten Zweifel an Tomas Glaubwürdigkeit zerstreut hatte, war dessen Wegbeschreibung.

Jan hatte dem Mann den Zettel gezeigt, den er auf der Autobahn zerknüllt und feucht aus der Hand der toten Bettina Füllkrug genommen hatte. Den Zettel mit der Zeichnung, die, wie Jan jetzt wusste, ein Gebäudeensemble darstellte, an dem Toma als Handwerker gearbeitet hatte.

Dorthin war Jan unterwegs.

Denn an dem Ort lag die Lösung des Falles.

In der Nähe des Čertovo jezero, des Teufelssees, einige Kilometer außerhalb von Markt Eisenstein, tief in den Wäldern versteckt, sollte es laut Toma einen alten Einsiedlerhof geben. Toma war von einem Geschäftsmann, der dort angeblich sein Jagddomizil einrichten wollte, beauftragt worden, den Hof zu sanieren. Zwei Jahre, so hatte Toma gesagt, hatte er dort gutes Geld verdient.

Dann war der Hof fertig gewesen.

Und Toma hatte andere Aufgaben für den Mann übernommen.

Jan erreichte den Stadtrand von Markt Eisenstein über einen Forstweg. Er hielt sich von der Stadt fern, nutzte die Nebenstrecken, die zwar nicht geräumt oder gestreut waren, dafür gab es dort keinen Verkehr und keine Polizei. Allerdings musste er gleich hinter dem Fluss eine viel befahrene Straße überqueren, die von Bayerisch Eisenstein in Deutschland nach Markt Eisenstein in Tschechien führte.

Ein paar Hundert Meter vor dieser Straße klingelte sein Handy.

Er hielt an. Rica.

»Ich bin gerade auf etwas Auffälliges gestoßen«, erklärte sie. »In der Wobinich-Gruppe bei WhatsApp wird ein Mädchen vermisst, das mit einer unserer Zielpersonen kommuniziert hat. Er nennt sich dort Einsameeer. Kannst du dich erinnern?«

»Ja, kann ich.«

»Siehst du den Namen, der da drinsteckt?«

»Peer«, stieß Jan aus.

»Richtig. Peer. Er hat sowohl mit Leila als auch mit einem Mädchen geschrieben, das sich in der Gruppe LonelyMaja nennt. Ich bin auf die Facebook-Seite von Ambert alert gegangen und habe dort einen nagelneuen Eintrag gefunden. Maja Fischer, siebzehn Jahre alt, wurde von ihrer Mutter gestern vermisst gemeldet.«

»Ist sie umgezogen?«

»Na ja, bei Wobinich klingt es jedenfalls so.«

»Vielleicht bekommt Olav mehr raus, die Mutter muss ja auch zur Polizei gegangen sein.«

»Wir halten gleich, dann will er es versuchen. Ich hab ihn gebeten, anhand der IP-Adresse dieses Einsameeer dessen Wohnort ermitteln zu lassen. Mal sehen, vielleicht klappt es ja.«

»Okay, haltet mich auf dem Laufenden. Es kann allerdings sein, dass die Verbindung abreißt, ich fahre gleich wieder ins Nirgendwo.«

»Ist alles klar mit dir?«

»Ja.«

»Ich habe Angst um dich.«

»Ich weiß. Ich verspreche dir, ich komme zu dir zurück. Ich muss jetzt Schluss machen. Bis bald.«

Jan wusste nicht, was er in dieser Situation noch sagen sollte, schon das Versprechen war zu viel gewesen, denn man sollte nichts versprechen, wenn man nicht sicher war, es auch einhalten zu können.

Einen Moment saß er nachdenklich hinter dem Steuer, betrachtete die Schneeflocken im Scheinwerferlicht, spürte Traurigkeit in sich.

Was hatten sie sich für ein Leben ausgesucht?

Wie lange konnte das noch gut gehen?

Von der Bundesstraße bog ein Fahrzeug in die Straße gegenüber ein, in die auch Jan musste. Ein weißer Transporter mit einer Werbeaufschrift auf der Seite, die Jan wegen des Schneefalls nicht entziffern konnte.

»Haus und Hof« war es nicht, eher etwas in tschechischer Sprache.

Jan legte den Gang ein und fuhr los. Der Transporter war schon ein gutes Stück entfernt und verschwand einen Augenblick später im Wald.

Das war genau seine Richtung!

Toma hatte ihm gesagt, er müsse dieser Straße bis zu ihrem Ende folgen, dann in einen schmalen Waldweg abfahren, den man im Dunkeln kaum als solchen erkennen konnte. Ein Findling hundert Meter davor war die einzige Markierung.

Das war ziemlich blöd, wenn dieser Transporter vor ihm herfuhr.

Jan hielt ausreichend Abstand, und da die Straße kurvenreich durch die hügelige Landschaft verlief, sah er die Rücklichter des Wagens nur hin und wieder zwischen den Bäumen aufblitzen. Ein Schild wies auf den Teufelssee und das Naturschutzgebiet hin. Es ging an mehreren Abfahrten vorbei, aber der Transporter fuhr immer weiter geradeaus in diese abgelegene Region – was wollte der Fahrer dort?

Jan kam an einem weiteren Hinweisschild vorbei.

Gentleman's Club, stand darauf. Dazu ein rotes Herz und der Umriss einer tanzenden Frau in Unterwäsche. Eines der vielen Bordelle, die es hier im Grenzgebiet zwischen Deutschland und Tschechien gab. Die Grenze war nur ein paar Kilometer Richtung Westen entfernt.

Auch dort war der Transporter nicht abgebogen, wie die Spuren im Schnee verrieten.

Jan kam ein Verdacht.

Was, wenn er das gleiche Ziel hatte wie er?

Jenes Gehöft dort oben in den Wäldern nahe dem Teufelssee, von dessen Existenz Eugen Toma ihm erzählt hatte?

Jan musste die Geschwindigkeit weiter drosseln, da die Schneedecke dichter und die Straße schlechter wurde. Außerdem wollte er den Findling nicht übersehen, von dem Toma gesprochen hatte. Der Transporter war auf der kurvenreichen Strecke längst verschwunden, aber seine Reifenspuren waren die einzigen in dem frisch gefallenen Schnee, also war es leicht, ihm zu folgen.

Nach weiteren fünfzehn Minuten entdeckte Jan den großen, hellen Stein am linken Fahrbahnrand. Die Reifenspuren führten geradeaus weiter.

Jan stoppte den Wagen und schaltete das Licht aus.

In der plötzlichen Dunkelheit glaubte er, irgendwo vorn im Wald die Scheinwerfer des Transporters sehen zu können. Jan entschied sich, den Rest der Strecke zu Fuß zu gehen, um nicht frühzeitig entdeckt zu werden. Da es hier keine Möglichkeit gab, den Wagen stehen zu lassen, setzte er fünfzig Meter zurück und parkte in einer schmalen Ausbuchtung.

Er stieg aus, steckte Waffe und Messer ein, zog den Reißverschluss seiner Jacke bis unters Kinn zu und stapfte los.

10.

Maja Fischer tat, was man ihr sagte.

Anfangs hatte sie versucht, sich zu wehren. Sie hatte es wirklich versucht, aber gegen diese Schmerzen war sie nicht gefeit.

Der Strom war über kleine Pads, die man an ihren Schläfen befestigt hatte, in den Körper geflossen, und ihre Muskeln hatten sich entsetzlich verkrampft, unvorstellbare Schmerzen waren das, die sogar noch anhielten, wenn der Strom längst abgestellt war.

Eine einzige Behandlung hatte gereicht, um sie gefügig zu machen. Sie würde alles über sich ergehen lassen, wenn sie diese Tortur nur nicht noch einmal durchstehen musste.

Es war erniedrigend, sich in knappen Dessous auf dem runden Bett räkeln und den Regieanweisungen des Mannes folgen zu müssen.

Lächle ein bisschen.
Mach einen Schmollmund, so wie auf Social Media.
Spreiz die Beine.
Fass dir in den Schritt.
Spiel mit deinen Brüsten.
Wackle mit dem Arsch.

Maja hatte es getan, weil das, was man ihr androhte, noch viel grausamer war, und die ganze Zeit, während sie sich vor der Kamera bewegte, hoffte und betete sie, dass es bei diesen Videos bleiben würde. Sie klammerte sich daran, sagte sich insgeheim immer wieder, dass sie es durchstehen konnte, es durchstehen musste, wenn sie je wieder nach Hause kommen wollte.

Irgendwann war der Mann zufrieden.

Er ging zu der auf einem Stativ befestigten Kamera und schaltete sie aus.

»Nicht schlecht«, sagte er und nickte anerkennend. »Aus dir kann noch was werden. Aber das war nur die Pflicht, jetzt lass uns mal schauen, wie es in der Kür läuft.«

Er kam auf das Bett zu. Maja wich zurück. »Nein ... bitte, ich hab doch alles getan, was Sie wollten.«

»Halt die Fresse und komm mit. Der Herr Doktor wartet auf dich.«

Er packte sie am Handgelenk und zog sie vom Bett. Der Mann war stark, Maja hatte keine Chance, sich gegen ihn zu wehren. Sie versuchte es gar nicht. Die Angst vor dem Strom war zu groß.

Barfuß und in Unterwäsche stolperte sie hinter ihm her. Hinaus auf einen Gang mit frisch gestrichenen Wänden. Halogenspots in der Decke blendeten Maja, Tränen traten ihr in die Augen, Angst wurde zu Panik, und sie begann zu weinen. Den Mann kümmerte das nicht, er zog sie einfach mit sich. Am Ende des Ganges schloss er eine Tür auf, schob Maja hindurch, blieb selbst draußen und warf die Tür wieder zu. Das Schloss verriegelte mit einem metallischen Schnappen.

Die Arme vor dem fast nackten Körper verschränkt, blieb Maja stocksteif stehen. Ihr Blick hetzte umher. Der Raum war hoch, die Tiefe nicht zu ermessen. Das Licht kam aus unterschiedlichen Quellen in Ecken, Nischen, Spalten, aber nicht von der Decke. An der linken Seite befand sich ein großer, offener Kamin, in dem ein Feuer prasselte, daneben zwei wuchtige Ohrensessel, zum Feuer hin ausgerichtet. Maja sah einen Billardtisch und eine Bar aus Natursteinen, stimmungsvoll illuminiert. Sechs lederbezogene Barhocker standen davor.

Hinter der Bar hantierte ein Mann mit Gläsern und Flaschen. Er trug einen dunklen Anzug, dazu ein weißes Hemd ohne Krawatte. Er war groß und schlank und hatte grau meliertes Haar.

»Komm doch näher, Maja«, sagte er mit angenehmer Stimme, ohne in seiner Tätigkeit innezuhalten.

Maja rührte sich nicht von der Stelle.

»Du musst keine Angst haben, das Schlimmste ist für dich vorbei. Komm doch bitte kurz zu mir, damit wir reden können.«

Maja traute sich nicht, verharrte weiterhin mit verschränkten Armen.

»Ach, entschuldige bitte … wie unaufmerksam von mir.«

Der Mann trat hinter der Bar hervor, nahm einen weißen Bademantel von einem der Barhocker und legte ihn Maja um die Schultern. Sie konnte sein dezentes Parfum riechen, seinen Atem am Hals spüren, während er ihr langes Haar über die Kapuze des Bademantels hob.

»Entschuldige bitte meinen Mitarbeiter. Er ist wirklich hilfreich, aber nicht sehr feinfühlig. Möchtest du etwas trinken? Für Gin Tonic bist du eigentlich noch zu jung, aber weil es ein so besonderer Abend ist, würde ich eine Ausnahme machen.«

Der Mann nahm Majas Hand, führte sie zur Bar und drängte sie auf einen der Barhocker. Rasch schlang Maja den Bademantel über den Beinen zusammen.

Der Mann kehrte hinter die Bar zurück und mixte zwei Drinks. Einen stellte er auf der polierten Holzplatte ab und schob ihn zu Maja herüber, den anderen behielt er in der Hand und prostete ihr zu.

Maja machte keine Anstalten, zum Glas zu greifen.

»Es wäre unhöflich, meine Gastfreundschaft auszuschlagen«, sagte der Fremde.

Da war etwas in seiner Stimme und in seinem Blick, das

Maja eine Heidenangst einjagte. Also griff sie zu dem Glas und nippte daran.

»Schon besser«, sagte der Mann, trank einen großen Schluck von seinem Gin Tonic und stellte das Glas schwungvoll auf dem Tresen ab.

»So, dann will ich dich kurz instruieren. Ich erwarte heute Abend einen besonderen Gast, der viel Geld dafür bezahlt hat, dich kennenlernen zu dürfen. Ich möchte, dass du ihm mit Respekt begegnest und ihm jeden Wunsch von den Augen abliest. Sollten mir Beschwerden zu Ohren kommen, werde ich meinen Mitarbeiter anweisen, die Strombehandlung fortzusetzen. Hast du das so weit verstanden?«

Maja war kurz davor, in Tränen auszubrechen. Nur mühsam brachte sie eine Antwort hervor.

»Ich möchte nach Hause«, sagte sie.

Der Mann schüttelte den Kopf, zog die Augenbrauen zusammen und sah sie verständnislos an. »Nach Hause? Da wolltest du doch unbedingt weg, wenn ich richtig informiert bin. Also lass bitte diesen Quatsch. Wir wissen beide, dass du nicht nach Hause willst zu deiner unfairen Mutter, die dich einfach so zu einem Umzug zwingt. Aber ich mache dir einen Vorschlag. Wenn du dich meinem Gast gegenüber höflich erweist, denke ich darüber nach, dich gleich morgen irgendwo hinbringen zu lassen, an einen Ort deiner Wahl, vielleicht sogar zu Peer. Was meinst du?«

Maja erschrak, als er diesen Namen erwähnte.

Der Mann lächelte boshaft.

In diesem Moment leuchtete an einer Schalttafel hinter dem Tresen eine gelbe Lampe auf.

»Es ist so weit. Trink aus, kleine Maja, mein Gast erwartet dich.«

11.

Jan warf einen letzten Blick auf sein Handy.
Er hatte noch Empfang, aber Rica hatte nicht wieder angerufen. Er steckte das Telefon weg, um sich auf die vor ihm liegende Aufgabe zu konzentrieren.

Auf einer kleinen Lichtung, an deren Rand er sich verbarg, lag inmitten der Wälder nahe dem Teufelssee eine alte Hofstelle. Bestehend aus dem Haupthaus, einem Stallgebäude sowie einer kleinen Scheune aus Holz. Alle Gebäude waren in U-Form um den mit Feldsteinen gepflasterten Hof gebaut. Schnee bedeckte die umstehenden Tannen, die Dächer, das Hofpflaster.

Der weiße Transporter, dem Jan gefolgt war, parkte vor dem Haupthaus. Auf seiner Windschutzscheibe schmolz der Schnee noch. Daneben stand eine schwarze Limousine mit deutschem Kennzeichen.

Jan hielt sich in der Deckung des Unterholzes nahe der Einfahrt auf und behielt die Hofstelle im Blick. Sie sah exakt so aus wie auf der Zeichnung, die er aus der Hand von Bettina Füllkrug hatte.

Hier war er richtig.

Hinter den kleinen Butzenfenstern des Haupthauses brannte Licht, aber sie waren zu klein, um dahinter irgendetwas erkennen zu können – oder irgendjemanden. Wo hielten sich die Menschen auf, die mit den beiden Fahrzeugen gekommen waren?

Der Wind wurde stärker, die Temperatur fiel, die Zeit verstrich. Jan konnte nicht länger untätig herumsitzen. Er überwand eine brusthohe Mauer und schlich unter dem weit überstehenden Dachvorsprung des Stallgebäudes auf das Haupthaus zu. Er kam an mehreren kleinen Stallfenstern vorüber, die von innen zugemauert waren.

Jan behielt die Dachvorsprünge im Auge und entdeckte mehrere Videokameras, die den Hof überwachten. Wenn er Glück hatte, konnte er deren Erfassungsbereiche meiden. Wenn nicht, würde er mit den Konsequenzen zurechtkommen müssen.

Sein Messer steckte in der Halterung am Schienbein, die Waffe hielt er in der Hand.

Auf Höhe des weißen Transporters angelangt, konnte Jan die Beschriftung auf der Flanke entziffern. Sie bestand aus zwei Schriftzügen. Der obere, große in tschechischer Sprache, der kleinere auf Deutsch.

»Autocraft. Verleih von Fahrzeugen aller Art. Lkw, Pkw, Anhänger, Transporter. Umzugsservice.« Dazu eine Internetadresse.

Wie vom Donner gerührt stand Jan da und starrte die Aufschrift an.

Ein Umzugsservice?

Konnte das sein?

Jan verharrte dicht an die Wand des Stallgebäudes gepresst und holte sein Handy hervor. Er schoss ein Foto von dem Transporter mit der Aufschrift und den Kennzeichen und schickte es mit einem kurzen Kommentar an Rica. *!Bitte überprüfen!!*

Dann steckte er das Handy wieder ein.

Umzugsservice!

Jan verstand nicht, wie jemand über den Verleih von Umzugstransportern auf Mädchen im Teenageralter gestoßen war, die zu Hause unglücklich waren und vielleicht sogar darüber nachdachten, wegzulaufen. So etwas erzählte man doch nicht dem Typen, bei dem man den Wagen mietete, oder den Jungs, die Möbel und Kartons trugen.

Aber darüber nachzudenken musste warten.

Viel dringlicher war es, herauszufinden, was auf diesem Hof stattfand und ob die beiden verschwundenen Mädchen, von denen er wusste, Melissa Rimkus und Maja Fischer, hier waren.

Jan wollte sich dem Hauptgebäude nähern, als die Außenbeleuchtung ansprang. Ein Bewegungsmelder, in dessen Erfassungsbereich er geraten war, hatte sie vermutlich ausgelöst. Jan machte einen Satz nach vorn und versteckte sich in der dunklen Ecke zwischen den beiden Gebäuden. Schnee fiel durch das starke Licht des Scheinwerfers.

In dem Stallgebäude ging eine Tür auf. Sie quietschte in den Angeln. Ein Mann trat heraus, und trotz der schlechten Sicht erkannte Jan ihn sofort.

Es war der Typ, mit dem er an der Raststätte gesprochen hatte und der danach in den Handwerkerwagen mit dem Werbeschriftzug »Haus und Hof« gestiegen war.

Nach und nach fügten sich die Puzzleteile.

Der grobschlächtige Mann mit Bierbauch trug einen blauen Arbeitsoverall und eine schwarze Strickmütze. Er trat ein paar Schritte auf den Hof hinaus und sah sich um. Da Jan unter dem Dachvorsprung entlanggegangen war, hatte er keine Spuren in der frischen Schneedecke hinterlassen. Das schien den Mann zu beruhigen. Den ausgelösten Bewegungsmelder schob er wohl auf den Schneefall. Nachdem er sich umgeschaut hatte, zündete er sich in aller Ruhe eine Zigarette an, nahm ein paar Züge und ging schließlich zu dem Transporter hinüber. Er öffnete die Hecktüren, holte einen Karton hervor und trug ihn in das Stallgebäude.

In Gedanken verglich Jan noch einmal die Zeichnung auf dem Zettel aus der Hand von Bettina Füllkrug mit der Realität. Der Mann hatte den Karton dorthin getragen, wo sich auf der Zeichnung ein kleines Rechteck in einem großen Rechteck befand – was auch immer das zu bedeuten hatte.

Jan sprintete zu der offen stehenden Tür und lugte um die Ecke. Es war dunkel, das einzige Licht fiel durch eine weitere Tür auf der gegenüberliegenden Seite. Den Geräuschen nach zu urteilen, war der Mann dort beschäftigt.

Zwischen verschiedensten Gartengeräten und Werkzeugen hindurch suchte Jan sich einen Weg dorthin und spähte um die Ecke.

Der Mann kniete in einem großen Raum mit einer Balkendecke, die in der Mitte zu den Dachpfannen hin offen war. Der Fußboden schien aus altem, gestampftem Lehm zu bestehen, in der Mitte jedoch klaffte ein Loch von einem Meter Breite und vier bis fünf Metern Länge. Dieses Loch war wohl mit alten Holzbohlen abgedeckt gewesen, sie lagen aufgestapelt daneben. Zudem entdeckte Jan eine Plane, die vermutlich über den Holzbohlen gelegen hatte und nun zurückgeschlagen war. Ein Teil der Plane verschwand im Boden und Jan begriff, was es damit auf sich hatte. Um dieses Loch zu tarnen, wurde die Plane mit Sand und Stroh bedeckt.

Im Licht einer nackten Glühbirne unter der Decke las Jan den Aufdruck auf dem Karton, den der Mann hereingetragen hatte. Wie es aussah, handelte es sich um haushaltsüblichen Abflussreiniger.

Der Mann, der vor dem Loch kniete, hatte eine der Kunststoffflaschen aus dem Karton herausgenommen, den Deckel abgedreht und war gerade dabei, den pulvrig weißen Inhalt in das Loch zu schütten. Als die Flasche leer war, steckte er sie in den Karton zurück, nahm die nächste und wiederholte die

Prozedur. Zwischendurch zog er immer wieder an seiner Zigarette.

Jan löste sich von seinem Versteck bei der Tür und schlich von hinten auf den Mann zu. Er hob die Waffe an, um ihm damit auf den Schädel zu schlagen.

Doch der Mann schien seine Anwesenheit zu spüren.

Plötzlich drehte er sich um und schleuderte die Flasche mit dem Abflussreiniger in Jans Richtung. Das weiße Pulver verteilte sich in der Luft, und Jan schloss die Augen, damit sie nicht verätzt wurden. Er spürte das Pulver an sich herunterrieseln. Als er die Augen öffnete, kam der Mann mit gebeugtem Oberkörper, den Kopf voran, auf ihn zu wie ein Rammbock. Ausweichen konnte Jan nicht mehr. Also spannte er die Bauchmuskulatur an, bereitete sich auf den Aufprall vor, und als er kam, drosch er dem Mann den Knauf seiner Waffe auf den Hinterkopf, so fest er nur konnte.

Das Gewicht des Mannes riss Jan von den Beinen. Er stürzte rücklings zu Boden, und der Fremde blieb bewusstlos auf ihm liegen.

Jan hatte Mühe, sich von ihm zu befreien.

Dabei schob er sich rückwärts kriechend in Richtung des Loches im Boden, und als er dessen Rand erreichte, war die Neugierde zu groß – er musste einen Blick hineinwerfen.

Für den Rest seines Lebens würde er sich wünschen, er hätte es nicht getan.

Hier war sie.

Die Grube, von der die sterbende Bettina Füllkrug auf der Autobahn gesprochen hatte.

Bei dem Loch handelte es sich um eine alte Jauchegrube aus der Zeit, als dieser Hof noch landwirtschaftlich betrieben worden war. Sie war zur Hälfte mit schwarzem Wasser gefüllt. In dem Wasser trieben weiße, aufgeblähte Körper. Frauenkörper.

Auf den ersten Blick zählte Jan drei Körper, und aus der kurzen Distanz konnte er sehen, wie das weiße Pulver des Abflussreinigers seine zersetzende Arbeit dort begann, wo es auf das nasse Fleisch gerieselt war.

Würgend wandte Jan sich ab.

Schon kam der Mann erneut auf ihn zu.

Diesmal allerdings mit einer rostigen Sense in der Hand, die er schwang wie Gevatter Tod.

In Jan veränderte sich etwas.

Im Bruchteil einer Sekunde verschwanden sämtliche Empfindungen und Emotionen hinter einer tiefroten Wolke aus unfassbarer Wut. Er geriet in einen Tunnel, der sein Denken und Handeln einzig auf seinen Gegner fokussierte.

Auf diesen Mann, der seine Menschlichkeit verwirkt hatte.

Jan ließ ihn kommen und wich dem gewaltigen Hieb mit der Sense aus. Durch die Wucht des Schlages und seines eigenen Gewichts getrieben, taumelte der Mann nach vorn. Und schaffte es gerade noch, nicht in die Jauchegrube zu stürzen. Er war so mit sich selbst beschäftigt, dass Jan genug Zeit hatte, sein Messer zu ziehen und es dem Mann von hinten in die Niere zu stoßen. Dann gab er ihm einen Schubs, und er fiel kopfüber in die Grube. Sein kurzer Schrei wurde von dem schwarzen Leichenwasser erstickt.

Jan blieb am Rand der Grube hocken und wartete.

Unten im Wasser schlug der Mann wild um sich, und die Körper gerieten in Bewegung. Sie tanzten einen grausigen Tanz, schienen nach dem Mann greifen und ihn festhalten zu wollen.

Der Stich war nicht tödlich gewesen, und Jan musste dafür sorgen, dass der Mann nicht zu schreien begann, wenn er auftauchte.

Schon stieß der Kopf durch die aufgewühlte Wasseroberfläche. Er schnappte nach Luft, schluckte Wasser und Rohrreiniger und paddelte wie jemand, der nicht schwimmen konnte. Seine Mütze hatte er im Wasser verloren. Jan krallte die Finger ins Haar des Mannes und drückte ihn wieder hinunter. Das Wasser bot ihm keinerlei Halt, er schluckte immer mehr davon, und so dauerte es keine Minute, bis seine Bewegungen erlahmten.

Obwohl sein Arm schmerzte und seine Muskeln zu verkrampfen drohten, ließ Jan den Kopf erst los, als der Mann sich nicht mehr bewegte.

Der Körper sank zu Boden, die Reihe aus Leichen schloss sich über ihm.

Jan wandte sich ab.

Schwer atmend hockte Jan neben der Grube.

Die Gerüche, der Anblick ...

Jetzt, da die unmittelbare Gefahr vorüber war, konnte er nicht mehr an sich halten. Sein Magen verkrampfte sich, und er übergab sich auf den staubigen Boden.

12.

Der Defender war kein Wagen zum Rasen, und Olav Thorn fuhr zurückhaltend, da er sich mit dem Fahrzeug nicht auskannte.

Rica störte das nicht, ganz im Gegenteil. Mal abgesehen von Ragna zog sie im Moment nichts nach Hause. Ganz im Gegenteil schrie ihre Seele ihr andauernd zu, sie würde sich in die verkehrte Richtung bewegen, weg von dem Mann, an dessen Seite sie in diesen Stunden kämpfen sollte. Ihr Verstand jedoch hatte begriffen, dass sie Jan in ihrem Zustand keine Hilfe sein konnte. Also musste sie tun, was sie am besten konnte: Online-Recherche.

Es gab so gut wie nichts, was Rica online nicht herausbekam, und stieß sie auf Hindernisse, spornten diese ihren Ehrgeiz erst recht an.

Sie hatte noch zwei Stunden bis nach Hammertal vor sich, und es gab viel zu tun. Rica war froh um ihre rollende Einsatzzentrale, gerade jetzt, da Jan ihr immer wieder Informationen schickte, die es zu recherchieren galt.

Wie zum Beispiel die Fotos des Transporters mit der Aufschrift auf der Flanke.

Pujčení auta – Lkw-Verleih

Přepravce – Transport

Přestěhování – Umzugsservice

Allerdings gab es keine Firmenadresse oder Telefonnummer, sondern nur eine Internet- und Mailadresse.

»Sie haben ihre Opfer über den Umzugsservice gefunden?«, fragte Olav ungläubig.

»Sieht danach aus.«

»Aber wie soll das gehen?«

»Ich habe keine Ahnung«, sagte Rica und tippte weiter auf der Tastatur ihres Laptops herum.

»Und was denkst du?«, fragte Olav.

Eigentlich nervte sie die Fragerei, wenn sie online war, aber sie wollte Olav gegenüber auch nicht unfreundlich sein. Also lehnte Rica sich einen Moment zurück, schaute durch die Windschutzscheibe auf die Rücklichter der vorausfahrenden Fahrzeuge und betrachtete, was sie dachte.

»Tja«, sagte sie schließlich. »Heutzutage hat jeder Fuhrpark Tracker in seinen Fahrzeugen, dann weiß man schon mal, wo die Wagen so hinfahren. Und es ist kinderleicht, ein Mikro darin zu installieren und die Gespräche während der Fahrt aufzuzeichnen. Vielleicht sogar noch eine Minikamera, das merkt niemand.«

Olav nickte. »In Zeiten, in denen öffentliche Toiletten, Hotelzimmer und Umkleidekabinen heimlich mit Kameras ausgestattet sind und die Videos ins Netz gestellt werden, ist alles vorstellbar. Du denkst also, sie belauschen die Personen, die sich so einen Umzugstransporter leihen?«

»Kann ich mir zumindest vorstellen. Und mittels einer Minikamera bekommen sie Bilder von den Mädchen, treffen eine erste Auswahl, finden heraus, ob die Mädchen lohnenswerte Ziele sind, ob die Polizei aufgrund der Umstände eher mit mäßigem Einsatz nach ihnen suchen wird.«

»Ich will keinen Kollegen schlechtreden, aber leider kann ich mir das sehr gut vorstellen. Es gab eben zu viele dieser Fälle. Groß angelegte Suchaktionen, die Unsummen verschlingen, und drei Tage später taucht der beleidigte Nachwuchs wieder auf, weil es im ach so furchtbaren Elternhaus ja doch am bequemsten ist. Was ich nur nicht kapiere: Wie kommen sie später an die Mädchen heran?«

»Indem sie die Häuser observieren? Oder über diese speziellen Gruppen bei WhatsApp und Facebook.«

»Okay, ich weiß also, da gibt es ein hübsches Mädchen, das Gründe hat, von zu Hause abzuhauen, eine Ausreißerin, nach der die Polizei eventuell nur halbherzig sucht. Ich kenne ihre Probleme, ihre Adresse ... aber wie finde ich sie im Netz? Zumal die dort meistens Scheinidentitäten haben?«

»Ich weiß es nicht ...«, sagte Rica ein wenig abwesend. Sie hatte Olav nur mit einem halben Ohr zugehört, denn was sie gerade im Internet recherchierte, war interessant.

»Diese Firma ... Autocraft ... das scheint ein selbstständiger Subunternehmer zu sein, der an eine europaweit tätige Autovermietung gekoppelt ist ... jedenfalls laufen die Buchungen über BestPreisCar.«

»Sobald du zu Hause bist, werde ich dafür sorgen, dass wir denen auf den Zahn fühlen«, sagte Olav.

»BestPreisCar ist wiederum auch nur eine Kette, die zu einer Investmentgesellschaft gehört ...«, fuhr Rica fort, während sie tiefer in die Strukturen vordrang, die sie im Internet fand. Die meisten waren nicht öffentlich zugänglich, sie musste sich dafür in die Seiten der Hosting-Provider einhacken, die für BestPreisCar die notwendige Infrastruktur zur Verfügung stellte. Das sagte sie Olav aber nicht.

Und dann stieß sie auf einen Namen, der ihr das Blut in den Adern gefrieren ließ.

13.

Der Mann führte Maja von der Bar weg auf den Billardtisch zu. Der große, aus glänzendem Holz gefertigte Tisch stand auf einem hölzernen Podest, die umlaufende Stufe war dezent beleuchtet. Auf dem samtigen Grün lag ein mit bunten Kugeln gefülltes Dreieck, an der Wand warteten in einem Ständer eine Reihe von Billardqueues auf ihren Einsatz.

Der Mann trat auf diesen Ständer zu und griff nach einer kleinen weißen Fernbedienung, ähnlich der für einen Fernseher. Er drückte nacheinander vier Ziffern, dann erklang ein elektrischer Summton, und das Podest, auf dem der Billardtisch stand, bewegte sich langsam von Maja weg.

Im Boden öffnete sich ein fünfzig Zentimeter breiter Spalt. Eine Holztreppe führte in die Tiefe. An der großen Betonwand leuchtete eine mattgelbe Lampe.

Maja stand vor dem Spalt im Boden und erstarrte. Die Angst fraß sich noch tiefer in ihre Gedanken. Dort unten wartete die Hölle auf sie, und niemals wieder würde sie Tageslicht sehen, wenn sie hinunterging.

Der Mann trat hinter sie und zog ihr den Bademantel von den Schultern, öffnete den Gürtel, und das weiße Kleidungsstück, Majas einziger Schutz und Schild, fiel lautlos zu Boden.

»Geh hinunter«, sagte er leise. »Du musst keine Angst haben. Denk einfach immer daran, dass ich dich morgen an einen Ort deiner Wahl bringe.«

Maja war nicht imstande, sich zu bewegen. Sie zitterte am ganzen Körper.

Der Mann schob sie sanft auf die Treppe zu, immer weiter,

bis ihr nichts anderes übrig blieb, als den nackten Fuß auf die erste Stufe zu setzen. Sie zog den anderen Fuß nach und spürte den Mann dicht hinter sich. Er drängte sie die Treppe hinunter. Unten angekommen, befanden sie sich in einem kleinen, quadratischen Kellerraum, der rechts und links mit Holzregalen ausgestattet war. In diesen Regalen lagerten Hunderte Weinflaschen.

Es war kalt.

Der Mann nahm eine Weinflasche aus dem Regal, hielt sie ins Licht, begutachtete die rote Flüssigkeit darin und stieg mit der Flasche in der Hand die Treppe wieder hinauf. Einen Augenblick später fuhr das Podest in seine ursprüngliche Position zurück, und Maja war in dem Weinlager eingesperrt. In dem Moment, da über ihr das Podest einrastete, gab es in dem kleinen Kellerraum ein klackendes Geräusch, und das rechte Weinregal schwang ein Stück auf wie eine Tür.

Licht fiel durch den Spalt.

Plötzlich setzte Musik ein. Harte, hämmernde Musik, die nach Blitz und Donner und Gewalt klang.

Die Weinregaltür wurde weiter aufgestoßen, und ein Mann stürmte auf Maja zu. Er trug eine schwarze Skimaske, aus der nur Mund und Augen herausschauten, ansonsten war er nackt. Die Lippen wirkten geschwollen und waren ungewöhnlich rot.

Maja wich schreiend zurück, doch der nackte Mann packte sie am Handgelenk, zog sie durch die Weinregaltür und stieß sie in den Raum dahinter.

Er war dreimal so groß wie der Vorraum, Wände und Decke und Boden bestanden aus gegossenem Beton. In der Mitte des Raumes war ein quadratischer Gully in den Boden eingelassen. Das kalte blaue Licht stammte von Röhren unter der Decke. Die Musik hämmerte gegen die Wände, wurde zurückgeworfen und in Majas Ohren gepresst. Sie schrie, konnte aber ihre eigene Stimme nicht hören. Von hinten bekam sie einen heftigen Schlag in den Rücken, taumelte, fiel auf die Knie, sah vor sich den Gully im Boden und die langen Haare in dem Gitter, bevor sie im Nacken und im Haar gepackt und wieder hochgerissen wurde. Der Mann schob sie vor sich her und presste sie gegen die nächste Wand. Eiskalt fühlte sich der Beton an ihrer Haut an. Am Rücken spürte sie den nackten Mann, am Ohr seinen Atem, die Hand zwischen ihren Beinen.

Maja schrie, wehrte sich, wollte sich befreien, da riss er ihren Kopf an den Haaren zurück und schlug ihn mit der Stirn gegen die Wand. Haut platzte auf, Blut lief Majas Gesicht hinab, ihr schwanden die Sinne, und als der Mann zurücktrat, sackte sie zu Boden. Die Musik hämmerte, sie spürte kaltes Metall an den Handgelenken, irgendwas schloss sich dort, dann rasselten Ketten, ihre Arme wurden schmerzhaft über den Kopf gerissen, sie musste aufstehen, obwohl ihr schwindelte und ihre Beine wie Pudding waren. Der Zug ließ erst nach, als Maja aufrecht stand und gerade noch mit den Zehen den Boden erreichte.

Die Schmerzen in den Armen und Schultern waren schlimm, aber sie vertrieben auch die Benommenheit, sodass Maja wieder klar sehen konnte.

Der Nackte mit der Skimütze hatte ihr den Rücken zugewandt. Er stand vor einer Werkbank, an der Wand darüber waren an einem metallenen Lochbrett verschiedene Gegenstände und Werkzeuge befestigt. Auf den Schultern bis hinab zum Gesäß wucherte dunkles Haar auf dem Rücken des Mannes. Seine zu Fäusten geballten Hände lagen auf der Werkbank, sein Kopf hing tief zwischen den Schultern. Er atmete tief ein und aus, sein Brustkorb weitete sich, zog sich zusammen, weitete sich; Maja konnte seine Rippen arbeiten sehen.

Schließlich begann er, zu dem wilden Takt der Musik mit

den Fäusten auf die Werkbank zu schlagen, erst nur leicht, dann immer stärker, und schließlich hämmerte er auf das Holz ein und sprang dabei auf und ab. Maja glaubte, ihn schreien zu hören, dann fuhr er in einer heftigen Bewegung herum, ein Messer in der Hand, Mund und Augen weit aufgerissen.

Er kam auf sie zu, langsam, tänzelnd, das Messer von einer Seite auf die andere schwingend. Maja schrie, wand sich hin und her, verlor den Bodenkontakt und hatte das Gefühl, ihr würden die Arme aus den Schultern gerissen.

Dann schwang er das Messer und schnitt sie auf.

14.

Von dem Anbau mit der Leichen-Jauchegrube führte eine Tür in das ehemalige Stallgebäude. Sie war nicht verschlossen, Jan konnte einfach hindurchgehen. Er gelangte auf einen schmalen Gang, rechts und links davon gab es gemauerte Boxen für Tiere mit metallenen Gittern und Türen. Der blanke Boden in diesen Boxen wies darauf hin, dass es hier schon lange keine Landwirtschaft mehr gab.

Die Wände waren uneben und weiß getüncht, stellenweise war der Putz abgeblättert, Strohmatten schauten hervor. Unter der niedrigen Balkendecke wehten Spinnenweben im Luftzug.

Hinter der nächsten Tür änderte sich der Zustand des Gebäudes. Der Gang setzte sich weiter fort, aber die Wände rechts und links waren neu und glatt, die Farbe glänzte. Es gab moderne Schalter neben der Tür und LED-Lampen unter der Decke. Von dem vielleicht zehn Meter langen Gang gingen mehrere Türen ab. Sie waren aus Metall, blau lackiert und wirkten wie Feuerschutztüren. Jan versuchte, sich den Grundriss des Gebäudes vorzustellen, und kam zu dem Ergebnis, dass er sich in dem Bereich befinden musste, dessen Stallfenster von innen zugemauert waren.

Er probierte die Türen aus.

Schon die erste war nicht verschlossen. Der kleine schlauchartige Raum dahinter war nicht mehr als eine Schlafkammer, die aussah wie die Ausnüchterungszelle eines Polizeireviers. Ausgestattet lediglich mit einem Bett und einer Toilette.

Die anderen Räume sahen identisch aus. Sie waren leer, die Betten unbenutzt.

Schließlich blieb nur noch eine Tür, und wenn er sich nicht täuschte, bildete sie den Übergang ins Haupthaus.

Wieder änderte sich das Bild völlig.

Jan betrat eine Art Schlafzimmer, einen quadratischen Raum, in dessen Mitte ein großes, rundes Bett stand. Die Decke war über dem Bett verspiegelt, an der Wand hing ein übergroßes Flat-TV. Eine Kamera auf einem Stativ war auf das Bett ausgerichtet.

Jan konnte sich vorstellen, wozu dieser Raum diente.

Hier wurden mit den Mädchen Videos produziert und dann wahrscheinlich weltweit im Internet verkauft. Dafür gab es einen ständig wachsenden, niemals zu befriedigenden Markt, in dem Millionen verdient wurden. Und je länger dieser Markt existierte, umso krasser und abartiger mussten die Videos sein. Die Grenze des Erträglichen verschob sich tagtäglich um ein paar Zentimeter, ohne dass es ein Ende zu geben schien. Die menschliche Abartigkeit war wie das Universum: Sie dehnte sich aus, expandierte, und wer sich an ihrem Rand bewegte, verlor den Kontakt zu seinem menschlichen Kern. Anders war nicht zu erklären, wie Mitglieder ein und derselben Spezies, die alle dieselben Gefühle, Hoffnungen und Ängste teilten, sich dergleichen antun konnten.

Es gab wenige Wanderer wie Jan, die dazu imstande waren, sich an der Grenze zu bewegen und trotzdem zum Kern zurückzukehren. Das gelang ihm nur, weil er Rica an seiner Seite hatte.

Jan fragte sich, ob die Männer es bei den Videos belassen hatten.

Er war nicht naiv genug, das zu glauben.

Ein Geräusch ließ ihn innehalten.

Es klang, als brande für eine Sekunde irgendwo im Haus Musik auf, ehe sie abrupt wieder verklang, zudem schien der Fußboden für einen kleinen Moment zu vibrieren.

Das kam von gegenüber, wo hinter dem gewaltigen Flatscreen die Wand mit Holz vertäfelt war. Jan trat darauf zu, überprüfte die Wand und fand in der Vertäfelung eine Tür. Sie hatte keine Klinke, ließ sich aber mit leichtem Druck öffnen.

Jan betrat einen gediegen eingerichteten Raum mit einem offenen Kamin, einer Bar und einem Billardtisch.

Ein Mann stand an der Bar und trank aus einem Whiskyglas. Dabei hatte er den Kopf in den Nacken gelegt und die Augen geschlossen, und als er sie wieder öffnete, entdeckte er Jan.

Er erstarrte in der Bewegung.

Jan hielt die Waffe auf ihn gerichtet und trat zwei Schritte in seine Richtung.

»Wer sind Sie und was machen Sie hier?«, fragte der Mann in dem teuren Anzug.

»Wo ist das Mädchen?«, entgegnete Jan.

Der Mann machte einen Schritt auf die Bar zu.

Jan schoss gezielt und traf ihn in den linken Oberschenkel. Die Kugel trat hinten aus, Blut spritzte auf den teuer aussehenden Eichenparkettboden, von Eugen Toma eigenhändig verlegt, wie er Jan gestanden hatte.

Der Mann schrie auf, knickte ein und fiel zu Boden. Trotzdem versuchte er weiterhin, die Bar zu erreichen. Jan vermutete dort eine Waffe oder einen Alarmknopf.

Mit zwei Schritten war Jan bei dem geschmackvoll gekleideten Mann und hielt die Waffe gegen den Hinterkopf.

»Da rüber, zu den Ohrensesseln«, sagte er und deutete auf die Sitzgruppe vor dem flackernden Kamin.

Der Mann gab seine Bemühungen auf, aber da er nicht aufstehen konnte, musste er zum Sessel hinüberkriechen. Dabei zog er eine Blutspur über den Boden.

Jan hatte auf dem Billardtisch einen Bademantel entdeckt. Er zog den Gürtel aus den Schlaufen und nahm ihn mit.

»In den Sessel setzen«, befahl Jan.

Nur mit Mühe und Not gelang es dem Mann, sich in den Sessel zu wuchten.

»Ich bin Arzt«, sagte er keuchend. »Lassen Sie mich die Wunde versorgen.«

»Das schieben wir noch einen Moment auf, da kommen noch ein paar Wunden dazu – es sei denn, Sie sagen mir sofort, wo das Mädchen ist.«

»Ich weiß nicht, was Sie von mir wollen …«

»Die Hände nach hinten«, befahl Jan.

»Hören Sie, lassen Sie uns reden, ich bin mir sicher …«

Jan schlug ihm den Knauf der Waffe auf den Mund und nutzte den Moment, um die Hände des Mannes an der Rückseite des Sessels mit dem Gürtel des Bademantels zu fesseln. Dann nahm er den Schürhaken von dem gusseisernen Kaminbesteck und legte ihn mit der Spitze ins Feuer.

Schließlich setzte er sich auf die Kante des zweiten Sessels und sah den Mann an.

»Ich mache es Ihnen einfach«, sagte er. »Ihr Mitarbeiter, Eugen Toma, hat mir bereits das meiste verraten. Ich musste ihn dafür foltern, aber ich denke, das geht in Ordnung. Ich werde auch Sie so lange foltern, bis ich weiß, was ich wissen will. Früher war ich Polizist, da musste ich mich an Recht und Gesetz halten. Heute nicht mehr. Marke und Gewissen habe ich abgelegt, und glauben Sie mir, nach allem, was ich da draußen in der Jauchegrube gesehen habe, fällt es mir leicht, Ihnen unvorstellbare Schmerzen zuzufügen. Ach, übrigens, falls Sie auf Ihren anderen Mitarbeiter setzen … der schwimmt in der Jauchegrube.«

Der Mann starrte Jan an. Blut lief aus dem Mundwinkel. In seinem Blick flackerte Angst.

»Wer sind Sie?«, fragte er.

»Ich bin der, der die Verlorenen sucht und findet. Ich bin der, der die Gerechtigkeit wiederherstellt. Für Sie bin ich Ihr ganz persönlicher Albtraum.«

»Ich kann Sie unglaublich reich machen ...«

»Ja, da bin ich mir sicher. Fangen wir doch gleich damit an.«

Jan nahm den Schürhaken aus dem Feuer, trat hinter den Ohrensessel und drückte dem Mann die heiße Spitze zuerst in die eine, dann in die andere Handfläche.

Gestank und Geschrei waren bestialisch.

Jan legte das Schüreisen zurück in die Glut. Flammen leckten an der daran kleben gebliebenen Haut.

»Das Mädchen?«, fragte Jan und sah dem Mann abermals ins Gesicht.

Es war ein gut geschnittenes, fein gezeichnetes Gesicht mit blauen Augen darin. Leicht gebräunte Haut, modisch geschnittene Frisur, grau meliertes Haar – der Mann wirkte gebildet und vermögend. Jan glaubte ihm, dass er Arzt war. An der Hand steckte ein Ehering. Vielleicht hatte er sogar Kinder. Jan fragte sich aber nicht, wie das möglich war, wie jemand mit Familie und Bildung zu so etwas fähig war, denn er wusste, das Böse und Schlechte beschränkte sich nicht auf die Unterschichten, ganz im Gegenteil.

»Das Mädchen?«, fragte Jan noch einmal.

Der Mann schüttelte den Kopf. Vielleicht benötigte er noch einen Moment, ehe er antworten konnte, vielleicht wollte er ihn auch hinhalten, das spielte keine Rolle. In Jan tobte die rote Wolke, er war zu allem fähig.

Also nahm er den Schürhaken wieder aus der Glut.

»Nein, nein, nein!«, schrie der Mann. »Nicht, bitte ... ich sag Ihnen doch alles ...«

Und dann erzählte er Jan von dem Billardtisch, der eine Kellertreppe verbarg.

»Wer ist außer dem Mädchen noch da unten?«
»Ein Kunde.«
»Bewaffnet?«
»Da unten sind Hieb- und Stichwaffen.«
»Keine Schusswaffen?«
Der Mann schüttelte den Kopf.
Jan schlug ihn bewusstlos. Von den Vorhängen an den Fenstern riss er die Schnüre ab und fesselte ihn so ordentlich, dass er sich nicht selbst würde befreien können.

Er ging hinüber zu dem Billardtisch, suchte nach der Fernbedienung auf dem Regal mit den Queues, fand und betätigte sie mit dem vierstelligen Code, den er von dem gut gekleideten Mann hatte. Das Podest mit dem Tisch darauf bewegte sich, glitt ein Stück nach hinten und gab die Kellertreppe frei.

Eine ausgefeilte Konstruktion, von der Eugen Toma ihm nichts erzählt hatte. Wahrscheinlich hatte der Mann bis zuletzt geglaubt, dass man Jan hier auf dem Hof erledigen würde.

Jan steckte die Fernbedienung ein und stieg in ein kleines Weinlager hinab. Unten hörte er Musik auf der anderen Seite der Wand. Laute, wummernde Bässe, die die rote Flüssigkeit in den Flaschen erzittern ließen. Jan entdeckte, dass das Weinregal als Tür diente, die einen Spaltbreit geöffnet war.

Jan zog sie weiter auf.

Sofort wurde die Musik lauter, geradezu infernalisch, dazwischen Schreie, hoch und grell.

Jan betrat eine Folterkammer.

Ein junges Mädchen hing an einer Kette an der Decke, sie trug nur noch einen Slip. Aus Schnittwunden am Oberkörper floss Blut. Es war aber nicht sie, die geschrien hatte, sondern der nackte Mann mit der Skimaske über dem Gesicht. Er lief im Kreis, die eine Hand ans rechte Ohr gepresst, Blut lief zwischen den Fingern hervor. Das Mädchen in den Fesseln spuckte ein Stück Ohr zu Boden.

Gut gemacht, schoss es Jan durch den Kopf.

Der Mann sackte auf die Knie und schaute seine Hand an, konnte es nicht glauben, dass sein Opfer ihm das halbe Ohr abgebissen hatte.

Jan zielte auf den Hinterkopf des Mannes, der ihn noch nicht bemerkt hatte. Keine zwei Meter trennten sie voneinander, er konnte nicht danebenschießen.

Sein Finger krümmte sich um den Abzug.

Er zitterte.

Ein Millimeter noch, und ein weiteres Monster, das es nicht anders verdient hatte, wäre vernichtet.

Ein Millimeter noch, der Jan vielleicht vollends zu einem anderen Menschen machen würde. Denn dies hier wäre etwas anderes, als den Mann in der Jauchegrube zu ertränken oder den Zuhälter an der Grenze zu erschießen.

Dies hier wäre die Lust am Töten.

Nicht, sagte er zu sich selbst. *Denk rational. Lass ihn in den Knast gehen bis an sein Lebensende. Jeder weitere Mord macht etwas mit dir, du kannst es spüren, nicht wahr? Das Gift ist schon in deinem Körper, du darfst es sich nicht weiter ausbreiten lassen.*

Der Mann bemerkte etwas, fuhr herum und blickte in den Lauf der Waffe.

Auf seinem Gesicht lag eine Mischung aus Schmerz, Überraschung und Angst.

Jan machte zwei schnelle Schritte und schlug den Mann mit der Waffe bewusstlos. Dann richtete er die Waffe auf die Musikanlage und feuerte zwei Kugeln darauf ab. Sofort verstummte die infernalische Musik.

Jan steckte die Waffe weg und trat auf das Mädchen zu. Sie

sah entsetzlich aus. Blut lief aus einer Platzwunde an der Stirn, die Haut darum verfärbte sich bereits bläulich. An den Lippen klebte das Blut ihres Peinigers, dem sie ein Ohr abgebissen hatte.

Zuvor hatte er ihr einige Schnittwunden zugefügt. Sie verliefen horizontal über ihren Brustkorb und den Bauch, bluteten stark, waren aber nicht sehr tief. Jeder dieser Schnitte würde Narben in Fleisch und Seele hinterlassen, aber keiner war lebensbedrohlich.

In den Augen des Mädchens sah Jan keine Angst, sondern eine wilde, geradezu animalische Entschlossenheit.

»Ich hol dich hier raus«, sagte Jan. »Ab jetzt bist du in Sicherheit.«

Er näherte sich ihr vorsichtig, weil die Gefahr bestand, dass sie in ihrem Zustand auch auf ihn losgehen würde. Zuerst band er die Kette an der Wand los, und das Mädchen sackte zu Boden. Jan kniete sich neben sie, behutsam löste er die Metallringe von ihren Handgelenken und sagte ihr immer wieder, dass sie jetzt in Sicherheit sei.

»Kannst du aufstehen?«

Sie versuchte es, doch es misslang. Also trug Jan sie die schmale Treppe hinauf. Oben angekommen, ließ er sie neben dem Billardtisch zu Boden gleiten, schloss den Zugang zum Keller für den Fall, dass der Mann da unten wach wurde, dann legte er ihr den Bademantel um die Schultern. Da der Gürtel fehlte, ging er noch einmal zu dem Ohrensessel hinüber, in dem der bewusstlose Mann lag. Jan löste den Gürtel von seinen verbrannten Händen und wollte zu dem Mädchen zurückkehren, als er noch einmal innehielt und vor den Mann hintrat.

Im bewusstlosen Zustand wirkte er geradezu friedlich. Aber Jan ließ sich nicht täuschen, denn was in diesem Mann tobte, was ihn zum Monster machte, ließ sich nicht abschalten. Es war immer da, eine unerschöpfliche Energiequelle, von der Natur geschaffen, um die Natur zu zerstören.

Jan suchte die Taschen des Mannes ab und fand eine Brieftasche mit einem Personalausweis darin.

Der wies ihn als Eckhardt Hirtschler aus.

Jan überprüfte noch einmal die Fesseln. Sie waren fest, er würde sich nicht befreien können. Dann wandte er sich ab, hob das Mädchen vom Boden auf und band ihr den Bademantel zu.

»Wie heißt du?«, fragte er. Seine Stimme klang eigenartig fremd.

»Maja …«, kam die Antwort mit zittriger Stimme.

»Maja Fischer?«

Sie nickte.

»Ich bringe dich hier raus, deine Mama wartet auf dich. Ich habe draußen einen Wagen, aber es ist kalt und schneit, und wir müssen zehn Minuten laufen. Meinst du, du schaffst das?«

Sie presste die Lippen zusammen und nickte wieder.

»Weißt du, wo deine Kleidung ist?«

»Nein …«

»Okay, dann muss es so gehen. Bleib dicht hinter mir.«

Sie verließen das Gebäude auf dem Weg, den Jan gekommen war. Draußen schneite es immer noch. Die Kälte tat Maja Fischer an den Füßen weh, sie zuckte zusammen und stützte sich an dem weißen Transporter ab, dessen Hecktüren noch immer offen standen. Auf der Ladefläche befanden sich sechs weitere Kartons mit Abflussreiniger.

Jan dachte darüber nach, den Transporter zu nehmen, um dem Mädchen den zehnminütigen Fußweg zu ersparen. Doch dafür würde er den Schlüssel suchen müssen, und außerdem befand sich etwas in Olav Thorns Wagen, auf das er nicht verzichten konnte.

Also nahm Jan das Mädchen auf die Arme und trug sie.
Sie schlang die Hände in seinen Nacken und hielt sich fest.
»Werde ich sterben?«, fragte sie leise.
»Nein, das wirst du nicht. Du wirst leben, bei deiner Familie. Das verspreche ich dir.«
Ihre Lider begannen zu flackern.
»Danke ...«
Sie war nicht schwer, wog kaum mehr als fünfzig Kilo, aber sie durch den Schnee bergab zu tragen setzte Jan zu. Die letzten Tage waren ungeheuer anstrengend gewesen, er kam an seine Grenzen, und nur das letzte bisschen Adrenalin in seinen Adern hielt ihn noch auf den Beinen. Konzentriert setzte er einen Fuß vor den anderen, behielt aber zugleich die Umgebung im Blick, da er nicht wissen konnte, ob wirklich alle Gegner erledigt waren. Als er schon glaubte, das Mädchen habe das Bewusstsein verloren, sprach sie noch einmal.
»Warum ...«
Jan antwortete nicht, er hatte keine Antwort für sie, und schließlich trat sie weg.
Mit letzten Kräften erreichte Jan Olavs Wagen, den er am Rand des Waldwegs geparkt hatte.
Behutsam bettete er Maja Fischer auf den Rücksitz. Sie wachte nicht wieder auf, und Jan, der sich sorgte, ob ihre Verletzungen nicht vielleicht doch schwerer waren als gedacht, suchte an ihrem Hals nach ihrem Puls. Der war schwach, aber gleichmäßig.
Sie musste in ein Krankenhaus, so schnell wie möglich, aber bevor Jan sich hinters Steuer setzte, trat er vor den Kofferraum, um zu überprüfen, wie es seinem Faustpfand und Kronzeugen ging.
Er öffnete die Klappe.
Der gefesselte Eugen Toma war wach und glotzte ihn aus

dem einen, nicht zugeschwollenen Auge an. Die Kälte setzte ihm zu, er zitterte stark.

Jan schlug die Kofferraumklappe zu.

Der Handlanger und Handwerker des Todes, der sich selbst Zedník nannte, was Maurer hieß, würde es noch eine Weile darin aushalten müssen.

KAPITEL 7

1.

Sie fuhren schweigend.
Mit einer unglaublichen Last auf Seele und Schultern.

Und mit dem festen Willen, einer bestimmten Spur nachzugehen, auch wenn die Ergebnisse vielleicht monströs und schwer zu verkraften sein würden.

Kaum vierundzwanzig Stunden waren vergangen, seitdem Jan aus den verschneiten Bergen im tschechischen Niemandsland geflüchtet war. Er und auch Rica hätten Ruhe gebraucht, doch das ging nicht. Wenn der Mann, zu dem sie unterwegs waren, erst einmal davon erfahren hatte, was passiert war, war es zu spät. Er würde flüchten, daran zweifelten sie nicht.

Eine Art Trance schien während der Fahrt von ihnen Besitz ergriffen zu haben, aber als Jan den Defender am Ortseingangsschild von Leipzig vorbeilenkte, rang Rica die bleischwere Trägheit nieder.

»Ich will es immer noch nicht glauben«, sagte sie mit matter Stimme.

»Vielleicht ist es ein Zufall. Vielleicht endet die Spur hier.«

All diese Überlegungen hatten sie zur Genüge besprochen. Es gab Hoffnung, aber Jan und Rica wussten auch, dass zu viel dagegensprach. Menschenhändlergeflechte zum Zwecke der Prostitution reichten häufig bis tief in Wirtschaft, Politik und deren Machtzentren hinein. Warum sollte es diesmal anders sein?

Zehn Minuten später erreichten sie die Adresse am Stadtrand. Es handelte sich um ein aufwendig renoviertes Haus, umgeben von einer perfekt geschnittenen Hecke, die gerade dabei war, ihr Laub abzuwerfen. In der neu gepflasterten Auffahrt parkte ein dunkler BMW mit Leipziger Kennzeichen. Neben der Eingangstür brannte eine einzelne Lampe.

»Hier hat jemand viel Geld investiert«, sagte Jan.

»Geld, das er unmöglich in seinem Job verdient haben kann«, erwiderte Rica niedergeschlagen.

Jan parkte abseits und stellte den Motor ab. Schweigend blieben sie sitzen, bis er ihre Hand nahm und sie ansah. »Bereit?«

Rica nickte.

»Fühlst du dich wirklich fit genug? Das kann hart werden.«

»Ich will ihm in die Augen sehen, wenn ich ihn damit konfrontiere.«

»Okay, dann los. Bevor King Arthur womöglich doch schneller ist, als wir ihm zutrauen, und uns die Show stiehlt.«

Sie stiegen aus und gingen zu dem Haus hinüber. Das Obergeschoss war dunkel, doch unten brannte in einem Raum Licht. Da die Vorhänge zugezogen waren, konnten sie nicht hineinsehen.

Jan klingelte, ließ dann aber Rica den Vortritt und trat aus dem Lichtschein der Lampe ins Dunkel. Der Plan war, dass der Bewohner des Hauses sie freiwillig hereinließ – sollte er fehlschlagen, würde Jan Gewalt anwenden. Auf den rechtsstaatlichen Schutz seiner Privatsphäre hatte dieser Mann keinen Anspruch mehr. Das mochte das Gesetz anders sehen, aber das Gesetz hatte auch keinen Blick in die Jauchegrube geworfen, nicht die bleichen Leiber toter Mädchen gesehen, die es dank dieses Mannes nicht übers Teenageralter hinaus geschafft hatten.

Rica klingelte ein weiteres Mal.

Es dauerte noch eine Weile, bis im Flur das Licht anging. Die Haustür hatte einen Einsatz aus gelbem Milchglas und gewährte ihnen einen Blick auf etwas Unförmiges, das unendlich langsam auf die Tür zugekrochen kam.

»Wer ist denn da?«, rief eine brüchige Stimme von der anderen Seite der Tür.

»Mein Name ist Rica Kantzius. Ich arbeite für Amissa. Könnten wir vielleicht kurz miteinander sprechen? Es könnte sein, dass Sie mir bei meinen Ermittlungen helfen können.«

»Woher haben Sie meine Adresse?«

»Von Diana Kamke. Sie lässt schön grüßen. Hat sie Sie nicht angerufen? Das wollte sie eigentlich tun. Es ist wirklich sehr wichtig.«

Der Bewohner des Hauses zögerte noch einen Augenblick, aber dann hörten sie, wie er die Tür aufschloss. Nur sehr langsam zog er sie nach innen auf, und als sie den Mann endlich sehen konnten, verstanden sie auch, warum.

Er stützte sich auf einen Rollator, der Flur war eng, die geöffnete Haustür versperrte ihm den Weg.

»Herr Heussmann?«, fragte Rica. »Gunther Heussmann?«

»Ja, der bin ich. Und Sie arbeiten für Amissa? Ich habe Sie nie dort gesehen.«

Rica starrte den Mann an. Er war alt und krank und wirkte harmlos, aber sie war sich sicher, den richtigen Mann vor sich zu haben. Oben an der Hütte im Wald, da hatte Eugen Toma sie gefragt, ob Gunther sie geschickt habe. Diese Frage allein war nicht mehr als ein vager Hinweis gewesen, den Namen Gunther gab es häufig, aber als weitere Hinweise sich dazugesellten, hatte sich ein Bild aus der Dunkelheit geschält.

Hier und jetzt bekam es Konturen.

Ein Antlitz und Augen.

Wieder einmal hatte sich das Böse gut getarnt.

In diesem Moment trat Jan aus der Dunkelheit, und Gunther Heussmann zuckte zurück.

»Was soll das? Wer ist das?«, rief er aus.

»Das ist mein Mann. Jan Kantzius.«

»Nein!«, stieß Gunther Heussmann aus und machte Anstalten, die Tür wieder zu schließen, was ihm wegen des Rollators jedoch nicht gelang.

Rica schob sich in den Flur, Jan folgte ihr.

Heussmann starrte sie an. Der Ärger in seinem Blick verflüchtigte sich und wich Furcht. Am linken Griff des Rollators hing ein Beutel mit einer durchsichtigen Flüssigkeit darin, die über einen transparenten Schlauch durch einen Zugang in Heussmanns Unterarm in dessen Körper lief. Er trug eine ausgebeulte schwarze Jogginghose, und Jan erkannte, dass sie Platz für einen weiteren Beutel bot – wahrscheinlich für Heussmanns Ausscheidungen.

Der Mann war schwer krank.

Er war erst zweiundfünfzig Jahre alt, doch der Krebs hatte einen Greis aus ihm gemacht. Einen bösen, mörderischen Greis, der selbst im Angesicht des eigenen Todes nicht von seinem Tun lassen konnte.

Erstaunlich, dass dieser Mann sich so gut in das Seelenleben von Teenagern hineinversetzen konnte.

»Sie haben kein Recht!«, versuchte der Mann es erneut, wurde aber von Jan immer tiefer ins Haus zurückgedrängt.

»Bettina Füllkrug hat jedes Recht der Welt. Und Leila Eidinger und Melissa Rimkus … und die anderen Mädchen, deren Körper in der Jauchegrube des Hofes am Teufelssee verrotten.«

»Ich weiß nicht …«

Jan packte den Rollator und schob ihn vor sich her. Heussmann blieb nichts anderes übrig, als rückwärts in den Raum zu stolpern, aus dem er gekommen war.

»Sie wissen nicht? Muss ich Ihnen auf die Sprünge helfen, Peer? Oder soll ich lieber sagen, Einsameeer?«

Heussmann musste nichts sagen, die Antwort lag in seinen glanzlosen, trüben Augen.

Sie hatte aber auch im Internet gelegen. Einsameeer hatte sich auffallend fürsorglich um die weiblichen Mitglieder der Whatsapp-Gruppe gekümmert, unter anderem um Leila Eidinger, Melissa Rimkus – und Maja Fischer.

Gunther Heussmann, ein einfacher Mitarbeiter von Amissa, der in der Zentrale in Erfurt Verwaltungsaufgaben erledigte, war Peer. Vor einem halben Jahr war er wegen seiner Krebserkrankung ausgeschieden. Mitgenommen hatte er den Fall Bettina Füllkrug, den er zuvor nicht an andere Mitarbeiter weitergeleitet hatte, was ihm sicher möglich gewesen wäre. Er hatte den Fall verschleiern wollen, denn Ansgar Füllkrug hatte bei der Suche nach seiner Schwester alle Register gezogen und sich auch an Amissa gewandt. Die Gruppe um Dr. Hirtschler und Gunther Heussmann hatte vor Bettina schon andere Mädchen auf diese Art und Weise verschleppt, aber Bettina war die Erste, die bei Amissa landete. Heussmann wollte natürlich nicht, dass man dort nach ihr suchte.

Als die Beweislage stark genug war, hatte Olav Thorn noch vom Hof in Hammertal aus den Dienstweg genutzt, um über die IP-Adresse von Einsameeer den Mann dahinter zu ermitteln. Das war nicht gelungen, da Einsameeer über den Tor-Browser verschlüsselt kommuniziert hatte und sein Weg im World Wide Web nicht nachzuverfolgen war.

Eugen Toma hatte ihnen nicht mehr als den Namen Gunther verraten können, weil er nicht mehr wusste. Es war ein anderes Indiz gewesen, das Ricas Blick auf Amissa gelenkt und schließlich zu Gunther Heussmann geführt hatte. Ein Indiz, das sie bis in die Grundfesten erschüttert und in dieses Wohnzimmer geführt hatte.

Es war altmodisch eingerichtet. Ein Eichenschrank nahm eine ganze Wand in Anspruch, davor eine Sitzgruppe aus schweren Sesseln und einer Couch aus Eichenholz, bezogen mit grünem Samt, dazu ein schwerer gekachelter Tisch mit Jagdmotiven, und auch an den Wänden fanden sich Hinweise auf Heussmanns Leidenschaft: Geweihe verschiedenster Arten, die Jan, der sich mit heimischem Wild nicht auskannte, nicht zuordnen konnte. Dazwischen Zinnteller mit Jagdmotiven und ein Regal mit Zinnbechern. Über der grünen Couch röhrte auf einem düsteren Ölgemälde ein kapitaler Hirsch seinen Brunftschrei in den Bergwald.

Die Sitzgruppe schien Heussmann nicht zu benutzen.

Dafür aber den in alle Himmelsrichtungen verstellbaren, cordbezogenen Fernsehsessel, der zu einem Flatscreen hin ausgerichtet war. Neben dem Sessel befand sich ein Schreibtisch, darauf der übergroße Bildschirm eines Desktop-Computers. Er war dunkel.

»Hinsetzen!«, befahl Jan und zeigte auf den Cordsessel, der dort abgescheuert war, wo eine Sitzmulde Heussmanns ständige Benutzung dokumentierte.

Der kranke Mann kam dem Befehl nach. Er schien froh zu sein, wieder sitzen zu dürfen. Aber es dauerte eine Weile, er musste seine Beutel sortieren. Schließlich saß er in seinem Cordsessel, atmete schwer in kurzen Stößen und wusste nicht, wohin er schauen sollte.

Jan befürchtete, er könnte sterben, bevor sie mit ihm fertig waren.

»Später wird sich die Polizei um Sie kümmern«, sagte Jan. »Aber vorher wollen wir Antworten von Ihnen.«

Heussmann schüttelte den Kopf, sagte aber nichts, er atmete wie ein Fisch auf dem Trockenen.

»Wir wissen, Sie haben die Mädchen über WhatsApp geködert und ihr Vertrauen erschlichen«, sagte Jan und bemerkte, dass Rica bereits den PC des Mannes ins Auge gefasst hatte. Sie hofften, darin die Beweise zu finden, die noch fehlten.

Oder war Heussmann schlau genug gewesen, nach jeder Sitzung den Gesprächsverlauf mit dem jeweiligen Mädchen zu löschen? Sie hofften darauf, dass er digitale Andenken behalten hatte, an denen sich sein kranker Geist befriedigen konnte. Viele Täter taten das, hielten sie sich doch für unantastbar und schlauer als alle anderen.

Heussmann bekam seinen Atem langsam wieder unter Kontrolle.

»Woran sind Sie erkrankt?«, fragte Rica.

»Darmkrebs.«

»Bei wem sind Sie in Behandlung?«

»Bei einer solchen Erkrankung befindet man sich bei vielen Ärzten in Behandlung. Ich wüsste auch nicht, was Sie das anginge.«

»Aber Ihr Onkologe ist Dr. Eckhardt Hirtschler hier in Leipzig, nicht wahr?«

Rein äußerlich ließ Heussmann sich nichts anmerken. Es waren die Augen, die ihn verrieten. Der kleine Moment der Unsicherheit darin. »In seiner Praxis habe ich meine Chemo bekommen, aber ich kenne den Mann kaum. Welcher Arzt spricht schon noch mit seinen Patienten?«

»Ihre Gespräche scheinen dafür gereicht zu haben, den Umzugsservice zu nutzen, den Dr. Hirtschler Ihnen für Ihren Umzug vor vier Jahren in dieses Haus angeboten hat.«

»Ich weiß nicht, wovon Sie sprechen.«

»Wir sprechen von den Familien Füllkrug, Eidinger, Rimkus und Fischer, die allesamt genau diesen Umzugsservice genutzt haben. Wir sprechen davon, dass die minderjährigen Töchter dieser Familien – Melissa, Bettina, Leila und Maja – nicht lange nach den Umzügen verschwunden sind. Und davon, dass Sie, Herr Heussmann, sich über eine Whatsapp-Gruppe das Vertrauen der Mädchen erschlichen haben.«

»Wie sind Sie an die Handydaten der Mädchen gekommen?«, fragte Rica.

Heussmann schwieg.

»Steckt noch jemand von Amissa in dieser Sache mit drin?«

Der kranke Mann wurde von einem Hustenanfall geschüttelt, und es wurde deutlich, dass er ihn so lange wie möglich ausdehnte, um nicht antworten zu müssen.

Rica stand auf und begutachtete den WLAN-Router an der Wand unter dem Fenster.

»Was … was machen Sie da!«, bellte Heussmann.

»Ich suche nach dem Passwort. Viele sind dumm genug, es auf dem Router zu notieren. Sie nicht, wie ich sehe. Nennen Sie es mir bitte.«

»Einen Teufel werde ich tun.«

Jan zog sein Handy hervor und zeigte Heussmann ein Foto, das er von Eugen Toma geschossen hatte, kurz nachdem dieser durch die Hölle gegangen war. »Sie kennen den Mann sicher nicht, er war nur ein Handlanger. Aber was glauben Sie, bin ich bereit, Ihnen anzutun, wenn ich schon mit einem Handlanger keine Gnade kenne? Sie nennen meiner Frau jetzt das Passwort, oder Sie lernen, dass der Krebs in Ihrem Körper nichts ist gegen die Schmerzen, die ich Ihnen zufüge.«

Heussmann starrte Jan an. Mit ihren Blicken fochten sie ein Duell aus. Heussmann wollte nicht nachgeben, also kam Jan zu dem Schluss, ein bisschen nachlegen zu müssen – zunächst nur verbal.

»Bis auf ein paar wenige technische Details wissen wir ohnehin alles«, sagte er. »Wir wissen von dem Hof im Niemandsland in Tschechien und was Sie und Ihre Partner dort getrieben haben. Eugen Toma, der Mann auf dem Foto, ist bereit, über alles auszusagen. Dr. Hirtschler wurde von den tschechischen Behörden festgenommen und wird demnächst nach

Deutschland überstellt, ebenso ein Kunde, den ich dabei überraschte, wie er sich an Maja Fischer verging. Auch er wird aussagen. Ihre Loyalität nützt Ihnen also nichts.«

Heussmann lächelte überraschend. »Sehe ich für Sie aus wie jemand, der noch etwas zu verlieren hat?«, fragte er schließlich. »Glauben Sie wirklich, Ihre Drohungen machen mir Angst? Mein Körper ist voller Morphium, ich würde die Schmerzen nicht einmal spüren, selbst wenn ich es wollte. Sie beide wissen gar nichts … Und Sie verschwenden hier Ihre Zeit, wenn Sie glauben, von mir irgendetwas erfahren zu können. Was ich weiß, nehme ich mit ins Grab. Und jetzt möchte ich Sie bitten, zu gehen. Es sei denn, Sie möchten dabei zusehen, wie ich meinen Fäkalienbeutel wechsle.«

Jan wechselte einen Blick mit Rica, die über ihrem Laptop hockte.

Sie nickte.

Sie hatte die WLAN-Verschlüsselung geknackt. Es war keine Gewalt mehr notwendig.

»Machen Sie nur«, sagte Jan und erhob sich. »Wir schauen uns derweil auf Ihrem PC um.«

2.

Jördis Fischers Gesicht war ausgezehrt und bleich wie das einer Toten, und sie wusste, es lag nicht an dem grellen Licht über dem Spiegel des Waschraums im Krankenhaus.

Sie war in eine Hölle hinabgestiegen, die speziell Müttern vorbehalten war, dort spielten Fantasien und Vorstellungen, Befürchtungen und Ängste eine maßlos größere Rolle als das greif- und sichtbar Böse.

Jördis drehte den Hahn auf und benetzte das Gesicht so lange mit kaltem Wasser, bis ihre Haut kribbelte und rot leuchtete. Dann trocknete sie sich mit einem Papiertuch ab und versuchte, sich selbst ein Lächeln zu schenken. Aufmunternd sollte es wirken, Zuversicht vermitteln. Sie durfte nicht all die Sorgen und Ängste mit in das Krankenzimmer nehmen, in dem ihre Tochter Maja lag.

Sie war wieder da. Aber was hatte sie nur durchgemacht in dieser kurzen Zeit? Die Polizei hielt sich mit genaueren Informationen zurück. Jördis wusste nur, dass Maja in der Nähe des Bahnhofs entführt und zu einem einsam gelegenen Gehöft an der deutsch-tschechischen Grenze verschleppt worden war. Dort hatte man sie eingesperrt, pornografische Videos mit ihr gedreht und sie misshandelt. Sie hatte Prellungen, eine Gehirnerschütterung und einige Schnittwunden am Oberkörper davongetragen, von denen zwei genäht worden waren.

Das war einfach zu monströs, als dass Jördis den wahren Umfang des Grauens erfassen konnte, den Maja erlebt hatte.

Und jetzt, nachdem sie mit der Polizei gesprochen hatte und

ihr von dem Arzt versichert worden war, dass Maja körperlich in ein paar Tagen genesen sein würde, durfte Jördis zu ihr. Die Wirkung des Beruhigungsmedikaments ließ nach, sie war jetzt ansprechbar.

Jördis hatte Angst davor, zu ihrer Tochter zu gehen, denn sie befürchtete, dass Maja ihr die Schuld an alldem geben würde. Weil sie sie mit dem Umzug, ihrer Schnüffelei in der Schule und dem unsäglichen Streit an jenem Abend aus dem Haus hinaus auf die Straße getrieben hatte, wo dieses Monster schon auf sie gewartet hatte.

Und damit hätte Maja recht.

Denn Jördis hatte als Mutter versagt, hatte egoistisch gehandelt und nur sich selbst gesehen und war davon ausgegangen, dass Maja sich schon eingewöhnen würde, so wie sich ein Hund klaglos in eine neue Umgebung eingewöhnte.

Das allein war schlimm genug, und jetzt kam noch hinzu, dass Maja wahrscheinlich schwer traumatisiert war und den Rest des Lebens unter den Folgen würde leiden müssen.

Diese Gedanken fraßen Jördis innerlich auf.

Jetzt für ihre Tochter da zu sein, komme, was wolle, war das Einzige, was sie zur Wiedergutmachung in die Waagschale werfen konnte.

Hoffentlich reichte es!

Ein letzter Blick in den Spiegel, dann wandte Jördis sich ab, ging auf den Gang hinaus, hielt vor Zimmer 311 noch einmal inne, atmete tief ein und aus und klopfte schließlich sacht an. Eine Reaktion bekam sie nicht, öffnete die Tür dennoch und betrat den durch orange Vorhänge abgedunkelten Raum. Das diffuse Licht war warm und fürsorglich. Maja lag allein in dem kleinen Zimmer, sie wirkte klein und verloren in dem massiven Krankenbett. Ihr Gesicht war der Tür zugewandt, ihre Augen geöffnet.

»Mama«, sagte sie leise.

Vier Buchstaben nur, zusammengehalten von einem Band, das keine Macht der Welt zerreißen konnte. Und so, wie Maja sie ausgesprochen hatte, verdrängte Liebe in diesem Moment Angst und Sorge, und obwohl Jördis sich vorgenommen hatte, stark zu sein, flossen augenblicklich die Tränen.

Sie stürzte auf das Bett zu und fiel ihrer Tochter um den Hals. Hielt sie fest, spürte, wie Maja sie umfasste, ihre warmen Tränen an ihrem Hals, das Beben in ihrem Oberkörper. Minuten verrannen, orangefarbenes Licht hüllte sie ein, die Welt schrumpfte zusammen auf dieses Krankenhauszimmer, in dem jede Bedrohung unendlich weit entfernt schien.

Maja sprach zuerst. »Es tut mir so leid«, brachte sie unter Tränen hervor. »Ich war so gemein zu dir, und das tut mir so leid …«

Die Worte zerrissen Jördis schier, und für eine Sekunde glaubte sie, nie wieder ein Wort sprechen zu können. Dann nahm sie sich zusammen und schob sich ein Stück hoch, um ihrer Tochter in die Augen schauen zu können. Sie waren ebenso tränenverschleiert wie ihre eigenen, feuchte Rinnsale schimmerten auf den Wangen.

»Dir muss nichts leidtun … aber ich …« Jördis schüttelte den Kopf, schloss für einen Moment die Augen. »Wie soll ich das je wiedergutmachen …«

Wieder umarmten sie sich, bis die Tränen nachließen und die Fesseln um ihre Kehlen ihren Druck minderten, sodass sie sprechen konnten.

»Wir gehen wieder zurück«, sagte Jördis. »Der Umzug … das war ein Fehler … wir gehen wieder zurück.«

Langsam und vorsichtig schüttelte Maja den Kopf. »Lass uns einfach nur zusammenhalten, ja? Du und ich. Das ist alles, was ich brauche. Und dann ist es auch egal, wo. Lass uns so sein wie früher ... geht das?«

Jördis nickte und wischte erst sich und dann ihrer Tochter die Tränen von den Wangen.

»Das geht, meine Kleine, das geht ganz sicher.«

3.

Zwei Tage später erwarteten Rica und Jan ihren Freund Olav Thorn auf ihrem alten Hof im Hammertal.

Die Sonne schien, aber es war kalt, trotzdem saßen die beiden draußen auf den Stufen der Veranda, von wo sie einen Ausblick auf die Straße hatte, die an ihrem Haus endete. Ragna legte neue Markierungen an die Grundstücksgrenzen, hob zwischendurch immer wieder den Kopf und hielt die Nase in den Wind. Grund zur Besorgnis schien es für ihn aber nicht zu geben. Er wirkte entspannt.

Für Jan und Rica galt das nicht.

Die Spuren dieses Falles waren noch viel zu frisch, und, was am schlimmsten war, sie endeten nicht an dem einsamen Gehöft im Niemandsland der deutsch-tschechischen Grenze in der Nähe des Teufelssees.

»Woran denkst du?«, fragte Jan, nachdem sie einige Minuten schweigend Ragna bei seiner Beschäftigung zugesehen hatte.

»An die Macht alter weißer Männer«, sagte Rica. »Wie sie das Leben und die Gesellschaft zerreißt und trotzdem weiter besteht.«

Jan wusste genau, was sie meinte. Es war ebendieses Phänomen, auf das sie bei ihren Ermittlungen immer wieder stießen. Netzwerke alter weißer Männer, aus deren Verflechtungen immer noch die höchsten Schichten aller Eliten bestanden, deren Macht unbegrenzt erschien, und sie nutzten sie aus, diese Macht, scham- und skrupellos, menschenverachtend, entwürdigend.

»Manchmal reicht es aus, an einem Spinnennetz einen einzigen Strang zu kappen, und das ganze Gebilde fällt in sich zusammen«, sagte Jan.

»Man muss aber den richtigen Strang erst einmal finden«, hielt Rica dagegen.

»Wir kappen einfach so viele, bis er dabei ist.«

Rica seufzte schwermütig.

»Hör zu«, sagte Jan und nahm sie in den Arm. »Wir beide können die Welt nicht retten, aber wir haben Maja und Leila gerettet, sie sind wieder bei ihren Familien. Man kann das als Tropfen auf den heißen Stein sehen oder aber als stetigen Tropfen, der den Stein höhlt. Ich bin für Letzteres.«

Rica legte ihre Hand in seinen Nacken und zog seinen Kopf zu sich heran. »Dafür liebe ich dich«, sagte sie und küsste ihn.

Jans Handy vibrierte in der Hosentasche, und er nahm es heraus.

»Eine Nachricht von Martin Eidinger«, sagte er und hielt es Rica hin.

Martin hatte ein Foto geschickt. Lydia, Leila und Martin standen im Garten ihres Hauses in Taubenheim um einen Haufen gefalteter Umzugskartons, an den Leila gerade ein Streichholz hielt.

Unter dem Bild standen nur wenige Sätze:

»Wir bleiben hier. Wir schaffen das! Danke, von Herzen!«

Jan und Rica betrachteten das Foto und lächelten. Worte waren nicht notwendig.

Was sie taten, war wichtig, für andere und für sie selbst. Und es machte einen Unterschied.

Ragnas Kläffen schreckte sie auf. Er hatte den Wagen zuerst entdeckt, der langsam den ansteigenden Weg heraufkroch, und positionierte sich vorn am Tor. Dort war der Hund Hüter und Schlüsselmeister zugleich, niemand betrat den Hof ohne sein Okay.

Olav wurde akzeptiert, musste aber die übliche Begrüßungsprozedur über sich ergehen lassen, was ihm eine schmutzige Hose und Hundeschleim an Händen und den Ohren einbrachte.

Nachdem Olav sich gereinigt hatte, setzten sie sich im Wohnzimmer vor den Kamin, in dem ein Feuer die vorwinterliche Kälte vertrieb.

»Heussmann ist tot«, überbrachte Olav die neueste Nachricht.

»Wie ist das passiert?«, fragte Jan.

»Er hatte eine größere Menge Morphium in seinem Haus und hat sich damit getötet. Ich nehme an, er lebte noch, als ihr das Haus verlassen habt, nicht wahr?«

»Wir haben ihm nichts angetan«, antwortete Rica. »Ist es denn sicher, dass es ein Suizid war?«

»Du denkst an Romina Toma, nicht wahr?«

»Natürlich. Auch dort wurde eine unliebsame Zeugin aus dem Weg geräumt und ein Suizid vorgetäuscht.«

Olav zuckte mit den Schultern. »Wir wissen es nicht. Ist alles möglich. Und Arthur König kocht vor Wut, weil er denkt, ihr habt etwas mit Heussmanns Tod zu tun. Die Obduktion wird euch sicher entlasten, wenn der genaue Zeitpunkt seines Todes feststeht.«

»Wir mussten Heussmann nichts antun, nicht einmal Druck anwenden. Sein PC lieferte genug Antworten.«

»Nicht zuletzt deswegen ist König ja so wütend«, fuhr Olav fort. »Er hat rausgekriegt, dass ihr an Heussmanns PC wart.«

»Das glaube ich nicht«, sagte Rica. »Er weiß, dass irgendjemand Daten heruntergeladen hat, aber er weiß ganz sicher nicht, wer. Außerdem hat er doch alles, was er braucht, um den Fall abzuschließen.«

Olav lächelte. »König ist nicht dumm. Er kann es sich denken.«

»König sollte dankbar sein«, sagte Jan. »Wir haben ihm alles auf dem Silbertablett präsentiert, er muss es nur hieb- und stichfest machen, dem Staatsanwalt präsentieren und die Lorbeeren einheimsen.«

»Das wird er«, sagte Olav. »Und euch dennoch gehörig auf die Nerven gehen ... was ich nicht verhindern kann.«

»Musst du auch nicht«, sagte Rica. »König macht uns im Moment am wenigsten Sorgen.«

Olavs Blick wechselte von Rica zu Jan und wieder zurück.

»Was ist los?«, fragte er. »Was habt ihr auf Heussmanns PC gefunden?«

»Nur das, was wir erwartet haben«, antwortete Rica. »Heussmann steckte hinter diesem Einsameeer und hinter weiteren sechs Fake-Accounts, die er dafür nutzte, Kontakt zu den Mädchen in den einschlägigen Gruppen bei Facebook und WhatsApp zu suchen. Damit war er aber nur ein Rädchen in dem ganzen Getriebe.«

»Genau wie Eugen Toma, genannt Zedník«, führte Jan weiter aus. »Der ist als selbstständiger Handwerker bei den tschechischen Behörden gemeldet. Sein Gewerbe hat in den vergangenen vierundzwanzig Monaten aber kaum noch Gewinn erwirtschaftet. Nach seiner Aussage hat er von dem gelebt, was er unter der Hand beim Umzugsservice verdient hat. Dort war er aber nie offiziell als Mitarbeiter angestellt.

Er hat im Auftrag von Dr. Hirtschler den Hof in der Nähe des Teufelssees renoviert, und Hirtschler hat ihm den Job beim Umzugsservice angeboten. Manchmal haben die Kunden einfach nur einen Transporter gemietet, um ihr Hab und Gut von einem Ort zum anderen zu transportieren. Toma war dafür zuständig, diese Wagen wieder zurückzuholen. Er war aber auch als Fahrer und Träger tätig, wenn Kunden diesen Service bestellt hatten, genau wie Ingo Henk, der Mann, der in der Jauchegrube ertrank. Henk war beim Umzug von Maja Fischer dabei. Toma und er wussten von den Trackern, Kameras und Mikrofonen in den Fahrzeugen, haben sie allerdings weder eingebaut noch die Daten verarbeitet. Das lief alles per SIM-Karte online über Heussmann.

Was die beiden aber getan haben, war, sich in den Fällen, in denen sie als Träger und Fahrer engagiert waren, sich das Handy der Mädchen auszuleihen. Toma sagt, es sei einfach gewesen. Sein eigenes Handy mit leerem Akku vorzeigen, einen dringenden Anruf bei der kranken Mutter vortäuschen, und schon haben sie ihm ihr Handy ausgeliehen. Die Nummer, die er angerufen hat, gibt es natürlich nicht. Toma hat die zwei Minuten genutzt, einen Link auf das Handy der Mädchen herunterzuladen. Damit bekam Gunther Heussmann Zugriff auf deren Whatsapp-Account. Manche der Mädchen hatten die speziellen Umzugsgruppen schon vor dem Umzug gefunden, andere erst danach, aber dort fand Heussmann sie wieder und begann, sie zu manipulieren. Das klappte nicht bei allen, manchmal kamen sie auch nicht an die Handys heran, oder die Mädchen waren nicht in diesen Gruppen. Wenn sie ein Mädchen aber trotzdem unbedingt haben wollten, haben sie sie auf die ganz altmodische Art observiert und auf den richtigen Moment gewartet.

Im Fall Füllkrug hatte Eugen Toma sich bereit erklärt, seine eigene Mutter als Zeugin aussagen zu lassen. Romina Toma hat Bettina natürlich nie mitgenommen, die Bewerbung bei dem Altenheim in Bremen war ein gefakter Grund, dorthin zu fahren. Sie waren ein wenig übereifrig darin, den Ermittlungsbehörden Hinweise darauf zu geben, dass Bettina von zu Hause abgehauen war. Zugleich war es der größte Fehler, den die Gruppe machte, denn dadurch kam Ansgar Füllkrug ihnen auf die Spur.«

»Aber wie hat Füllkrug den Bezug zu dem Umzugsservice hergestellt?«, fragte Olav.

»Er hat Romina Toma beobachtet, nachdem er von den Ermittlungsbehörden ihre Adresse bekommen hatte. Dabei muss er Eugen Toma in einem der Umzugswagen gesehen haben, die seine Eltern für ihren Umzug angemietet hatten. Toma sagte mir, er sei damit häufig zum Haus seiner Mutter gefahren. Allerdings war Füllkrug unvorsichtig und ist Toma aufgefallen, der das natürlich an seinen Chef Hirtschler weitergegeben hat.«

Olav nickte. »Und Hirtschler hat beschlossen, Füllkrug aus dem Weg zu räumen.«

»Richtig«, antwortete Rica. »Füllkrug war ihnen gefährlich nahegekommen. Hirtschler hatte ein System installiert, um an junge deutsche Mädchen zu kommen, nach denen die Polizei nicht sehr intensiv fahndete, da sie davon ausging, die Mädchen seien von zu Hause fortgelaufen. Mädchen in dem Alter, möglichst noch jungfräulich, sind sehr begehrt und bringen eine Menge Geld ein. Aber jetzt musste Hirtschler befürchten, aufzufliegen. Also beschloss er, Eugen Toma als Bauernopfer einzusetzen und ihm alles in die Schuhe zu schieben.«

»An dem Abend, als Leila Eidinger verschwand, hatte man Eugen Toma befohlen, mit Bettina Füllkrug zu dem Wäldchen nahe der stillgelegten Station der Autobahnpolizei zu kommen«, sagte Jan. »Toma hat mir gegenüber zugegeben, dass Bettina Füllkrug nicht länger zu gebrauchen war. Weder für die Videos noch für den Missbrauch. Deswegen konnten sie gut auf sie verzichten.«

Jan hielt inne und schüttelte den Kopf. Genau diese Worte hatte Toma benutzt und damit offenbart, wie eiskalt und abgestumpft er war. Wie menschenverachtend. Es wäre leicht gewesen, ihn in jenem Moment zu töten, und ein Teil von Jan hatte das gewollt. Doch der Teil, der auf der Autobahn Bettinas Hand gehalten und sie sterben gesehen hatte, traf eine andere Entscheidung. Eine Entscheidung, die auf Gerechtigkeit fußte und nicht auf Gewalt. Jan war froh darüber. Er fühlte sich besser damit.

»Und wie ist Ansgar Füllkrug dorthin gekommen?«, fragte Olav.

»Dieser Ingo Henk hat Ansgar Füllkrug auf dem Campingplatz in der Nähe von Taubenheim überwältigt, deshalb hat Füllkrug sich dort nicht ordnungsgemäß abgemeldet. Mit Füllkrugs Wohnmobil fuhr Henk nach Taubenheim und hoffte auf eine Chance, Leila Eidinger entführen zu können. Da die Chance dafür aber nicht groß war, hatte man Toma befohlen, vom Hof am Teufelssee Bettina Füllkrug mitzubringen. Sie brauchten ein Entführungsopfer, um Toma als Täter dastehen zu lassen. Am Ende hatten sie dann sogar zwei Opfer, weil es ausgerechnet an diesem Abend bei den Eidingers Streit gab.

Toma fuhr also mit seinem Handwerkerwagen zu der stillgelegten Station der Autobahnpolizei und wartete. Henk traf mit Leila Eidinger dort ein, wollte Toma überwältigen, doch das ging schief. Es kam zum Kampf. Bettina rannte auf die Autobahn. Eugen Toma schnappte sich Leila Eidinger und floh.

Nachdem alles so katastrophal in die Hose gegangen war, erschoss Ingo Henk Ansgar Füllkrug und zündete das Wohnmobil an, um alle Spuren zu verwischen.

Eugen Toma war in dem ganzen Spiel nichts als ein Handlanger. Er wusste zwar, was mit den Mädchen passierte, aber er hat nach eigener Aussage nie eine von ihnen missbraucht oder getötet. Er hat viel zu spät kapiert, dass er geopfert werden sollte. Leila Eidinger nahm er auf seiner Flucht mit, weil er hoffte, sie irgendwie als Faustpfand einsetzen oder der Polizei übergeben zu können. Doch dann tötete Ingo Henk Tomas Mutter, und alles wurde noch schlimmer.«

Olav, Jan und Rica schwiegen einen Moment und lauschten den leise prasselnden Flammen im Kamin.

»Wer war der Mann im Folterkeller auf dem Hof am Teufelssee?«, fragte Jan schließlich.

»Wir wissen es noch nicht. Er verweigert die Aussage. Hirtschler hat ihn zum Hof gefahren. Ausweispapiere hatte der Mann nicht bei sich, und Hirtschler sagt, er wisse nicht, um wen es sich handelt. Abgeholt hat er ihn an einem zuvor vereinbarten Treffpunkt. Ein Kunde eben, der dafür bezahlte, ein junges Mädchen missbrauchen zu dürfen. So haben sie es dort gehandhabt. Keine Namen, nur Geld. Leider können wir Ingo Henk nicht zu dem Mann befragen, vielleicht hätte der etwas gewusst. Ein Jammer.«

»Er hat mich angegriffen, ich habe mich verteidigt«, sagte Jan.

»König wird das sehr genau untersuchen.«

Jan zuckte mit den Schultern. »Davon gehe ich aus.«

»Damit sind alle Beteiligten an diesem Fall entweder tot oder in Haft«, sagte Olav schließlich. »Oder nicht?«

»Das ist die große Frage«, antwortete Rica. »Ich habe herausgefunden, dass ein bestimmtes Firmenkonsortium sowohl hinter BestPreisCar und somit hinter Autocraft steckt als auch hinter der Betreibergesellschaft einer Kette von Seniorenheimen, zu der das Heim in Bremen gehört.«

»Was!« Olav lehnte sich vor. »Das Seniorenheim, in dem sich Romina Toma beworben hat?«

»Sie wollten eine glaubwürdige Zeugenaussage und haben Tomas Mutter zu einem Altenheim geschickt, das sie kannten und bei dem sie dafür sorgen konnten, dass Romina Toma nicht eingestellt wurde.«

»Die Mitarbeiter in dem Altenheim wussten Bescheid?«, fragte Olav ungläubig.

»Nein, davon gehen wir nicht aus. Aber es würde uns nicht wundern, wenn sie von anderer Stelle die Anweisung bekommen haben, Romina Toma bei der Einstellung nicht zu berücksichtigen.«

»Von anderer Stelle?«

Rica nickte. »Dieses Firmenkonsortium, zu dem auch die Kette von Pflegeheimen gehört, gehört wiederum zu einer Aktiengesellschaft, an der ein Mann größter Anteilseigner ist, dessen Name bei der Internetrecherche meinen Blick überhaupt erst auf Amissa und damit letztlich auf Gunther Heussmann gelenkt hat.«

»Wie heißt er?«

Rica ließ einen Moment verstreichen, ehe sie antwortete. Es fiel ihr schwer, den Namen auszusprechen und damit alles infrage zu stellen, wofür sie in den letzten Jahren gekämpft hatte.

»Sein Name ist Hans Zügli. Der Gründer von Amissa.«

Ende von Teil 1 der Amissa-Trilogie

DANKSAGUNG

Mit »Amissa – die Verlorenen« habe ich den Schritt in ein neues Abenteuer gewagt und mit Jan und Rica Kantzius Charaktere erfunden, die mir nahestehen, denen ich emotional gerne folge und die mich auch weiterhin inspirieren werden. Manchmal wird man die Geister nicht wieder los, die man rief, was in diesem Fall aber durchweg positiv gemeint ist.

Positiv ist das auch im Falle meiner Literaturagentur gemeint. Ich danke allen Mitarbeiterinnen und Mitarbeitern der Agentur Thomas Schlück für ihre Unterstützung und leidenschaftliche Arbeit, insbesondere Bastian Schlück, der mich immer wieder dazu ermutigt, meine Persönlichkeit aufzuspalten – ohne ihn wäre Frank Kodiak nicht entstanden.

Und der gute alte Frank Kodiak kann ja nur mit dem wesentlich jüngeren Andreas Winkelmann existieren, die beiden bilden eine Symbiose, wie sie enger und tiefer nicht sein könnte. Zwei Autoren in einem Kopf, die sich hin und wieder streiten, meistens aber ganz gut miteinander auskommen. Beide sind überaus dankbar dafür, ihrer Leidenschaft für Geschichten nachgehen und einen Traum leben zu können, den sie schon als Teenager geträumt haben.

Diese Dankbarkeit gilt auch dem gesamten Team bei Droemer Knaur für die gute Zusammenarbeit, für Anregung, Input und Inspiration.

Außerdem schulde ich eben dafür noch einigen anderen Menschen Dank, wichtigen Menschen in meinem Leben, die meine Schrullen, Macken und Verrücktheiten klaglos ertragen. Hier möchte ich einmal besonders Hauke Schröder erwähnen, dem ich meine Leidenschaft für ein gutes Glas Whisky in Kombination mit einer ordentlichen Zigarre verdanke.

Übrigens sind einige Teile dieser Geschichte auf einem Kreuzfahrtschiff entstanden, auf dem ich ausgerechnet zu der Zeit eine Lesereise absolvierte, als das Coronavirus sich aufmachte, die Welt zu erobern, und es war eine beängstigend interessante Erfahrung, das eigene Verhalten und das der anderen Gäste an Bord zu studieren, als so langsam klar wurde, dass die Möglichkeit einer Quarantäne an Bord besteht, umherschippernd auf den Weltmeeren. Zum Glück kam es nicht dazu ...

Während dieser Reise schlenderte ich bei einem Landausflug durch die Gassen von Cádiz, als mich eine fremde Person mit folgenden Worten ansprach:

»Na, heute schon jemanden umgebracht?«

Ein ganz wunderbarer Moment, der mich glauben machte, es als Schriftsteller zu etwas gebracht zu haben.

Wenn Sie mir also mal irgendwo begegnen, liebe Leserinnen und Leser, dürfen Sie mich gern dasselbe fragen.

Ich mag das!